GENEROSITY: AN ENHANCEMENT

RICHARD POWERS

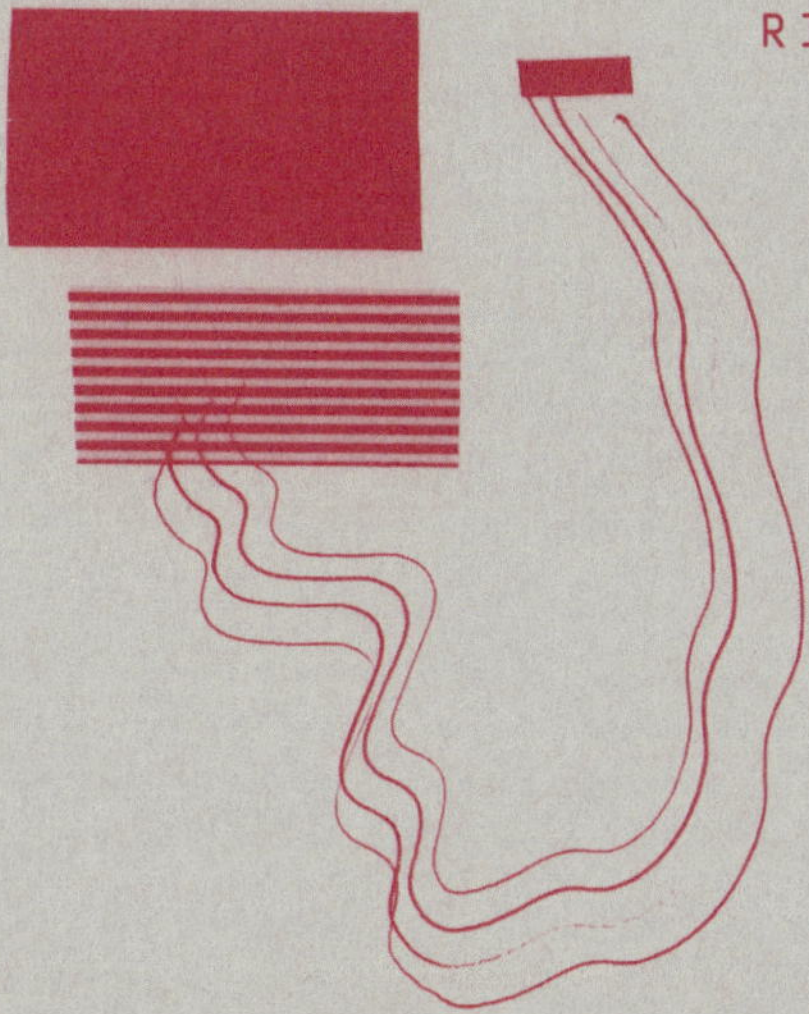

幸福の遺伝子

リチャード・パワーズ

木原善彦訳

新潮社

幸福の遺伝子 ∞ 目次

GENEROSITY: AN ENHANCEMENT

第一部　見知らぬ土地と人々について　7
Of Strange Lands and People

第二部　宙を歩め　83
Walk on Air

第三部　偶然とは思えない　191
Well Past Chance

第四部　次の一ページ　271
The Next First Page

第五部　神より出しゃばらない　351
No More than God

訳者あとがき　427

Generosity: An Enhancement
by
Richard Powers

Illustration by Masatoshi Tabuchi
Design by Shinchosha Book Design Division

幸福の遺伝子

ＪＴＫに捧ぐ

将来のために本当に気前良く(ジェネラス)振る舞いたいなら、今この現在にこそ全てを注ぎ込むべきだ。

——カミュ

第一部　見知らぬ土地と人々について

Of Strange Lands and People

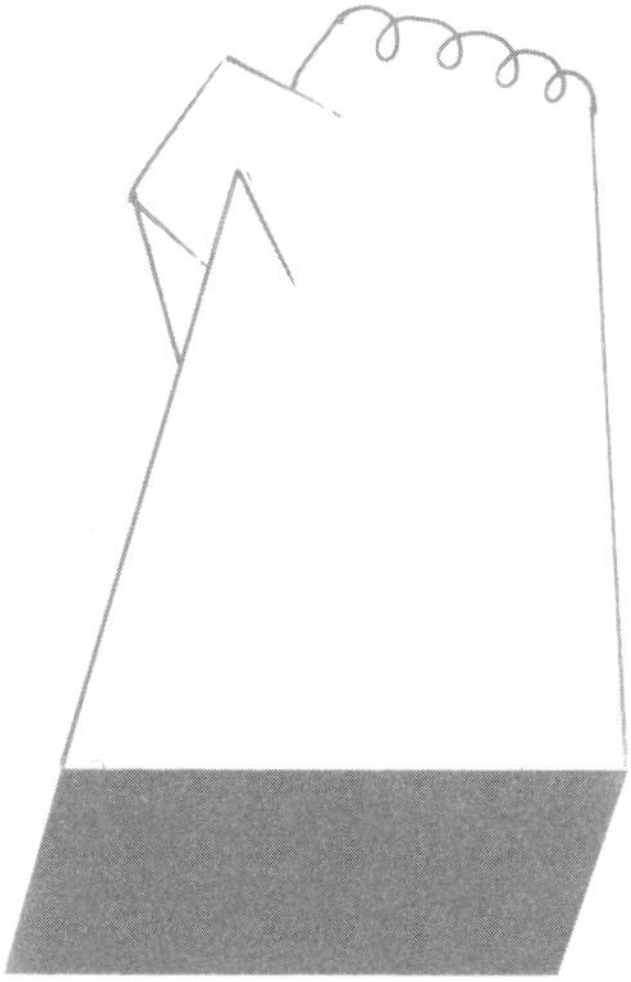

横溢は、普通なら訪れないような場所にわれわれを導く――サバンナの向こう、月、想像の世界へと。そして、仮に自分自身がそれほど意気盛んでない場合は、熱意あふれる人々の喜びに感染し、皆でさらに遠くへ行きたいという衝動に駆られる。

――ケイ・レッドフィールド・ジャミソン『横溢』

男は込み合った地下鉄に乗り、進行方向の逆を向いて座る。季節はきっと秋。修正の季節だ。私は彼が過去の遺物のような車両に乗り、「アイ・ウィル」をモットーとする町の地下を移動するのを思い描く。世界で二十五番目に大きな都市、人口番付で天津（テンシン）とリマの間に位置する町。彼は気を落ち着かせるため、シカゴという地名の入った歌を呪文代わりに静かに口ずさむが、列車の音が歌をかき消す。

彼はまだ三十二歳だが、年よりずっと老けて見える。最初、私には彼の姿がよく見えない。しかしそれは私が悪いのであって、彼のせいではない。私はその現場から何年も離れ、別の国にいるし、今晩の電車はとても込み合っていて、誰の顔もはっきりとは見えない。

もう一度見てみよう。そのためにこそ今晩、ここに来たのだ。白紙のページは辛抱強く、意味の出現を待つ。私は彼の形が定まるのを見る。彼は膝を寄せ、肘を縮め、中央のくぼんだ座席に座る。目立たないための地味な服装。錆（さび）色のジーンズ、海老茶色のシャツ、ジッパーの壊れた青のウィンドブレーカー。去年あたりによく見られた姿の擬態（カモフラージュ）だ。彼は地下鉄の中でいちばん肌の色が白い。身長は本人が驚くほどの高さだ。分け目のない髪は叱責を待ち、その目はハシバミ色と茶色の中間にとどまる。顔はおよそ六世紀ほど時代に遅れている。中世の修道院を舞台としたミステリーで、フランシスコ修道会の見習い僧にいそうな顔だ。

彼は膝の上に、本を詰め込んだみすぼらしい鞄を置く。いや。もっとよく見よう。衝撃に耐えるように作られたナイロン製の鞄には豊穣の角が鮮やかに描かれ、「百パーセントの満足……それを越えるサービス」とトレードマークの標語が添えられている。

　彼は悔悟するかのように地下鉄内で背骨を曲げ、公的空間の占有を詫びるように肩を狭める。顎はどの方向から襲ってくるか分からない攻撃に備え、空気を探る。彼はおそらく、目の前にある最後のチャンスに向かっている。彼は看護師の制服を着たラテン系の若い女性に席を譲ろうとする。女は作り笑いをし、彼を座席に戻す。

　夕方の早い時刻、「形成中の町」の地下四十フィート。原理主義者の天国にも収容しきれないほどの人間を、列車が常に運んでいる。地上はきっと雨で、既に暗くなっている。列車が止まり、九月の霧雨を滴らせる労働者が一斉に乗り込み、家路に就く。都市に住む人間の数がそうでない人間の数を抜いたのは、この五年前のことだ。

　膝から落ちそうな鞄の上に彼が黄色い法律用箋（リーガル・パッド）を置くのを私は見る。彼はその内容をチェックし、一枚ずつ紙を上にめくる。そこには小ぎれいな文字がぎっしりと書かれている。赤と緑の矢印、神経質な戦術的展開と防戦的展開が文字の上に群がっている。

　吊革につかまる人々の森が彼を囲む。その大半はコードで音とつながっている。彼の隣の湿った男は靴から水が滴っている。人間が彼を取り巻く。四大会計事務所の電話受付嬢。二十八歳までに燃え尽きる商品取引所のやり手。市場調査のために次世代携帯純水装置について消費者反応（フォーカス）調査集団（グループ）のメンバーから何日も聞き取りをしている人。元請けと下請け、薬物の売人、数値計算屋、皿洗い、助成金作家。私は記憶の中で彼らと袖をすり合うだけでもパニックになりそうだ。

　広告が車両の壁を埋める。**こどもに負けないこころ。地球の時を刻む謎。**あなたの**人生をより完璧なものに。**数分ごとに、スピーカーの声が繰り返す。「不審な行動や持ち主のいない荷物を発見した場合は……」

私はもう一度視線を戻し、三文作家の左肩越しにメモを覗き込む。あらゆる想像力の秘密は盗みだ。私は文字が鮮明になるまで、彼の黄色い法律用箋をじっと見る。そこにぎっしり書かれているのは授業計画だ。

　私はこの男を知っている。彼はこの町の非常勤教員予備軍からぎりぎりのタイミングに釣り上げられ、サウスループ駅行きの列車で、初めての夜間授業に向かっている。その証拠は、大文字ばかりを使った手書きの書体に劣らず、明白だ。彼の人生は倫理によって台無しとなり、運良く手に入れたこの夜の非常勤が、立ち直るための最後の希望だ。彼は再びこんな幸運に出会えるとは思っていなかった。死と再生。私はこの物語を知っている。まるで自分でそれを書いたかのように。

　列車が左右に揺れ、彼の体も揺れる。私は何も知らない。私は自分で判断するのをやめ、再び観察を始める。原稿の一ページ目の見出しにはこう書かれている。創作的（クリエイティブ）ノンフィクション、ＲＳセクション14、日記（ジャーナル）と旅行記（ジャーニー）。

　防弾チョッキを着た大柄なティーンエージャーが彼にぶつかる。彼は腰の引けた笑みを絞り出す。それから再び、最初の夜間授業まであと二駅となってもまだ、赤い矢印を書き込んでいる。私が常々言っている通り。ぎりぎりまで準備を重ねても、準備のしすぎということはない。そのペンが空中で凍りつき、彼が顔を上げる。私は盗み見が見つかったと思い、目を逸らす。しかし彼の手はただ空中にとどまる。再び私が見ると、彼は他の誰かを覗き見ている。

　彼が見ているのは通路を挟んだ所にいる黒髪の少年だ。少年の手の中で秘密の何かが動く。少年の丸めた拳の上に黄色い物が浮いている。彼の二つの拳はオウゴンヒワの脚をつかむ。少年は鳥に優しく外国語で話し掛け、おとなしくさせる。

　非常勤教員の手は、まるで少しでも動いたらこの場面の秩序が乱されると恐れているかのように、止まったままだ。少年が彼の視線に気付き、慌てて竹筒に鳥を戻す。わがスパイは顔を真っ赤にしてメモに目を戻す。

　私は彼がページをめくるのを見る。彼は緑の蛍光ペンで「一回目の宿題」とマークされた一節のあるページを探す。その表現は充分に練られたものだ。彼はもう一度それを斜線で消し、新たにこう書く。昨日あった出来事の中から、赤の他人に話すに値することを一つ見つけ出しなさい。

∞

明らかに彼は、そんな出来事がない可能性を恐れている。それが態度に表れている。彼は人に日々の出来事を話して煩わせたりしない。ましてや、赤の他人には。

　彼の代わりに宿題を書くのは私。この一日がもたらす事柄、世界を一変させるきっかけとなる出来事を描写するのは私の仕事だ。

∞

彼はローズヴェルト駅で降りる。ウォバッシュ通りのある側だ。滝のような夕方の人の流れに逆らって階段を上がる。昼間勤務の最後の人波がまだ地下に注ぎ込んでいる——あまり遅くならないうちに家に帰り着こうと。初秋の雨が自分の暮らす住宅地に降りだす前に。日経平均の金融派生商品（デリバティブ）がフランクフルトのドイツ株価指数をパニックに陥れる前に。ならず者国家が船でセントローレンス海路を通り、ミシガン湖に強力な生物兵器を持ち込む前に。

　非常勤教員は、地上に出ると、都会の舞台装置に打ちのめされる。御影石の渓谷、ガラスの塔、近すぎて読み取れない光の手旗信号。北東の地平線は階段状（ジッグラト）の驚嘆すべき地形を描く。彼の心臓は燃え上がるパノラマに鼓動を打つ——子供の頃、博覧会で、もうすぐやってくる未来を見つめていたときと同じように。人込みの中で誰かが彼の背中を叩き、彼はまた歩き出す。

東向きの峡谷の先には湖畔の風景が見える。シカゴという名で通っている、完成された沿岸地域。彼は十九世紀の有名な剝製術の宮殿の階段に立ち、北を向いて町の顔を見たことがある。港につながれたボート、エメラルド色の公園、湖と空の二つの青へと伸びる壮大な摩天楼の断崖。彼はそのとき、何はともあれ、この場所は何か崇高なものに向かって突き進んでいると感じた。

彼の左手ではマッコウクジラほどの大きなゴミ収集容器が一ブロックに渡る深淵に並び、どの容器からも前世紀の石の残骸があふれている。また一人、巨大な天使が奈落から現れ、その桁が瑠璃色の肌をまとう。豪華な特別観覧席での暮らし。サウスループ再開発に向けた必死の努力。昨年までホームレスだった人々は皆、町の周縁部にある宿泊所に収容されている。シカゴは一八七一年の大火以来、立ち直っていないように見える。この土地は何かを目指している――どの住民の目にも見えない、まして誰も受け入れる覚悟ができていないゴールラインを。

彼は法律用箋を取り出し、メモを書き留めたいと思う。**ルールその一。失われる前に書き留めること。**彼は書き留めたい――刷新のかまどに関するメモ、曖昧なゴールに向かうこの町の道のりにある起伏を。しかし不審な行動で逮捕されるのを恐れ、ラッシュアワーの雑踏の流れに身を任せる。彼はメスカーキ芸術大学の入り口で立ち止まる。いちばん高い摩天楼がまだ十階ほどの高さだった頃に建てられた、鉄骨造りの石灰石の寺院。

∞

違う。あなたが正しい。その辺りの通りは、今説明した配置にはなっていない。その場所は少し離れた所にある。大学があるのもそこではない。それはその場所にある大学ではない。

この場所はどこか別の、第二の都市だ。このシカゴは試験管内で生まれたシカゴの娘で、柔軟性を持たせるために遺伝子操作されている。そしてここに書かれた言葉はジャーナリズムではない。

ただの旅行記(ジャーニー)だ。

∞

彼の名前はラッセル・ストーン。あるいは少なくとも、彼はメスカーキ大学のロビーで警備員にそう告げる。警備員は大学発行の身分証明書を見せてほしいと言う。ラッセル・ストーンは持っていない。彼は採用が決まったのがぎりぎりだったと説明しようとする。警備員はプリントアウトした名簿にラッセルの名を見つけられない。彼は何件か電話をかけ、名前を復唱するが、一回ごとに疑いの度を増している様子で、しまいにラッセル・ストーンは、仕事が決まったというのは私の勘違いでしたと謝る心づもりまで固める。

ようやく警備員が電話を切る。彼はさげすむような顔で、ストーンの採用は名簿の締め切り後だったと説明する。彼はずっと首を横に振りながら、不本意そうにストーンに確認バッジを渡す。

ラッセルが教室を見つけたときには既に、八人の学生が楕円のテーブルを囲み、てんでばらばらな話に夢中になっている。彼はすぐに、準備がまずかったと自覚する。彼は厚いナイロン製鞄に手を入れ、念入りに選んだ教科書を探る。フレデリック・P・ハーモン著『生き生きした文章を書くために』。もう手遅れだ、と彼は思う。これを選んだのは大失敗だ、と。この学生たちはきっとこの本をあの世まで笑い飛ばす。

私は彼を哀れむべきだろう。しかし、立ち直りのきっかけと言いながら、彼はいったい何を考えていたのか？

入り口で彼は必死に、弱々しい笑みを浮かべる。誰も顔を上げない。彼は足を踏み出し、頭をひょこひょこと上下させながら、楕円になった学生の隙間へと進む。震える手を隠し、グループの注意を引くために、鞄をテーブルの上にドサッと置く。彼はハーモンを手に取り、眉毛で集団に問い掛ける。手に持った本が開いて、蛍光ペンでマークされたページが見える。

さまざまな危機に直面し、さまざまな人の前でさまざまに振る舞うのが、説得力のある登場人物である。われわれはその多様な戦略によって彼らがどんな人物かを知る――しばしば登場人物本人が分かっている以上に。

「みんな一冊ずつ持っていますか?」

誰も何も言わない。

「よろしい。ああ……」。彼は法律用箋をめくる。「ええ……ええと……いや、分かってますよ」。学生が一人か二人、間違いなく笑っている。「ああ、そうだ。出席確認。じゃあ、名前と簡単な自己紹介、それから人生哲学というのはどうかな。まずは僕から。ラッセル・ストーン。昼間は地元の雑誌でおとなしく編集の仕事をやっています。人生哲学は……」

便宜上、彼には私のモットーを与えることにする。

「目の前にあるものの正体が分かったら、さらに詳しく見ること」

彼は左手の女性に目をやる。紫と金属ずくめの女だ。「さて、あなたは誰なのかな、家以外の場所にいるときは?」

∞

ストーンの前にいる学生たちの姿がもっとはっきりと見えればよいのだが。私には彼らの存在が彼を動揺させているのが見える。しかし、彼らの姿の細かいところが私には見えない。彼らは若者特有の無愛想できらびやかな態度の背後に隠れている。

円の最初はスー・ウェストンだ。狼とでも鋏（はさみ）とでも仲がよさそうな小柄でよそよそしい女性で、最近、皮膚の柔らかいところに全てピアスをし終えたばかり。彼女は自分で刈った非対称なページボーイ風カットの髪の下から世の中を斜めに見ている。世間的な価値観を耳にすると恐ろしいほど興奮する。彼女が人生哲学を語る。「どんなにくだらないＣＭソングでも、口ずさむ人間の数で勝てば、どんな交響曲よりも優れてると言える」

スーの右にいる、色が白く大柄で雑食的な女性は、猛烈な勢いで儀式的自己紹介を済ませる。シャーロット・ハリンガーは二十二年間に十二回の引っ越しをした。詰め込みすぎのバックパックからラグペーパーに描いたスケッチが何十枚も出て来る。唇の左側は何かを疑っているように常に引きつっている。吐き捨てるように信念を口にする彼女の姿は私をおびえさせる。「私は何でも一度は試してみる。もしも楽しければ二度」

アダム・トーヴァーのシャツにはカウボーイが這い回り、ぶかぶかのズボンには動物園の生き物が行列している。それは彼の万能着で、屋根の上でクローケーをするときも、親戚の葬式に行くときもこの服を着るらしい。彼は言う。「俺の曾爺（ひいじい）さんが鉱夫をやってたおかげで俺の爺さんは技師になれた。そのおかげで親父は詩人になれた。おかげで俺は間抜けでいられる」。他の学生はそれを聞いて笑う。それこそ彼が人生で求めているものだ。この夏、彼が乗ったクルーズ船はソマリアの海賊に乗っ取られ、彼は今でも海賊の一人とＥメールのやり取りをしている。「俺が唯一、確信持って言えるのは、間違った情報でも、ないよりはましってこと」

ロベルト・ムニョス——細身で長身、スキンヘッドで不安げな顔つき——は常に出口のチェックを怠らない。彼は医師に診てもらうのがよさそうなほど皮膚の調子が悪い。彼の両親が夜、チワワ砂漠を横切り、アメリカに入国する姿が私には見える。しかしそれは、型にはまった私の空想にすぎない。彼はこの四年間、覚醒剤から足を洗うため、絵画に打ち込んできた。「配られたカードに文句を言うな」と彼は言う。「誰もが自分の手札でプレーするしかない」

ロベルトの隣で縮こまっている人物が「キヨシ・シムズ」とささやく。彼はまるで長い間じっとしていれば周囲が彼のことを忘れるかのように、黒眼鏡のブリッジの背後に隠れる。機械が彼の身内だ。機械たちの間で彼は広く、深く愛されている。仮に世界を変えるデジタル特許で偶然に一億ドルを稼いだとしても、その金で高級マンションを買う方法が分からないというタイプ。「人生哲学は特にありません」と彼は口ごもりながら言う。「あまり考えたことがないんで」

「メーソン・メーソン」とメーソン・メーソンが名乗る。少しの間オヘア国際空港で荷物の積み込み係として働いたが、すぐに履歴書に嘘を書いたのがばれた。若者相手のカウンセラーとして働いたこともあるが、彼が若者にどんな助言をしているかをすぐに誰かが聞きつけた。彼は耳を掻きながらこう言う。「おまえが生きることを望むやつより、おまえの死を望むやつの方がたくさんいる」

最後から二番目はジョン・ソーネル、がっしりして落ち着いた一枚岩（モノリス）だ。山が雪をものともしないように、誰が何を言おうと彼は動じない。彼は現在進行中のプロジェクトをクラスに説明する。それは普段の生活で使っている物の製品ロゴをペン描きで緻密に再現した三百六十五枚のデッサンだ。彼はロボットのように哲学を語る。「間違いなく、退屈こそが究極の人間的感情だ」

ストーンの学生たちは皆、自分自身を演じ、それぞれが進行中の作品となっている。彼らの目の奥には、彼らがいつか描くデザイン、いつか撮影する映像、いつか作成するハイパーメディアがある。ラッセル・ストーンは十年前の彼らを覚えている――十年前は彼も一人の学生だった。彼は既に、非創造的（ノンクリエイティブ）ノンフィクションに引き込まれていく彼らを哀れんでいる。

自己紹介が一周し、最後に彼の左手にいる、細身で背が低く、人種が判然としない女性に順番が回る。彼女は色のあせたジーンズと明るい黄色のチュニックを着、赤褐色の前腕に銀のブレスレットをはめ、明るい渦模様のスカーフを肩に巻いている。黒っぽい巻き毛は後ろで豊かなポニーテールにまとめられている。彼女は熱心に皆の話に耳を傾けながら自分の順番を待つ。

　彼女の姿は細かいところまでよく見える。

「よし、僕が当てよう」とラッセル・ストーンが言う。「アムズワールさん？」名簿にある名前で、最後に残ったのがその名だ。

　彼女は彼のくだらない戯れに笑みを浮かべる。「正解！　タッサディト・アムズワールです」。その言葉にはどこのものか判別できない訛りがある。彼女はベルベル系アルジェリア人で、カビリア地方出身、その後、アルジェに移り、パリを経てモントリオールに移住した。その目は濃い赤紫（クラレット）色だ。輝かしい雰囲気に囲まれた彼女はしゃべるときも気楽そうだ。彼は彼女がアルジェリアの内戦を逃れてきたと言ったように感じ、もう一度今の言葉を繰り返してほしいと言いたくなる。しかし彼は慌てて、彼女に人生哲学を言うように促す。

「人生は哲学で語るには素晴らしすぎる」と彼女は皆に言う。「私は神より出しゃばった判断を下さないようにしています」

∞

私の目が順応する。暗い、ひびの入ったリノリウムとサッシの壊れた窓。低い位置にぶら下がった蛍光灯の明かりがプロペラ飛行機のような音を立てながら、学生たちの輪を照らす――彼らが抱える授業初日の緊張とスリルはまるで、歴史のこの段階に至った今でも、このシカゴでも、まだ何が起きてもおかしくないと言うかのようだ。

　初めての授業は順調すぎて、ラッセル・ストーンは不安になる。学生たちは授業計画（シラバス）を大方乗っ取ってしまう。学生は皆、新鮮な授業に飢えている。上級生もいまだ、学期が変わるたびに、新たな運命が花開くことを信じている。視覚芸術専攻生が必修の作文科目を取るには「日記と旅行記」

がいちばん簡単だという、それだけの理由でこの授業を履修したことを三人の学生が認める。彼らの失望が取る形は言葉だけではない。文章が画像の氾濫を生き延びることは期待できない。しかし、意外に分からないのではないか？　日記の記述がいつか短いビデオになる可能性だってある。

メーソン・メーソンが当たり前の質問をする。「オンラインで作文することにしたらどうかな。日記って、早い話が昔のブログだろ？」

ラッセルは三日前からこの質問に備えていた。彼は検索エンジンを持った赤の他人に向けて書いた作文に対して、私的な作文を擁護する。「僕はみんなに考え、感じてもらいたい。売るのが目的じゃない。みんなの作文はディナーショーに付いてくる食事じゃなく、個人のための食事だ」

学生は彼のノスタルジアに肩をすくめる。彼らは単なる物珍しさのために、昔に戻るタイムマシンに乗る。

スー・ウェストンは今取り掛かっている芸術作品について詳しく話す。「タイトルは『カササギ』。デイリープラザに立って、通行人が携帯でしゃべっている言葉を書き留める。そして、簡単ブログ（タンブルログ）にそれをポストする。他人ばかりの町中でみんながしゃべってることを聞いてると結構びっくりするよ」

ロベルト・ムニョスがささやく。「そんなことやって倫理的に問題がないと思ってることの方がびっくりだ」。皆から冷やかしの声が上がり、すぐに芸大生のバトルロイヤルに変わる。ラッセル・ストーンの目の前で、授業計画が消える。

アダム・トーヴァーが自分のやっている自動的霊魂筆記を説明する。「俺はひたすらメッセージに身を任せる」。一人一人が順に意見を述べた後、クラス全体の多数決で結論が下され、幽霊は実在し、その正体は、仮想記憶装置（バーチャル・ストレージ）にアップロードされた魂だということになる。

「どっちみち、文章っていうのはいつも墓の向こうから来るもんだ」とジョン・ソーネルが言う。

「てか、作者か読者のどっちかが、既に死んでるか、もうすぐ死ぬかなんだ」

　アルジェリア人がうっとりした顔で議論を見守る。数か月ぶりに病室を出たばかりの子供が、雲一つない空の下でテニスの試合を見物しているかのように。他の学生は無関心を装い、彼女を無視する。しかし、タッサディットが指を一本立てると、教室が凍りつく。「私の国はどうかって？　恐怖の時代のこと……？」

　ラッセルは彼女の言葉を見失う。一通の手紙を書いたせいで父が撃たれたというような話を彼女はするが、口調がやけに穏やかなのでその話はきっと比喩に違いない。ストーンはアルジェリアのことを全く知らない。知っているのは、その国が元々フランスの植民地で、国旗のデザインが天文学的な厳密さで規定されていることくらいだ。内戦があったというのも初耳。彼にとっては、何を聞いても初耳だ。

　待ってましたとばかりにベルベル人が浮かべる笑みはアメリカ人らを狼狽（ろうばい）させ、皆、盗み聞きの倫理に立ち返る。彼女は再び静かにテーブルに両手を載せ、議論の間中、まるで最高の娯楽映画でも見るかのように笑みを浮かべたまま、落ち着いた様子で皆のやり取りを眺める。

　最初の夜のこの授業は、ラッセルが予定していた内容の四分の一も消化しないうちに時間切れとなる。彼はまるで他人が教科書を選んだかのように半ば申し訳なさそうな顔をしながら、宿題として『生き生きした文章を書くために』を二十ページ読んでくるよう指示する。それに加えて、彼は学生に初めての日記を書いてくるように言う。赤の他人に語る値打ちのある昨日の出来事を書きなさいという、例の課題だ。二日後に皆で互いに日記を読み聞かせる。「楽しんで書くように」彼はアルジェリア人の目を避けながら皆に言う。「僕をびっくりさせてください」

　その後、彼は警備員室の前を通って九月の夜空の下に出る。高架鉄道（ループ）は静まっている。その３Ｄの光の格子（グリッド）は兄がはまっているコンピュータゲームの格子のように見える。九百万人がここから地平線の先に向かう。今、これで授業は終わりだと告げている芸術学校がいくつあるかは神のみぞ知る。リマでは一時間後に夜間の授業が始まる。天津では昼間の授業が既に始まっている。

驚いたことに、この教員は天津という地名を聞いたことがない。彼は人が少ない列車を避け、ローズヴェルト駅で北行きのレッドラインに乗る。列車は穴を出、木製の避難ばしごを備えた煉瓦造りのアパートの背面に挟まれた峡谷をたどる。今晩の気分は安アパートを豪華マンションに変える。一回目の授業がうまくいったことで彼は得意になっている。彼は地下鉄の乗車時間を使い、自分の日記にこの二時間の出来事を記す。彼は学生たちの強情なまでの天真爛漫(らんまん)と恐れを知らぬ発想力を描写する。**もしも芸大生がいつか革命を起こしたら、世界はどんなものになるだろう?**と彼は書く。

ラッセル・ストーンは自分の質問に答えない。私は彼が神より出しゃばった判断を下さないように努めるのを見る。

彼はローガンスクエアにある自分のワンルームマンションに戻ると、かびをこそいだチーズとしおれた野菜でサンドイッチをこしらえる。それから椅子に腰を下ろしてカビリア地方を探す。彼はインターネットでなく、印刷した紙でそれを見たいと思う。それは地図帳(アトラス)で見つかる。アトラス山脈のある地域。そこは人目につかない険しい土地で、分離派の紛争地域だ。ヤギとオリーブが多く、地上で最も香り豊かで美しい春に恵まれた場所でもある。

彼は暗いベッドに寝そべり、今晩のやり取りを思い出す。創作的ノンフィクションが頭の中を巡る。四時間後には起き出して、遠くまで列車に乗り、昼の編集の仕事に行かなければならない。目をつぶって眠れないまま四十分が経ったとき、彼は体を起こし、明かりを点ける。日記がまだ、ベッド脇のナイトテーブルで待っている。地下鉄内で書いた興奮した記述の下に、彼はこう書き加える。**彼女は世界で最も幸福に満ちた難民に違いない。**

∞

私は自分に初めての課題を出す。ラッセル・ストーンを百五十語で説明せよ。

まずはこうだ。彼の初めてのいたずらはある本と結びついている。主人公の少年が絵を描くと、驚くべきことにそれが本物になるという物語だ。彼は少年をまねて、本のページにクレヨンで落書きをした。母親は決して彼を許さなかった。

彼は先生を主役にした本を嫌い、学校を舞台にした物語を避ける。もはやどんな教養小説（ビルドゥングスロマン）を読んでも、有用だとも、美しいとも、真実に迫っているとも思わない。

祖父から受け継いだ机の内側には、メルヴィルの死後に机の中で見つかったシラーの引用が貼り付けてある。「青春の夢に忠実であれ」。忘れられたメモは、死後のガレージセールでの発見を待っている。

彼は**どんな音楽を聴きますか?**という質問を恐れる。

私の頭の中がまだほとんど白紙の状態だと知れば、きっと彼は喜ぶだろう。

彼は、編集を務めている雑誌社のトイレに、柄（がら）にもなく落書きをしたことがある。「原稿は燃えない」と（ミハイル・ブルガーコフ『巨匠とマルガリータ』からの引用。）。

∞

ストーンは何年も前から日記をつけたことがない。彼はおよそブログの時代が始まった頃から個人的回想を書かなくなった。自省は船酔いのような不快感を招いた。

彼は以前、華麗な日記を書いていた。十六から二十四まで、見るもの、聞くもの、嗅ぐもの、味わうものの全てを完璧な段落に仕上げずにはいられなかった。うまい描写ができれば、後日必要に応じて使うためにそれを秘蔵した。個人的な失敗に至る前には、一つの棚がノートでいっぱいになっていた。全て廃棄しようとしたこともあるが、それだけの勇気は出なかった。それは今、母の住む家の屋根裏にしまい込まれ、未来の第三者による発見を待っている。

しかし、彼が日記から尻込みしようとも、世界は容赦なく一人称へと突き進む。ブログ、マッシュアップ、リアリティー番組、法廷テレビ、トークショー、チャットルーム、チャットカフェ、募金キャンペーン、カタログ冊子、戦場取材などの全てが告白形式に変わる。感情が新たな事実となる。回想が新たな歴史となる。暴露本が新たなニュースとなる。

彼はネットで学生たちのことを調べる。二人を除く全員が派手な個人用ホームページを持っている。そこにはあまりにもプライベートな事柄がさらりと綴られていて、ストーンにはそれを読む勇気がない。好きな音楽、好きな薬物、好みの性戯、嫌いな映画、やったことのある犯罪行為、満たした経験のある欲望、もしも自分が今の自分でなければ殺したい、あるいはヤりたい、あるいはなりたい有名人……。

どうしてこのような状況が生まれているのか、ラッセル・ストーンには分からない。彼自身は、自分の人生の物語に興味がないことに気付いたとき、日記を書くのをやめた。いや。私は決めつけすぎている。またしても。彼は美術で修士号を取った直後、トゥーソンに住むようになって四年目で初めて世間的な成功を味わった後、急に日記をやめた。

目まいのするような十二週間のうちに、三つの大手雑誌が彼の文章を掲載した。彼の作品は「創作的ノンフィクション」という自己撞着的なジャンルの書き物だった。そのジャンルは当時、まだ個人的随筆と呼ばれていた。ラッセル・ストーンがそれらを書いたのはグレース・コズマを喜ばせるためだった。グレースは皆のあこがれるアビニョン留学を射止めたアリゾナ作家養成プログラムの新星で——いまだに不思議なのだが——ラッセル・ストーンのベッドを十回訪れたことのある女性だ。グレースはフランスに向かうとき、彼の脇腹をぎゅっとつかみながら、「面白い内容だったら、私が海外にいる間に手紙を書いてくれても構わない」と言った。そこで彼は、人生そのもののようなとりとめのない長話を彼女に書き送った。

彼は南西部出身の放浪者との邂逅を事細かに書いた。その年老いた放浪の試掘者はサワロウェストの近くで、今にも崩れそうな宝石鉱物店を営んでいた。男は以前、「地学研究で画期的な業績を上げた」と主張し、あと一千万ドルあれば雷発電装置の試作品が作れると言った。それさえ完成すれば、「ホワイトハウスからイスラム教徒を完全に追い出せる」らしい。

ラッセルはグレース宛の辛辣な手紙に磨きをかけ、冗談半分で、有名な大衆雑誌に原稿を郵送した。雑誌が——意外や意外——原稿の採用を決めたとき、ストーンはまたグレースへの手紙に取り掛かり、もう一つの話を仕上げた。

二つ目の作品では、ファストフード店でパパゴ族の元救急救命士とランチを食べながら交わした会話を取り上げた。男は二年の執行猶予判決を受けたばかりだったのだが、その罪というのは、四人の友人と一緒に、除細動器を二組と二百グラムのチューブ入りジェルの入った箱を持って診療所の屋根に上ったというものだった。「俺たちは別に何もしてなかったんだ、本当に」。ストーンが原稿を別の有名な雑誌に送ると、そこがまたこの話に飛びついた。

三つ目のエッセイはエルコンモールの外でストーンが出会った、目の細いホームレスとのやり取りを書き写したものだった。男はストーンに、神経再生技術、水力自動車、十三世紀フランドルに現れたボードゥアン一世の偽者に関する意見を求め、俺を怒らすなよと警告した。「俺が一声掛ければ、マイアミからバンクーバーに至るまで大陸中のホームレスのネットワークが総力を挙げておまえの人生を破滅させるからな……」。欧州連合にだって知り合いがいるんだぞ」。ラッセルはグレースに促されて、原稿をニューヨークで最も高く評価されている週刊文芸誌に送った。掲載決定というあり得ない返事が届いた日、彼はフランスにいるグレースに電話をかけた。二人は半時間、電話口で笑い合った。

これらの作品の面白さは、不幸な語り手という存在にあった。奇矯な世界の戸惑える犠牲者。「僕はどうやら、本当に根っからのはみ出し者の目から見ると、初めてまともに自分の価値を認めてくれる中立的な人間に見えるらしい」。そう語るのは、いつグレースが会っても常に愉快で、精神的に目覚めかけているぎょろ目でうぶな若者、中西部出身の田舎者だった。

この三つの作品でラッセル・ストーンの人生が一気に変わった。雑誌から原稿料が入ったおかげで、彼は絶望的なタウン誌の仕事から足を洗い、フルタイムでエッセイが書けるようになった。代理人を務めたいと言うエージェントから次々に電話がかかった。ニューヨークの大手出版社の編集者から、一冊の本にできるくらい書き溜めがあるかと手紙で問い合わせがあった。

ラジオ局からは、三百五十の地方局で放送されるオムニバス番組に作品を書いてほしいと依頼があった。彼はかかりつけの皮膚科医の言葉を理解しようとする短い喜劇を書き、自らそれを朗読した。その医者はヒンズー教徒で、彼の話は『卓上版医師用参考書』から始まり、『ラーマーヤナ』で終わった。プロデューサーは彼を、作家としても面白いが声優としてもひょうきんだと賞賛し、また演じたい作品ができたらいつでも十分間を割いてくれると約束した。

「ブラボー」とグレースは手紙に書いた。「いくらもらった？　フランスまでの飛行機チケットと一週間の宿泊費は払えそう？」

その後、読者からのファンレターに混じって、一通の手紙が届いた。

拝啓、ラッセル・ストーンさま

パパゴ族連合は現在、多くの困難に直面しております。このたび貴殿の文章によって、その困難がまた一つ増えることになりました。チャーリー・メレンデスは実直な青年で、トラブルに巻き込まれた被害者です。貴殿は彼とわれわれの部族を共にあざけることによって利益を得たのです。

私どもは今後、貴殿の文章がこのような害を周囲に及ぼすことがないよう希望します。

敬具

サンザビエル地区代表、フィリス・マヌエル

ストーンは数日間苦悶して詫び状を書いたが、それを投函した直後、また新しい地雷がファンレターに埋もれていた。

ストーンさま

精神的な病気に苦しんでいる人を笑える人間の気持ちが私には分かりません。しかし、もしも私の父を捜すお手伝いをしていただけるなら、あなたを許してさし上げます。あなたが「ネットワークの声を聞く」という物語の中で「スタン・ニュートン」と呼んでいるのが私の父、スタン・ニュースステッターなのです。

ストーンはニュースステッター氏の娘に、実際に彼と出会ったのはエルコンモールの外ではなく、高速道路沿いの小売店不毛地帯にある大きなショッピングセンターで、詳しい場所は書き留めなかったのでよく分からないと白状せざるを得なかった。ジュリー・ニュースステッターから再び手紙が届き、なぜエルコンだと書いたのかと尋ねられたとき、彼は〝エルコン〟という響きが面白かったからとしか答えられなかった。

ひと月後、未遂に終わったものの、チャーリー・メレンデスが自殺を企てた。

∞

というわけで、どこかで聞いたような話だ。『ロード・ジム』とか、それと同様の、良心にさいなまれるタイプの物語。ストーンは一晩で力を失ったわけではない。私には、彼が長年の間に徐々に縮こまるのが見える。彼は手紙のことを誰にも言わない——母親にも、兄にも、グレースにも。彼はまたラジオ作品を書く。今回はジャックラッセルテリアが犬のしつけ学校でひどい目に遭う物語。プロデューサーは話に前回ほどの切れがなかったと言う。ストーンは自身の喉仏（のどぼとけ）恐怖症を題材にしたファンタジーに取り掛かる——何らかの皮下寄生虫が逃げ出そうとしているのが喉仏の正体だという、反復的な恐怖のイメージを語る物語だ。グレースは話を気に入った。ストーンらしいと彼女は断じた。しかし、彼はエッセイを出版する気になれなかった。それは無意味に、かつ妙に、個人的な話に思えたからだ。

彼はサプリメントに凝っている母親のことを細々（こまごま）と、皮肉たっぷりに書き始めた。彼女がＤＨＥＡの服用によって睡眠を四時間まで減らしていること。カヴァラクトンのおかげで教育委員になれたこと。しかし、四千語書いたところで、とてもその文章を発表できないし、ましてやグレースに送ることはできないと気付いた。彼はそのときまで自分が何を考えていたのか分からなかった。自分の身内をばかにして、他人に読んでもらおうと思うなんて。

彼はピマ郡の不動産オークションの話を書いた。原稿を送ったどこの雑誌社も、話がお上品でつまらないと言って掲載を却下した。彼は人間を全く題材としない短めの大自然物語をいくつか書いた。自然雑誌の出版社までもがもう少し話にひねりがほしいと言ってきたとき、彼はついにやる気をなくした。

フランスから戻ったグレースがニューヨークから彼に電話をよこした。彼女は小説を仕上げるのに手こずっていた。こっちへ来てくれないかしら、と彼女は言った。ちょっと気晴らしに。それが駄目なら何か新しいものを書いて読ませてよ、と。「何か、冷凍状態の私を溶かすような話を。分かるでしょ。あなたの得意なやつ。変な話。グロテスクな話。私が読んでる作家って、どれもこれも上から目線で退屈なの」

彼は目を閉じ、受話器を握り締め、まるで文学賞を取ったかのように、自分が犯した罪を彼女に語って聞かせた。彼はスタン・ニューステッターの話をした。彼女は彼を笑った。これまでに彼の話を聞いてそこまで笑ったことはなかった。読書クラブのママたちがティーンエージャーの娘の初めての性体験をポッドキャストしているこの時代に、あなたはホームレスの人をからかうように描いたと言って自分を責めているわけ？　どうかしてるわ。いいえ、〝どうかしてる〟どころじゃない。退屈人間になりかけてる。

彼はチャーリー・メレンデスのことを話した。彼女には理解できなかった。「彼が自分を傷つけたのはあなたがそう命令したからなの？　全部自分でやったことでしょ」

彼はチャーリーの一件以来、出版に堪える文章が書けないのだと告白した。

二人は口論した。彼女の方が一方的に電話を切った。彼は、今度彼女から電話があっても最初の二、三回は受話器を取らないと誓った。彼女は彼にその機会を与えなかった。十八か月後、彼女の小説が出版された。そこには、小さな町に住む記者が自分の書いた人情話に取り憑かれておびえるという滑稽な挿話が含まれていた。

彼はタウン誌の仕事に戻った。しかし、インタビュー相手はもはや彼に心を開いてくれなかった。半年後、彼は基本的なライフスタイル記事をまとめる能力さえ失った。彼は大学院に戻り、政治記者か経済記者になる訓練を受けることを考えた。

彼はもはや、少しでも告白的な文章は完全に読めなくなった。親密な暴露話や家庭内の打ち明け話を目にすると彼はぞっとした。就寝前には科学読み物と日用品の歴史を読んだ——香辛料の貿易や養蜂技術がいかに人類を予想できない運命に導いたかという物語。

彼がいちばん好きだったのはページの端にある、余白のスペースだった。彼は以前からずっとその空間を使い、情熱的な編集上の書き込みをしてきた。**これ以上うまい言い回しは僕には無理**とか**くどいからもうこの議論は打ち切るべき！**とか。今ではもう、本に書き込みをすることはなくなった。実際、彼は本屋巡りをし、人間に関わらない本を読み切れないほどたくさん、走り書きから救うだけのために買いあさるようになっていた。

∞

彼はトゥーソンを出た。オーロラに戻り、子供時代を過ごしたフォックスヴァレーの実家で母親と暮らした。兄はまだそこにいて、衛星放送受信用アンテナ設置の会社に勤めていた。ラッセルは建築関係の職に就いた。清潔で手順の決まりきった仕事がいちばんだった。彼は断熱材をステープルで留め、大きな石膏ボード（シートロック）を切り、真新しい間柱に釘で打ちつけるのが好きだった。仕事が順調に進むときは、ボスのラジオから聞こえる扇動的な言葉も気にならなかった。

彼は母親のためにさまざまな物をこしらえた。新しい食器棚は彼女のお気に入りになった。オークの本棚は彼女の蔵書だけではとてもいっぱいにならなかった。彼は時折デートに出掛けた——特に何かを求めているわけではない、親切な女性たちと。夜はしばしば地下室で、天板の反った古いテーブルを使って兄と卓球の試合をした。彼は『蚕と文明』や『簡単に分かるビッグバン』を読みながら床に就いた。

彼は高校卒業十年を記念する同窓会に行った。特に不安を覚えることもなく、普段の仕事の日と同じ心持ちで出掛けた。彼は成功を収めた同級生の自慢話を聞くのに抵抗がなかった。自分の転落物語を語るのさえ、ほとんど楽しいことのように思えた。告白が唯一の贖罪（しょくざい）だった。

二年生の時に四×百メートルリレーを一緒に走った旧友が彼の話に興味を持った。「出版経験のある作家ってわけか？」

「作家だった」とラッセルが訂正した。

昔からずっとのらくら者だったその友人は、出版業で思わぬ成功を収め、慈善家になりかけていた。彼は『自分自身になる』というタイトルの自己修養系雑誌を作っていた。食べ物、運動、ライフスタイル、財テク。そう、よくあるタイプの雑誌。しかし、『自分自身になる』は一つだけひねりがきいていて、原稿の全ては定期購読者が書いたものだった。読者兼投稿者は原稿料代わりに広告主提供の商品を受け取る。微量栄養素で衰えかけた記憶力を取り戻したという記事を書けば、ポマグレネードの老化防止サプリメントを一年分もらえるというわけだ。広告、費用負担、深い利害関係を持った定期購読者、そして大衆（クラウド）の知恵がうまく組み合わさり、時代精神に大きな影響を及ぼしていた。

シカゴに来いよ、とその友人がラッセル・ストーンに言った。『自分自身になる』に加われ、と。ラッセルは躊躇（ちゅうちょ）した。彼はもう、出版のために何かを書くことはなくなっていた。しかし、友人はストーンが文章を書くのを求めていなかった。彼がストーンに求めたのは、熱烈だがまともな文章になっていない数々の証言を何とか読めるものに変えることだった。

その申し出には奇妙な魅力があった。なるほどそこに綴られているのは最悪の形で個人的な文章だ。しかし、問題の〝個人〟はラッセル・ストーンではない。素人に代わるゴーストライターという役割は完全な悔悛だ（神学で「完全痛悔（perfect contrition）」とは、神罰への恐れからの悔悟でなく、神に対する愛による悔い改めのこと）。

ラッセルはまるでNGOの人道的ボランティア活動に参加するかのように、その仕事を務めた。

新たな収入を得た彼は、ローガンスクエアでワンルームマンションを見つけ、卓球をしなくなった夜に自分で描いた風景のパステル画を何十枚も部屋のあちこちに飾った。十×十インチの絵には、人間の形をした、湖や雲や木に変化しかけた明るい液状の形象が描かれていた。

彼はついに、マリー・ホワイトと恋に落ちた。優しい彼女はラッセルの部屋に来て、彼がベッドで編集作業をする間、隣で本を読むのが常だった。二人は彼の絵画以外の件でけんかをすることはなかった。マリーの考えでは彼には才能があり、才能を持った人間はそれを涵養する道徳的な義務があった。ラッセルはただ彼女を笑い、笑われたマリーはすぐに黙り込んだ。

十四か月後、マリーは彼に一枚の書き置きを残した。彼女はマチスのデザインを使った便箋に、次のようなことをぎっしりと綴っていた。ラッセルは鬱病気味なのかもしれないし、そのせいで彼女は彼を好きになったのだが、彼の病気に一生を捧げることはできない。彼女は自分の未来を切り開いていかなければならないし、ラッセルも同じように生きていってほしい。彼女は別の人と付き合うことを考えている――それは実は、親切な画廊のオーナーだ。もしもラッセルが自分の絵画の価値に気付くことがあれば、彼をその人に引き合わせてもいい……と。

『自分自身になる』は彼にやる気を注入した。編集は石膏ボード（シートロック）を貼る作業と同じ喜びをもたらした。述語の活用を直し、並列語句を揃え、主語のずれた分詞構文に手を加え、ごちゃ混ぜの比喩を仕分けし、脱線した修飾語の襟を正す。もつれた散文の藪を、ほとんど輝くほどにまで丹念にくしけずる。彼は週に三日、リバーノースの事務所に出勤し、さらに三日は自宅で仕事をした。完璧な退屈が彼の技芸（アート）となった。二年間、彼は言葉をいじるその仕事に没頭し、波紋も残さず地殻の下に沈んでいくのを望んだ。『自分自身になる』の編集を一生続けてもよいとさえ思った――もしも中年初期で死ぬのなら、の話だが。

彼はあるとき、メスカーキ大学で事務秘書を務める女性がリスの餌やりによる鬱病克服法について書いた記事を編集した。感謝した女性は、創作学科で緊急に非常勤を募集していることを彼に知らせた。「日記と旅行記」を教えていた回想録作家が抗鬱薬を飲んだ勢いでサンフランシスコに飛び、父親について書いた回想を侮辱したブロガーに暴行を働いた結果、当面無給休暇を取ることになったのだ。

驚いたことに、ラッセル・ストーンは要求された条件を満たしていた。彼には必要な学位と誇るべき出版経歴があった――ここ八年は何も発表していなかったけれども。授業担当者をひと月で見つけなければならないという状況で、大学側は誰でもオーケーと言わんばかりだった。面接はまるでラッセルが信用組合をだまそうとしているかのように、妙にこそこそした雰囲気だった。

彼は仕事を得、最初の授業が悲惨なことにならないよう、慌てて三週間で準備をした。しかし、その夜の授業は意外に順調に進み、彼は数年ぶりに新鮮な衝撃を受け、次の学期までに自分は別人に変わっているかもしれないと想像した。

∞

私が今座っている場所から、人類はその幼い時代に何かばかげたことをやった――人を傷つける愚かしい行為を。生存の秘訣(ひけつ)は忘却だ。もしも進化が良心に味方するなら、背骨のある生き物は全て大昔に天井のファンで首をくくってしまい、無脊椎動物が再び地を支配することになっていただろう。

∞

「魔神(ジーニー)とゲノム」――最終編集版――のオープニングはハイテクのデジタル処理を執拗に使い、間もなく本編が始まるという緊迫感をアピールしている。ドナテロの彫刻にありそうな、中年だがそうは見えない顔が、鼓動する闇の中から現れる。眉が弧を描く。口が内気に動きだし、こうささやく。

遺伝子的強化（エンハンスメント）。私たちが現在より優れた存在になることを目指して何が悪いのでしょう。私たちは不完全です。かけがえのない人生をどうして偶然に任せなければならないのでしょうか。

小鬼のような顔が金色に変わり、爆発する。きらきらと光る破片の一つ一つが、鼓動を増す闇の中へ散らばる。

別の顔が虚空からフェードインする。大きくぶっきらぼうで、経験を偏重する修道士タック（ロビン・フッドの仲間で、太って陽気なまぐさ修道士。）のような顔だ。

狂っている？　いいえ、私はトマス・カートンが狂っているとは思いません。ただ、相当な変わり者なのです。しかし、ダーウィンだって変わり者だったのではありませんか？

タックが肩をすくめると、その肩の波紋が渦になり、彼を洗い流す。笑顔のドナテロが洪水の中から現れる。

多くの人が、こんな話はＳＦにすぎないと考えています。しかし、私たちが暮らしているこの国では、六十八パーセントの人が進化論を信じていないのです……。

彼の顔が二つに裂け、リボンのような二重らせんに変わる。らせんの中から一人の女性が現れる。髪は茶色のストレートで、目はブラッドハウンドのように悲しげだ。彼女がイングランド中部地方の訛りのある歯切れのよい口調で言う。

人間の遺伝子の五分の一は既に特許が取られています。単にそれを調べるだけのためでも、特許料を支払わなければなりません。トマス・カートンのような人々は映画の権利をやり取りするように、遺伝的素材を売り買いしています……。

彼女は砂絵に変わり、風がそれを吹き散らす。次に現れるのは、素早くクロスフェードするさまざまな人の顔だ。

彼はドイツのボードゲームをやっているみたいに、生命をもてあそんでいる……。
あの男は三十五歳になるまでに二つの大きな成功を収めて財産を築き……。
トマスにとって、お金は問題じゃない。大事なのは創意だ……。
これはわれわれの祖父の時代の科学的手法とは全く異なる……。

イギリス人のブラッドハウンドが戻ってきて、断言する。

彼を突き動かしているのは、非常に危険な利他主義です。

カートンがフェードバックし、モーフィングによってその顔が別のときに撮られたいくつもの顔に変わる。

超新薬（スーパードラッグ）、知能向上薬（スマートドラッグ）。より健康な人々。より力強い人々。より知能の高い人々……。

彼は水彩画に変わり、図柄が再び修道士タックになる。

トマスが永遠に死なないという話を知っていますか？

トマス・カートンが再び深淵から浮かび上がる。

百五十歳まで生きる最初の人間は既に生まれているのです。

イギリス人のブラッドハウンドが疲れた顔にかかった髪をかき上げる。

私は彼の世界に住みたいと思いません。人が子供を生むために特許権使用料を払わなければならないような未来はごめんです。

彼女を覆う暗い雰囲気が、再びドナテロの朝日によって押しのけられる。

私たちは今、輝かしい未来に向かっています。生きている人間の誰一人として思い描くことのできない、素晴らしい未来。

息詰まるようなクローズアップの連続が中距離で広角の映像に変わる。生き生きした長身の女性が手術着姿でバイオテクノロジー研究所の清潔な部屋を歩く。彼女が振り向き、滅菌帽子を取り、亜麻色の豊かな髪をふりほどく。

この道徳的な物語において、トマス・カートンは常軌を逸した悪者なのでしょうか。それとも彼は高貴な実験を行うヒーローで、その苦労が間もなく報われようとしているのでしょうか。未来が彼をどう裁くにせよ、既に彼は現代の世界を渦に巻き込んでいます……『限界を超えて（オーバー・ザ・リミット）』。

∞

ホスト役を務める女性の英米折衷的な訛りが最後の言葉を発すると同時にそれが文字に変わって動きだし、数十の言語で明滅し、数学的証明や化学の記号や物理の方程式を周囲にまき散らし、最後には研究所の全体が、自己増殖する情報の断片に埋め尽くされる。

場面設定（エスタブリッシング）ショット。ケンブリッジのケンダルスクエア近くにある、極端な片持ち梁構造の全面ガラス張りの建造物。有名建築家の手による宮殿は論理パズルの解法のように見える。

屋内。多額の補助金を得た者だけが使うことのできる、大きな窓に挟まれた角のオフィス。滴る水と風の環境音が部屋を満たす。一つの壁に掛けられた幅五フィートの液晶パネルには、自然の風景が映し出され、一つの風景がクロスフェードしながら、次の風景に切り替わる。

クローズアップ。トマス・カートンの前にある机には、レーダーに映らなそうな後退翼が備わっている。圧縮空気を使った複雑な構造の椅子が彼の背を支える。彼の手は筮竹(ぜいちく)を扱う占い師のように超然としている。ガラスのデスクトップにはさらに多くのスクリーンがある。彼はその一つに向かって話し掛け、別の画面を二本の指でなで、閲兵場に並ぶデータをドラッグし、その隊形を変える。

ナレーション。この世界で司会を務めるビデオジャーナリスト、トニア・シフの冷めた声。

トマス・カートンは二十八歳のとき、最初の華々しい成功を収めました。彼の博士論文となった研究の延長で、病気治療効果を持つタンパク質を乳に含む遺伝形質転換(トランスジェニック)処理の牛が生まれたのです。彼は最初の研究職を手に入れた直後、バイオ技術会社を設立します。彼は生物製剤から得た利益を元手に、サトウダイコンを発酵させてバクテリア触媒でバイオブタノールを作るという研究をハーバードで行いました。彼の手でこの研究は再び大成功し……。

赤毛の人物がてきぱきと声明(コミュニケ)を発表する。命令の合間に、机の長い袖に手を伸ばし、数百のカプセルと錠剤の中から二十余りの錆色のサプリメントを選び、大きな瓶に入ったスイスのミネラルウォーターで飲み下す。

カートンはワイド研究所で、高速度遺伝子特性解読と呼ばれる技術の開発に携わります。彼はその手法を用いて、三つの画期的な遺伝子関連解析研究を行いました。人が不安になりやすい、あるいは小児期に落ち着きがない、あるいは鬱状態になりやすい、そんな傾向と関連を持つ遺伝子の組み合わせが特定されたのです……。

赤毛男はマッチ箱大の装置を空中で振る。部屋が暗くなり、静かな薄暗がりに変わる。彼は椅子を回し、後ろの見晴らし窓に向かい、投機資本（ベンチャー・キャピタル）を分泌するガラスの建物群を見る。彼は椅子に座ったまま上を向き、目を閉じ、瞑想（めいそう）を始める。

彼は七つの会社を創設し、それとは別に十五の会社で顧問を務めています。そして六つの科学雑誌の編集委員をしながら、三つの大学に職を持っています。彼はトライアスロンレースに参加し、品評会レベルの錦花鳥（きんかちょう）を飼育しています。余暇には、未来の超人類（トランスヒューマン）時代について夢のような話を書き、何十万人もの読者を魅了する作家でもあるのです……。

彼の右腕のクローズアップ。赤い医療警告ブレスレットに指示が書かれている。彼の遺体の発見者は速やかにカルシウム遮断薬と血液希釈剤を投与し、遺体を氷水に詰め、pHを調整し、その後の冷凍保存処置のため、フリーダイヤルの電話で、ヘリコプターに乗った医療補助員（パラメディック）を呼ぶこと、と。

窓の外の風景が暗くなり、電気的な波の音が再び聞こえだす。彼が椅子を回し、円弧状に並ぶ画面に向かい、研究管理という交響曲の指揮を再開する。場面をつなぐ部分で、彼の陽気な声が言う。

充分な時間と創造力を持った私たち人類が、どうして自分自身を望み通りの存在に変えてはならないのか、私には分からない。

ジャンプカット。トニア・シフ——陽気な番組司会者——が敷石とヒマラヤスギに囲まれた小屋の揺り椅子に腰掛けている。年の割に若い感じのする服だ——ジプシーシャツ、ニットのジレ、プリーツ入りのふわっとしたスカート。遺伝子的健康人間が四十歳近くになった状態をパロディーにしたような姿。科学者が話を締めくくるとき、彼女は唇をゆがめる。

〝望み通りの存在〟というのは……。

リバースショットでカートン——虫が食ったネルのシャツを着ている——が映し出される。顔はにやつき、顎を上下させてしゃべる。

考えてみてください。私たちは一万年前から自分たちを作り替えてきました。われわれは歴史上、常に、前の世代の人類が神の業だと考えたことを成し遂げてきた。われわれはその限界がどこにあるかを知らないのです。私たちにできるのは、ただ探求を続けることだけだ。

彼はみすぼらしい上着の胸ポケットに手を伸ばし、モレスキンの手帳を取り出す。彼は柔らかな手帳を広げ、彼女に手渡す。

私はいつもこれを携帯しています。お守りみたいなものだ。

ショットがさくさくと切り替わる。トニア・シフが手帳を受け取り、読む。

「男であれ、女であれ、われわれ人間の義務は、自分たちの能力に限界がないかのように前進することだ。われわれは天地創造の共作者である。テイヤール・ド・シャルダン」。彼は確か、神秘主義的キリスト教徒ではなかったかしら。

カートンがにやりとする。

深遠なるゲノム理解に何も神秘的なものはありません。普通の正統科学にすぎない。

∞

二度目の授業の夜、ストーンはもっと落ち着いている。湖からの風がローズヴェルト駅からメスカーキ大学へ向かう彼の歩みを緩慢にさせる。彼は屋台の前で立ち止まり、ベジタリアンラップと緑茶を買う。誰かが強引に彼の手にビラを握らせる。「ダルフール紛争、原因は私たちなのか？」彼ははっきりしない声で礼を言い、読むふりをする。歩きながら緑茶を飲み、ブティックの前を過ぎる——軍服まがいのジャンプスーツを着たターバン姿の女たち。二軒先には〝プロスセテック〟という店があり、「携帯、装着、移動、スポーツ用電化製品千種以上！」と書かれている。彼は顔を上げる。三マイル先のゴールドコーストまで、通りはずっとこの調子だ。町は彼を燃料にしようとし、彼はそれで構わないと思う。役に立てるならどんなことでも。

大学のロビーでは、無愛想な芸大生がいくつもの神経質なグループを作り、世界の次なる本質的・相互的・ネットワーク芸術的な潮流（トレンド）を計画している——人類の人類に対する見方を変える潮流。その様子を見ていると彼は、自分には他人に興奮を与える権利があると想像するときの感覚を思い出す。彼はこの夜、偶然以上に学生と目が合わないように努めながら、彼らの脇を通り過ぎる。

七階に上がり、蛍光灯のうなりが響くみすぼらしい教室に入ると、メーソン、シャーロット、アダムの三人が、彼の知らないアマチュアバンドの魅力を論じている。彼も以前は熱烈なファンだったが、今時のバンド名は複雑な合成化学物質か、キルギス辺りに散らばっていそうな村の名のように聞こえる。「バンドの数が増えすぎて、そろそろ名前がネタ切れみたいだね」と彼は言う。学生たちは笑う。少なくとも。「ていうか、ガレージよりもバンドの数の方が多いかも」

カビル人女性はそこにいない。前回の授業で自分が何かまずいことを言ったせいで彼女が受講をやめたのだと思い、ラッセル・ストーンは気落ちする。まるで、夜中に得た、人生を一変させる洞察を彼が書き留め損なったかのように、彼女は姿を消した。ストーンは自信をなくしながらも、最初の日記を読み上げてくれる人はいませんかと学生に呼び掛ける。赤の他人に話す価値のある事柄。アダム・トーヴァーは異議を唱える。「俺のはまだできてません。話の部分はできたけど、もう一回見直して、象徴を埋め込む必要があるから」。ジョン・ソーネルは、自分が住むアパートの中庭で見かけた、二人の警官と悲鳴を上げるティーンエージャーとの追跡劇を事務的に物語る。ちょうどテーザー銃が取り出されたところで、タッサ・アムズワールが教室に入ってくる。

彼女はストーンが思っていたよりも背が低い。服は刺繍の施された珊瑚色のシフトドレスだ。彼女は南イタリア出身と言っても通用するだろう。しかし、その丸い顔は彼の記憶にある通りの光に輝き、その表情は、つい先ほど廊下の先で、建物のすぐ外で、このあり得ない町の路上でこの上なく素晴らしいことが起きたと告げている。この先何年もの間、すべての人を救うような出来事。その日には遅刻を謝罪する様子はない。久しぶりに会う友人たちが既にこの場に集っているのを見て、思わず笑みを浮かべているだけだ。彼女は銀の腕輪をした手でスーの肩をなでながら席に着き、ライラック色に爪を塗った指先で挨拶代わりにシャーロットの肘に触れる。

八人全員が微妙に緊張度を増す。ジョンはそこからしどろもどろで一文が終わるところまで読み上げた後、残りは余りにも荒削りだから皆に聞かせられないと言って撤退する。「荒削りな部分こそ皆と共有する価値がある」とラッセルは言う。他の学生は芸大生らしい元気を失い、うつむいたまま、ノートをぱらぱらとめくる。

　進んで手を挙げる者はいない。これが郊外的な気後れというものかもしれない。太陽に焦がされたサハラの縁に敬意を払う、恵みの島。あるいは皆、この女性から発せられる不気味な安らぎの光線の中で、日光浴をしているだけなのか。彼らは日記をめくり、横目で互いを見、彼女の態勢が整ったかどうかをチェックする。

「みんなで日記を読んでいるんですか？」とタッサが尋ねる。彼女の歓喜が全員に相談する。

「私が次やってもいいですか（メイ・アイ・ゴー・ネクスト）？」

　彼女がネイティブ・スピーカーよりも正しく助動詞を用い、「キャン・アイ」でなく「メイ・アイ」と尋ねたことにストーンが驚いている間に、彼女は日記を読み始める。彼女の声は素朴な笛のようで、なぜか、主旋律以外に第二のメロディーまで添えられているみたいに聞こえる。ラッセルは文章の律動に聞き惚れ、言葉の主意を聞き損なう。ほとんどアニミズム的なシカゴを舞台にした、神話の夜明けから現れた物語。赤の他人に話す価値のある事柄。それがこれだ。アルミ製の歩行器を持った老婆が一分に一段のペースで文化センターの正面階段を上がっていく様子。

　その歩みは氷山のごとく、階段は無限。登っていく女性は、世界最大のティファニー製ドームに向かう水曜午後のシーシュポスだ。磨り減った大理石の階段は一世紀に及ぶ幽霊の足元で布のようにしなだれる。しかし、タッサによる描写の一言一言が登坂者を光に向かって持ち上げる。三歩目。自分はこれほどしっかり人を見つめたことがないとラッセルは悟る。老婆が階段のてっぺんにたどり着いたとき、欲望の鋭く青いフィラメントが彼に、自分が死んだずっと後、人類がどうなるかを知りたいと思わせた。

「ちぇっ」タッサの話が終わるとスー・ウェストンが言う。「勘弁してよ。こんなのの後であたしの作文を読めって言うわけ？」

皆が笑う。そしてラッセルは笑いながら、息をするのを思い出す。だぼだぼの防弾チョッキを羽織ったロベルト・ムニョスが身震いし、剃り上げたプラム色の頭を手でさする。「サンキュー」と彼はぼそっとした声で言う。「マジでサンキュー。話を聞いてたら、よぼよぼになるのが楽しみになってきた」。彼はタッサを鋭い目で見る。「てか、何歳なの、あんた」

彼女は二十三だと言う。誤差は数千年。

他の学生が日記を読む。教室の空気にはまだあの階段の余韻が残っている。皆、タッサの熱心なうなずきに元気を得ながら、賛同を競い合う。行為が他の全てのテキストに取って代わろうとする。アルジェリアはどこにも存在せず、シカゴは今初めて目の前に現れた土地になる。

『生き生きした文章を書くために』の課題部分を見る時間がないままこの夜の授業が終わる。ラッセルはフレデリック・P・ハーモンの主張を手短にまとめる。

　物語の中の人物に対する関心を読者に持ってもらいたいなら、作者も登場人物に関心を持たなければならない。そうでなければ、どんなふうに世界を描写してもうまく行かない。

誰も彼の話に関心を持たない。学生は皆、互いに話し掛けたり、ちょっかいを出したりするのに忙しい。皆が荷物をまとめている間に、メーソンが一人一人にニックネームを付ける。キヨシは〝透明(インビジ)ボーイ〟。そして、〝アートギャル〟・ウェストンと〝プリンセス・ヘビー〟・ハリンガー。ジョン・ソーネルは〝スポック〟。アダムは〝ジョーカー〟で、ロベルトは〝泥棒(シーフ)〟。メーソンは自分を〝カウンターストライク〟と名付け、ラッセル・ストーンは〝ティーチャーマン〟になった。タッサディトのニックネームを付けるときだけ、彼は少し迷う。彼は彼女が愉快そうに返す視線におびえながら、彼女を見つめる。「よう、〝ダライ〟！」その後、彼はすぐに訂正する。「違う、違う。分かったぞ。〝ミス・包容力（ジェネロシティー）〟だ」

ティーチャーマンは学生の注意を集めるために名簿を振り回さなければならない。「みんな忘れずに、明日の深夜までに新しい作文をメールで提出してください」。ジョーカーとアートギャルが、不意打ちを食らったアニメキャラのようにうなり声を上げる。ラッセルはまるでこの二十四時間、森の落ち葉を巧妙に敷き詰めて罠を隠すように何度も言い回しを練り直したみたいに、次回の題目を与える。**あなたの故郷で生まれ育つのは絶対に嫌だと人に思わせる文章を書きなさい。**

∞

デスプレーンズ、テレホート、バッファローグローブ。故郷に危険は多く、報いは少ない。ストーンは害悪の上位を読む。多いのは〝退屈〟だ。「もしもホイートンがリアリティー番組だったら、パイロット版を途中まで制作した段階でスポンサーが企画をやめにするだろう」とメーソンの作文に書かれている。それに続くのが〝孤立〟〝偏屈〟〝無目的〟〝圧倒的な力関係〟〝商業による美観破壊〟〝あらゆる美意識に対する犯罪〟〝潤沢という名の末期的倦怠感〟。シャーロット・ハリンガーは「私は衛星放送のパラボラアンテナの上でぐつぐつと煮詰まるような子供時代を過ごした」と書く。おなじみの場所。あなたの近くの新興住宅地に今生まれつつある故郷だ。

さてそこに五歳の少女がアルジェリアのセティフから列車に乗り、人であふれるアグハ駅にやって来る。少女は港から山に向かって不規則に広がる郊外の迷宮で成長する。太陽によって分解され、安値で売り買いされる、戦後の高層ビル。繰り返しもてあそばれる怠惰な女奴隷（オダリスク）、「白きアルジェ（アルジェ・ラ・ブランシュ）」。戦後？　戦前。今も昔も戦中。聖戦。〝汚い戦争〟。半世紀にわたる戦争でアルジェリアは人口の三分の一を失った。国家独立に向けられた熱意が自らに矛先を向け、国は今、あらゆる場所に敵を生んでいる。泥棒政治家の独裁に対するイスラムの反動が大衆運動にまで高まる。分離主義者組織〝ベルベルの春〟が現れて消える――制圧されたというより、決着が先延ばしになったせいで〝ベルベルの夏〟に姿を変えたようだ。さらなる飛躍のための一時撤退……。

　世界で最も有望な新国家が失敗に終わった。少女は何が問題か知っている。両親は毎晩夕食の席で、声を潜めてその問題を論じる。一世紀半続いた植民地支配から解放されたせいで一気に部族主義に火が点いたが、今回の争いに高尚な大義は存在しない。衣装、言葉、髭。一つ一つの特徴が、意図の有無にかかわらず、特定集団への忠誠を表す。アルジェリアで三度目の大きな言語切除術が始まって一世代が経ち、再び言葉が極刑に値する罪となる。彼女の父が大学の工学部生に向かって講義をしている最中に口を滑らせてフランス語を使ったりすると――「こんなふうに（エンド）、ほら（ヴォワラ）」――彼は公然と非難される。彼女の母は国営石油会社ソナトラックで文書翻訳をしているが、ある日の午後、バベルウェドのバス車内で低いネックラインとむき出しの頭髪を数人に非難され、巡回中の警官にその旨を訴え出ると、煽動罪で罰金を命じられる。

　そう。少女は音楽のレッスンを受け、家族で海辺にピクニックに出掛け、休日にはリトルカビリアの従兄弟（いとこ）と乗馬を楽しんだりもする。時には町が、白いがらくたを集めた夢のように、紺碧（こんぺき）の地中海に浮かんで見えることもある。しかしアルジェリアでは、運命はおおむね逆に向かう。出生率が急上昇し、家屋の供給が追いつかない。汚職が産業よりも速やかに成長する。通りの先まで歩くのに賄賂が必要になる。教育の力が弱まり、少女が二年生になる頃、つぎはぎだらけのシステムが限界を迎える。勢いを増したイスラム救国戦線が権力を握りそうになる。すると、国軍が全ての選挙結果を無効にする。

　真の闇が支配する十年間。彼女の母は娘と息子に、バスで隣同士に座らないよう、そして一緒に市場を歩かないように言う。夜間の大量殺戮は主に、辺鄙（へんぴ）で記録にない山間の村で起こる。しかし、殺人——名もない、異宗派間の殺人——は首都でも普通に起きる。要塞地区（カスバ）でも、旧フランス人居住区でも、そして無遠慮にも、悪い冗談のように殉教者記念碑のそばでも。

殺人者は多く、気前が良い（ジェネラス）。彼らが大量殺戮を行う理由は何でもありだ。時にはそれが相手のためだとさえ言う。イスラム救国戦線、イスラム救国軍、武装イスラム集団、イスラム武装運動、民主国民連合、説教と戦闘のためのサラフィー主義者集団。毎週、新たな組織が生まれる。敬虔と世俗、伝統と西洋、アラブとカビリア……。一晩のうちに一つの村が消える。昔の恨みで隣人が隣人を殺し、死体に細工をして政治的暗殺に見せかける。わずかの金（ディナール）で死体を注文できる。

エリートらは国を出て、カサブランカ、チュニス、マルセイユへ向かう。タッサの母の兄はパリ郊外に広がる最小治安の荒れ地に逃れ、生活保護関連の仕事を見つける。彼はアルジェの親類に電話し、報復の恐れなしにパン屋でパンを買えるという魔法のような話をする。少女の父の姉は患者に人気のあった歯科医院をあきらめ、モントリオールで植物園の管理人になる。少女の両親——ボートで逃げ出さなかった最後の国際的アルジェリア人——は、死者の数が八万人に達したら国を出ると決意する。その後、九万に変更する。そして十万。死者が週に千人にまで増えても一家はまだそこを動かない。彼らは共鳴する希望の犠牲者だ。信念という古い習慣から抜け出すことができない。それは信仰とは違う。宗教的信念なら、たちの悪い神話として大昔に捨ててしまった。友人や隣人への信頼。普通の人間を信じる気持ち。

少女は中学に入る。彼女の世界は教室と家にまで縮む。しかし彼女には、国境のない本の世界が開かれる。少女と弟と母は、ムハンマド・ディブの描くトレムセン、カテブ・ヤシーンの描くボーヌ、マルグリット・デュラスの描くサイゴンを一緒に旅する。三人は父を楽しませるために素人芝居を演じる。いかに幼稚な架空の場所でもアルジェからの息抜きになる。

技師である彼女の父は、人間が理性を取り戻すのを待つ。彼は講義で学生に向かって荷重計算や強度分析を論じる合間に、さりげなく、否認可能な訴えかけを挟み込む。アムネスティの活動やゲリラの降伏を耳にするたびに喝采を送る。密かに新しい選挙を支持する。生来の楽観主義が報われる兆候が見え始める。彼は終わりなき戦争の終わりを思い描く。

そのとき、カビル人歌手のルネース・マトゥーブが殺害される。国全体が新たな争乱に巻き込まれ、タッサの父は目を覚ます。

彼は「エル・ワタン」紙に次のような手紙を書く。本物の民主主義ならベルベル語に公的な地位を保障すべきだ。公立学校はタマジグ語を教えなければならない。かの第一言語の復活なくしては、先の十年にわたる人々の死が無駄になってしまう、と。

彼の立場は、近年の出来事を思えば、穏健なものだ。しかし手紙が新聞に掲載された二週間後、タッサの父が大学の机で流体力学の試験答案の山に突っ伏しているのを学生たちが発見する。彼の頭蓋骨の後ろには、スズメの目ほどの小さな穴が二つ開いている。

タッサの母が倒れる。回復するのにふた月かかる。再び動けるようになると、ザムラ・アムズワールは荷物をまとめ、ティーンエージャーの二人の子供を連れて、パリにいる兄のもとへ向かう。彼女は小さな診療所で働き口を見つける。軽い事務の仕事だ。とりあえず。彼女が一年経っても同じ場所で働いていると、母国のティジウズー近くで警官がゲルムー・マシニッサという十九歳の青年を殺す。それに続く十日の暴動の間、母と子供らは毎晩、ラジオ・アルジェリエンヌに耳を傾け、抗議に加わったカビル人ティーンエージャーが何十人も撃たれたというニュースを聴く。

四か月後、診療所の医師がザムラ・アムズワールの黄疸（おうだん）に気付き、胆嚢拡張症と診断する。六センチの膵臓腫瘍が既にタッサの母親の体の隅々にまで細胞を送り込んでいる。十七週後、アルジェのニュースを読み上げる娘の声を聞きながら、彼女は亡くなる。

ベルベル人の学生はこれだけの内容を、不気味なスタイルを持った三ページの英文にまとめている。日記に関する二度目の宿題。あなたが私の故郷で生まれ育つのは嫌だと思う理由。彼女はこう続ける。そうは言っても、あの場所はとても美しい。できれば皆に間近で、港から町を見てもらいたいと私は思う。きっと誰もが感動するだろう。生命にあふれる町。私たちの家(シェ・ヌー)。

∞

やはり本当だった。タッサ・アムズワールの両親は亡くなっている。死因はアイデンティティと、希望を持ちすぎたこと。娘は新発見の抗鬱薬を飲んでいるか、消えることのない大きな心的外傷(トラウマ)のせいで妙に感情がハイになっている。彼女の作文には、大きくなったら宇宙飛行士になれると思っている子供のようなのびのびした自信がある。彼女の描く全ての音が実際に耳に聞こえ、全ての色が輝く。害の大きい植民地的遺産。精神病じみた宗教。夜間の襲撃。彼女は驚嘆し、流れに運ばれる。彼女の言葉は裸だ。彼女の文には、翼の先駆けとなるものが備わっている。

彼女の宿題に書き込みをするストーンの手が震える。彼は優れたフレーズを目立たせるのに緑のマーカーを用いる（教育学の教科書によると、赤は禁物だ）。終わりにたどり着く頃には、レポートは全体がぼんやりしたエメラルド色に染まる。私の手元にあるフォトコピーもまるで昆布の養殖場だ。

彼は課題のチェックを終えると、『自分自身になる』の溜まった仕事に戻ろうとする。この二年、彼は編集機械に徹してきた。お茶を飲み、文法を吐き出す機械。しかし今は、一段落以上、集中力が続かない。彼はそれほど夜の授業に入れ込んでいる。アルジェリア危機を解説するウェブページをこの四十分で四回、隠れるように覗いた後、散歩でもすれば気分が変わるのではないかという気になる。

ローガンスクエアからサウスループまで歩けば数時間かかる。彼は健康だし、散歩に苦労はないはずだ。しかし、バックタウンに着くまでに、既に息が切れる。ミルウォーキー街は、歩いてみると、いつもと全く違う世界に見える。彼は自分が暮らす場所を何も知らない。ウィッカーパークにさしかかる頃には六つの言語を耳にしている。もっと新しいエスニック集団は皆、町の反対側に暮らしているはずだ。

フレデリック・P・ハーモンは『生き生きした文章を書くために』の一章を丸ごと〝場所〟に割いている。ストーンは授業概要に、十月半ばの題目としてそれを取り上げている。〝場所〟は登場人物に劣らず、重要な主人公の一人だ、とハーモンは言う。しかし〝場所〟は危機に瀕していると彼は論じる。〝ここ〟という私たちの感覚は、グローバル化するバーチャルな攻撃にさらされ、急速に消え去りつつある。

ラッセルはギリシャ人街に着く頃、フレデリック・P・ハーモンはもっと頻繁に外に出るべきだと思う。

ストーンは頭の中で、町を地域ごとに色分けしている。一人歩きをしてはならない場所、夜間に出歩いてはいけない場所、決して立ち入るべきでない場所。彼は真の暗黒部には近寄ったことがない。警察でさえ行きたがらない危険地域（ノーマンズランド）。彼は高速道路から公営住宅群を見たことがある。地球上の不運の地と並ぶ苦痛を集めた高層ビル。しかし、シカゴで最も恐ろしい脅威でも、アルジェの実情を知った後では、ばからしく思える。

彼はこの町で生命の危険を感じたことは一度もない。常に安全だと思ってきた。怠惰な幻想。今、ミルウォーキー街を歩いている彼の目には、武装した若者が集合住宅の窓からマシンガンを振るのが見える。イスラム救国戦線と武装イスラム集団の標定手（スポッター）が通りの角から合図を送る。反逆者のパイプ爆弾が中古レコード屋の見晴らし窓を吹き飛ばす。通りに油っぽい煙が充満する。黒いフードをかぶってバイクに乗った準軍事的忍者部隊がディヴィジョン通りを行き来する。誰のために働いているのか分からないその奇襲部隊が、無作為に車から人を引きずり出し、オークパークの縁にある秘密の倉庫に連れ込み、気を失うまで殴りつけ、尋問をする。

　ラッセルはメスカーキのロビーに着く頃には震えている。先週はあれほど恐ろしく見えた芸大生――みだらで、爪を噛み、入れ墨をし、当世風に鬱っぽい芸大生――が今では、守護天使のように見える。彼はその無害な純情娘たち、無邪気な博愛と健康の神々を抱き締めたいと思う。次にまた学生たちに会うのは夏の最後にプールサイドで開くパーティーのようだ。

∞

アメリカ人の学生が次々に、日記を声に出して読む。あまりにも控えめでほとんど消え入りそうな声で、〝透明ボーイ（インビジ）〟のキヨシ・シムズが覚醒促進剤「プロビジル」を飲んで徹夜するというアルバイトの経験と、ジュネーブ地区に住む忙しいビジネスマンの代わりにオンラインで魔法使いや戦士のキャラクターを操作して小遣いを稼いだことを話す。〝ジョーカー〟のトーヴァーはウィルメットで味わう危険の数々を皆に伝授する。「俺のおふくろはクリスマスイブに、家の前の飾り提灯（ルミナリア）の火が半分以上消えているのに放っておいたという罪で逮捕されたことがある」

　次はタッサ。彼女はまるで今、言葉を見つけたかのように自分の作文を読み上げる。その声は蛍光灯のともる教室にアルジェを――乾いた、白い、無慈悲な土地を――よみがえらせる。彼女は幼い頃、裏通りの洗濯紐の下でキックボールをしてる最中に、三人の男が一人の男をベージュのプジョーのトランクに押し込むのを見たという話を読む。彼女は父親の死を物語る。それはほとんど詩のようだ。母親の〝無念の病〟を語るとき、彼女は長い休止を置く。顔は紅潮し、目は潤んでいるが、彼女は顔を上げ、果敢に教室を見回す。アメリカ人は誰一人として彼女と目を合わせることができない。

　彼女は再び読み始め、始めたときと同じ、太陽に照らされた高台で話を終える。アルジェは再び、地中海にそびえる角砂糖の山になる。距離あるいは時間のせいか、アメリカという避難地のせいか、難民経験からくる感覚麻痺か。いずれにせよ、彼女は善良だ。彼女の一家に起きたことの全てが善だ。これから起こる全てのことが善であるのと同様に。彼女は自分が青年期を生き延びたことへの驚きに満ちている。人生が今後何をもたらそうともそれを受け取る覚悟はできていると言わんばかりに、表情は柔らかく、目は輝いている。

「どう思う?」彼女はクラスメートに訊く。彼女は出生地の永続的蛮行にあきれたように首を振る。

「こんなに狂った土地、他にある?」

　プリンセス・ヘビー・ハリンガーが沈黙を破る。「ちょっとそれ、見せてくれる?」彼女はほほ笑む女からレポートをひったくる。シャーロットはタッサの文章を読み返しながら、首を横に振り、

「うわ、うわ、うわ」と繰り返す。

　他の学生は皆で質問を浴びせる。タッサは別の話を持ち出して質問に答える。南ヨーロッパのリアリティー番組を敬虔な市民に見させないためにイスラム原理主義者がむなしい努力をしているという話。遺体の指を指紋読み取り装置にかけ、父の死後にコンピュータのロックを解除したという話。『ウェストサイド物語』をアルジェリアの歌謡曲風にアレンジした舞台で弟のモハンドがシェブ・トニーを演じて失敗した話。

　彼女はまるで、たった今、聖人顔負けの惨劇を皆に聞かせたのを忘れたかのように、話をしながら笑う。さらに二つか三つの逸話を彼女が語ると、〝スポック〟・ソーネルまでもが話に惹きつけられる。皆が一斉にがやがやと話し始め、ミス・包容力（ジェネロシティー）の承認を競う。ティーチャーマンは形式的にでも『生き生きした文章を書くために』から今夜の割り当て部分を読もうとするが、その前に、

彼らの共有された二時間が終わる。

しかし、誰も教室を出ようとしない。皆、彼女の高揚に耽溺している。シャーロット――プリンセス・ヘビー――が最初に切り出す。「オーケー、みんな。今から一緒にビーナリーに行って、この続きをやりましょ」。彼女は脅すようにラッセルを指さす。「みんなで一緒にね」

こうしてラッセル・ストーンはこの暖かな九月の晩、芸大生の一団とローズヴェルト通りを喫茶店に向かう。彼は気後れしたキヨシ・シムズと共に最後尾を歩く。賞賛者に囲まれたタッサは、時折後ろを振り返り、温かいまなざしをキヨシに向ける。ラッセルはぞくぞくする。彼女は誰とでも仲良くなれるし、このオタクに対しても好感を持っているのだ。

前方の集団は人通りの少ない通りを歩きながら、その時々の喜びが命じるままに密集してゆっくりと移動し、互いの肩に手を掛け、互いの腕を引っ張り、大声を上げ、一斉に視線を集め、町いちばんの光のショーの下、笑い、歩き、互いの話に耳を傾け、周りを囲む夜の風景を眺め、アルジェリア娘の変わらぬ魅力からエネルギーを取り込む。皆、気分は愉快だ。しかし――どう言えばよいのだろう？――喜ぶのは早すぎた。

∞

何年も前、もっと暖かな夜にストーンは、同様に自由な仲間と一緒に町をぶらついた。私には見える。彼の仲間が同じようにゆっくりとしたペースで、自分たちで独り占めした砂漠の空の下、トゥーソンの今はなき要塞の通りを歩く姿が。論文提出の前の週、止められない文学集団の歴史を思い描きながら、共通の遺産継承に向かって共に歩むグループ。傑作映画に出て来そうな集団だ。一握りの専門家集団が力を合わせて不可能な犯罪を企てる。古典文学者、ストリートの王者、頭の切れる人物、常におどけている男、叙情詩的な会話の女王。彼らは文学の働きを変える気でいる。伝統の専制を断ち切り、死者でも目を覚まさずにいられないような圧倒的面白さで、退屈しきった一般読者を再び魅了するのだ。

六か月後、彼らの運動は行き詰まった。グループは現実主義（リアリズム）に押し潰され、散り散りになった。二人はその道に見切りをつけて、会社勤めを始めた。一人は完全な酔っ払いになった。一人は北西部の太平洋岸に家を構え、三十万語から成る大作を週に百語のペースで執筆中だという。結局、仲間のうちでただ一人――ラッセルと仲の良かったグレース――だけが真の創造性に堪えられるほど冷酷かつ卑劣だった。

そして、かつて不死身と思われたそのグループの一人はもはや、自分の名前が入った文章が出版されるのを想像しただけで、深刻な死の願望に駆られる有様だ。その人物が今晩、シカゴの町で、別の無敵集団の十歩後ろを歩いている。グループの中心にいるのは、彼がかつて書くのを夢に見た物語から飛び出てきたような女性だ。

∞

彼はこれまでに虚構の人物と恋に落ちたことがあるだろうか。いや、こう尋ねた方がいいかもしれない。この男は生きているのか、と。彼は遺伝子的には、まるでそこに命が懸かっているかのようにタオル地の代理母にしがみつくあの有名なアカゲザルとほとんど変わらない。この特性にはあらゆる意味の価値がある。単なる煙の記号からぬくもりを得る能力。

しかし、恋の相手はどの虚構的人物か。オーケー。最初は、ジョー・マーチに対する未熟な欲望（ジョー・マーチはルイザ・メイ・オールコット『若草物語』（一八六八―六九）に登場する四姉妹の一人。）。彼は何としてもエマ・ウッドハウス（ジェーン・オースティン『エマ』（一八一五）の主人公。）と親しくなりたいと思い、永遠に続く生物学初級のクラスで滑稽なメモを手渡したいと心の中で願った。彼は田舎道をドロシア・ブルック（ジョージ・エリオット『ミドルマーチ』（一八七一―七二）の主人公。）と遠くまで散歩し、星空の下でキャンプし、彼女の唇以外には指一本触れなかった。ずっと後になると、オデット（チャイコフスキー『白鳥の湖』の王女。）が素敵に思え、しばらくするとそう思えなくなった。彼はデイジー・ミラー（ヘンリー・ジェームズ『デイジー・ミラー』（一八七八）の主人公。）を守ろうとしたが、みじめな失敗に終わった。彼はデイジー・ブキャナン（F・スコット・フィッツジェラルド『グレート・ギャッツビー』（一九二五）で、ギャッツビーの初恋の相手だった女性。）を欲望しようとしたが、彼女の体を揺することしかできず、しまいに彼女はぐずりだした。

エマ・ボヴァリーは彼を芯からおびえさせ、二人が同じ部屋にいるときはいつも、彼は倫理的に許されない欲望を胸に、青ざめた顔で部屋の隅に隠れた。アンナ・カレーニナと過ごす時間は非常識な手紙や人目を忍ぶ慌ただしい逢い引きに満ちていた。彼女は真っ昼間、余りにも散文的な彼の人生の完璧な瞬間に、派手な姿で彼のもとに現れた。リリー・バート（イーディス・ウォートン『歓楽の家』（一九〇五）の主人公。）は二つの大陸で彼を仰天させたが、最後には、言ってくれさえすれば彼女のためなら何でもやると彼に思わせた。世界的名作の著者らと同じように、ラッセル・ストーンは自殺する美女を偏愛した。

恋した女性は他にもたくさんいた。第三者を通じて引き合わされた面識のない女性、遠くからあこがれるだけの人、一晩だけの相手、最後は無責離婚に至る円満な家庭。彼はいつも分別や目的を持たず、狂ったように、好色に、罪深く、そして頻繁に、恋に落ちた。そしてそのたびごとに、紙の上の女性は実在の女性を、声の大きな現実を思い起こさせるだけの味も素っ気もない存在に変えた。

しかし、この男についてはもう一つのことが言える。どんな本であれそれを読み終えて二、三か月が経つと、物語のプロットがぼんやりしたセピア色に変わり、彼は図々しくも、女主人公に心を動かされたことは一度もないと断言することができた。それもまた、ずっと保持されている有用な特徴らしい。思い通りに書き換える能力。

「書くことは常に書き直すことだ」と、次の二回の授業で三度、彼は学生に言う。

学生はまるで彼がロシア語をしゃべったかのように、彼をじっと見つめる。

∞

ラッセル・ストーンは夜にテレビを三時間見るのが常だった。他人の言葉を一日中修理し続けた後では、その程度のことしかできなかった。彼はベッドに寝転がったまま、毎晩全国ネットが見せる虚構の完成度に驚嘆した。欽定訳聖書以来、組織によって仕上げられた最高の作品。彼は自分がテレビなどくだらないと思うと思っていた。延々と繰り返される個人的なトラウマや些細な成功談。しかし、そんなものを観るたび、彼は不意打ちを食らった。番組終了五分前になるといつも喉が詰まり、息が苦しくなり、大団円に至ると、完璧にはかったような自己受容や和解にまたしても打ちのめされた。たとえ数秒間であれ、努力によって前の自分よりもましなものに変わった、欠点だらけの人間がまた一人。そして挿話と挿話の間で、ラッセルはまた懐かしの虚構的人物らと会いたくなった。

　最近の夜は、虚構(フィクション)に割く時間がない。彼にはやりかけのプロジェクトがある。印刷媒体でグレース・コズマに言及した記事を全て集めて以来の企画だ。彼は二つの仕事を終えた後、残る時間を北西アフリカ(マグレブ)研究に費やす。彼はネット上にあるベルベル人の声明書に目を通す。十以上の国に散らばる二千五百万人のベルベル人。それほどの数にもかかわらず、彼は今月になるまで彼らについて聞いたことがなかった。

「〝ベルベル人〟と言うときは用心した方がいいです」六度目の夜の授業で、タッサが彼をからかうように言う。「ベルベルというのは野蛮人という意味だから。〝アマジグ〟の方がいい。自由な人々という意味です」

　キーボードのそばに置いた一巻ものの仏英辞典を使い、必死に「ル・マタン」紙や「エル・ワタン」紙を読み進める。暴力の拡大により、アブデルアジズ・ブーテフリカの不法な政府がプライムタイムの虚構には陰鬱すぎる土地へ駆り出されるさまを古い新聞が物語る。

授業がない日の深夜、ラッセルはそのらせん階段を下りる。彼はミルトン・エーブリーが描いた海岸風景の複製の下でカエデ材の書き物机に向かい、タッサ・アムズワールの国で起きた最悪の事態を確かめることに奇妙な慰めを見いだす。彼はまるでアルジェリアの最悪な詳細について少女に尋問しようとしているかのように、こまめにメモを取る。十年にわたる組織的大虐殺の結果、西ヨーロッパほどの面積を持つ国が、歩く死体に変わった。そしてタッサは、恍惚とした神秘家のように光り輝く姿で、その土地から現れた。

彼は日記にこう書く。**彼女は大いに秋を楽しむ。**そう記すだけで彼は、国土安全保障省の気分になる。

天気が崩れると、彼女の喜びは増す。彼女は冷たい土砂降りの中、教室に駆け込んでくる。スモックもスラックスもびしょ濡れで、チョコレート色の髪は束になって肩に貼り付いている。彼は書く。**彼女は教室の入り口に立ち、たった今、ディズニーランドから帰ってきたみたいに笑う。「外はもう大変！　嘘みたいな雨！」**

彼女はクラスで、前夜のパーティーの話をする。五人の見知らぬ人と一緒に、紅茶とクッキーで三時間。中には宅配便(UPS)の男と、タッサの使うバス停で寝泊まりしている、英語の話せないウクライナ人女性もいた。「シカゴの人、素敵な人。とてもフレンドリー」

アメリカの真の分断は保守とリベラルとの間でも、金持ちと貧乏人との間でも、合理主義者とキリスト教徒との間でもなく、パスポートを持った人と持たない人との間にあるとアートギャルが作文を読み上げる間、タッサの体から満足が滴り続ける。三つ目の切り返しが登場するたびに、タッサは両頬を鳴らし、「そうそう、その通り！」と言う。彼女の賞賛の対象となった人間は徐々に宙に舞い上がる。

九回目の授業。彼女は丸いタッパーウェアにお菓子を詰めて来る。セモリナ小麦のケーキを蜂蜜に浸したもので、その名前――ティムシュプシュト――は他の誰も彼女の後に続いて発音することができない。「周りで手に入らないものは」と彼女が言う。「自分で作らないとね」。彼女が感染している慢性的なウィルス性多幸感の正体がいかなるものであれ、それが彼女の家の台所に蔓延していることを期待しつつ、皆が菓子を自由に取って食べる。

∞

その夜、荒削りな日記を声に出して読むときには互いをかばい合っていた学生たちが、初めてけんかになる。『生き生きした文章を書くために』からこの日の割り当て部分を読んだのが始まりだ。フレデリック・P・ハーモンは独り善がりに、あらゆる物語は二十四の可能なプロットの一つから派生すると断じる。

「この理論についてはちょっと、俺の理論を言わせてもらいたい」とカウンターストライク・メーソンが言う。「思うにこれは、いわゆる〝世迷い言〟だな」

ラッセルは何も言わない。彼はこの数週間、自由を説いてきた。今さら検閲のようなまねはできない。

スポック・ソーネルが計算をし直す。「俺は逆。どっちかと言うと、この人は気前が良すぎだ。俺はその半分だと思う。せいぜい一ダースくらいのバリエーションじゃないかな」

「ばか言うな」カウンターストライクが楕円テーブルを叩く。「十億単位だ。物語の数なんて人間と同じ数だけ――」

「誰もが映画の主人公」プリンセス・ヘビーがあざけるように言う。「あらゆる人生。真実に基づいた物語」

「いいか……」カウンターストライクはやけになっている。「俺は誰の人生も興味深いって言ってるわけじゃない。俺はただ、人生に二つとして同じものは……てか、こういう数学的な順列組み合わせはインチキさ」

アートギャルが拳を挙げる。「その通りよ。だってこんな話、聞いたことある？　プロットの数がいくつあるか、九人の学生が議論する話。その一人が立ち上がって、いきなり窓から飛び降りる。それが今までに存在しなかった物語だと証明する、ただそれだけのために――」

「それってハーモンの十二番だろ」スポックが当該ページを開いてみせる。「道徳的信条のための自己犠牲」

「あるいは、あるいは、あるいは……」ロベルトがリストの中から可能性のある項目を探す。「あるいは十七番。情熱で狂わされた判断」

プリンセス・ヘビーが調子を合わせるふりをする。「あるいは二十番とか。大胆な実験。お好きな種類の冒険をお選びください！」

まるでここでの勝利がプロットのない世界の秩序を決するかのように、一括派と分割派がにらみ合う。彼らはタッサのティムシュプシュトをかじる。それは古代のオアシスのような味がする。

透明ボーイ(インビジ)のキヨシがペンを置き、顔を上げる。ラッセルはまさか彼が自らこの十字砲火の中に入ってくるとは思わなかった。「僕はこの授業で、よく分からないことがあります。つまり、僕らはプロットとかいろんなことを含めて、物語を作ることが求められているんですか？　それとも、実際に起きた話を書き留めればいいんですか？」

まるで透明ボーイ(インビジ)の混乱もプロットのバリエーションの一つにすぎないかのように、他のメンバーは議論を続ける。

「実際、よく考えてみたら」とジョーカーが結論を下す。「必要なのは……三つじゃないか？　つまり、ハッピーエンドと、惨めな結末と、そして〝俺の技巧はすごいだろ〟と」

二つだ、とラッセルは思う。誰も彼には尋ねないが。昔ながらの原初的な二種類。人が読む物語は二つだけだ。未来が到来して過去を殴るか、過去が手を伸ばして未来の首を絞めるか。主人公は旅を続ける。見知らぬ人が町に現れる。

いずれにせよ今、彼の前には、誰も書き留めない一つのプロットがある。**幸福な少女が世界の数々の不幸を切り抜け、いつまでも変わらず幸福でいる。**行き詰まった陪審員たちはミス・包容力（ジェネロシティー）に頼る。彼女は皆の憤慨に身構える。暗黙の了解で、タッサの一票は他の三票分に相当する。

「ねえ、ジーニー！」とシャーロットが彼女を追い詰める。「あなたの意見は？　物語はたくさんある？　それともそうじゃない？」

光を放つ彼女の顔は**これは簡単**と語っている。「急ぐ必要はないわ」と彼女は言う。「それを決めるのは私たちが死んだ後よ」

∞

私はあらゆる場所でラッセル・ストーンを探す。あの年の年鑑に目を通す。彼のクラスの教科書を読む。彼の雑誌のバックナンバーを読む。登場人物が作者の手を逃れようとする、鏡の間のような前衛小説さえ読みあさる——彼がかつて愛読した小説、彼が虚構（フィクション）をあきらめる前までずっと、いつか書きたいと思っていたタイプの小説。

彼はどこにもいない。作品の中以外の場所には。彼は昼間、そして授業の合間に『自分自身になる』に力を注ぐ。リバーノースの改装された倉庫の一角に同僚と共有する小部屋でじっと座ったまま、根しか残らないくらい枝葉を刈り込む。

　毎年出版される二千の自己修養系書籍の大半によると、人がいったん貧困を抜け出すと、収入が幸福に及ぼす影響はごくわずかになり、社会的地位もあまり影響を持たなくなる。結婚は多少の重要性を持ち、ボランティア活動は奇跡を起こす。しかし、薬以外でいちばん満足度が高いのは充実した仕事だ。

　彼は無私無欲の編集からどのような喜びを得るのか。ストーンは自分の喜びが何かを知らないタイプの男に思える。それは何も彼だけの話ではない。誰もそんなことは知らない。その点、幸福本は断言して譲らない。われわれは、自分が望むものが手に入れば幸せだと考えるようにできている。しかし、手に入れることで得られる興奮は長続きしない。〝所有〟は〝望む〟をもう一度取り返そうとする。

∞

ラッセルは兄に電話する――マリーを何度か夕食に誘った三十秒の交渉以来、職場から私用電話をかけるのは久しぶりだ。彼はロバートの携帯を鳴らす。身内が携帯を所持していることでさえ、ストーンにとってはいまだに驚きだ。ラッセルが携帯を持つ頃には、パプアニューギニアの狩猟採集民全員が高機能スマートフォンを持つようになっているだろう。彼はこの世に存在する物の中で、携帯だけは決して持ちたくないと思う。そうでなくとも既に、彼の独創的思考はリアルタイムによって常に邪魔されている。
　彼の兄はオークブルックで、見知らぬ人の家の傾斜屋根に登っている。それが彼の仕事だ――他人の家の屋根に登り、衛星放送受信機を備え付けるのが。彼は自分の仕事を、情報量（スループット）ビジネスだと説明する。多くの一般人がいまだに、一時間にわずか二、三十の物語しか観ていないのがロバートには気に入らない。彼の会社なら二百以上の番組を誰にでも見せられる。その上、リトリーブ機能やオンデマンド放送があり、ダウンロードも可能だ。彼が何度もラッセルにした説明によると、要はずらす（シフト）というところがポイントだ。時間をずらす。場所をずらす。好みをずらす。気分をずらす。そしてもし情報量が充分に増えれば、もはや誰かが視聴者に物語を語るのでなく、視聴者が自分で物語を作っているみたいになる。

「忙しい？」とラッセルが尋ねる。「ちょっといいかな」

「いいよ」と兄が言う。「並列は直列よりも効率がいい」

　ロバートはなぜかいつも、ストーンに時間を割いてくれる。彼はいまだに、ラッセルがいつか有名人になると思っている。国中にいるさまざまな欲望を持った物語中毒者のパイプに愉快な物語を注ぎ込む有名な作家。

「弟」ラッセルが黙っているとロバートが促す。「どした？（ツ・アップ）」

　どんな俗語も、オークブルックで他人の屋根の上を歩く白人が使うようになったら、そろそろ辞書という霊廟（れいびょう）に入る頃合いだ。

「兄さんの飲んでる薬品があるだろ？」とラッセルが訊く。

「え、フルボ酸のことか？」

「いいや。感情に効く方」

「選択的セロトニン再取り込み阻害薬？　心配ない。気分はよくなった。ちゃんと効いてる」

「あれって……よく分からないけど……幸福な気分になれるわけ？」

　ロバートは笑い声を上げる。「前も言っただろ。他人と話すのが苦痛じゃなくなるって程度さ。少しだけ自分が大きくなったように感じる。他の人に何かを与えられるような気分っていうか」

　ラッセルの頭蓋に戦慄が走る。あの薬は兄を気前良く（ジェネラス）するのだ。

「効き目は微妙だ」とロバートは言う。「嘘じゃない。少しだけ自分が自分じゃない感じがして、後は全然普通さ」

「なるほど、でも、同じ薬を飲んでる人の中にはひょっとしてもっと――」

「弟、おまえ、幸福感を味わいたいのか？　ふむふむ。それなら俺もちょっと探してみないと、すぐには手に入らないな」

「違うんだ……僕が飲みたいわけじゃなくて……僕が教えてるクラスのことなんだけど」

「分かったぞ」と、ラッセルが教壇に立っていると信じることなしにロバートが言う。

ラッセルは兄が片方の手でパラボラアンテナを微調整し、反対の手で携帯を顔に押しつけている姿を思い描く。それでも構わない。どのみち、もはや誰かの注意を百パーセント引きつけることなどできない。注意力は他の飛べない鳥と同じ道を歩んだのだ。「クラスに一人、女の子……女性がいるんだけど、僕が兄さんに訊きたかったのは、ひょっとして――」

「睡眠導入剤（ロヒプノール）が欲しいのか？　デートレイプ？　やめとけ。刑務所行きだぞ。下手すりゃ出てこれない」

ラッセルは何も言わない。刑務所行きは複雑な問題を簡素化するだろう。

「いいか」心配げにロバートが言う。「弟。俺はおまえのことをよく知ってる。昔っから。そうだろ？　幸福感なんておまえには似合わない。おまえは土曜の朝のアニメを見るときだって学期末試験の勉強をしてるような顔をしてた。おまえは喜びをほんのちょっとずつ味わうタイプなのさ。何なら、マルチビタミンとか試してみたら？」

「そうしてみる」ラッセルは兄に言う。

ロバートは獰猛（どうもう）な豚の足を縛るようにアンテナを固定しながら笑う。「ロスコー、事実に向き合え。俺たちは抑鬱症だ。ストーン家の遺伝子プールにはそういうのが入ってる。それを大事にしろ。

もしもそれが必要なものじゃなければ、これほど長く何世代にもわたって残ってきたはずはないんだから」

∞

トマス・カートンはずっと、幸福が化学的なものだと信じてきた。それ以外の定義は無意味だ。彼は国民の三分の一と同様に、気分向上薬を試したことがある。薬のおかげで実際、気分は向上した。少しだけ。しかし、同時に頭が鈍った。戦闘機パイロットのような頭の冴えが少し奪われた。だから彼は気分向上薬を捨てた。もしもどちらかを選ばなければならないなら、彼は〝いい気分〟よりも〝頭の冴え〟を選ぶ。

しかし彼は、どちらかを選ばなければならないという考えを受け入れなかった。

彼はしばしば、脳が喜びを処理する方法には大きな構造的欠陥があると語る。ホモ・サピエンスが数百万年をかけて藪の中で進化させた喜びの機構は、ホモ・サピエンスが築いた世界では進化的残存物でしかない。サバンナでは、われわれはストレスのおかげで生き延びられた。自然淘汰はわれわれに生産的な欲求不満を覚えさせ、神々しい蜃気楼の輝きでわれわれを導いた。カートンは「天国への階段」という記事にこう書いている。

間違いなくいくつかの遺産的遺伝子によって作られた、たちの悪い神経化学的経路が組み合わさることによって、現代のわれわれは負のフィードバックにさいなまれ、幻覚的なおとりに踊らされている。私に言わせれば、日常的意識と呼ばれているものは境界性精神病に近い。かつて人類が追われる身だった時代、鬱病には有用性があった。しかし、われわれがある程度安全になった今、隷属状態にあった人類を解放し、ついに持続可能な満足を手にした人類の可能性を示すべき時が来たのである。

∞

姉が化学実験キットを持っていた。それがカートンの人生の出発点だった。彼は八歳、姉のパティーは十歳。そのときまでは、マジックの腕で彼の方が勝っていた。彼は親指の上でコインを曲げるように見せることができた。ところがある日突然、パティーが完璧に透明な二つの液体を混ぜ、ショッキングピンクに変えた。太刀打ち不可能。彼女の魔法は彼を完膚無きまでに打ち負かし、彼は嫉妬に焦がされた。

彼は盗みに訴えた。他にどうしようもなかった。彼はパティーが外出している間に姉のクロゼットに忍び込み、闇の中でキットをいじった。薬品が減ったことに姉が気付かぬよう、材料を少しだけ使って実験した。ところが姉はなぜか必ず見抜き、怒りを爆発させた。その怒り方は、化学物質取り扱いマニュアルに警告されている通りの激しさだった。

彼が隠れて実験しているのを姉が見つける、そんなことが四回繰り返されたとき、姉は弟にキットを譲った。実は彼女は、実験の臭(にお)いに耐えられなかったのだ。パティーは間違った遺伝子を持って生まれてきた。塩化アンモニウムの臭いにさえ、吐き気を覚えた。最初に二、三度試してみた後は、薬瓶を開ける気になれなかった。

トム少年は化学物質を独り占めできるようになってから三か月で、冊子に印刷された百五十の実験全てを終え、自分で新たな実験を試すようになった。驚いた両親はクリスマスに豪華拡張キットを買い与えた――それは五人の子供を抱えた、デトロイトの組み立てライン労働者にとってかなり痛い出費だったが。〝四十九種類の溶剤、触媒、試薬……化学にひたる千時間!〟を手にした少年は、以後、休むことなく前進を続けた。

仮にそうした根幹的原因がなかったとしても、同じような場所に落ち着いていたかもしれない。彼は幼い頃から、あらゆる兆候を見せていた。ロケットの模型やアマチュア無線に凝ったり、午後の間中じっと潮だまりを見つめたり、博物学者ハーバート・S・ジムの「ゴールデン・フィールド・ガイド」シリーズを買い揃えたり、後には安手のペーパーバックSFを読みあさったり。建物なのか地形なのか生物なのか見分けがつかないシュールな物が表紙に描かれた、地球外生命体（エイリアン）への詩的な賛美歌。

八年生の時のカエルの解剖によって、すぐそばにいる種（しゅ）が既にどんな虚構よりも異質（エイリアン）であることが明らかになった。最初の顕微鏡が彼に、生命の真の大きさに対する目を開かせた。どこにでもいる珪藻。生命の真のスケールを見るには大きすぎる突然変異的巨大生物を遥かに凌駕する、珪藻の生物量（バイオマス）。彼は高校のとき、神は甲虫（こうちゅう）を偏愛しているとホールデンが記しているのを知った。カートンが青年期を過ぎたときには神はすっかり姿を消し、より深い驚異に取って代わられていた。

彼は大学四年生で『微生物の狩人』を読み、自分の寝室を、ド・クライフが取り上げた英雄的微生物学者の神殿に変えた。天井に書かれたパスツール、コッホ、リード、エールリッヒの名は、眠る前に最後に目にし、朝一番に見るものとなった。母親は文句を言えなかった。彼は秋に、満額の奨学金を得てコーネル大学に進学することが決まっていた。

早い話、環境が何をもたらそうと、カートンの遺伝子は彼をゲノム学まで導いたかもしれない。しかし環境は、決まって正しいタイミングに正しい引き金を引いた。正しい教師、正しいおもちゃ、正しいテキスト、そしてそれらが与えられる正しい順序。大学最初の一か月に、彼は世界文学で最も美しい締めくくりの文章に出会った。他のどんな小説でも得られない顕現（エピファニー）を与えてくれる言葉。本自体は読むのに時間がかかり、骨も折れたが、結末でそれが報われた。

こうした生命観には、説明力ばかりでなく、壮大な美しさが備わっている。創造主は最初にごくわずか、あるいはただ一つの種(しゅ)に息を吹き込んだ。そして、定められた重力の法則に従ってこの惑星が回り続ける一方で、かくも単純な起源から、はなはだ美しく驚異に満ちた無数の生命体が生まれ、進化し続けているのだ。

二年生になると、実験室を換気フードの付いた自分専用の礼拝堂として、そこで長い時間を過ごし始めた。**未知のものに鼻を近づけるべからず。未知の空気を鼻に扇ぎ寄せるべし。**三年目、彼は倉庫の鍵を預かった。棚の上ではあらゆる備品が整然と輝かしい列を作っていた。彼は時折、オーケストラの前に立つ指揮者のように、耳を澄ましてじっとそこに立っていることもあった。

スタンフォードの大学院では、最初の大きな発見をした。誰も知らなかった遺伝子プロモーターのメカニズムの解明。その発見は彼を激しい焦燥感で満たした。あらゆる発見がなされる前に、今すぐ何か別のものを見つけなければという焦り。そして二十代後半で彼の研究チームが遺伝形質(トランス)転換(ジェニック)処理の牛から採ったミルクを分析し、自然自身が絡ませた酵素と共に彼らが埋め込んだタンパク質の存在を確認したときは、二か月間、このまま死んでも満足だと思った。

そして、その二か月が終わった。世界のために何一つ新しいことをしない二か月。彼は本当の仕事について何かを学ぼうと、再び研究所に戻った。

彼は恋人——群衆の力を研究する社会学者——と結婚し、子供が二人できた。男の子と女の子。夫妻は手分けしながら、どうにか子供を育てた。娘が生命科学の〝せ〟の字にも耐えられないのを知ってトマスはがっかりした。何かを発見するよりも金儲けの方が面白いという息子にはさらに大きな失望を覚えた。彼は子供らをそれぞれの人生という実験室に解放し、自分は離婚した。彼は元妻が新たな人生を送るのを心から望んだ。その後、彼は時間が許すとき、いくつかの情事を経験した。しかし、彼が本当に命を懸けて愛したのは、知だった。

次の二十年に何度か、最初の発見のスリルがよみがえったが、徐々にその興奮は力を失った。彼は〝一番〟の快楽を求めて必死に前進した。一番乗り、第一発見者、論文審査者の評価で一番。しかし彼が求めたのは単に最初ということにとどまらなかった。〝一番〟は単なる軽いおまけにすぎなかった。天地創造以来ずっとそこにあったにもかかわらず、自分がつかむまで誰も知らなかった真実を見つける。人間の脳に可能な幸福感でこれに勝るものはあり得ない。ドラッグよりもクリーンで、セックスよりも広大で強力。ハクスリーの言う〝神聖なる渇酒癖〟。一度それを味わった者は残りの生涯、同じものをさらに求め続ける。

科学はトマス・カートンの脳の襞(ひだ)にぴったりとフィットする。その横溢が日々の実験作業の退屈を和らげ、彼の目を光らせ、疲労を忘れさせ、リスクを卑小化する。科学的横溢の目標は、生命の目的と同じく、自己複製だ。

そして彼の人生は、ごく単純な始まりからスタートして、無数の生命を紡ぎ出した。その全てが生き残るわけではないし、全てが美しいわけでもなく、全てが正気なわけでも、賢明なわけでもないが、どれもが物事の秩序を明らかにしようとする荒々しい試みであり、その全てが目を見張るような変異だ。

∞

ラッセル・ストーンは夜、ベッドに横になり、息が継げなくなるまでアルジェリアとその犠牲者について読む。彼は〝寡黙を好む国民性〟について読む。そして女性が隔離され、従属的立場に置かれている封建的社会から抜け出そうとしている文化について読む。彼はこうした記述を、自分が教えている学生の存在に結び付けることができない。カナダで過ごした数年間も、そのギャップの説明にはならない。

アルジェリアの本に飽きそうになると、公立図書館から借りてきた、幸福に関する一般向けの手引き書に切り替える。どこかの段落が何かを説明してくれるかもしれない、あるいは少なくとも子守歌代わりになるかもしれない、と期待しながら、バイキング方式であちこちをつまみ食いする。

睡眠は選択肢にない。彼は読書を続け、目を細めて臨床研究を読む。ある研究によると、満足度が最も高い人はいちばん幸福な経験を六十秒以内に挙げられるらしい。彼は黄色い法律用箋を手に取って、ベッドで体を起こし、人生で最も幸福だった瞬間を書き留めようとする。最初に頭に浮かんだ思い出が彼を凍りつかせる。

彼は何年も、その記憶をぬぐい去ろうとしてきた。作家養成プログラムの最後の春、霜の降りる三月にグレース・コズマと三日間を共にした、フラッグスタッフへの逃避行。彼女の思いつき。**一緒にグランドキャニオンを見に行きましょうよ。この土地を去る前にぜひ一度、あの場所を見ておきたいの。**それ以前は、ワークショップの後に一時間、彼女に付き合ってメキシカンビールを飲みに行ったのが、二人で出掛けたいちばんの遠出だった。

彼らはレンタカーを——少し無理をして中型の高級セダンを——借り、車で旅行した。しかし、フラッグスタッフにある松造りのロッジのフロントでチェックインをするまで、彼はグレースが部屋を一つ取る気なのか、二つ取るつもりなのか知らなかった。

部屋は一つだった。それからの三日間は全てが一つ。**一緒に行きましょうよ。**一緒にハイキングに行きましょう、一緒に食べましょう、一緒にお風呂に入りましょう。書きたいという欲望を越える欲望を探しましょう。最初の夜、埃(ほこり)っぽいバーでブリトーを食べた後、二人は肌寒い部屋に戻った。彼は彼女にペースを任せた。そのペースは地質学的なのろさだった。彼女は彼に、裸で布団に入ってほしいと言った。彼女は膝を立てて本を読んだ。まるで新婚旅行も終わっていないのに、三十回目の結婚記念日が来たかのように。彼は『宗教的経験の諸相』を読んでいた。彼女は『遥かな海亀の島』に夢中だ。彼は眼鏡姿の彼女が好きだったが、彼女は眼鏡をかけるのを嫌った。彼女は祈るときのように本の上に身をかがめ、彼女の手の甲が彼の太ももに擦れ、彼の気を散らした。彼は鼓動があれほど体を揺らすとは知らなかった。読書がおそらく四十分ほど続いた頃、ようやく彼女が彼の方を向き、片方の脚を彼の脚に絡め、「その本、面白い？」と訊いた。その晩、二人はそれ以上、本を読まなかった。

朝、無料の朝食をむさぼった後、二人はグランドキャニオンのサウスリムで、奇妙な光学的効果を目にしてげらげらと笑った。手前、中間、遠方にある大地の断面が、四〇年代映画の下手な背景のようにずれて見えたからだ。彼はその色彩を受け入れられなかった。鉄を含んだ薔薇色と銅を含んだ青。彼らはブライトエンジェルから徒歩でトレイルを下った。彼女はファーディ・グローフェの組曲『グランド・キャニオン』から〝山道を行く〟を口ずさんだ。彼は彼女を御柳(ぎょりゅう)の藪に連れ込み、鹿のようにじゃれ合いたいと思った。彼女は無謀にも、峡谷の底にあるビシュヌ片岩まで下りると言い張った。彼らは何とかプラトーポイントまで行き、暗くなる前にかろうじて、重い体を元の場所まで引きずり上げた。その夜、二人はまるで疲労困憊などしていないかのように、勉強を省略し、いきなり試験に臨んだ。

彼はグレースが自分と違う気持ちでいる可能性を全く考えなかった。彼は彼女が帰りの車で満足げに鼻歌を歌うのを聞いた。それはまるで、既に祖国で追放処分が決まっているのに、それを知らずに祖国へ向かっているようなものだった。トゥーソンに戻っても、二人は同じ部屋に引っ越さず、未来を一つにすることも、以前からの習慣(ルーティーン)を変えることもなく、ただ、その五月に彼女がフランスに発つまでの間に八回、徐々に緊張の高まるベッドを共にしただけだった。

彼女はアメリカを出るとき、彼の脇腹をくすぐりながら、あなたが何かすごいことをするのを期待しているところ、彼が成し遂げたいちばんの成果は、グレースが書いた説得力のある小説第一作に、非常に説得力のある人物として登場したことだ。

彼がGと行ったグランドキャニオンと書いた瞬間、一分にセットしたタイマーが鳴り始める。

∞

幸福の百科事典に書かれている別の事実。

幸福は一つではない。楽観、満足、幸福になる力、不幸に耐える力がそれぞれ別物だと知ってストーンは驚く。彼はその四分野にわたる幸福度の平均が二割三分五厘で、北米リーグの平均打率にわずかに及ばない。彼は長距離打者でもない。

幸福な人々にはそうでない人より強い社会関係がある。より多くの友人、よりよい仕事、より高い給料、より強い結婚。彼らは創造的で、利他的で、穏やかで、健康で、長寿だ。ラッセルは自己採点リストをチェックせずに飛ばす。

幸福な人は自分が幸福だと知っていて、自分が幸福かどうかを判断するのに幸福本を読む必要がない。ラッセルの本にはっきりそう書いてあるわけではない。心理学者はそれを推論的知識と呼ぶ。肯定的気分にある人は否定的気分にある人に比べ、見方が偏っていて、非論理的で、信頼性が低い。その本で〝憂鬱な現実主義〟と呼ばれているものに当てはまる人間が一人。

幸福な人の前部前頭葉は左側の活動が活発なのに対して、生まれつき陰気な人の脳は右側が活発だ。これはラッセルにとって、深遠な事実に思える一方で、無意味にも思える。

幸福はおそらく、性格の一要素として最も遺伝性が高い。人の平均的幸福度のばらつきは五十から八十パーセント程度まで、遺伝子の影響を受けている可能性がある。人が幼児の段階で示す感情的設定値は、生涯あまり変化しない。本当の満足を得るために大事なのは、上手に両親を選ぶことだ。確かにそれはストーン家に当てはまる。

しかし、矛盾だらけのその本は環境の役割を強調する。喜びは絶対音感に似ている。幼い頃に少し幸福の訓練を受けさせることで、放っておいたら枯れていたかもしれない特性を引き出せる。

アルジェリアの恐怖時代はそんな早期訓練に適した環境とは決して言えない、とストーンは思う。

∞

ある日、授業が終わった後、彼は勇気を奮い起こし、教室を出ようとしているタッサに、最近町にはびこっているアラブ人嫌悪をどうやり過ごしているのかと尋ねる。彼女はただにやりと笑う。

「でも私、アラブ人じゃありませんから。カビル人ですよ。私よりも先生の方がアラブ人じゃないですか? 石(ストーン)、つまりハジャリ。立派なアラブ人の名前です。先生、何かテロを計画してます?」

彼は予想外の恐怖(テロ)を覚える。

彼は神話的な生き物が窓の外を飛ぶのを見た人の気分を味わう。コンクリートでできた周りの高層ビルを背景にして浮かぶ暗青緑色とルビー色。別の大陸から風で運ばれてきた生物。彼はその種(しゅ)を特定しようと、窓辺に本を広げるが、どれにも載っていない。完全に思いもよらない存在。興味の的。そして格好の餌食。

∞

ストーンは他の二人の非常勤とオフィスを共有している。六階にある、元喫煙室だった部屋だ。彼は初めて学生との個人面談に臨む。三十分の面談は、作文の個人指導というより、軽いカウンセリングのようだ。

〝ジョーカー〟・トーヴァーは使い込んだユニボールでドラムを演奏するみたいに太ももを叩き、膝がコンクリートの電柱をつつくキツツキのように激しく上下する。「デジタルメディアはもうおしまいですよ」と彼はラッセルに言う。「やり尽くされたって感じ。この三か月、誰も何も新しいことをやってない。アートシーンは今、ゾンビ状態。次に何をしたらいいか、全く誰も手がかりさえつかめていないんです」

神経が収縮包装のように張り詰めた〝泥棒（シーフ）〟・ロベルトは、落ち着かなそうに椅子から身を乗り出し、小さな声で言う。「俺は二日に一度、夜、崖の際まで行く。時にはその底を覗くこともある」

ラッセルは訊く。「誰かに話をすれば少しは助けになるかな？」

ロベルトは首を傾げる。「何ですか……何を助けるんです？」

恐れを知らぬ〝プリンセス・ヘビー〟・シャーロットはラッセルに書類鞄を見せる。木炭（チャコール）で描かれた人の形の渦はヴィレンドルフのヴィーナスに似ている。つまり、少しプリンセス・ヘビー似だ。彼女は一つ一つの絵の周りに日記のような断章を書いている。他よりも筋張ったスケッチがラッセルの目に飛び込む。横には短い言葉が走り書きされているが、それは彼には必要ない。**彼女は輝いているようだ。何かを知っているみたいに。私まで難民になりたくなる。**

ひょっとするとインディーズの歌の一節かもしれない。彼はページをめくって次の絵を見るが、シャーロットに気付かれる。「先生は彼女、どう思います？」

彼は前のページに戻り、スケッチを顔の前に持ってきて、眉を上げる。彼は父親に、絶対に駄目だと教えられたことが得意中の得意だ――つまり、ごまかし（フェイク）が。

シャーロットはチッチッと言う。「スケッチのことじゃなくて。彼女、どこかおかしいのかしら。それとも、どこかが……おかしくないから、ああなの？」

「さあねえ」と彼は言う。「アルジェリア人に会ったのは初めてだし。でも……こういう話をするもかかわりたくないわ」

「うん、そうね」。シャーロットはスケッチを受け取り、書類鞄に戻す。「本当の人生とは、死んでのはあまり――」

∞

タッサが面接予定時間より五分遅れると、ラッセルは慌てる。イスラム救国戦線が彼女を暗殺するための部隊を送ったのか。あるいは、アメリカ第一主義の連中の仕業か。彼女は憂鬱な現実主義を全く知らないせいで、まさに格好の標的だ。

正時を八分過ぎたとき、彼女が扉から、申し訳なさそうな明るい顔を覗かせる。彼はほっとしすぎて、思わず立ち上がる。改めて彼女の背の低さに気付き、驚く。巻き毛の彼女の頭頂は、彼の鎖骨と同じほどの高さしかない。

「遅れてすみません」と彼女が言う。「下の警備員さんと話していたんです」

その声には、州知事による恩赦のような響きがある。訛りは消えかかっている。北米に長くいたせいだ。彼はこれ以上訛りが消えないことを望む。

「面白い話を聞かせてくれました」彼女はそう言いながら、ストーンの手首に触れ、彼を座らせ、さりげなく隣に座る。「彼はボスニア出身のイスラム教徒なんです。想像してみてください。アメリカに来てから自分で英語を勉強して、今では本を書いているんですって」

ラッセルは足踏みする。「その人は君の知り合い？」

「今日からは知り合いです。素敵な人です」

彼はその形容詞に驚く。彼は決して、相手を選ばないぬくもりから彼女を守れないだろう。「イスラム教徒」と彼は脳死状態の頭で言う。「君みたいに？」

「私ですか？」と彼女は笑う。「私に信仰はありません。半分キリスト教徒の無神論者みたいな感じで。母の一族は何世代も前からカトリックですけど。ねえ」。彼女は彼の腕を揺する。「そんなにびっくりしないでください。知ってます？　聖アウグスティヌスだってベルベル人だったんです」

ラッセルは知らなかった。彼は多かれ少なかれ、完璧な無知だ。

「アンナバの出身。ジダンよりも有名なカビル人ですね。でも私の父は宗教に愛想を尽かしていたので、家の中ではそういう話をしませんでした。私自身はよく分かりません。もしも神がいるのなら、きっと私たちが考え出す宗教の全てを笑っているでしょうけど」

彼は衝撃に黙り込む。彼女の至福の原因は信仰ではない。信仰のない者に幸あれ。

彼女は楽しそうに話を続ける。「聖戦だと言って自爆テロをする人がいるじゃないですか。あの人たちが天国で七十二人の処女を手に入れるというのは本当かもしれません。ただし、それって実は、七十二人のキリスト教徒のアメリカ娘で、浸礼派（バプテスト）の夫のために操を立てているとか」

彼女の歓喜はダンスだ。ストーンは授業の際よりもひどく、体が言うことを聞かなくなる。訳の分からないことを二言三言、つかえながら口にする。彼は彼女の持っている物に心を悩まされる。美しい人々が持っているように見えるが、実は決して持っていない物。もしも彼女がせめて美人であれば……。

彼女の顔は小さいけれども、熊のようだ。鼻は右に大きく曲がり、目は少し非対称。満面の喜びを除いては、かわいらしいとさえ言えない。左腕外側の肘から肩まで、ケロイドの小川が流れている。どうして今まで気が付かなかったのだろう。彼女はその傷跡を、日記で触れるほどのことではないと考えているに違いない。

彼は彼女のクラスでの発表について、漠然と杓子定規なコメントを加える。彼女はうなずき、小さな胸に抱え込んだノートに走り書きをする。彼は、書き留められた際にばかみたいに見えない話をしようとする。ハーモンから盗んだぎこちない格言を二つか三つ口にすると、彼女が少し笑って、さらに走り書きの手を動かし、ノートを開いて彼に見せる。それはメモではなく、フェルトペンで描いた彼の戯画だ。当惑した視線までがそっくりに描かれている。彼女は息をするように簡単にスケッチする。風を楽しむカモメ。

　幸福な人々は他の人が知らないことを何か知っているに違いない。簡単には手に入らず、ほとんど手が届かない、不可解な、生きる秘訣。さもなければ、彼女と出会うずっと以前に一人か二人、真に幸福な人に出会っているはずだ。

「ここに進学した理由は何？」と彼は尋ねる。「どうしてシカゴを選んだのかな」

　メスカーキは自分の専攻にぴったりなのだと彼女は答える。映画芸術、ドキュメンタリー研究。

「モントリオールで高校生だったとき、映画が大好きになりました。私は弟のためにちょっとした映画を撮っていました。弟があまり、ええと、カントリーシックにならないように。あ、ホームシック。しっかりしなさい、タッサ。ホームシック。私は弟を笑わせるために面白いビデオを撮りました。それから、今度は……編集に凝るようになって。映画が好きなんです。とにかく大好き。映像をつなぐのが好き。音を重ねるのも好き。何でも好き。編集ソフトさえあれば、一日中パソコンに向かっていても飽きません」

　彼はあまりに途方に暮れ、うなずくことさえできない。

「私が本当にやりたいのは――他の何よりも――腕を磨くこと。それから祖国に戻って、美しい映画を撮る。私たちの家（シェ・ヌー）」

「もちろん」。ようやく合点が行く。世界で最も強力な媒体による、証言と声。「ジッロ・ポンテコルヴォみたいに……アルジェリア内戦についてそういうことをやった人は誰かいるんですか？」

　彼女は自信たっぷりに笑みを浮かべ、彼の手首に触れる。彼女の肌が彼にショックを与える。

「政治じゃありません。政治と映画？」彼女はチッチッと言い、車のワイパーのように人差し指を振る。「そういうのは好みじゃないです。私が撮りたいのは――ずばり、カビリア。山々。海岸。人々。あの空」

「自然を？」隠しきれない当惑が彼の声に現れる。未来に興奮する、死の子供。政治を避けようとするアルジェリア人。山並みという凡庸さをわざわざ選ぶ映画愛好者。

彼女は再び首を横に振り、虹色のバッグから小さなメディアプレーヤーを取り出す。あれよあれよという間に、彼女は彼に制作中の作品を見せる。彼の爪ほどの大きさのタッサが、マッチ箱サイズのスクリーンの内側から彼にほほ笑みかける。彼女は大きな水槽の前にいる。そこはきっとシェッド水族館だ。魚の生物発光器官が光ったり消えたりする。それから光点が動きだし、文字を描く。

秘密のシカゴ。監督　ジェネロシティー。

場面がグラントパークに変わる。バッキンガム噴水のそば。緑の海馬が水を吐いている。晴天。多様な人々が噴水の周りを歩いている。人種の違うカップルが腕を組んで通り過ぎる。ヒジャーブで完全に顔を隠した女性が、白いスカーフで頭を覆った二人の少女を連れ歩いている。日本人のツアー団体がガイドの説明の一つ一つに、タイミングを合わせて納得の声を上げる。しかしカメラは、噴水の脇に座る禿げた老人に留まる。彼は独りでしゃべっているが、カメラがその声を拾う。

寂しいとは思わない。イタリア？　いやいや。六十年以上前の話さ。しかし、それでもわしはここへよく来る。ここへ来ると何となく……昔みたいな気がするからだ。言ってる意味が分かるかな？

カメラの背後の声が言う。「分かります」

ひょっとすると、わしもとうとう、老いぼれたのかもしれん。でも、すごいと思わんか？　この水の流れを——水がずっとずっと流れていったら……ヴェニスまで行けるんだぞ？

説明するような手の動きと共に、水が噴水の縁からあふれ、コングレス通りに流れ出る。それは普通のコンピュータグラフィックスに見えない。生きている水彩絵の具のようなその映像は、現実よりもきれいな原色を飛び散らせ、現実よりもはるかに気前（ジェネラス）が良い。

ラッセルはぎくっとし、改めて彼女の顔に手がかりを探る。

彼女は笑う。「合成（コンポジット）です」彼女は空中にフリーハンドで絵を描きながら説明する。彼は間抜けにうなずき、視線を戻す。

水が流れるコングレス通りにボートが現れる。ゴンドラが昔の郵便局の下を通り、上流へ漕ぎ進む。昔のイリノイセントラル鉄道沿いにサンマルコ寺院が現れる。カメラがスイングバックし、早送りでステート通りを進み、地下に潜る。プラットホームで列車を待つ、肌の浅黒い中年男性にカメラが留まる。

私はトルコの東部、カッパドキアの出身です。いつもこの場所に来るたびに、故郷の洞窟を思い出します。この町も地下に都市を造ったらいいと思いませんか？　空中高くに住む人があんなにたくさんいるんだから、少しは地下に住まわせてもいい。そう考えるのはおかしいですか？

男の背後のチューブ状トンネルに手描きの通路が現れる。壁に扉や窓が開く。カメラがその一つに飛び込み、また別の扉から飛び出すと、そこは煉瓦造りのバンガローが並ぶブロンズヴィル辺りの並木道だ。革のジャケットを着てフェルトのソフト帽をかぶった若い男がカメラのレンズを覗き込む。

俺の好きな町？　ねえちゃん、戦争に使ってる予算の一部でも回せば、この一帯が天国二丁目になるぜ。ホームレスのための家が建つ。空から音楽が降ってくる。

彼がそれを口にするだけで、目に見える音楽が木々の高さに広がり、彼を囲むように三階建ての天国が出来上がる。

この調子でさらにいくつかのショットが続く。ウェストタウンの寺院から漏れ聞こえるクラクフの民族舞曲。五月五日の戦勝記念日を祝うメキシコ系の祝祭音楽がバックオブザヤーズを流れる。バハーイ教の寺院がイスファハンに変わる。デボン通りのインド人街が香煙を放つ。

「この映画を作ったのは誰？」とラッセルが訊く。

彼女は鞄に手を入れ、生まれたばかりのシュナウザー犬ほどのハンディカムを取り出す。彼女はたった一年半で、彼が一生涯に見てきたよりもたくさんのシカゴを目にしている。彼はその顔を見る。無敵の笑み。彼女は恐れを知らず、どんな地区にでも出掛ける。彼が考えるのはただ、あの辺りは危険だというだけ。幸福は死刑宣告だ。

彼女はカメラの録画ボタンを押し、彼を撮り始める。彼は笑みを作ろうとして顔をゆがめる。

「でもこれは……ドキュメンタリーとは言えないよね」

彼女は撮影をやめる。しかめ面でもうれしそうに見える。「そうですか？　じゃあ、何でしょうね。全部、完璧に本当のことですけど。ひょっとするとこれが、先生のおっしゃる創作的ノンフィクションかも」

「でも、この種の映画は需要があるのかな」。自分を救えない彼は、孤児の叔父役を買って出る。

「卒業後は、食べていける？」

彼女は手を振り、眉を寄せる。「ふぅ。生きていくのは簡単です。技師だった父がいつも口にしていた英語の言い回しがあります。無料（ただ）のランチほど高い物はない。でも、それっておかしいですよね。ランチなんて全部、無料ですよ。私たちはみんな、凍った埃からできた雲でしかない。科学的にはそういうことでしょう？　無料じゃないランチはない。私の父は科学者でしたが、哀れにも、こんな簡単な科学的事実を理解していませんでした」。彼女は父親の頑固さに首を振る。

では、彼女の至福の原因は父でもなかったのだ。

二人は予定された三十分を超えて話を続ける。彼女には慌てる様子がない。ラッセルは自分が、面接時間を超過するのを見越して彼女の順番を最後に回したことに気付く。やがて、彼女をそれ以上引き留めることができなくなる。彼女は立ち上がり、持ち物を虹色の鞄に戻す。彼女は彼の方を振り返る。挑戦的な明るい表情。

「先生、知ってます？　先生はすごく不公平ですよ。私たちには全員に日記を読ませるのに、先生の日記は一回も聞かせてくれないんだから」

∞

私には今、自分で認めたくないほど容易に、彼の詳細な部分が見える。

彼は彼女が部屋を出てから長い間、窓ガラスを見つめ、六階下の建物の入り口を見る。いつまで経っても彼女は出て来ない。またボスニア人警備員兼小説家か、別の新たな知り合い兼新しい親友と話し込んでいるかのどちらかだろう。彼女が姿を現すと彼の胸が苦しくなる。彼女は南に向かって数歩歩きだし、通りの向かい側の何かに気付いて速度を緩める。また歩を速め、反対から近づいてくる女性に挨拶する。相手が通り過ぎるとき、太陽系儀の惑星のようにくるりと体を回し、声を掛ける。相手が振り返るとタッサは、何もかぶっていない自分の頭を叩き、笑いながら何かを言う。**その帽子、素敵ね。**見知らぬ女性の喜びは六階上からでも見て取れる。

∞

タッサは香辛料市場を回っているみたいに通りを歩く。一ブロック進むのに丸五分かかる。ラッセルは六階にあるスパイのアジトから、彼女がいつも見ている手描きの合成ドキュメンタリーを想像する。他の皆が重い足取りで歩いている憂鬱な心理学的現実主義のウォバッシュ通りは、水彩で描いた要塞地区(カスバ)に変わる。

彼は目を上げ、通りの反対にある建物を見る。今の時代が建てられるものをはるかに超える、セラミックで覆われたハニカム構造の、驚くべき建造物。彼は今までそれに気付かなかった。再び下に目をやると、ちょうどカビリア娘が二ブロック南の建物に入るのが見える。それは二つある大学寮のうちの一つだ。こうして彼女の住まいが判明する。

彼は鞄を手に取り、六階分の階段を駆け下り、通りに飛び出し、彼女を追って南に向かう。空気は奇妙にイオン化している。湖からは海の匂いが漂う。今まで気付いたことがなかったが、きれいに肩を並べて立っているこの辺りの建物は、それぞれ色が異なっている。大理石、砂岩、花崗岩。大草原に立つパリ。

彼は彼女の暮らす寮の向かい側に立ち、格子のように並ぶ窓を見渡す。特に何も見えないので彼が不機嫌なまま立ち去ろうとした瞬間、右手の四階の窓に彼女が現れ、ウォバッシュ通りで繰り広げられる野外劇を見下ろす。彼女は下界の可能性にほほ笑み、その冒険を品定めする。彼女は彼を見る。いや、彼女に彼は見えていない。彼女は片方の手を挙げる。手には革で装幀された本が握られている。彼女はその小さな本を掲げ、広げたまま窓に押しつける。その異様（エイリアン）な仕草が彼を凍らせる。

彼は胸の鼓動を押さえながら、背後のドアに駆け込む。楽器屋だ。彼はアコースティックギターを選ぶふりをする。実際、ギターに興味がないわけではない。トゥーソンからシカゴに戻って以来、ギターには指一本触れていないけれども。

彼は十分後、手ぶらで店を出る。頭を冷やすため、キャンパスから川まで歩く。彼は漠然と、犯罪者のような気分になる。実際、彼は漠然とした犯罪者だ。

自宅に戻ると、ベランダに出て、非常口の脇に座り、その午後に起きたことを日記に書き留めようとする。彼女のイメージを振り払うことができず、夜のとばりが下りても、黄色いベランダ灯の下で書き続ける。

彼は書く。**彼女は本をガラスに押しつけた。まるで、強力な望遠鏡を持った、別の惑星の誰かに見せているかのように。**

彼は顔を上げる。夜空には雲一つなく、月からは風が吹き、たった今、文学が発明された。

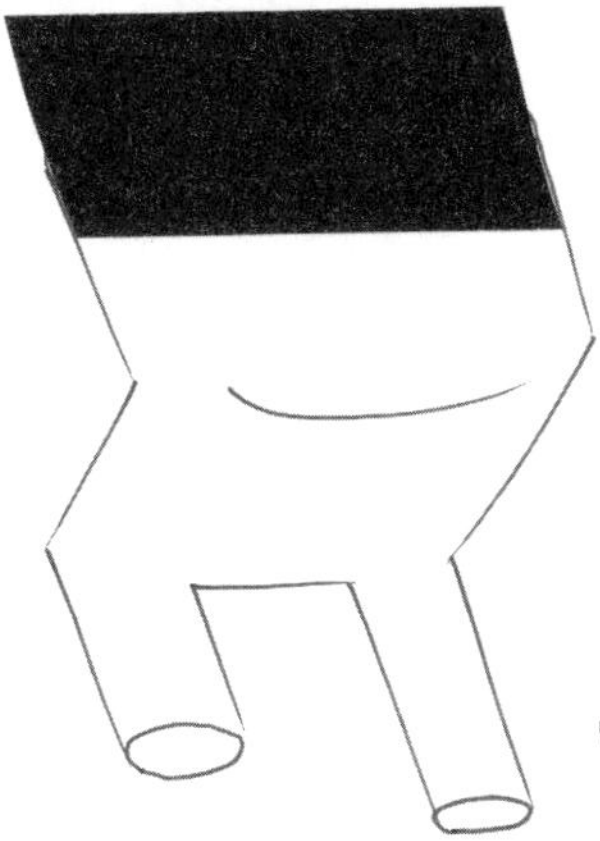

第二部　宙を歩め

Walk on Air

真の幸福は自己の殻から出ることにある、としばしば言われる。しかし、重要なのは単に殻から出るだけではなく、そのまま外に居続けることだ。そして外に居続けるためには、そこに何か興味深い用事がなければならない。

――ヘンリー・ジェームズ『ロデリック・ハドソン』

ブラッドハウンドの目をしたイギリス人倫理学者が画面に戻る。彼女はオクスフォード大学マグダレンカレッジ図書館の椅子に座っている。その顔には、科学が犯す最悪の不行跡を見張ることに費やされた人生のしわが寄っている。『限界を超えて(オーバー・ザ・リミット)』のキャプションが彼女の正体を明かす。アン・ハーター。『人類の設計』の著者。彼女は言う。

　さらに費用のかかる、ハイテクな抗老化(アンチエイジング)技術の進展は、持てる者と持たざる者との間にさらにひどい格差をもたらすだけです。私たちが本当に人間の平均寿命を延ばしたいのなら、恵まれない過半数の地球住民に清潔な飲料水を与えればよいのです。

場面転換。**東京大学会議「老化の未来」**というキャプション。ハシバミ色の巻き毛のトマス・カートンが演台に立っている。三十二歳で通りそうな五十七歳。抗酸化剤崇拝(カルト)のザラストロ。彼はせっかちに話す。

　われわれを憂鬱と恐怖に閉じ込めていたシナリオが今、まさに書き換えられようとしています。生命を自殺に導くばかげた遺伝子的間違いを、世界中の研究所が包囲しつつある。老化は単なる病いではありません。それはあらゆる病気の母でもある。そして人類はようやく、その治療を始めようとしているのです。

場面転換でオクスフォード。ハーター教授がカートンの楽観の科学的根拠を問う。東大ではカートンが、線虫の一種「カエノラブディティス・エレガンス」の寿命を二倍以上に延ばした単一遺伝子変異の発見を紹介する。

オクスフォード。

老化は敵ではありません。敵は絶望です。

東京。

老化を治療すれば、一度に十余りの病気を克服できる。気分的な落ち込みさえましになるかもしれない。

カメラが科学者と倫理学者の対立をあおり、それぞれの不平を味方に吹聴させる。

素早くメイン州にジャンプカット。トニア・シフがカートンに尋ねる。

社会が現在より多くの老人を抱えるのは無理だと主張する人々がいますが、それについてはどうお考えですか?

彼は少年のような笑みを崩さない。

誰かが人類の夢を叶えようとすると必ず、悲観論者がそれに反対する。それはそれで構いません。しかし私には、彼らが反対する意味が全く分からない。私が話している未来は、年配の人が年寄りではないような世界なのです。

再び、オクスフォードのアン・ハーター。

カートン博士は希望的観測の遺伝子関連解析研究に資金を出してみてはどうでしょうか。

この対戦は遺伝学と同様に不当だ。科学者はより明るく、情報量が多く、くつろいでいる。ハーターにできるのは、彼の足首に噛み付いたまま粘ることだけだ。

再び、メイン州の小屋にいるカートン。

人は長生きすると同時に、より良い人生を送りたいと考えています。その両方ができるなら、皆そうするでしょう。倫理なんてしょせん、変化の後追いをするだけです。

彼と膝をつき合わせて座ったトニア・シフが、調子を合わせて悪乗りする。

市場は若さの泉にどの程度の値段をつけると思いますか？

彼はやや滑稽に考え込むふりをする。それはまるで、初めてこの問いを向けられて、面白そうな問題なので少し考えてみたいと思っているかのようだ。

とりあえず、市場は食品や水に対してかなり効率よく値段をつけているみたいだ。薬の値段を定めるに当たっても、市場が役に立つかもしれませんね。

シフは彼の純真さに畏怖のようなものを覚える。

あなたは本当に、永遠に生きるつもりですか？

彼は愉快そうに体を揺らし、首の後ろをつかむ。

どこまで行けるか、今に分かります。私はカロリー制限をし、毎日トレーニングをし、いくつかサプリメントを摂っている。レスベラトロールは特に大量に。もしも今後二十年健康でいられたら、科学の進歩のスピードを考えれば……。

再びテクノのビートが始まる。クロスフェードでゆっくりと中距離ショットに焦点が合う。ゲノム学者が宙に浮き、二十階ほどの高さから東京渋谷ハチ公前交差点の黙示録的幻景を見下ろす。そこにはタイムズスクエアを二乗（スクエア）した光景が広がっている。数階分の高さがある液晶画面を虹色のネオンサインが囲み、その下にある世界最大のスクランブル交差点では七本の大通りが交わる。それは二十階の高さから見ると、顕微鏡下の細胞分裂のようだ。多層構造になった駅、ベース音の響く百貨店、服のアウトレット店、鏡の並ぶごみごみしたゲームセンター……。信号が全ての車両を止め、山のように蓄積した群衆が四方から交差点の中央に向かって、整然とした無指向性の津波のように流れ出す。

その追放された都市住民の乱痴気騒ぎをトマス・カートンが見つめる。カメラが彼の視線を追う。ニワシドリのような若者。〝高貴な野蛮人〟のような若者。西海岸のコギャルのような若者。遠い、遠い銀河の果てから来たような若者。ルーズソックスの学生で、セーラー服を着た売春婦。コスプレ、猫耳(ねこみみ)、ゴスロリ、メイド、ナース、バニーなど、突然変異の若者。皆、穏やかな熱狂の中、夜ごとの反抗劇を繰り広げ、朝の四時には、掃除道具用ロッカーみたいなアパートに戻り、二時間後にまた目を覚まして、学校や会社に向かう。

科学者は派手な衣装を着た群衆を見下ろし、ほほ笑む。

私たちは欠陥のある設計から抜け出せず、下手な筋書きに付き合わされています。私たちは何か違うものになりたい。物語が始まったときから、人類はずっとそう思い続けている。そして今、それが手に入るようになったのです。

カメラが彼に続いてガラスのエレベーターの中に入り、人の渦へと飛び込む。透明なカプセルが開き、トマス・カートンは深夜の渋谷を舞台にしたカーニバルの中に消える。

「魔神(ジーニー)とゲノム」の冒頭から七分のところで、トニア・シフが少しの間だけ、彼女らしくない振る舞いを見せる。東京大学講堂の最前列に座る彼女は、インタビューを仕切る番組司会者と同じ人物には見えない。抜け目のない感興が顔から消える。二秒間、舞台上のショーに圧倒され、彼女のオーラが弱まる。その後、カメラは、彼女の後方に並ぶ熱心な聴衆の海に飛び込む。

彼女は十秒後、うごめく群衆の中に再び浮かび上がる。立ち方、しゃべり方までもが、なぜか実験みたいに感じられる。手の動きにはどことなく、ニューヨークとワシントンで過ごした子供時代、ブリュッセルとボンで過ごした青年期を思わせるものがある。彼女は一人の科学者に流暢なドイツ語で話し掛け、一瞬、話を中断して、通りかかった知り合いに短い日本語で挨拶する。

彼女は隣のカップルの方を向き、何か二人を笑わせることを言う。それは外交官の父親から習った技だ。出会う人全員に、自分が会話の天才だと思わせる技術。国際救援組織の医療政策顧問を務める母親からは、人の最悪の感情を良い方向に利用する方法を学んだ。彼女が教育娯楽(エデュティンメント)番組で成功した秘密はそこにある——彼女は視聴者全員に、自分はまだ人生の作者になれると思わせるのだ。彼女はまた後ほど、番組の導入部を収録する際に、ニューヨークの防音スタジオでその能力を使う。冷笑的な態度と混ざり合った、国際人としての魅力。「私好みの未来なら、おそらくこう尋ねるでしょう。『今晩、私をあなたの好きなようにしていいと言ったら、明日の朝にはまた私を大事にしてくれる?』と」

∞

トニア・シフは子供の頃から二十歳になるまでずっと、人が味わえる最も深い満足は〝長い時間〟

という試練に耐えた文化的作品にあると信じていた（それはエリート国際学校を渡り歩く中で得た信念だった）。しかし、ブラウン大学に入学して第二学期に美術史を勉強した際、ポスト植民地主義と出会い、伝統的傑作への信念が揺らいだ。イタリアルネサンスのマルクス主義的解釈を学んだ彼女は憤懣を覚えた。それからもしばらく勇猛に、芸術的超越を擁護して戦ったが、ついに、全ての司令官が既に遁走のための安全通行許可証を手にしていることに気付いた。

大学三年生のとき、堕落した世界に影響を受けやすくなっていた彼女が遅ればせながら発見したのは（世の中の人皆にとっては明々白々なことだが）、常々彼女の両親がいつかうまく根絶される致死的伝染病として扱っていたメディアが享受する、人間の意識の鍵だった。死にかけた高級文化の跡継ぎ、金髪碧眼のトニア・シフは、二十歳にしてようやく、テレビに夢中になり、その一分一分を愛した。

彼女はすぐに学んだ。

グリム兄弟のおとぎ話が大人になったらなりたいとあこがれたもの、それが放送だ。
扁桃核に至る八車線のアウトバーン、それが放送だ。
常用によって社会的な機能が増す唯一の中毒物、それが放送だ。
ホモ・エルガステルがトゥルカナ湖畔で食事の合間に夢見たもの、それが放送だ。

現代視覚メディア研究を一学期学んだ彼女は、それを分析するのは自分に向かないと思った。それを制作する側になりたかった。卒業後、彼女はアイビーリーグでの教養教育が仕事上の障害になることはないと面接担当者を説得し、マンハッタンの番組制作会社に入った。ローカルニュースの事実チェック係をしばらく務める間に、彼女は自分の国の真の姿を知り、驚いた。その後、ヒトラー・チャンネルの資料ビデオ編集チームに抜擢された。

彼女は早い段階で、無限定放送(ブロードキャスト)が急速に限定放送(ナローキャスト)に変わっているのに気付き、専門制作会社に移り、スタッフ全員が『今週の奇人』と呼んでいた家電紹介番組を担当するようになった。下働きを卒業してアシスタントプロデューサーに昇進した彼女は、細部にこだわる責任感を発揮し、ついに、彼女に番組の司会を任せるという素晴らしいアイデアを思いつく人物が現れた。カメラは彼女を愛し、〝今週の奇人〟たちも彼女を愛した。無頓着な育ちの良さとセクシーな当惑との組み合わせが彼女を、新しいおもちゃを手にした人間の新しいおもちゃに変えた。科学技術的革新の奔流を前に楽しげに眉をアーチ形に吊り上げる彼女の存在によって『限界を超えて(オーバー・ザ・リミット)』は「高校時代に受けたかった科学の授業」になっていると、『エンターテインメント・ウィークリー』誌は絶賛した。

番組は毎週、『サイエンティフィック・アメリカン』誌と『神々の黄昏』の新たな融合物を視聴者に届ける。「魔神(ジーニー)とゲノム」の直前の数か月に放送されたのは次のようなタイトルだ。

簡単に手に入る電子的監視システム
睡眠の必要をなくす薬
芸者ロボット
思考を読み取る機能的磁気共鳴画像(fMRI)
補助認知兵器システム
暴走するナノ複製子(レプリケーター)
高周波情報読み取り(スキミング)
検知不能なドーピング
遠隔移植可能な人間ＩＤチップ

ウィルスによるテロ
遺伝子改変食品（フランケンフード）
ニューロマーケティング
スマート家電、ネットワーク家電

番組のエネルギー源は、「恐怖の中で可能性が始まる」という最も古いキャンプファイアの知恵にある。かなりの数のテレビ視聴者が、今までの生活を破壊する最新の神がかった小道具に対する飽くなき欲望を持っている。シフは放送の翌日、インターネットに出回る不法な動画コピーの数をチェックして、番組の成功度を推し量る。時折見かける、フォトショップでヌード姿に加工された自分の姿さえ、証拠の一つに思える。

独創的な人々とずっと一緒にいられる仕事は、幸運以上のものだ。彼女のインタビューは時に、何かに取り憑かれた愉快な男たちとの激しい冒険（アバンチュール）につながることがあった。しかし、自分の楽しみを知っている男でも、彼女が皮肉を交えずに与えられる以上の承認を必要とする。こうした幕間の最上のものは、ロウソクの明かりの下で演じられるマーラーのようにほろ苦い。そのような相手がいないときは、三つ星ホテルのエクササイズルームでライバルの科学技術番組のポッドキャストを聞きながら、クロストレーナーで手足を動かすことで満足する。最近は、有名な発明家の書いた手紙をネットのオークションで競ることを始めた。コレクションの全てをいちばん頭のいい姪に、高校の卒業祝いとして譲るのを彼女は想像する。

他方でトニアは、人道的活動に熱心な母を除く皆の賞賛を享受する。シグリッド・シフ＝ボルデはアフガニスタンやマリにいるのでないとき、たまに娘の番組を見ることがある。トニアの母は大昔に、世界の基本的統合失調状態に順応した。エアコンが効き、無料の水飲み器が点在するコンコースから、わずかな飲み水をめぐって迫撃砲が飛び交う前哨地に移動するとき、彼女は何も感じない。しかし、『限界を超えて(オーバー・ザ・リミット)』には順応できない。

「私はあなたの物語に付き合うには年を取りすぎた」とシグリッドがトニアに言う。「その種(しゅ)の未来世界に私の市民権はない。私はこのまま、機能的文盲のままで死なせてもらうわ」

一度、ドクター・シフ＝ボルデが娘に対して、精一杯のお世辞らしきものを口にしたことがある。「あなたの番組は多分、私には良すぎるの。良薬は口に苦し。無垢な魂に化学療法を施すみたいな感じね」

∞

トニアの父、ギルバート・シフは「魔神(ジーニー)とゲノム」の三年前、六十九歳のとき、チュメニの領事館で心臓発作に襲われ、亡くなった。死の二週間前、いつものように半月ぶりに電話をかけたとき、娘は図々しく――あるいは子としての誇りをもって――「長らく懸案になっている外交回想録を、いつになったら書くの」と父に尋ねた。ケネディ時代(キャメロット)に若き文化交流担当官を務めた彼は、ブッシュ・ジュニア政権までずっと国務省で生き延び、副領事の地位にまで上り詰め、六十億の隣人に対し、アメリカには世界対話に向けた洞察――機微に通じ、親切かつ謙虚で、多様な洞察――があると説き伏せる努力を続けていた。トニアはますます悩みの増える父の話を聞かされて育った。表向きの外交政策に隠された外交政策。一握りの生き証人しか知らない、成功の見込みのない美しき計画。

彼女の詰問に対し、父はしゃちほこばった大きな声で答えた。「私の自伝を読みたいと思う人はおらんだろう。わが生涯、なんてな」。彼女が愚かにも、残された時間を暗示して彼にプレッシャーをかけると、父は最後に辛辣な言葉を発した。「じゃあ、こうしようじゃないか。おまえがテクノロジーの舞台監督を辞めて、以前私に約束した〝大戦間の地方主義的現実主義の歴史〟を書いたら、私もすぐに回顧録を書こう」

この反撃は効いた。彼女は自分が父の期待をどれだけ裏切ったかを知っていた。シフ副領事と医師を務めるその愛妻は、人間の冒険について桁外れに大きなものを感じていた。少数の窮乏した狩猟採集民の野蛮な本能を、アテネやビザンティウム、フィレンツェやイスファハンの建設に向かわせる能力。しかし、ギルバート・シフの熟慮した意見によれば、そのプロジェクトはこの一世紀以上にわたって、逆行しつつあった。再び解き放たれた無際限の欲望という獣どもは、当分、檻（おり）に戻る気配がない。何らかのスキルを持った個人はそれぞれ力の限りを尽くして、ばかげた使い捨ての〝現在〟と戦わなければならない。それなのに彼の娘――多言語を操り、ハープを演奏し、全国育英奨学金を受け、討論部の女王、チェス部の部長、コーラス部でソロを務めた美人――は、野蛮人と一緒になってパーティーに明け暮れている。

彼女はかつて自分がどれほど父を喜ばせたか知っている。初めての聖餐式の際、彼は「おまえは世の父親が望みうる最高の娘だ」と言った。大学一年生の長いクリスマス休暇に、レジナルド・マーシュの後期絵画作品とスチュアート・デービスの初期作品を論じた際、彼女は父の目に少し恥じ入ったような敬服を見て取った。娘の幸運な才能の限界を想像していた自分をとがめるような、抑えの効いた畏縮。

専攻をメディア研究に変えたと娘から聞かされた夏、彼はオスロに駐在中だった。彼女はプロビデンスから電話をかけた。手紙で済ませられない報告だったから。彼は最初、腹の底からその冗談を笑ったが、やがてそれが冗談でないと気付いた。彼は取り乱すことなく気持ちを切り替え、彼女が何の研究に向かおうと、自分も母親も応援すると言った。彼女が初めてテレビの仕事をしたとき、父は観念し、娘の遅発性の病に対して高貴な冷静を保った。しかし彼は、もしもそれが薬で治せるなら、娘を治療するためにどんな代価でも支払っただろう。

彼の期待はやがて、娘から、娘の遺伝子へと移った。彼女が二十代の間、彼は娘に紹介されたボーイフレンドたちを皆、丁重な留保を付けてあしらった。週末を一度過ごすには、まあ、面白いかもしれないとか、ちょっと早まったんじゃないか？とか。彼女が三十代になると、彼は最底辺の男でも褒めるようになった。彼は前科者か。しかしワシントン巡回裁判区の法曹は半分が何らかの罪を犯している。問題は、〝おむつ外しの時期を子供自身に委ねるべきか否か〟というパンパース特大サイズ論争でどちらの側に味方するかだ。一度は、〝お見合いパーティー〟という忌まわしき言葉さえ口にした。彼とトニアの母は共に育ちが良かったため、ぐだぐだ言ってないでさっさと子供を作れとは言えなかった。しかし結局、彼女が両親のためにできることはそれしか残されていなかった。

トニアが両親に、放送中毒よりもさらに致命的な遺伝的欠陥について告白することはなかった。しかし三十三になった頃には、その症候群は否定できないものになった。彼女には全く母性的欲望がなかったのだ。唯一可能な惑星的未来を一目見ただけで、子供を生むのはひいき目に考えても無知蒙昧の行いであり、下手をすれば堕落した行為に思えた。未経産――人間の質的増強を図りながら、数量を削減する方向――こそが道徳的至上命令だった。

しかしトニアは決して、ギルバート・シフにその話をしなかった。彼女が独身のまま三十六歳になったときも、父は海外でブッシュ・ジュニアを弁護するときと同じ、絶望的な希望を抱いていた。「単著を書けとは言わない」死の直前の気まずい電話で、彼は娘に言った。「ちょっとした研究を共著ででもやってくれれば、私は満足だ……」

「いつかね」と彼女ははぐらかした。「父さんみたいに素敵な人が現れたら」。しかし、彼女は既に〝自発的人類絶滅運動〟に参加していた。恒久的避妊手術を受けるほどの踏ん切りは、まだついていなかったが。

老外交官はその電話から十九日後に墓に入った――法外な解釈を容認する無垢な未熟者国家に振り回されると同時に、娘の選択によっても打ちひしがれた状態で。父が亡くなり、続いて母が海外に移住した後、トニアは少しの間、思い切って男探しに励んだ。しかし、幽霊は希望よりしぶとい。死んだ父は永遠になだめることができない。

彼女は今、百万人の赤の他人をなだめることに専念する。四十二分の番組で毎週繰り返し〝無頓着〟を鍛え、そこに注いだ六十時間を完璧に仕上げる。目標は〝現在〟の正確な実物大地図を編纂すること。目のくらむ未来をサムネイル表示にした巨大なモザイク画。

トニア・シフの両親は四十年間、ある約束を守ってきた。どれほど忙しくても、どれほど遠い僻地にいようと、彼らは必ずふた月に一度は顔を合わせ、二人きりで食事をした。そして食事をしながら、一人が討論のために用意した動議を出す。提案。人類は農業革命が起こらない方が幸福だった。提案。政府はプロスポーツ選手の給料の上限を定めるべきだ。提案。バッハの受難曲は、反ユダヤ主義ゆえにコンサートホールでの演奏を禁じられるべきだ。するともう一人が、考えられる最強の反駁をする。こうしてギルバートとシグリッドは、二人の愛に熱を与える議論の火を保った。

彼女を生んだときの両親の年齢を越えて十年が経った今、トニアはその儀式を復活させる。ただ少し異なるのは、討論相手が定まっておらず、年に二十回、新しい話題のために集まるという点だ。提案。人類は自身の創意を生き延びることはできない。提案。慢性的絶望の治療が間もなく手に入る。そしてトニア・シフは、どの機会に誰を相手にしていようと、激変的な大問題を現実そのものに劣らぬ娯楽に変えることができる。

∞

ストーンは紅茶とラスク一切れを持ってデスクに向かう。彼は怠慢で溜まった投稿の山を無視し、図書館で借り出した新たな幸福本を読む。この本は他とは違う。悪しき種（たね）。幸福とは動く標的、進化の生んだトリックであり、われわれを常に活動させるための餌兼鞭だとその本は言う。同じ状態を保とうとすれば、服用量を常に増やさなければならない。われわれは真の満足を得たいなら、全ての欲求を捨て去る必要がある。幸福の追求はわれわれをみじめにする。唯一の希望は、そうした習慣と手を切ることだ。

彼はページから目を上げ、あのアルジェリア人女性は心的外傷後ストレス症候群（PTSD）のせいで広範な感覚麻痺を起こしているのだろうかと考える。ひょっとすると、あのぼんやりとした恍惚（こうこつ）は来るべき崩壊の予兆なのかもしれない。しかし、この数週間、一緒に過ごした全ての時間の中でいちばん沈んで見えたときでも、彼女は穏やかな喜びを味わっているようだった。授業のときの彼女は終始、周囲でどんな感情的爆発が起きていようと、光に浸り、侃々諤々（かんかんがくがく）の級友たちを温かく見守る。ラッセルは授業の最初から最後まで、横目で彼女を見ている。彼女は小競り合いの中、昼の日を浴びるセイヨウトチノキのように輝き、空中に漂う。

あの女性（ひと）は本当の高揚感を味わっているのか、それとも、単にそれを思い描いているだけなのか。彼は無意味な疑問を必要以上に問い続ける。

彼は遅いインターネット回線を立ち上げ、検索エンジンの入力欄を見つめ、不合理な喜びに関する検索をどう始めるべきか考える。

キーボードで〝多幸感〟と入力し、消去する。〝躁鬱病〟と入力し、再び消去する。〝極度の幸福感〟と入力する。すると、彼はたちまち圧倒される。自由な情報の世界においては、一歩の旅が千の微小共同体で始まる。地球規模のマンパワーによる途方もない時間が、彼の考えうるあらゆる思考を既に試し、無限の創意でその答えを出している。というその考えさえ、デジタル的に増殖する常套句（クリシェ）と化して……。

子供の頃に好きだった玩具をグローバルな競売所で探すのにかかるよりも短い時間で、彼はポジティブ心理学という運動を見つける。これもまた、彼が今まで耳にしたことのない大規模な活動だ。幸福を対象にした経験科学。結構だ。そして、国際的現象。しかし、今時は何でもそうではないか？　数世紀にわたり、精神がうまく働かないあらゆるケースに焦点を当ててきた心理学がようやく、どうすれば精神がうまく働くかの研究に着手した。

この分野の研究は二〇〇〇年頃、世界が新たな集合的悲惨の時代に向かい始めたのと時を同じくして、突然始まったらしい。そして、この学問分野は既に、ラッセル・ストーンのような偶然の検索者を面食らわせるほどたくさんの論文、書籍、会議であふれている。

検索結果九百三十万件のうち、一位から十位までを見る。彼はめまいを覚える。ネイビーピア公園の先端まで行って後ろを振り向き、毎分一立方メートル当たり百万の革新を生む、百階の高さの鋼鉄とガラスの塔を見たときに感じるのと同じめまいだ。彼はスクロールして検索結果を眺める。ついに、ブラウザーを持った人なら誰でも見ることが可能になった、逆巻くビットのネットワーク。その幻影（ビジョン）にはある種のすがすがしさがある。十歳のラッセルが兄のロバートと一緒にナイアガラの滝の脇にあるテーブルロックの霞の中に立ち、殺人的な奔流に向かって叫んだときの気分。スケールそのものが彼を解放する。世界が一秒ごとにバケツ何億杯もの速度で落ちていき、彼は誰も救うことができない。

彼は次々にリンクをクリックし、自分が何を探しているか分からないままに発見の渦に飛び込み、延々と、探しているのでないものを見つけ続ける。

∞

ラッセルはついに、探し物を見つける。それはネット上ではなく、昔ながらの本にある。彼が今枕元で読んでいる幸福マニュアルの補足欄でそれは見つかる。「裏面のない幸福?」という見出しの添えられた、薄く着色された囲み記事だ。

人生に対する欲求が人一倍大きな人物を見かけたことはありませんか? いつも陽気で、何があってもすぐに立ち直り、悩みのなさそうな人を。幸福に関する遺伝のルーレットにおいて大勝ちを収めた人が存在するのです。彼らは日々、更新可能な幸福に浸り、鬱のない躁、周期的失意のない高揚感を味わいます。そうした人々は非常にまれですが、〝感情高揚性気質（ハイパーサイミア）〟と呼ばれる特徴を持っている可能性があり……

彼がでっち上げたのではない。それは生物学的な現象だ。研究者がそれを調べ、ギリシャ語源の名前が付けられている。

しかし、注意が必要です。陽気で活気にあふれた人は実際には、紛れもない双極性障害と結びついた軽躁病にかかっている可能性があります。感情高揚性は持続的な気質ですが、軽躁病は周期的です。前者は人生を楽しいものに変えますが、後者は致命的です。詳しい診断はやはり、専門の医師に任せるのが良いでしょう。

文章が徐々に彼の頭に入っていく。その内容は、高揚したあの難民に劣らず現実味を欠いている。あの女性は医師に診てもらうべき症状を示している。彼は——自分ではなす術（すべ）のないラッセル・ストーンは——タッサ・アムズワールに関して本物の専門家に相談する必要があるのだ。

∞

彼は試しにメスカーキ大学のポータルページを見る。大学には専属の分析医(シュリンク)か何かが——最新の婉曲語が何であれ——いるはずだ。大した苦労もなく、目的のものが見つかる。心理サービスセンター。画面上で見る限り、そこはまるでブローカー業務をやっているみたいだ。潜在的な学生相談者がチェックできるホームページを、一人一人のカウンセラーが持っている。

彼はカウンセラーたちの顔写真に目を通すが、それが恥ずべきことだとはほとんど思わない。彼はウェブサイトの写真を使って歯医者を選んだことがある。自分が編集している素人作者の顔もフェイスブックで調べたことがある。後ろめたいという感覚はもはやない。自己防衛のようなものだ。〝顔チェック〟の倫理性を考える日記のくだりを万一、彼の孫が読むことがあれば、きっと単に笑うだけだろう。もしもそれより先に彼が日記を燃やしていなければ。しかも、彼に孫ができれば、の話だ。ひょっとすると孫たちは彼の日記を、この世に存在する彼の全ての恥ずかしい写真と共に未来版インターネットのどこかにポストするかもしれない。そのときにはもはや〝ポスト〟という感覚はなくなり、〝共有〟がデフォルトの設定になっているだろう。

ラッセルにとっての顔チェックは、兄にとっての選択的セロトニン再取り込み阻害薬と同じ役割を果たす。それのおかげで苦痛なしに無数の他人と向かい合うことができる。

一人目の心理学者はばかばかしいほど親切な不動産業者に見える。二人目は、なぜか必死に独身を貫いているどこかの伯母のようだ。三人目は彼にノンコレステロールのスプレッドを塗りつけて、朝飯にしてしまいそうな風貌。四人目を見て彼は凍りつく。

その女はグレースのクローンだ。

少し年が上だけれどと彼は思う。それから彼は思い出す。グレースも今では年を取っているはずだ、と。有資格臨床心理学者（LCP）キャンダス・ウェルドがあまりにもグレース・コズマとそっくりなせいで、ラッセルの心拍が異常に上昇する。彼は相違を見つけるが、納得できるほど大きな違いではない。それは、多少の違いはあれ、グレースだ。彼の四肢にたぎる〝闘争／逃走〟ホルモンのしぶきがそれを証明している。

　彼は震える両手を首の後ろで組む。超常現象を扱うジャンル小説の世界に墜落していく感覚。それは彼の知っている物語か？　それは彼が書いた物語だ。彼はブラウザーを閉じ、履歴を消し、クッキーを全て削除し、駆けだすべきだ。

　目の焦点がプロフィールページの言葉に合う。

キャンダス・ウェルドは、ストレスや不安、自信喪失や燃え尽き、人間関係の悩みなどを抱えた学生の相談に乗ります。彼女は摂食障害と身体イメージ問題の専門家でもあります。キャンダスは、「完全」であることよりも自分に満足することの方が重要だと学生が理解するための手助けをし……。

彼はめまいを覚えながら再読し、どうしてグレースがこんなふうになったのかと考える。カウンセラーの写真を見つめる。類似は弱まるが、認識は変わらない。持っていたグレースの写真は全て大昔に燃やしてしまったので、この女性と比較できるものは何もない。無力な凝視がさらに二、三分続いた後、脳裏にあったグレース・コズマの顔がこの顔と融合する。

　誰か別の人間がセンターに電話をかけ、メスカーキ大学の身分証番号を伝え、面会予約を取る。彼はその誰かが**いいえ、急ぎの用ではありません**、そして、**実を言うと、具合が悪いのは私ではないのです**と言うのを聞く。微妙な危険信号を頻繁に聞き慣れている秘書は彼の予約を翌週前半に滑り込ませる。

∞

私は彼に昔の強迫観念を思い出させる。少なくとも彼女の顔を。それは私が考えたことではない。この展開は以前から彼を待ち受けていた。ラッセル・ストーンはこの数年間、好きでもない女の記憶から身を隠すようにしてきた。彼は前もって、自分自身に関する作り話を書いた。

私は超自然的なプロットを追求したりしない。あまりに安っぽい満足と結びついていると感じるからだ。私は、不可解な偶然、予言的な出来事、不気味な類似を扱った本には近寄らないようにしている。しかし、どのみち、本の方が私を見つけだすようだ。そして、そうした本を読むと、それがいかに紋切り型のものであっても、私は心を引き裂かれ、別の人間に変貌させられる。

アルジェリア人が私に言うのはこういうことだ。まず生きなさい、判断するのは後でいい。いちばん疑わしいと思うジャンルを愛しなさい。いい判断をしてもあなたには何の得もない。まして、それで命が助かることなどない。流れよ、言葉。物語は一つしかないし、そこには無数の分身（ダブル）が存在する。それがどれだけ気に入るかを判断するのは、死んだ後のことだ。

∞

キャンダス・ウェルドの写真、履歴、人生哲学はメスカーキ大学のホームページで公開されていて、どんなスパムメール業者や変質者でも覗き見ることができる。どんな変人でもキーボードさえあれば彼女のストーカーになれる。ラッセルはおそらくあまり苦労しなくても、彼女の信用履歴を調べられるだろう。実際、少し調べただけで、彼女に十歳の息子がいて、子供向けのソーシャルネットワークサイトでたくさんの写真を公開していることが判明する。人類が樹上生活をやめて大地に下りるのには数百万年かかったが、金魚鉢に飛び込むのにはそれからわずか十年しかかからなかった。

8

それから五日後の午後、彼はカウンセリングセンターにいて、手足が震えすぎて体から千切れ飛ばないよう押さえるのに必死だ。受け付けエリアは明るい雰囲気で、備品はどれも布で覆われている。そばには二人の女子学生が座り、膝元の携帯でメールを書いている。相談者が待ち時間を潰すために並べられた雑誌の棚に、文章のあちこちに自分の指紋が残された『自分自身になる』が一冊置かれているのを彼は見つけ、驚く。

受付が匿名の番号で彼を呼ぶ。彼は相談室に入る前から既に気落ちしている。有資格臨床心理学者キャンダス・ウェルドが部屋の隅に置かれたL字形のデスクから立ち上がり、彼と握手する。彼女は自己紹介するが、彼は既に彼女を知っている。彼女の態度にグレースと似たところは一つもない。緋色の風琴鳥(ふうきんちょう)ではなく、猩々紅冠鳥(しょうじょうこうかんちょう)。彼女は彼を見つめる。少し傾げたその顔には、探るような笑みが浮かんでいる。おそらく三十八歳。現在のグレースよりも六歳上だ。しかし、その当惑した目、勇敢な頬、子供っぽい獅子鼻という組み合わせが彼の胸を強く打つ。

「どうぞ座ってください」と彼女は言い、クッションの効いた椅子を指し示す。彼女は別の椅子にかけ、彼の方を向く。笠の付いた読書灯が二人の間に立っている。彼女の背後には壁の中ほどまでの高さの本棚があり、健康な生活を扱った本がぎっしり並んでいる。ここ数週間熟読している幸福百科事典の一つがそこにあるのを彼は見つける。本棚の上の壁には、ホッパーの絵画『リーショア』の青い夢が掛かっている。部屋は家具ショールームの一隅のようで、度を越して心地が良い。二人は、長い一日を終えて帰宅した夫婦が、夕食をピザにしようか寿司にしようかと相談しているみたいにそこに座っている。グレース。あの手に負えないグレースが、ようやく家庭的な落ち着きを身に着けた。

「どういうご相談でしょうか」と彼女が尋ねる。陽気な空白を浮かべた顔。それは彼が会ったことのある顔ではない。

彼は首を傾げ、できるだけ温かみのあるしかめ面を作る。「実は今日は、自分のことでここに来たんじゃないんです。僕が受け持っている学生に関して少し気掛かりなことがあって」

彼女は少しだけひるむ。一瞬、彼が判読不能になる。まるで彼が突然彼女の肘をつかみ、けらけらと笑いだしたかのように。それから彼女はほほ笑み、言う。「結構ですよ。話してみてください」

∞

ウェルドは思った。この人は最近、自分にまだ未来が残されていると知ってショックを受けたのだろう。彼はクッション椅子に座り、監視カメラのように目を左右にパンして部屋を見渡し、別の誰かのためにここに来たと話すときには少し体を起こさなければならないほど背中を丸めていた。

四週間前、また追い詰められた学生がキレ、別の学校――今回は、ここからわずか三百マイルしか離れていないウィスコンシン――で発砲事件を起こした。同様の事件は、自然の周期のように二学期に一度は起こる。そしてメスカーキでは毎回、悲劇の直後、不安を抱えた教員の波がカウンセリングセンターに押し寄せる。そんなとき、カウンセラーたちはいつにも増して個別のケースを特異なものとして扱うよう、念入りな対処を求められる。

キャンダス・ウェルドは完全にお決まりの手順で相談を始めた。その学生から直接的、あるいは間接的な脅しを受けましたか？ その学生は暴力的、逸脱的、攻撃的な振る舞いを見せていますか？ そうした質問は来訪者を当惑させるばかりだ。その学生は医療的対処を緊急に必要とする振る舞いをしていますか？ 彼の〝ノー〟という返事は、一回ごとに苛立ちを増した。

ウェルドはいつも相談の初期段階で、簡単で分かりやすいニックネームをクライアントに付けていた。芸術科の学生には、しばしば画家の名を付けた。抗不安薬（ロラゼパム）を必要とする美術学修士課程の写真科大学院生はムンク。食べることで母親の関心を買おうとした顔色の悪い女子学生はボテロ。灰色の静物画みたいな味気ない生活を送る、ガラス瓶のようにがちがちな新入生はモランディ。しかし、ラッセル・ストーンは作家だ。あるいは本人の説明によれば「少なくとも、教室ではそれを演じています」。彼女はニックネームをフォードルに決め、新しいノートの右上端にそうメモをする。信念に燃えるフォードル。

その学生の行動のどういう点が気掛かりだと思うのですか？

彼は全てを話し、キャンダス・ウェルドが細かくそのメモを取る。**全てを書き留めよ。**話が奇妙であればあるほど、書類上の痕跡が重要になる。彼女は身を乗り出して話を聞いた。まるで、そうでもしなければ二人の間のスペースで話の断片が失われてしまうかのように。彼がアルジェリア、殺人、亡命について説明を始めると、彼女は話を聞くのに夢中で、時折メモを取るのを忘れそうになった。

彼は過去の出来事に深く入り込んだ。彼女は彼を導こうとするが、彼は分厚い本の中に迷い込んでいるらしく、彼女の職業上のペースやリズムは彼をそこから連れ出すには無力だった。

彼女は尋ねた。アムズワールさんが何らかの悩みを持っているのではないかと、それが気掛かりなのですか？

彼女のメモに残された彼の答えはこうだ。「僕が心配なのは、彼女が過度に幸福なのではないか、その度合いが正常とは呼べないのではないかということです」

どうして正常ではないと？

「彼女はアルジェリア内戦で孤児になった難民だからです」

アルジェリア難民が幸福だといけませんか？

しかし、フォードルはその質問に対して、ただ力をなくし、肩をすくめただけだった。

彼女は彼に、大学の他の誰かに相談したかと尋ねた。アムズワールさんを教えている他の教員とか。

「同じクラスの他の学生には一人か二人、話を……」

別の人の意見を聞くというのは今まで一度も、彼の頭に思い浮かばなかった。

アムズワールさんが落ち込んでいるのを見たことはありますか？

フォードル。「彼女には落ち込むなんてできないんじゃないかな」

それなら、具体的にはどうしてそれほど心配なのですか？

「僕の理解するところでは、もしも彼女が本当に感情高揚性気質なら、誰からも何の助けも必要ありません。でも、もしもあれが軽躁病なら問題です。あの高揚の先には必ず、崩壊が待ち受けているのですから」

彼女は息を吸い、彼の言葉を書き留めた。カウンセリングをしながら、無言でウィキペディアを呪うのはこれが最初ではなかった。彼女は口ではこう言った。「ちゃんとした評価をしようと思えば、その学生さん本人にここに来てもらう必要があります」

彼はいったん目を閉じ、また目を開けた。「そうですよね。でも、どうすればそう仕向けられるのか……」

「心理カウンセラーに相談してみなさいと直接的に言わずに、ということですね？」

彼はなす術(すべ)なくうなずいた。

「分かります」と彼女は言った。「確かに難しいですよね。〝相談した方がいい。あなたは幸せすぎるから〟なんて話をするのは」

彼は唇を少しゆがめて、再びうなずいた。フォードルはほほ笑んだ。

「彼女について他の教員と話してみてはどうですか。あなたと同じように心配している人が他にいるかどうかを確かめるんです」

「オーケー」。彼はそう言いながら、その可能性があるふりさえしなかった。

キャンダス・ウェルドは手順に従い、口から出かかった言葉を抑え、別の話を始めた。

タッサディト・アムズワールは社交的な人物だと思いますか？

彼は質問を面白がった。「彼女に会った人間は一人残らず、長らく会っていなかった友達同然です」

タッサディトは話をするときに、やたら早口になったり、とりとめがなくなったりすることがありますか？

「その正反対です。彼女が話すと、誰もがまともなペースを取り戻す」

そわそわしたり、貧乏揺すりをしたり、爪を嚙んだりということは？

「授業の間はずっと、にこやかに座っています」

謎めいた発言とか、暗示的な物言いとか、大げさな話をしたりとか？

「全くありません」

いらついたり、攻撃的な態度を見せたことは？

彼は質問がばかばかしくて答える気になれない様子で唇をゆがめ、首を横に振った。

彼女はどんなものを食べていますか？　睡眠時間はどの程度でしょうか？　彼は精一杯の返答をした。どうしようもなく素人じみたものがそこにはつきまとっていた。しかし、そもそも相談の主体は彼ではなかった。

心理学者がペンを置き、指を唇に当てた。「その女性の尿のサンプルが何とか手に入りませんか？」

質問に彼が答えるまでに時間がかかり、彼女はそれに感心した。

「持続的かつ強力で起伏がなく、人に優しい幸福感を得られる薬物があって、いらいらしたり、ぼうっとしたりする離脱症状がないなら、僕自身がぜひ飲みたいですね」

彼女は首を傾け、唇をゆがめた。「もちろん、そうでしょう。そんなものがあれば、他の人も全員、既にやっているはずですから」

すると彼は笑った。小さくて鋭い、警戒の吠え声。彼女は無意識に自分の頬をさすっているのに気付き、手を膝の上に下ろした。「彼女がいらつくのを見たことがないわけですね？」

彼は鼓動ひとつ分待った。しかしそれは敬意のために置いた一拍だった。「彼女と知り合っておよそふた月になりますが、しかめ面さえ見たことがありません」

彼女は隠された説明を求めて、ぱらぱらとメモのページをめくった。「やはり本人に会ってみないと何とも言えませんから、これは結論ではありません。全く心配する必要がないとは言えませんが……お話を聞く限りでは、軽躁病ではなさそうです」

彼は平静を装うことさえできなかった。彼女は彼のそういう部分が気に入った。「では、何なのでしょう？」

「よろしければ、もっとお話を続けましょう。どうして彼女のことが気に掛かるのか、とか。また面会の予約を取ってください」

一瞬、フョードルは口ごもった。相談に訪れた教員が次に望んだのは、その場から立ち去ることだった。

キャンダス・ウェルドは博士論文執筆に当たって四百八十の症例を調べ、患者が治療を終えるときのさまざまなタイプを分析した。患者が満足いく地点に達する場合。もうすぐ一区切りがつくのに、早めに切り上げてしまう場合。何年も堂々巡りを続けて、最後に白旗を揚げる場合。今回の例は治療（セラピー）が始まる前に終わってしまうパターンだ、と彼が部屋に入ってきた瞬間から彼女は分かっていた。

しかし、待つことが彼女の技芸（アート）であり、他人の盲目的困惑が彼女の手段（メディア）だった。「お好きなときに話をしに来てください」と彼女は彼に言った。「何か変わったことがあれば、いつでも私はここにいますから」

∞

彼女は彼の隣の椅子に座る。サウスリムに立つグレース。彼は昔の私的な話を口にしないように努める。彼女の専門的質問に答える自分の声が、タイミングを一瞬遅らせた録音テープのように、つっかえながらしゃべるのが聞こえる。彼女はタッサが差し迫って自傷行為をするとは思えないという用心深い意見を述べる以外のことはしない。彼は来る場所を間違えた。この女性は有資格相談員。彼に必要なのはポジティブ心理学者だ。彼は時間を無駄にさせたことを詫びたいと思う。自分の時間を無駄にするのは、とうの昔から何とも思わなくなっている。

二人は立ち上がり、握手する。彼女は口を開きかけるが、何かが彼女を押しとどめる。彼は彼女がこちらのことを知っているという不気味な感覚を覚える。彼女は二人が前世で恋人同士だったのを記憶しているかのようだ。

「ちょっと待って」とキャンダス・ウェルドが言う。彼女は机の所まで歩く。その様子は、彼の頭にあるグレースとそっくりだ。彼女は引き出しを探り、小さな白い長方形を取り出す。そこに何かを書き付け、ラッセルに差し出す。

彼はその仕草に凍りつく。差し出された腕、捧げ持つ手のひら。それは窓ガラスに本を押しつけるタッサだ。彼は捧げ物にひるむ。しかし、彼女は手を伸ばしたまま、彼が手を出すのを待つ。それはただの名刺だ。彼はまるでそれが考古学的遺物であるかのように受け取る。大学のロゴ、カウンセリングセンターの所在地、彼女の姓名と身分、電話番号とメールアドレス、そしてもう一つ、手書きの電話番号。「それが私の直通電話です」

〝有資格臨床心理学者〟という文字の下に、小さな斜体字のフォントでこう書かれている。

あなたは、われわれとともに、お喜びになるのが当然なのです。

彼は十六歳。子供時代の家の裏庭で鉄製の芝生用椅子(ローンチェアー)に座り、横のテーブルに辞書と百科事典を置いて、かびの生えたシェークスピアと格闘している。高校二年の七月、彼は数か月前から、大人になったら自分が劇作家になるという圧倒的予感を覚える。

予感は間違いだった。彼は結局、劇を理解できず、人々のしゃべり方をとらえきれず、人間の心理を把握できなかった。彼にできたのは、ぎこちない写実もどきの場面を一つか二つ書くことだけだった。

彼はまたしても台本があるという感覚と戦いながら、頭を上げる。彼は手の込んだ心理学的実験に自分が利用されているという手がかりを探る。しかし、彼女の顔に偽りはなく、グレースにはなかった率直さがある。

「生き残れた幸福は、死者を出した不幸に勝ります」。彼は声に出すつもりなしにそう言う（名刺の言葉はW・シェークスピア『テンペスト』第二幕第一場冒頭部からの引用。ラッセルの言葉は引用の続き。）。

彼女は彼を見つめる。「ああ！　その引用ですね。私のお気に入りです。学生も皆、気に入ってくれます」

「これ……お使いになっているのはこの名刺だけですか？」

「ええ。どうしてそんなことを？」

理由なし。理由と呼べるような理由は何も。

外の通りに出ると、鞭が効いてくる。カウンセリングで得られたのは恥辱だけだった。他人の幸福に口出しをするなんて、いったい何様のつもりなのか。冷たい風がミルウォーキーから吹きつける。一週間前、町は溶鉱炉だった。気温はたった四日で華氏九十度から六十度まで下がった。季節的情動障害。自転する惑星全体に双極性があるに違いない。

∞

キャンダス・ウェルドについて日記に記すべき七つのこと。


まだ中西部訛りに消されていないボストン訛り。

以前は宗教を信じていた。現在は経験主義的。

彼女の経歴には無職の時期がない。ここ十二年は、〝あなたは自由だ〟と人々に思い起こさせるのが彼女の仕事だ。

オフィスの壁には姉妹の写真が三枚、女友達の写真が二枚。幼い息子の写真が五枚。その子の父親の写真はなし。

疑いを招くような感情的結び付きがクライアントとの間に生じたせいで相談担当を下りたことが二度ある。

クライアントの大半は彼女を好きになる。彼女を嫌う例外的な少数派は彼女の愛を必要としている。

彼女は毎朝、目を覚ますたび、自分の好きなことをして生計が成り立っている現状を罪深く感じている。

その夜、ラッセル・ストーンが実際に日記に記す三つのこと。

彼女は姉妹（きょうだい）構成の面では、長女でも末っ子でもなく、中間子。助力者。その特徴は明らかだが、本人はそれを分かっていない。

彼女のようなタイプの人が法廷で味方になってくれたらとても心強い。

彼女のパソコンのキーボードの隙間には、クッキーの食べかすが詰まっている。

∞

クラスは親密になり、休日が間に挟まるのを疎ましくさえ思う。皆が未編集のノートを開き、互いに見せ合う。「日記（ジャーナル）と旅行記（ジャーニー）」は、一種のグループセラピーと化す。学生たちは今や夜ごとに作文を持ち寄り、全ての秘密を交換し合う。彼らは互いの最奥部にある闇の中まで、そして猛烈な風の吹く山の頂まで、共に旅をする。最後の一瞬、八人は物語を越えるものを共有する。

彼らはロベルトと一緒に十九か月にわたるヘロイン中毒治療を経験し、週末二日にわたるどんちゃん騒ぎに加わり、振り子時計の分解と組み立てを連続で六回こなす。彼らは、自動車会社重役を務めるシャーロットの父が腹立ちまぎれにかわいい娘の顔を殴り、それから三年間ずっと謝罪を続けているという話を聞き、以後、彼女の父親に対する永続的ゲリラ作戦に参加する。キヨシが一時的に広場恐怖症を克服し、勇気を振り絞ってマクドナルドでフィレオフィッシュを注文したと話すと、皆が喝采を送る。

そして彼らは、アメリカ合衆国の風景にいちいち面食らうタッサの気持ちを共有する。自動車局で免許証の交付を待ち、巨大ディスカウントストアで使用済み電池の回収箱を探し、巨大教会のテレビ伝道師を初めて見る。彼女の日記は皆に、移民の目から見たアメリカを見せる。彼らの国は彼女の目を通して再び荒野に戻る。彼女の言葉を聞いていると、特に何ということもないものに喜びを見いだしても構わないという気がしてくる――知っている民謡を郵便配達人と教え合ったり、サウスサイド近くの樹木の地図を作ったり。ジョーカー・トーヴァーは注意欠陥障害のスイッチを切り、片方の目に手を当てて、話に耳を傾ける。アートギャル・ウェストンでさえ皮肉な態度を控え、話にうなずく。まるで彼女も、大人になったらタッサになりたいと思っているかのように。

もし仮に、パニックも無益さも私たちには無関係だとしたら。もしも全てが私たちに無関係で、意味があるのは私たちが話す内容だけだとしたら。

∞

次は、ストーンがタッサに授業の後、残るように言う場面。まるで彼女の作文について話があるかのように。他の学生はいまや伝統となった放課後の打ち上げ（ジャンボリー）に向かい、あまり長い間、リーダーを独り占めしないようにと言う。

彼はかなり前から台詞を練習していたので、ほとんどもたつくことなく質問を口にする。「少し話したいことがあります。時間は大丈夫ですか？　階下（した）で何か食べながらでもいいし……」

「あれれ」とアルジェリア人が言う。「それってデートのお誘いですか？」

彼は張り手を喰らったように一歩下がる。「違う違う。少しだけ落ち着いて話したいことが……」

タッサは笑い、彼の肘を揺する。「はい、ストーン先生。大丈夫です。冗談ですよ」

二人は一階ロビー脇にある、間に合わせのカフェに行く。セルフサービスコーナーで飲み物を取り、それぞれの紙コップを手に、鋼鉄製メッシュ天板の小さなテーブルに着く。ストーンはお茶に含まれるポリフェノールの、最近見つかった奇跡的な効用について神経質にしゃべる。タッサはその話を一蹴する。「カビリアのおばあちゃんたちにとってそんなのは常識ですよ、化学なんかよりもずっと昔から」

ストーンは生きているタッサの家族に関して尋ねる。タッサはショルダーバッグから写真を取り出し、弟、モハンドの写真を見せる。彼はコミュニティーカレッジを中退して、アルジェに戻り、官僚的公共サービスを受けるのを待つ人々の代わりに果てしない行列に並ぶのを仕事にしている。彼女は彼に、伯母のルーザの写真を渡す。元歯科医で、モントリオール植物園で中国風パビリオンを囲むスイレンの世話をしている人物だ。「変な町」とカビル人が言い、首を横に振る。「でも、今ではあそこが故郷です」

彼は今がチャンスだと思い、話を切り出す。「故郷を離れて、寂しい?」

「もちろん! 今までに暮らした全ての場所が恋しいです」

「少し落ち込むことがある? この町に暮らしていて、少しブルーになるというか」

彼女は今、二人でどんな場面を書いているのか理解しかね、首を傾(かし)げる。「当然です。先生だって分かるでしょう? あらゆるものから遠く離れたら、当然そういう気分になります」

「それで……不安な気持ちになるとか?」

彼女は溜め息をつき、天を仰ぐ。彼女を知らない人なら、それを苛立ちの仕草だと思うかもしれない。「先生は私が幸せすぎると思っているんじゃありません? みんな、私があまりにも幸せそうだと言うんですよね。ここってアメリカじゃないんですか? 何々すぎるっていうことが存在しない国でしょう?」

彼は脈が急上昇し、周囲を見回して逃げ道を探す。「すみません。そんなふうに思っているわけではありません。僕がちょっと心配だったのは、時々――」

　彼女はテーブルの反対から手を伸ばし、爪の先で彼の手の甲を弾く。「じゃあ、どう思っているんです？　私、変わってなんかいませんよ。先生と全く同じ感情を持っています。それは、日記を読めば分かるんじゃありませんか？」

　彼は彼女の目を見る。きっとこれも冗談に違いない。彼女の日記の文章には、せいぜい小さな茶色の染みがあるにすぎない。広い金色の海に散らばる小さな船。彼と全く同じ感情？　ひょっとするとそうかもしれない――もしもプラスとマイナスの符号を全てひっくり返せば。

「本当の問題は私の名前なんです」。彼女はしかめ面をする。あるいは、少なくともしかめ面に見える顔を。

　ストーンは首を横に振る。

「〝タッサディト〟。〝肝(きも)〟という意味です。この予言からは逃れられない。私にはどうしようもないんです」

　ストーンは、無用というだけの値打ちさえなく、ただじっと彼女を見つめる。

「タマジグ語の肝は英語の心臓に相当します。分かります？　〝喜び〟。広がり。大きな気持ち」

　彼女が口に出さない言葉を彼が補う。「包容力(ジェネロシティー)とか？」

「ね？　生まれたときからそういう運命なんです」。彼女は恥ずかしそうにうつむく。「ラッセル？みんながビストロで待っています。一緒に行きません？」

　彼の心臓が拳と蹴りで激しく胸骨を打つ。「やめておきます」

「十分だけでも。みんなのことが好きでしょう？　みんなも先生を気に入っていますよ」

「今晩はまだやり残した仕事があるから」。添削すべき原稿。無害になるまで編集すべき熱意。

「私のことは心配しないでください」と彼女が言い、立ち上がって、彼を抱き締める。

彼女が無人のロビーを出て行きかけたとき、ようやく彼は口を開く。「もちろん、心配はしません」

　彼は帰宅し、週末の間ずっと、十九世紀ロシアの短編に浸る。今回に限り、虚構（フィクション）。

∞

ここで単語の系譜（genealogy）が必要だ。語源はあの巨大なラテン語"gens"——家名、家財、血統、墓所を気前良く（ジェネラス）分配している語根——から来ている。最初の語根は自分の遺伝子（genes）を途方もない数の子孫に広めた。愛想（genial）、生殖（genital）、ジャンル（genre）、親切（gentle）、一般（general）、総称（generic）、密接（germane）、発芽（germinate）、エンジン（engine）、発生（generate）、生姜（ginger）、天才（genius）、軽快（jaunty）、警察官（gendarme）、集団殺戮（genocide）、土着（indigenous）。さらにその従兄弟（いとこ）には、同族（cognate）、生得（connate）、発生期（nascent）、先住民（native）、国家（nation）、子供（children）、種類（kind）などがいる。欠点と言えるほどの包容力。父子鑑定テストをするには多すぎる子供たち。

　この雑多な語は、しかし、どれほど寛大なのか。包容力（generous）には、生まれつき純粋（genuine）で、生産能力（generative）を持ち、繋がり（connection）をはらみ、親類（kin）を増やす全ての者が含まれるのか?

　あるいは、包容力は、正しい血を持つ——高貴（genteel）な家柄（gentry）の生得的胚（germ）を有する——という問題なのか?

　ゲノム（genome）学者は遠からず、あらゆる人の完全な系譜をたどることになるだろう——死滅しかけた文献学者たちが単語の最近の変遷をたどろうとしてきたどんな試みよりも綿密な調査に基づいて。

ここでまた大きなジャンプカットをするのを許してもらいたい。次のフレームは一気に二年後に飛ぶ。それはごく単純な予想だ。トニア・シフは倉庫大の飛行機に乗り、自分が旅の果てに何を期待しているのかも分からないまま、北極圏内を東に向かっているだろう。

∞

今回はエコノミー席でパリに向かう。パリからは北アフリカ行きの便に乗り継ぐ予定だ。五百五十人の乗客で満席の飛行機。年配の旅行者、ヨーロッパ鉄道周遊券と定番ガイドブックを持った大学生、中産階級のフランス人夫婦――ニューヨークでの一泊ショッピングから戻る途中の、急激なドル安による成金たち――医薬品販売や投資サービスのスプレッドシートを広げた出張ビジネスマン。彼女はこのフライト中に、二年前に撮影した『限界を超えて（オーバー・ザ・リミット）』のエピソードの一つ、「魔神（ジーニー）とゲノム」を繰り返し見るだろう。アーカイブから持ち出した数枚のディスク、何十時間分もの未編集ビデオ、そしてノートパソコンで武装した彼女は、どうにかして自分を救うための続編を作る気でいる。

彼女はエピソードに三度目の目を通し、カートンが「われわれは天地創造の共作者である」と言う場面まで見たところでパソコンの電源を切り、機内持ち込みの鞄にそれをしまわなければならない。彼女は同乗者の列を眺め、来るべき世界に息苦しさを覚える。人類は自らを消し去る前にほぼ完璧な自己理解の偉業を成し遂げた、と彼女は思う。

私は彼女に窓の日除けを上げさせ、プラスチック製の小窓から外を覗かせる。はるか下、計算不能な遠方で、大陸サイズの何かが西へ移動していく。果てしない表面、わずか数年前まで切れ目のない白のシートだった物のあちこちに斑点ができ、その向こうの青が覗く。

トニア・シフはオルリー空港南ターミナルの込み合ったコンコースで、チュニス行きの便を七時間待つだろう。きっとそうなるのだから、既に起きたことのように語ることにしよう。彼女の便は遅れ、五回も六回も予定が変更される。ゲートに向かう殺気だった争いで、読書は不可能になる。絶え間のない館内放送が思考を寸断する。同じ乗り継ぎを待つ見ず知らずの他人に話し掛ける時代は大昔に過ぎ去った。

∞

彼女は時間潰しのために人込みを眺め、認知バイアスを探る。この厄介な趣味は、これまでに何度か恋人に振られる原因にもなった——その中には、彼女がほとんど結婚を考えかけていたとびきりの下院議員もいた。しかし、この習慣は気を紛らわすのに最適で、なかなかやめられない。

そこには、あらゆる類(たぐい)の間違った科学が入り混じっている。そわそわした数人の乗客が、他の乗客がそこに立っているという以外、特に何の理由もなしに、閉まったままの搭乗ゲートの前に並ぶ。情報バイアスにうんざりした赤ら顔のロシア人が人に囲まれたチケット係に詰め寄り、チケット係はちょっとした筋金入りの専門ばか偏向に耽る。かなり若い夫婦が手を握り合い、一緒に出発モニターをにらむことでプレッシャーを与えている。声高なシフの同国人がアップグレード座席が取り消しになったことを——実際にアップグレードしたわけでもないのに——誰にともなくぼやく。

この最北端の〝南〟への入り口で既に、アラビア語の声門音のリズムがシフを包む。群衆のざわめきが、彼女の認識の限界を越えたリズムにまで広がり、深まる。彼女の隣には、一張羅のチュニックとスカーフをまとった三世代家族が座っている。紐で縛られた段ボールの階段式寺院(ジッグラト)は、故郷に戻った後、村人全員に配るためのフランス土産だ。

乗り継ぎを待つ一家の父親は、十九世紀のヨーロッパ人をとりこにしたあの神秘的な金髪碧眼のアフロ＝ヨーロッパ系カビル人そっくりだ。とはいえ彼らは皆、少数の遺伝子が異なるだけで、シフ自身の遠戚であってもおかしくない。

彼女は思う。**これが私の正体——他の誰にも劣らぬイスラム嫌い。**細かいことはともかく、現代のイスラム教徒は苦手。彼女は黄金時代のイスラム教徒に対しては、死んだ愛国者に一般人が抱く敬意と同じものを感じる。アルハーゼン、アビケンナ、アベロエス。ヨーロッパがまだ腰までどっぷり天使と悪魔に浸かっていた時代に、科学を前進させた人々。その後、何かが起きた。探検は終わり、受け売りの知恵がそれに取って代わった。確実性が観察を押し流した。

今また、同じようなことが起きている。今回はシフが属する系統樹の側で。しばらく前から彼女の国の政府は、既に明らかになった必要な知識だけに安住し、あらゆる種類の科学に対して十字軍を送っている。今やシフ自身が激しい競り合いのただ中に分け入り、穏当なアメリカ市民を今後の新発見に敵対させせかねない流れと戦っている。

かつて彼女は、人類が自身の運命を手に握るのは時間の問題だと考えていた。今の彼女は、避けられないのは過去だけだと知っている。理性はいつ何時でも崩壊しうる。オルリー空港南ターミナルを見よ。

哲学はもうたくさんだ。彼女はとうの昔に手を切った。哲学が人の慰めになったことはない。トニア・シフはコンセントを見つけ、ノートパソコンを開く。彼女は粗編集のビデオを呼び出し、その氾濫を接合（スプライス）し、生むに値する未来を作る方法を探る。

∞

その後は、次の授業の場面だ。金曜から月曜の間に、シカゴの都心部で十件の自殺が成功する。そのうち六件はストーンと同じ年齢層における第二の死亡原因、気分障害が引き金だ。彼が大学のカフェテリアでタッサに別れを告げてから、翌週の授業で彼女に会うまでの間に、全米で二百八十七人が自らの命を絶つ。ハーモンは自殺を三番目によく使われるプロットとして挙げている。ストーンはハーモンの著書の〝焦点化〟を扱う章を、必死になって学生らに解説する。

世界には〝秒〟と〝分〟と〝時間〟、そして〝年〟と〝世紀〟があるが、精神にとっての時間は〝長い〟と〝短い〟しかない。世界には〝インチ〟と〝ヤード〟と〝マイル〟があるが、〝近い〟を〝遠い〟に変えられるのは精神だけだ……。


「とうとうフレッドじいちゃんがいかれちまったね」とプリンセス・ヘビーが言う。「口からよだれがだらだら垂れてるわ」

「全くだ」とスポックが同意する。「変人。魅力的だけど」

クラスの他の学生もハーモン叩きに加わり、間もなく感受性訓練（エンカウンター）グループの中心には、血まみれで震えるフレデリック・ハーモンが取り残される。ラッセルは敗北者を見捨て、残りの講義時間を日記の読み上げに回す。

彼はいつものように集団的フィードバックを取り仕切る。しかし、教室に入るときに彼の肩に手を触れたタッサは、にこやかな表情で楕円に加わる。彼は彼女を議論に引き入れようとするが、彼女はふわふわと宙に漂い、皆の言葉を吸収する。今や、受け取ることは与えることよりも寛大（ジェネラス）になったのかもしれない。

透明（インビジ）ボーイが皆に詫びる。「僕はこんなつたない作文を聞かされるみんなに申し訳ないです。毎秒新たに二十五のブログが書き込まれていて、その全てが僕の日記よりも面白いのに」

シャーロットが彼を叱る。「人を楽しませようなんて思う必要はないよ」。ラッセルが「その通い！」と叫ぶ暇もなく、彼女がこう付け加える。「自分が楽しければそれ以外のことはどうでもいい」

ラッセルは話題を変え、ジョン・ソーネルの日記に話を移す。スポックはウィスコンシンで、十人余りの他人と一緒に三十六時間不眠不休で、塗料入りの弾丸（ペイントボール）を使った戦闘ゲームをやった話を読み上げる。話が終わるとラッセルは、ただじっと座っている以外に何もできない。適切な反応を見つけられないその顔は表情が定まらない。

彼は優しい口調で、まだ推敲の余地があると言おうとする。彼はその助言を、一般的観察という外套にくるむ。「いつも言っていることですが、最良の作文はいつだって書き直しなんです」。円テーブルを囲む学生たちはただ彼に向かってまばたきをする。恒久的改訂など誰もまともに相手にしない。学生の半分はまともに大文字小文字を使い分けることさえしないのだから。

カウンターストライクがティーチャーマンの意見を却下する。それは神に与えられた憲法上の権利だ。彼はスポックの日記に最大の賛辞を寄せる。「今のままで完璧さ。一言一句、変える必要はない。文章の流れが漫画に似てるのもいい」

彼らは〝漫画〟が何か、ラッセルに説明しなければならない。

「コミックスだって？」ティーチャーマンはあきれる。「本気でそこまで言うのかい？」彼の目はロベルトに留まる。いつもなら、決まって彼が皆に正気を取り戻させてくれるからだ。

しかし、ムニョスまでもが彼に背く。「でも」と泥棒（シーフ）がささやく。彼の手は丸めたワイヤのようだ。「よくできたコミックスは絶対にどんな文字オンリーの本よりも優れてる。当然の結論だと思うな。絵プラス言葉なら、言葉だけよりもいろいろなことができるんだから」

「内面はどうなる？」とラッセルが迫る。「隠された思考の入り組んだレベルは？　物質的でない、あるいは目に見えないものは？　人々の頭の奥深くに分け入る術（すべ）はどうする？」

「人が頭で考えていることを語るような本は嫌いだな」とプリンセス・ヘビーが言う。

「その通り」とカウンターストライクが同意する。「例のヘンリー・ジェームズとかいうやつ。あいつは俺が張り手を喰らわせたい男のリストのトップだ」

ラッセルの堪忍袋の緒が切れる。「結構だ。じゃあ、みんなで溺れようじゃないか、消費者向けのけばけばしい糞に」。その言葉が彼の耳に届くのは遅すぎ、彼は音節末で言葉をのみ込む。居眠りして〝ピー〟ボタンを押し損なったテレビ局の検閲係のように。

タッサでさえショックを受ける。彼らは座ったまま凍りつくが、やがてジョーカーが口を開く。

「糞を光沢に変えられるのは精神だけだ」

ストーンは皆に詫びる。二度。彼は話を再開することさえできない自分を恥じる。そして授業を早めに切り上げる。職を辞する覚悟さえする。僕を雇うなんてメスカーキ大学はどうかしていたのだ、と彼は思う。

ベルベル人女性が授業の後、教室に残る。彼は彼女と目を合わせるだけで精一杯だ。「先生、具合が悪いんですか？」と彼女は訊く。

もちろん具合が悪い。そもそも生きているのだろうか。

彼女は彼の額に手の甲を当てる。「んんん。そうですね。熱っぽい。ポリフェノール不足かも」

二人は一緒にエレベーターに乗る。彼女は彼を控えめに見つめるが、彼のメルトダウンについて尋ねる必要性は見せない。彼女は彼に元気になってほしいと思っているだけ。それは彼女が通りですれ違う他人に望むのと同じことだ。彼女の望みは、彼が世界の明らかな不条理を楽しむこと。彼女がどの国に行っても、他人に望むのはそれだけ。

エレベーターの扉がメインロビーに向かって開く。二人が中から出るとき、乗り込んできた三人の夜間学生が訳知り顔でにやつく。タッサが立ち止まる。彼女のオリーブ色の肌が紅潮する。「ひょっとすると先生の問題は、言葉を信じすぎることなのかも」

彼は〝そうかもね〟とさえ答えられない。彼にできるのは、今までに楽しいと思った全てのことにしかめ面を向けることだけだ。彼女は彼の肘をつかみ、隅のカフェまで導く。彼は彼女に従ってティーコーナーに行き、そこでぴたっと凍りつく。小さなメッシュテーブルに腰掛けているのはグレースの分身、心理学者のキャンダス・ウェルドだ。

∞

数週後、キャンダス・ウェルドはその日を振り返り、二人を待ち伏せしたのが故意だったのかどうか考えることになる。彼女は遅くまで残業し、面会記録の見直しをしていた。病んだ魂と健康な法律の間で、正式な書類的痕跡以上に重要なものは何もない。彼女はラッセル・ストーンとの面談の最終評価を書き加えているとき、間もなく彼の夜間授業が終わる時間であることに気付いた。ゲイブは今晩、父親の所だ。アパートで彼女を待っているのは、汚れた皿だけ。オフィスにはまだ三時間分の仕事が残っていた。彼女はそれから一時間仕事をした後、ロビーに下り、カフェの端に腰を下ろす。多様な夜間学生の中からアルジェリア人を見分けられる自信はなかった。しかし、軽躁病の可能性のあるアルジェリア人なら見分けがつくかもしれない。

二人が腕を組んでエレベーターから出て来る。キャンダスは表情を統御できず、フョードルは確かにそれを看取した。彼が急に腕を振りほどいたので、少女が驚く。そのときキャンダス・ウェルドはわれに返り、いったい自分は何をしにここに来たのかと考えた——家に向かっていてもおかしくない時間なのに、大学のロビーにぼんやりと座っているなんて。

ウェルドは、クライアントに公の場所で会っても先に声を掛けられない限りは知らないふりをすると話していた。彼女のプロ精神は習慣化していたので、時には普通の友人に気付かないこともあった。ラッセル・ストーンは無論、クライアントではなかった。彼は相談のために彼女のもとを訪れただけだ。彼がエレベーターから一人で出て来ていれば、彼女はきっと挨拶をしただろう。しかし、この状況ではまずい。

彼女が挨拶する必要はなかった。三人ともが驚く素早さで、非常勤教員が少女をカウンセラーのテーブルへと導き、二人を互いに紹介した。彼は〝友人〟と言わなかった。〝心理学者〟とも言わなかった。〝学生〟とも言わなかった。彼はただ名前を言い、役割は話の流れに任せた。彼女はその手際に感心した。

少女は少女ではなかった。二十三歳。しかし、輝きが彼女をもっと若く見せた。人は普通、絵画と同様に、年とともに色が黒ずむものだ。

「先生のお知り合い？」とアルジェリア人が尋ねた。「すごい！　ちょっといいですか……？」

前もってストーンから話を聞かされていなければ、ウェルドはその女性がたった今コンサートとか映画とか――一時(いっとき)、人生を解決可能で情け深いものだと思わせてくれる何か陽気な芸術作品――から出て来たところだと思ったかもしれない。

「今帰るところだったんだけど」とウェルドが言った。

「五分だけ」。学生が教員の手首をつかみ、その手を振った。「先生のことを知っているんですよね。先生がどういう人なのか、私に教えてください」

キャンダス・ウェルドは、困ったときはいつもそうだが、このときも大きな笑みを浮かべた。そして、その当惑の瞬間、二人が腰を下ろした。若い方の女は好奇心に満ちた目をウェルドに向け、ほほ笑み続けた。彼女は尻が椅子に着いた途端、また立ち上がった。「お茶を入れてきます。何をお飲みになります？　私、先生の好みは知っているんです」

学生がセルフサービスカウンターに向かうと、すぐに教員が口を開いた。一つ一つの単語に十二のことをさせる、男性らしい省略表現。「すみません」

ウェルドはカウンセラーの仮面をかぶった。「何に対する謝罪？」

「彼女は今、僕を励まそうとしているんです」

「どういうこと？」

「僕が授業中に癇癪（かんしゃく）を起こしたから」

男は他の点はどうであれ、素直だった。しかし、キャンダス・ウェルドがさらに質問を重ねる前に、タッサディト・アムズワールが三つのホットドリンクを持って帰ってきた。彼女はそれを手渡しながら「サーハ、サーハ」と言った。ウェルドはとりあえず何かをするために、飲み物に口をつけ、それからテーブルに置いた。

タッサディトが尋ねた。「で、先生が若かった頃のお知り合いですか？」

「いいえ」とウェルドが言い、愚かにも「ちょっと違う」と付け加えた。

「それは残念。だって私が知りたかったのは――」

「ウェルドさんはこの大学に勤めるカウンセラーなんだ」とストーンが出し抜けに言った。「最近会ったばかりさ」

男の周到さにウェルドの顔が熱くなった。しかし、その新情報は若い女性に新たな刺激を与えた。

「そうなんですか？　心理学者（サイコローグ）？　じゃあ、ぜひ質問したいことがあります」

カウンセラーと教員は共に凍りついた。

「人は自分の物語を変えることができると思いますか？」

キャンダス・ウェルドは紅茶を半分一気に飲み、その場を立ち去るつもりでいた。しかし、その質問は彼女の麻薬（ドラッグ）であり、いちばんの関心事であり、趣味でも職業でもあった。賭博中毒者が新しいサイコロを試さずにいられないように、彼女はその質問を真剣に考えずにはいられなかった。気付いたときにはキャンダスは、人間の気性が自らを改造する無限の能力について長々と演説していた。行動的調整と医学的介入と会話を適切に組み合わせさえすれば、誰でも救われ得る。そして、この三者のうちでいちばん大事なのは会話だ。

話の最中、カウンセラーは移民の言葉に対抗するようにおどけた調子でしゃべった。アルジェリア人を取り巻く雰囲気にはどことなく伝染性がある。彼女の歓喜は抗いがたい。まるで今、七歳で、十時間後に八歳になろうとしている気分。まるで今、十八歳で、ハイウェイをドライブしていたら、初めてカーラジオからお気に入りの曲が聞こえ、生き返ったような気分。まるで今、二十九歳で、医者から「おめでたです」と聞かされた気分。

キャンダス・ウェルドの人生で、会うたびに必ず気持ちが軽くなる人は二人いた。彼女がその二人に出会ったのは、この女性の年になるよりも前だ。しかし、このおどけた難民はわずか二十分で彼女の熱を掻き立て、同じ場所を回ってこの風景を見続けていたいと思わせた。

彼女らはパン屑を拾うように話題の道をたどった。セラピーにはどれだけの時間がかかり、治療が終わったことはいつ分かるのか。健康な文化と不健康な文化があるのか。どうしてアメリカは、かつてオスマン帝国が支配した地域にある国々をことごとく恐れるのか。ウェルドは大学で二年間学んだフランス語のわずかな名残となっている十二の単語を得々と披露した。その発音を聞いてタッサは大はしゃぎした。一週間か二週間、一緒にいれば、二人は姉妹同然になっただろう。

幸福の秘訣(ひけつ)が突然、ばかばかしいほど簡単に思えた。既に幸福な人を周りに集めること。ウェルドはストーンと目を合わせ、表情を作った。**あなたの言う通り。確かに〝この人、大丈夫かな〟って感じがする。**フョードルはそれに対してほとんど反応を見せなかった。まるで、この場面――**主要登場人物三人がお茶に集う**――における彼の務めは、自分のせいで動きだしてしまった展開を、身じろぎ一つせず後悔することであるかのように。

ようやくタッサが話に切りをつける。「さて。人生で成功したければ、宿題を片付けないと」

三人は立ち上がり、体を丸くせずに歩ける暖かさの残る十月末の夜へと踏み出した。すがすがしい風が湖から吹き、柵に囲われた街路樹の葉が三々五々、アンズ色の逃亡を図る。タッサは映画監督風に両手の親指と人差し指で作ったカメラのフレーム越しに二人を眺め、うれしそうにその構図を見ながら後ろ向きに二、三歩歩いた。それから彼女は、未来にほほ笑み、別れの手を振り、向き直り、消えた。

キャンダス・ウェルドははっきり理解できないうずきを感じた。彼女は、やり場のない当惑を抱えたラッセル・ストーンの方を振り向いた。彼は視線を合わせたが、すぐに目を逸らした。こういう事態に至ったのは自分のせいではないと彼は言いたかった。彼女は片方の眉を上げることで、彼の謝罪を却下した。

「確かに軽躁病ではないわ」と彼女が言ったとき、その顔には疑念が渦巻いていた。それは実際、もっと奇妙なものだ。「あの状態は、メンタルヘルス業界で〝至高体験〟と呼ばれているものです。で、彼女は常にあの状態だと言うのですか?」

∞

彼女は彼に、別れの手を差し出す。その手は磨かれた流木だ。彼がその手を取ると、何か切迫した恐ろしいものを感じる。一人がぎゅっと手を握ると、もう一人も握り返し、二人は互いに何かを分かり合えたと早合点した。

彼はこの物語を知っている。あなたはこの物語を知っている。彼はタッサを奪われる。他の利害関係者が権利を主張する。彼が受け持つ学生は公的財産になる。彼は誰にも何も言わず、彼女から学び、彼女を自分の日記に閉じ込め、割り当てられた四か月の最後に二言、三言、言葉を交わし、少しだけ変身した姿でまた現実世界に戻ってくることもできただろう。あまりぱっとしない文学的物語。しかし彼は、専門家を招き入れることで自分の運命を決めた。タッサの喜びに何かの意味があると考え、そんなプロットには何かの結末があるはず、何らかの事件が起きなければならないと考えたのは彼自身の責任だ。

　私には彼の気持ちが手に取るように分かる。

∞

「ゲノム」のキャプションに人物の紹介が出る。ジェフリー・トムキン。『明日の子供たち　生殖系列エンジニアリングの背後にある科学と虚構』の著者。顔には、冠動脈疾患で二年以内に死亡と書かれている。

トムキン
私たちが犯す全ての社会的犯罪について無条件の特赦を与えたければ、運命は遺伝子に刻まれていると世間に納得させるだけでいいのです。

シフ
それはつまり、もしもトマス・カートンが正しければ、社会的正義に悪影響を及ぼすということですか?

トムキン
私が言っているのは、「私がそれをやったのは遺伝子のせいです」と口にした瞬間、責任（アカウンタビリティー）

が消えてなくなるということです。そして、子供を作ろうとしている親に向かって「お子さんにはあなたが望む特徴を与え、お望みでない特徴は取り除きます」と言った瞬間、人類がファストフードのフランチャイズに変わってしまうのです。

シフ

彼が正しいとしたらまずいことになる。しかし、証拠に基づいて考えれば、必ずしも彼が間違っていると言えないのではないですか?

トムキン

遺伝子の影響のあるところには無数の環境的影響が伴うと、ゲノム学は言っています。

シフ

私がもっと長身で美人になりたいと望んだ場合、もう手遅れでしょうか?

トムキン〔にらむような表情〕

超人主義者たちはよく、人々の背を高くするという話をしますよね。しかし、何と比べて背を高くするというのでしょう。カートンの会社が七フィートの息子を作る遺伝子を親に売るようになった途端、別の誰かが八フィートのモデルを作る遺伝子を発売しますよ。

シフ

私が八フィートのモデルになりたいと望んだ場合、もう手遅れでしょうか?

∞

三日後、鉢合わせの反省をするため、ウェルドはストーンに電話をかける。彼は今、『自分自身になる』という別の人生の中にいる。大学関係者で連絡先電話番号にかけてきたのは彼女が初めてだ。今日はハロウィーンだが、彼の服装はいつもと変わらない。

「タッサディトについていろいろ考えました」とカウンセラーが言う。

ラッセルは口に出そうになる不平を抑える。ライオンの目の前をよぎった子羊。しかし、彼女の声には何かが感じられる。職業的な寡黙の中に、彼を落ち着かなくさせる何かがある。「心配すべき理由があると思いますか？」

「いいえ。心配ということではありません。でも、いくつかの可能性があります」

彼は言う。「どんな可能性です？」

彼女の沈黙は一拍分だけ長すぎる。「彼女はきちんと診てもらった方がいいと思います。詳しい検査という形で。彼女は不安に対する免疫があるみたいだし、驚くほどポジティブなエネルギーを持っていて、持続的な夢中状態(フロー)を保っている。ひょっとすると、何らかの心的外傷がいい方向に影響しているのかもしれません」

胸のむかつきが彼を襲う。「既にご自分で検査をやったような口調ですね」

「実は彼女、お昼にカウンセリングセンターに顔を出したんです。挨拶しに来たと言って」

「そしてしばらく話をした？」

「少しね」

「あなたは今では、彼女の新しい親友ってわけですね」

「ラッセル、私は彼女が詳しい検査を受けるべきだと思います」

気が付くと彼は、目の前の原稿の余白に赤ペンで落書きをしている。「あなたはもう、彼女に会ったじゃないですか。問題ないとおっしゃったでしょう?」

「私が言っているのは、ちゃんとした検査のことです。管理された状況下での。ノースウェスタン大学の研究グループが……」

彼が黙っているので、彼女の声が尻すぼみになる。

「ラッセル?」

彼はもはや、タッサの日記以外に、誰かが何かを検査する必要があるとは思わない。「軽躁病ではないと言っていましたね」

「ええ、間違いなく。私のキャリアを賭けてもいい」

「感情高揚性(ハイパーサイミア)気質だと思いますか?」裏面のない幸福。

彼女の沈黙からは、その単語に対する嫌悪が染み出す。「プロの研究者が彼女を調べるべきだと思います」

「彼女はあなたを気に入っている」と彼が言う。

「私も彼女を好きですよ。きっと誰でもそうでしょう」

この女性はグレースではない。グレースはいつも、彼の褒め言葉を嫌みと受け取った。キャンダス・ウェルドは彼の嫌みを褒め言葉と受け取る。

「どうして僕に許可を求めるんです?」

「いいえ、そういうわけじゃありません。ただ、あなたの気持ちを確かめたいだけです」

検査は言い訳。心理学者はベルベル人女性のそばでもっと多くの時間を過ごしたいだけだ。他の誰もと同じように。

「もう本人には訊いてみたんですか? ノースウェスタン大学のこと」

「それっぽい話だけは」

「すると彼女は、道端の爆弾よりも面白そうだと答えた」

「そういう言い方はやめてもらえませんか」とカウンセラーが言う。

彼は後退する。「いけませんか？　じゃあ、どういうしゃべり方ならいいんです？」

「分かりました。今はこの話、やめましょう」

彼は哀れを誘う。思春期前よりも厄介だ。「すみません」と彼は言う。「失礼しました」

「いいんです」と心理学者が答える。「お気持ちはよく分かります」

作家としての初めての成功が悪夢に変わったときと同じように、冷たく湿った蛭が彼の脳に吸い付く。「あの」と彼は努力して言う。「深い意図はないんですが……日を改めて今度、その話をさせてもらえませんか。一緒にコーヒーかランチでも」

偽のランチのつもり。純粋な象徴的人質交換。受ける義理のない誘い。

彼女の受諾は幸運にも、彼の誘いと同様に仮定的だ。「そうですね」不気味な声で彼女が言う。

「それなら、ええと……土曜は空いてます？」

それ以上に適切な返事が思い浮かばず、彼は言う。「土曜は大丈夫です」

何の意味もなく彼女は「オーケー」と言う。二人は予定を立てる。二人のためにカビル人が書いたも同然の予定だ。キャンダス・ウェルドが挙げる店は、危険なほどウォータータワー——モロッコ料理店——に近い。「それ、アルジェリアの隣ですよね」

「住所はストリートヴィルだと思うけど」

彼女は一拍待つ。意地悪な沈黙。「今これ、笑うところなのかしら」

∞

キャンダスは三年前、自分で実験をしたことがある。その小包は誰の目にも見える状態で少なくとも丸一日、カウンセリングセンターの彼女の郵便受けに置きっぱなしになっていた。右下隅にムラサキバレンギクのイラストが添えられたクリーム色の封筒は、少なくとも二人のセンター職員の手を経ているはずだった。そのこぶは小さく、厚い紙にくるまれていたが、キャンダスにとっては、誰もそれを疑わなかったのが驚きだった。

　手紙は手書きで、署名はなかった。コーンフラワー柄のレターセットに対応して、筆跡は、ｉの上の点が丸になった、太くて丸みのあるものだった。文面はこうだ。

　自分で実際に試すまで、勝手な判断をしないこと！

　そして、折り畳まれていない便箋の上端に、お決まりのスマイリーマークが間抜けに記された、鮮やかな黄色の平べったい錠剤が添えられていた。

　薬の送り主はすぐに分かった。ウェルドがフランケンサーラーと名付けていた、絵画専攻の個性的な女子学生だ。彼女はあらゆる症状を併発しており、そこには拒食症（アノレクシア）の精霊への祈りも含まれていた。**アナの女神様、あなたの堕落において……。**彼女はウェルドに、いわゆる〝ＭＤＭＡ（エクスタシー）〟の臨界量でどんな冒険を経験したかを話した。**何もかもが活気づくんです。でかくて邪悪なオオカミは誰が殺したんだって感じ。**

　ウェルドはフランケンサーラーに、充分な調査に基づく警告を載せた一般向けパンフレットを手渡した。そこで、独断に反感を抱いたフランケンサーラーがこの小さな黄色い太陽を彼女に送ってきたのだ。錠剤は学生の懐（ふところ）にとって安くはなかったはずだ。二十歳の若者が共感的に大人にものを教えようとする姿勢はほとんど感動的でもあった。ウェルドは分析のため、直ちにそれをセンターに提出すべきだった。しかし彼女はそれをハンドバッグに忍び込ませ、再考する機会を待った。

大学の建物や町の通りで一級指定麻薬を持ち歩いているだけで彼女の意識は変容した。彼女は何年も前からこの物質について文献を読み、三人の友人から詳細な報告を聞かされていた。彼女は、使用が禁じられる前にMDMAを経験したことのある心理学者を少なくとも一人知っていた。彼女の夫、マーティンは結婚前にそれを試したことがあり、人生で最も有意義な経験の一つだったと言っていた。

今、それをハンドバッグに入れて持ち歩いているだけで、キャンダスに共感的兆候が現れる。ラッシュアワーにアダムズ通りにひしめく人々の顔がどうしようもなくいとおしく感じられる。口を開かなくても彼らと話ができる。彼女の目には、無数の顔の背後にある欲求の全てがばかばかしいほど鮮明に見える。町行く人々の五十八パーセントは、日々を乗り切るだけのために化学的介入を必要としている。彼女は彼らの自暴自棄な欲望を十全に感じる。その感覚の全てを引き起こしているのはハンドバッグの底に忍ばせた小さな錠剤だ。

それはマーティンとの結婚生活最後に近い数か月の間の出来事だった。彼女は思った。家に帰って、それを舌の上に載せ、それから四時間、幼い子供のように夫とおしゃべりし、また新たに発明したかのように二人の世界を見つけよう。結婚生活の救済。わずかな修正。家庭の再建。科学の名の下に試してみよう。

駐車場の列に並ぶ彼女は、磁気カードをまるで煉獄（れんごく）脱出のためのくじ引きチケットのように握り締めた。料金窓口の男までもがシェークスピア劇の登場人物に見えた。彼女はレークショア北通りで、フランケンサーラーの言葉を思い出す。台所でミスター・ソルティー・プレッツェルの箱を見つめながら、太陽系内にある全てのものに対する感謝と驚異を感じたという言葉を。あのときは窓の外、通りの向こうにある公園を見るのが怖かった。その光景にとても耐えられないんじゃないかとおびえていました。でも見て、びっくりしました。平和な風景に圧倒されたんです。私は生涯をかけてここまで来た。そしてようやく、家にたどり着いたと感じました。誰もが生きているうちに一度は、あの感覚を味わうべきです。

過ちを犯してから丸一日、ウェルドは気分が沈んだ。フェネチルアミンの残留効果に劣らない強力な鬱状態。単なる脳内化学物質もどきが一時間にわたって人間の感情をシミュレーションできると思うと、彼女は強烈な悲しさを覚えた。単なるシミュレーションではない。再現だ。現実の感情の再現。

次のセッションのとき、フランケンサーラーはウェルドに、最近郵便で贈り物を受け取らなかったかと尋ねた。キャンダスは受け取ったと言った。興奮したフランケンサーラーは「で?」と訊いた。

ウェルドはただ、悲しげにほほ笑んだ。「申し訳ないけど、シンクに流しちゃったわ」

∞

そういうわけで次は、非常勤講師とカウンセラーが改めて二人で会う場面。今回はビスティーヤを食べながら。現れたウェルドは別人のような姿だ。フランネルのスラックスと素敵な手編みのセーター。彼がそれをじろじろ見ているのに彼女は気付く。「編み物は最高の息抜きってことになってるわ。ちゃんと息抜きになっている段と……そうじゃない段がご覧の通り、はっきり分かる」

「自分で編んだの?」彼はどの程度の驚きが賞賛になるのかを見極めようとする。

彼女は笑顔でうなずく。「編み物のレッスンを受けだしたのはちょうど、マヤ文字解読の勉強を始めたのと同じ頃。今ではどちらもまずまずの腕前よ」

彼は試練に遭うものと身構えていたので、昼食の間、ひたすら楽しいだけの会話に拍子抜けする。

彼女はタッサをポジティブ心理学の研究所に送ることに対して、彼女なりの懸念を持っている。彼女は探索好きで、知識があり、融通が利く。そして純粋に、ストーンの考えを知りたがっている。最初の夜の授業で僕が感じた以上のことを科学は探り出せないだろう、と彼は考えている。

彼女は彼の異論にうなずく。彼女は自分が魅力的だと思っておらず、おそらくそんなことを気に懸けてもいない。グレースと正反対。彼女は自分の容姿を好きでないかもしれないという可能性が彼を驚かす。彼は体の中を流れる情欲の波を乗り切る。

二人はそれぞれの職歴、メスカーキでの生活、市北部にある互いに近い住居、恐怖が産業的に生み出される国について話す。彼女はナツメヤシのプリンを食べながら、〝負のバイアス〟の話をする。もちろん実際にプリンを食べながらこの話をするのかどうか、私にはよく分からない。そもそもこのランチのときに話すのかどうかさえ。しかし彼女はいつかの時点、早い時点でその話をする。そこまではノンフィクション。創作（クリエーション）は必要ない。

彼女は彼に、人気（ひとけ）のない駐車場で目の前にひらひらと二十ドル札が飛んできた場面を想像するように言う。落とし主らしき人影は周囲に全く見当たらない。

「さて、どんな気分?」

「いい気分」彼は言う。

「そうね。空からおいしい食事や素敵なCDが降ってきても同じ」

本がいい、と彼は思う。カテブ・ヤシーンの『ネジュマ』。タッサが最近の日記で取り上げていた本だ。植民地化された精神からの脱出の夢。

「今度は店にいる場面を想像して。買いたい物を手にレジに向かう。ポケットに手を入れて二十ドルを探すと、札がなくなっている。ついさっき誤って、丸めたティッシュと一緒に捨ててしまったの」

彼は彼女に説明を聞かされる前に二つの違いを感じる。棚ぼたは愉快。喪失はパニック。まるでテロリストが自分のアパートに飛び込んできたみたいに。問題になっているのは同じ二十ドルなのに、悪運は幸運と比較にならない悲劇をもたらす。

「なるほど。僕の頭はどうかしてる」

彼女は心を掻き乱す笑顔を浮かべ、テーブルの反対から手を伸ばし、彼の指をつまむ。「誰だって同じ。私も一緒。このバイアスについては勉強して知っているはずなのに。私たちはお世辞を言われても三日半しか覚えていない。でも、悪口を言われると何か月経っても忘れない。不愉快な出来事は愉快な出来事に比べて六十パーセント長く記憶に残ると言われてる。恐ろしいイメージはそうでないものに比べて、より早く私たちの注意を引く。そして目を逸らすにも、より大きな努力が必要。一つの悪い事を打ち消すには、それに相当する良い事が五つ起きなければならない。もしも友人を傷つけたりしたら、そのダメージを取り消すために良い事を五つしなくちゃいけない」

「僕らは壊れてる」

「いいえ、そんなことはない」

「五対一だよ！　バランスの取れた判断なんて絶対にできないってことさ」

彼女は髪をポニーテールに束ねる。彼女の中では、ぬくもりと客観性が共存している。「実際には、そのバイアスはむしろ正確だと言える。そこにはちゃんとした理由があるから。人類がセレンゲティにいた時代のことを考えてみて」

「ああ、うん。あの頃のことはよく覚えてる」

彼女は舌を突き出し、すぐに真顔に戻る。「食料探しに出掛けて何かが見つかればラッキー。でも、ライオンの群れが、寝ているあなたの住み家を見つけたらゲームオーバー。悪運のダメージは幸運のもたらす利益よりはるかに大きい。だから、自然淘汰は悲観論者に味方する」

気がつくと彼は、指の間でスプーンを回している。数分前からそうしていたようだ。彼は両手を膝に置く。石のように。「じゃあ、彼女はどうやって生き延びたんだろう？」カウンセラーの顔が新米の当惑に変わる。それはまるで、つい最近気付いた娘の摂食障害について両親が話し合っているかのようだ。「だから、私の意見としては、誰かの手でちゃんと……」しかしキャンダスは、無理な押しつけをしない。彼女は何も押しつけない。それはとても気軽で、ラッセルはこの女性の利害がどこから始まってどこまで続いているのか見極められない。

二人は割り勘で支払いをする。それから、途方もなく晴れ渡った外界に出る。シャガールのような深いコバルト色の空。それを背景に、極細ボールペンでエッチングされた建物。二人の脇を邪魔そうに歩く無愛想な人々さえ、友人に思える。心理学者が溜め息をつく。「この美しい眺めを見て！」グレースの善良な双子が彼を仰ぎ見、彼は目を逸らす。

彼は目を閉じ、息を吸う。真の幸福は天気に左右されるのかもしれないと彼は思い、深く落ち込む。そして次の息で、そんなことはないのかもしれないと思い、落ち込む。彼が読んだ幸福のマニュアル本の一つには、天気と気分の間には強い相関があると書かれている。しかし、相関を自覚した途端に関連性は消える、と。

「ところで、どうして秋になると気分が良くなる人が多いんだろう」

彼女は密かにほほ笑む。「詳しい化学的プロセスは知らない。きっと既に研究されているんでしょうけど」

観光客気分を味わうには最適の日だ。二人が三ブロック歩くと、そこでは多くの買い物客が、まだ市場に出回っていない苦悩の治療薬を求めてマグニフィセントマイルにひしめき合っている。彼女は首を伸ばしてジョン・ハンコック・センターを見る。「あなたが最後に展望台まで上がったのはいつ？」

彼は必死に思い出しながら計算する。「十六年前かな」
彼女の目がうれしそうに仰天する。「来て。あそこからは四つの州が眺められる。しかも、そのうち七十五パーセントは私たちがいるのと違う州よ」

∞

私の国では三十分に一冊、新しい虚構（フィクション）作品が出版される。年にすると一万七千五百三十冊の新刊だ。それもウェブ出版物を除外して。世界の他の地域で合衆国の十分の一の人口比で出版が行われていると仮定すると、今年一年だけで合計約五万個の世界が発明されていることになる。

四世紀前に小説の赤ん坊が誕生し、最初の数十年に年間百冊のペースで増えたとしよう。前世紀のいつかの時点でカーブが一気に上昇した。よくは分からないが、世界中で今までに合計百万冊の小説が生まれたと見るのは妥当な線だろう。次の十年で何が起こるかは見当がつく。その先は、想像することさえ想像を越えている。

百万プラスアルファの小説の中に恋愛を盛り込んだものがどれだけあるか、私は計算しようとする。明るい結末、暗い結末、健康な恋愛、病んだ恋愛。私には計算ができない。きっとほとんどの小説に恋愛が絡んでいるだろう。

性淘汰——優生学の最も確実かつ最も尊い形態——がわれわれを、現在のような虚構愛読者に仕立て上げた。私の一部は時に、自身の幽閉以外の物語を自由に読める種（しゅ）に属したいと切に思う。残りの私は、小説は常にストックホルム症候群のようなもの——われわれを拉致した衝動に宛てたラブレター——だと知っている。

∞

二人はぴったり並んでガラスの壁際に立ち、ビルの谷間を流れる群衆を見る。町はテクノオペラに姿を変える。統御しようとする力を越えた、ナノ技術的な輝かしい企画。二人は家のある場所、メスカーキ芸術大学、六つの大学、十二の博物館と記念碑、今は使われていない家畜置き場と今も使われているスタジアム、教会と証券取引所、川の向きを変える水路、遠くに見える四マイル幅の粒子加速器に目をやる。隅々まで把握するには巨大すぎ、ハングリーすぎる町が、粘土模型のように足元に広がっている。

「ここはゲイブのお気に入り」とキャンダスが言う。彼女は地表から目を離さない。「私の息子。高い所から見た複雑なものとか、キラキラしたものが好き。まだ十歳だけど、もうＮＡＳＡに履歴書を送っているの」

「高い所か、地の底か」。ストーンが彼女の息子のホームページを思い出しながらガラスに向かって言う。「あるいは、はるか遠くの並行宇宙。千年前か千年後。今とは違う別の場所」

「その通り！」彼女は驚いて彼にほほ笑む。「どうしてうちの子のことを知っているの？」

彼は肩をすくめる。昔、会ったことがあると言うかのように。「ところで、そういう欲望の起源が何なのか、教えてもらえませんか。非現実的なものを求める無限の欲求。幼い少年の中で、そんな欲求が何の役に立つのかな？」

彼女は再び微生物のレースに視線を戻す。彼は彼女がそのパノラマを受け止めようとするのを見る。当惑、脆弱、手編み。次に会うとき、彼女がまたこんな姿を見せることはないだろう。

「私も知りたいわ」

空からの風景から新鮮味が消えると、二人は地上に戻る。エレベーターが降下するあまりの速さに彼の耳が痛む。この場面は、キャンダス・ウェルドがタワーのロビーで彼を見つめ返すところで終わる。

「じゃあ。ストーンさん。残念だけどそろそろ。でも、楽しかった。またいつか、どこか別の場所で同じことをしましょう」

彼女が言っているのはシアーズタワーのスカイデッキのことだろうか、と彼は考える。

彼は黙っているが、彼女は気後れしない。「たくさんデータを集めたいから。私たちみたいに社会科学をやっている人間は、〝少数事例問題〟を避けたがるものなの」

「僕は……いいですよ。面白そうだし」

彼が実生活でしばしばするように、苦悶に身をよじるのが私には見える。面白そうだし。彼女が少し間を置いていれば、彼は認めただろう。**僕は面白いことがちょっと苦手なんです。**彼女がもう少し率直であれば、彼は尋ねただろう。**それって、僕と会うためですか、それとも僕の学生のためですか？**

「そして、タッサをノースウェスタン大学の研究グループのところに連れて行くかどうかという問題については、少し様子を見ながら考えましょう。特に急ぐ必要もないから」

二人はそこにぎこちなく立つ。未来は現在よりも少しだけ良いものになるという恒久的信念と負のバイアスの間にとらえられた、自然淘汰の新たな二人の犠牲者。将来手にする全てのデータを持ったキャンダス・ウェルドはほほ笑み、手を振り、ミシガン通りの殺人的往来を横切る。

∞

翌朝三時半、彼はまだ目を覚ましたまま、計算をしている。どうすれば三十二歳の編集者がＮＡＳＡに勤める十歳の息子を世話できるのか。ましてや、どうすれば、まだ大学に通っている二十三歳の娘の面倒を見られるのか、と考えながら。

屋内。トマス・カートンが所有するたくさんの実験的副産物(スピンオフ)の一つ、トゥルーサイト社の研究所。

細長い部屋に十五フィートの作業台が八つ並び、その半分は上に換気フードが備え付けられている。ガラス器具と試薬が棚とカウンターの混沌を広げるが、安全ゴーグルに手袋姿の作業員はどこに何があるか全て心得ている。

たくさんある装置の一部は、二世紀前の実験室にあったものだと言ってもおかしくない。ピペットとフラスコ、バーナーと蒸留器（レトルト）。しかし、新しい重要な器具は全てデジタル化されている。LEDで覆われた謎の黒い箱。密封されたミクロ電子工学的石棺は試料を呑み込み、関連する化学的組成を明るいモニターに整然と表示する。規律正しく浮遊する何万もの生物学的高分子に満たされたマッチ箱状カートリッジを差し込むようになっている、パン焼き器サイズの装置。数百万のデータポイントを数分で読むセンサーは、二、三百万回に一度しか読み取りエラーを起こさず、作成するのに三十億年かかった問題の答えをはじき出す。

次なる解放の入り口に位置するこの部屋は、全体に電荷が満ち、緊張が張り詰めている。

トマス・カートンのクローズアップが画面いっぱいを占める。内気な笑みを浮かべたコアラ。絶滅の危機に瀕した野生動物を保護する基金を集めていてもおかしくない人物だ。五十七歳の彼は、まるで大統領若手研究者賞を取ったばかりで、夏休みに国立衛生研究所を訪れているかのようだ。

トニア・シフ
あなたは屋根裏部屋に肖像画を隠していて、絵の中のあなたが本物の代わりに年を取っている。なんてことは、まさかありませんよね。

カートン〔真顔で〕

実のところ、最近では、高解像度のＪＰＥＧ画像があれば年がばれます。

彼はカメラは自分の味方だと言う。監督官が厄介な不良に気を取られている間に、彼は遊び場の隅でカメラマンにラムキャンディーを手渡したから、と。彼は同じネタを何度も使っているが、それでもまだ面白がっている。『次期アメリカ国連大使は君だ』の準決勝サドンデスを見た後に、偶然『限界を超えて（オーバー・ザ・リミット）』にチャンネルを変えた視聴者にとっても、その冗談は面白い。

カートン

妙な話ですが、生きている人で体細胞遺伝子治療をするより、卵細胞で遺伝子を修理する方がはるかに簡単です。そして、生殖系列エンジニアリングの利点は、修復が遺伝可能なところです。二、三十年もすれば、私たちは何でもその方式でやることになるでしょう……。

切り返し（クロスカット）でトニア・シフ。くたびれたデニムのスカートと刺繍入りのベストといういでたちだ。彼女は以前、大きなオフィスビルの空調システムに神経毒を混入させるのがいかに容易かを見せるという内容を番組で取り上げたとき、ボヘミアン的スタイルとは手を切り、羊毛スーツの厳粛さを採用しようとした。しかし、視聴者反応調査集団（フォーカスグループ）の受けが悪かった。番組の核としてはシフの乗りが欠かせない。『限界を超えて（オーバー・ザ・リミット）』はトニアであり、トニアが皮肉たっぷりに当惑し、両手を挙げて降参すれば、どんな視聴者も一瞬、本物の混乱に巻き込まれる前に、胸をドキッとさせる。

シフ〔法律用箋を振りながら〕
オーケー。少しだけその〝遺伝可能〟という点について話しましょう。つまり、永遠というのは長い時間ですよね。仮に遺伝学者が私の注文した子供の設計で間違いを犯したことがはっきりした場合……。

カートンは腹の底から笑う。彼は視聴者同様にシフを愛する。**アメリカで最も場違いな科学テレビジャーナリスト。**

カートン
そう、そこで重要になるのが人工染色体です。私たちは有益な遺伝子情報が見つかり次第、通常の染色体一対のある所に人工染色体を挿入し、それをアップロードできる。そして、他の遺伝子制御に干渉することなく、望み通りのタイミングでその遺伝子のスイッチを入れたり切ったりできる。

シフ
プラグ・アンド・プレーの染色体。それは思いつきませんでした。

カートン
もちろん人工染色体カートリッジは子孫には引き継がれない。しかし彼らには、両親が生まれた以後に得られた遺伝的知識を踏まえたアップグレード版が手に入る。

シフ
コンピュータのOSのパッチをダウンロードするような感じですね。

カートン
まさにその通り。

シフ〔研究所内に特殊部隊(SWAT)がいないか見回しながら〕
なぁるほど。で、そのアップグレードには、マイクロソフトが関わることになるんでしょうか?

続いて場面転換のアニメーション。塩基対が集まって遺伝子を作り、回転する染色体から遺伝子が飛ぶように出入りし、迷子の化学物質を結合、触媒して、もつれたタンパク質を紡ぐ。まるで作業場で、魔法使いの弟子が甲斐甲斐しく部品を作っているかのようだ。化学物質が群れて一つの顔になり、画面が繰り返し分割されるたびにさまざまな顔が映し出される。特許弁理士、哲学者、牧師、科学ライター、上院議員兼裁判官、数人の遺伝学者兼ビジネスマン——革新を擁護する立場の人々とわれわれをそれから守る立場の人々。それぞれの顔が五つの語、次に十の語を語り、単語同士が重なり、ついに全てが強力なシュトックハウゼン流の密集音群(トーンクラスター)にまで高まる。

ループし、幾層にも重なるスラム街風音楽を背景に、低速度撮影による法廷ドラマと法律的幻覚のコラージュ映像が流れる。凍結胚の権利をめぐって互いを訴える離婚した夫婦、無給の被験者の遺伝素材を用いたガン検診で大儲けをする企業、特許薬の有効性を示す特許遺伝子検査を非公開にする企業。

『限界を超えて（オーバー・ザ・リミット）』。番組が四年間絶滅を免れたこと自体が既に異例だ。毎回のエピソードが魅力的なテレビ番組になっているのは、保護色による奇跡だ。視聴率争いは自然界のどんな闘争にも劣らず容赦がない。

「魔神（ジーニー）とゲノム」は古風な話に戻る。シフはカートンを、遺伝子強化の幻想から実際的ビジネスに引き戻すが、彼は常に、より驚異的な生命に富む海に向かおうとする。そしてそのたびに、敏捷な動きでサメに付き添うブリモドキのように、シフは彼の後を追う。

彼女は自分を抑えられない。超人的なものと聞けば彼女の胸は高鳴る。それは表情にも見て取れる。彼女は既に、これに続くエピソードの制作に取り掛かっている。椅子で身構える姿勢に、それは見て取れる。彼女は自らに遺伝子強化を図る覚悟ができている。番組視聴者の七十八パーセントも同様だ。彼女の仕事は、番組に注ぎ込まれた実働のべ数千人・時の痕跡を消し、台本に書かれた全ての展開をその場で即席に作られたみたいに新鮮に見せることだ。〝新鮮〟。情報経済の中核エンジン。全ての思いつきは自然発生的で、全ての議論は即興。全ての言葉は賞味期限内に消費すること。

シフ
あなたは最近、ペットのクローン作製を専門にする新しいベンチャー企業の技術顧問に就任されたと聞きました。

カートン

リジェノビア社は飼い主の人生において重要な役割を果たした動物の一卵性双生児を、オリジナルの死後に作製します。それはある人々にとって、自分が愛した伴侶動物（コンパニオン）の特質全てを追体験する機会になり得ます。

シフ

カリフォルニアの女性が、愛犬をよみがえらせるのに必要な五万ドルを用立てるために家を抵当に入れたというのは本当の話ですか？

カートン

生きている他の存在と有意義な絆で結ばれるためならそのくらいの金額を喜んで支払うという人は意外に多いのではないでしょうか。

∞

メイン州にあるカートンの高機能住宅（スマートハウス）は、さすがに住人に詩を読み聞かせることまではしないが、他のことはほとんど何でもこなす。窓ガラスの色はスイッチ一つで透明にも黒くもなるし、モーションセンサーが自動的に不要な装置の電源を落とす。その小屋は雑種的な怪物だ。元は一九二〇年代に建てられた家族向きの夏用別荘だが、杉の羽目板の裏、改装した天井裏にはケーブルが走り、あらゆる種類、プロトコルの信号が流れている。複雑に結ばれたデジタル装置の存在にもかかわらず、至る所に付箋紙（ポストイット）が貼られている。その様子はまるで、隠された湿原に群れる交尾期の蝶のようだ。トマスはその空間で揺り椅子に座り、大西洋の波のしぶきを高機能窓の外に見ながら、個々人のゲノムに適合するよう処方された薬について語る。

苦悩にさいなまれた、例の予言者に場面転換。オクスフォードのウサギ小屋のような研究室にいるアン・ハーターは、レンズ以外のあらゆる場所に目をやる。

この人たちは、以前は無料だった検査に対して特許使用料金を請求しようとしています。特許を取った科学的発見について公の場で口にした人間を訴えることさえしています。彼らは生命体を丸ごと所有する。彼らは自然の事実を所有する。今までの数十億年にわたる自然の営為はいったいどうなるのでしょうか。

再びメイン州ブースベイの海岸。木の揺り椅子に座ったトマス・カートンが、同じハーターのビデオを膝に置いた七インチ画面で見ている。彼は共感してうなずく。

私も同じ意見です。進歩を妨げるような特許を許してはならない。利益の正しい使い道は研究への再投資しかありません。私が望むのは、本当の富の唯一の起源——遺伝的可能性——が誰でもアクセスできる共有の知識となるような世界です。

彼は自分が作った会社について語る。バイオ燃料を合成する会社、高速度遺伝子解析を専門とする会社、遺伝子検査のために立ち上げた会社……バイドール法によって、公共科学が手っ取り早く実用化できるようになった。かくして、彼は個人的ベンチャー企業を次々に立ち上げ、それらを新しい実験のように世に放ち、あらゆる創造を統べるのと同じ適者生存の規則にその死活を委ねる。

私たちが望むのは、豊かな生態系です。様々な形態のビジネス。様々な形態の科学。重要なのは、集合的な知恵が向かう先を見極めることなのです……。

私は物語がもっとそこにこだわってほしいと思う。矛盾をはらんだ、悲劇的欠陥を抱えたこの存在。〝集合的な知恵〟。その代わりに、「魔神（ジーニー）とゲノム」は全く不必要なサブプロットへと逃げ、父親の一族を苦しめてきた結腸ガンを娘に引き継がせないために着床前遺伝子診断を用いたというシカゴ郊外に住む健康的な中流夫婦の話に移る。夫婦はただ、胚を検査で選別し、致命的変異を含まないものを着床させた。他の胚は全て凍結保存され、今急速に増えつつある他の凍結胚と共に、法的地位を保ったまま、夢を見ることのない仮死状態を漂っている。

そして、どのような集合的な知恵をもってしても、娘を病気から免れさせたこの両親を責めることはできない。

∞

トニア・シフは数年後、チュニスに向かう飛行機の中でこのビデオを見直し、冷笑的な司会者に自分らしい面影を探る。エアバスは黒い地中海上を滑らかに進む。彼女は『限界を超えて（オーバー・ザ・リミット）』のビデオを何度も一時停止し、インタビューを精査し、生命の未来について――それが彼女の現在に追いつく前に――自分が当時どう感じていたかを何とか探ろうとする。結局、シチリア島の南上空辺りでノートパソコンのバッテリーが切れる。未来のシフは答えを求めて過去の自分を調べるが、アメリカで最も場違いな科学テレビジャーナリストは、最後の瞬間までテレビ映りを意識し、質問の背後に身を隠し続ける。

グループは、〝幸福娘〟が酔っ払うとどうなるかを見たいと思う。彼らはミス・包容力（ジェネロシティー）を、床に吐きでもしない限り店を追い出されることのない、ノースウェルズのアイリッシュ・バーに連れて行く。彼らがアップルマティーニを注文した時点で、本来なら誰かが彼らを追い出すべきだ。彼らはタッサに人生初のマティーニを二杯飲ませ、何も食べさせない。「科学的興味のために」とジョーカーが言う。

∞

そこにはキヨシ以外の全員が揃っている。キヨシは広場恐怖症を克服してバス停までは来たが、そこから一直線に帰宅した。ロベルトも、興をそがないように努めながら、同席している。実験の結果は、アップルマティーニを飲んでも、ヒールを履いた足が多少ふらつくのを除けば、タッサはしらふのときと全く変わらないということ。

「どうだい、彼女」とアダムが言う。「毎日二十四時間、ずっとMDMA（エクスタシー）をやってるみたいじゃないか」

「全然違うぜ」とロベルトが言う。二人は三・四メチレンジオキシメタンフェタミン百二十ミリグラムの正確な影響について言い争う。女たちが見つめる前で男四人が口角泡を飛ばし、それが小突き合いになりかけたところで、タッサが男たちをたしなめる。彼女は皆を合唱に誘う。カビル人女性が結婚式で輪になってやるように、全員がバックビートで手を叩き、ベルベル人の民謡を歌う。先ほどまで彼らをにらんでいた他のテーブルの客も、にこやかに歌に加わる。

彼らはビリヤードをする。彼女は、キューで玉を突いた後に少しだけ手を使って玉を寄せてもいいことにするとゲームがずっと面白くなることを示して見せ、皆に要領を教える。

彼らは先生のことを話す。先生はジョン・ケージの作品みたいに記念碑的に、途方もなく退屈だとスポックは断じる。シャーロットとスーは〝しょぼい〟という意見で一致する。タッサは言葉の定義を聞き、激しく反論する。「あの先生は何か大きなことを知ってると思う。私は先生が大好き」

「んんん……」スーが忍び笑いをする。「その言葉の定義は？」

「とにかく好きなの」

彼らは店の隅のボックス席に腰を下ろし、互いの肩に頭をもたせかけ――頑固なスー・ウェストンも――詩を暗唱する。タッサがあらゆる言語で彼らを魅了する。彼女が吟ずる詩の五分の四が理解できなくても、誰も気にしない。

「アイルランド詩人のヒーニーって知ってる？『不本意ながら、宙を歩め』。この一行だけで不朽の詩人と呼ばれる価値がある」

彼らはその詩行を理解する。バーの天井が消えて、夜空が広がり、ようやく皆が気付く。人が互いの永遠の慰めになってはならない理由は何もないと。

しかし、詩は終わり、夜は続く。グループは解散し、三つの方位に散らばる。ジョン、シャーロット、メーソンはタッサに続いて南に向かう。彼らは列車に乗りたがるが、タッサが嫌がる。「この町では、歩いてどこへでも行ける。どこも思っているほど遠くないものよ」。彼らは腕を組み合い、ビートルズ初期の歌をハモり、自分のパートを勝手に歌うなと互いを非難しながら、キラキラ輝くウェルズ通りを歩く。タッサは食欲旺盛で、立ち止まってケバブを買い、三人に味見させる。

シャーロットとメーソンはメトラ駅で、残る二人と別れる。巨大なスポック・ソーネルが徒歩で寮までタッサを送る。そこで、北西（マグレブ）アフリカ的歓待精神か、アップルマティーニか、アメリカ的自由か、あるいは感情高揚性気質（ハイパーサイミア）の純真が働く。彼女は今晩引用したタマジグ語の詩を収めた本を見せるからと言って、彼を小さなワンルームに誘う。その詩集はアルジェからパリ、モントリオール、そしてかつての世界的豚肉加工場へと、ずっと彼女の波瀾万丈に付き添ってきた唯一の所有物だ。

彼女の部屋は砂漠の小さなテントだ。彼女はスポックを座らせ、熱いハイビスカス茶を渡し、彼の膝に本を置き、ページをめくるが、彼はその間、ほとんど上の空(うわのそら)だ。彼は込み入った路地の奥深くで、既に自らの拘束を解きつつある。人が作るものは何でも芸術(アート)だ。宙を歩め。真の発明は誰も傷つけない。彼女は彼に外国語で書かれたページを見せている。言葉は全て、人類が読めるとは思えない火星のアルファベット。文章は混沌(カオス)、最も冷めたスリル、最高の薬物(ドラッグ)だ。

彼は何をしてもゆっくりで、口数も少なく、感情には何の意味もないと深く信じている。しかし、そんなソーネルにとっても、この夜は魔法じみている。彼は今まで、外国にこれほど接近したことがない。ウェブの広野を除き、中西部を一度も出たことがない。彼は今、数年にわたる格子システムを経て、包含不能な生へと目覚めかけている。

彼の望みは何か。誰でも望むものを彼は望む。決して自分が手に入れられないもの、努力を要しない輝き、隣に座るだけで気分が浮き立つものを望む。容赦のない〝自分〟性からの解放を望む。一分間だけでも、彼女の輝きを少し。絶滅から物語を編む彼女の技を。彼は彼女の炎を食べたいと思う。

あるいは、その芯をつまみたいと思う。炎を消して無にしたい。他の人と同じようにおびえさせたい、と。

「脱げ」と彼は言い、彼女のブラウスを引っ張る。

彼女は両手で胸を押さえ、笑う。「ジョン！　やめて。どうかしてる」

彼女の恐怖が彼をぞくぞくさせる。「脱げ。さあ。早く」

「嫌。おかしいわよ。どうかしちゃったんじゃない？」

すると彼は完全に拘束が解ける。外宇宙の真空を歩く。立ち上がり、服を引き裂き始める。彼は生きたまま焼かれ、必要とするものの内側で精錬される。

彼女は後ろ向きに倒れるが、着地すべき場所がない。彼女は彼の手首をつかむが、それは無意味なだけでなく、さらに悪い事態を招く。彼の体格は彼女の二倍。圧倒的な同質二形性。彼はついに幸福がついえるのを見て興奮する。彼女は何もできず、それはどんな人為（アート）よりも感動的だ。

あらゆる邪魔物がなくなる。二人は肌と肌を接し合う。彼は脚の間にある無力な茶色い物を見下ろす。それは野生に返っていない。それはしゃべっている。まだ彼女だ。彼女は言っている。「ジョン、こんなことやめて」。彼女はおびえているが、自分の身を思ってではない。彼女は言う。「ジョン、こんなことをしたら、あなたが死ぬことになる」

彼は思考の速度を落とし、彼女の言葉の意味を考える。

そして再び、思考の罠にはまる。まるで彼女が燃えているかのように、彼は急に体を起こし、彼女から離れる。彼女が「スポック？」と呼び掛けると、その一言が彼を焦がす。彼はカーペットの上で胎児のように体を丸め、子宮に戻ろうとするかのようにうめく。

∞

十一月半ば。秋冬学期のホームストレッチ。町は本物の冷え込みに入る。空は一面にかびが生え、高架鉄道から大学への二ブロックを歩くだけでラッセル・ストーンの肌がひび割れる。湖が町にマイナスの影響を与え始め、彼は思わせぶりな秋を信じた自分がばかだったと後悔する。

二人の警官に挟まれたガードマンが彼をロビーで呼び止める。物語を動かすために、誰かがこの場面を考案した。ハーモンいわく。登場人物の核心的価値がもはやその世界を安定化させるに充分でなくなったとき、物語は始まる。

ストーンは、容疑を聞く前から、自白する心構えができている。彼は一階にある会議室に連れて行かれ、二人の学生について話を聞かれる。ある出来事があった。警官たちは曖昧で、はっきりしたことを言わない。至る所に法と手順が浸透している。どうやら、ジョン・ソーネル——ミスター・スポック、最も感情のこもった日記の記述でさえ通勤列車の時刻表みたいだった、無感情な概念芸術家（コンセプチュアル・アーティスト）——が強引に襲おうとしたらしい……。

　ストーンは既に被害者を知っている。犯罪を耳にする前から彼は知っていた。包容力（ジェネロシティー）だ。合衆国でレイプされるために、アルジェリアでの傷害を逃れてきた女。彼はカビル人女性に目を留めた瞬間から、誰かが彼女を犯す運命だと知っていた。

　ラッセルはじっと座り、警官の話を聞く。ソーネルは自ら出頭した。サウスステートの警察署に自失状態で現れ、身柄を拘束するよう要求した。本人の説明によると、アメリカ人が適当な言い訳をつけてアルジェリア人の部屋に上がらせてもらい、その後、性的暴行を働いたのだという。ところが、警官がその被害者という人物から話を聞いてみると……。

　ストーンはこの展開も既に、聞く前から知っている。警察が事情を聞きにタッサディト・アムズワールの部屋に行くと、レイプのようなことは全く起きていないと彼女は否定した。なるほど彼女は、日記（ジャーナル）と旅行記（ジャーニー）の授業が終わってから他の学生と一緒に食事に行った後、ソーネルを部屋に招いた。なるほど、彼は実際、異様な興奮状態になった。スカートとブラウスは彼に破られた。でも、全てはそこで終わった。彼女の説明によると、大した苦労もなく、話をするだけで男に思いとどまらせたらしい。部屋を出るときソーネルは泣いていた。彼女は彼をそのまま行かせるのが心配だった。自分を傷つけるようなまねをするのではないか、と。彼が警察署まで無事にたどり着いたと聞いて、彼女は安心していた。

　ベテランの方の警官が、話がよく分からないのだと言った。「彼女は今回の事件が彼女の就学ビザに影響しないことを知っている。仮に告訴した場合、法律の保護を百パーセント受けられるのも知っている。それなのに、告訴を拒否しているのです」

もう一人の警官も最初の警官同様に煙に巻かれている。「彼女は実際、無用なお手数をお掛けしてすみませんでしたとわれわれに謝ったんですよ」

警察はストーンに、釈放を嫌がるソーネルを留置場から出す前に何か知っておくべき重要な事実はあるかと尋ねる。性的な緊張関係、攻撃的な言葉、報告に値するクラス内の人間関係はなかったか、と彼らは畳みかける。男の日記に何か、普通と違う様子は見られなかったか。

彼の日記に書かれているのは、きわめて不可解な芸術のことばかりだ。赤の他人にクリスマスカードを送り、当惑した受取人のうち何人が返事を書いてくるかを調べるという計画。次のにわか雨のチケットを売り、特にいい座席には法外な追加料金を課すという計画。手描きによるバーコードの複製。インターネットラジオから無作為な間隔でサンプリングされた歌詞から成る長編詩。協力的な共同体に完全に託された、秘密の媒体を用いた無力な芸術。その書き手は自称〝レイプ犯〟。

その男の陰茎がタッサの太ももの間にあるというイメージがラッセルの頭に浮かび、彼は身震いする。やつは他の連中にレイプされて、牢屋の中で腐ればいい。「いいえ」と彼はささやく。「普通と違う様子は何も」

じゃあ、女性の方は？　何か不安げな様子は？　何かを恐れて告訴をためらうような可能性はないか？

彼らは彼女に会った。話もした。間違いなく彼らも目にしたはずだ。「いいえ」と彼は言う。「何も」

「心配なのは、ひょっとして何かイスラム教徒の文化が絡んでいるんじゃないかということです。イスラム教では、一族がレイプの犠牲者を勘当することがよくあるでしょう？」

それはキリスト教でも一緒だ。「彼女はイスラム教徒ではありません」とラッセルが言う。

「じゃあ、アラブ社会では、と言ってもいい。ほら、女性が罰せられたりするじゃないですか、ちょっとした――」

「でも、彼女は……」

警官らは耳をそばだてる。「彼女は……何です？」

「何でもありません」とラッセルは言う。彼女は加害者の釈放を望んでいるのだ。

警察は彼の発言に注目する。女性について何か話しておくべきこと――健康状態、奇妙な振る舞いなど――はないか、と彼らは訊く。

何階か上に行けば心理学者のオフィスに念入りなカルテがある。彼女は研究所で検査を受けるべきだ、と電話で語った心理学者がいる――その電話はおそらく、アルジェリア出身の学生に関連する電話を盗聴している真面目なテロ対策工作員によって録音されているだろう。

ストーンはもはや、何が秘密なのか、何が国家の所有物なのか分からなくなる。職業的分別に対する責任、正義に対する責任、キャンダス・ウェルドに対する責任、タッサ・アムズワールに対する責任、基本的真実に対する責任が何なのか、彼には全く分からない。しかし、情報の大霊（インフォメーショナル・オーバーソウル）から何かを隠そうとしても無駄だ。完全にデジタル化された記録は全て、いつか暴かれる。彼がどこかに身を隠しても、連中は可能性の高い場所を一時間ほど探して彼を見つけだすだろう。

「彼女は感情高揚性気質（ハイパーサイミア）の可能性があります」。彼は不可避の空虚なまなざしに向かって説明する。「過度の幸福状態のことです」

彼は法律が尋ねることにだけ答える。メモを手にした警官が彼に単語の綴りを尋ねる。

∞

その後、彼は授業をやることになっている。彼は何のトラブルもなしに今学期を乗り切ることはできないと、最初から知っていた。階段で七階まで上がり、時間を稼ぐ。ビシュヌ片岩に当たる一階から、十段ごとに大量絶滅を経ながら、現在に当たる七階までの道のりをたどる。

クラスの楽しそうな声が廊下まで聞こえる。タッサの声が風変わりなソロを編み、他の声が敬慕に満ちたコーラスで笑う。気力のない体を苦痛に丸めた彼がドアをくぐる。みすぼらしい教室に学生が全員揃い、彼女が日記を読むのに耳を傾けている。今も警察に拘束されている例の動物を除く全員。彼女は誰にも事件を話していない。

タッサは文の途中で読むのをやめる。享楽の現行犯を見とがめられた学生たちが顔を上げる。ストーンはベルベル人と目を合わせようとする。彼女は一瞬、何らかの悲劇に襲われたらしき彼を慰めようとする。それから彼女は思い出す。被害に遭ったのは自分だ、と。教室にいる別の誰かが様子がおかしいことに気付く前に、二人の顔は互いを二度書き直す。

そしてそれに劣らぬ素早さで、タッサは先ほど読みかけてやめた文章を再開する。ラッセル・ストーンは本の入った鞄を胸に抱え、よろよろとした足取りで、彼の入室を気に留めない楕円に加わる。間もなく、誰もが再び彼女の物語を聞いて笑いだす。互いの英単語がどうしても二つ続けて通じないアルジェリア人とインドネシア人が、シカゴのメキシコ系食料品店で出会う話。そして彼女は、その柔軟な顔で聴衆に笑いを促す一方で無言の教師をなだめ、元気を出すよう彼に呼び掛ける。私は大丈夫だから、と。彼女はまなざしの光の中で彼に繰り返し言う。ジョンは自分ではどうにもできなかった。問題は彼の内側にあった。本人にはどうしようもなかったんです。

∞

カウンセリングセンターでの九時間半を終え、エッジウォーターにある快適な肉桂色のアパートに戻ったウェルドは、この日の本当の仕事に取り掛かった。まず最初の四十五分間は、息子ガブリエルがあらゆる種類のコンピュータゲームでうれしそうに彼女を打ち負かす時間だ。既に地球を受け継いでいる十歳児の嗜好に合わせた技能と戦術のバトル。

次に彼女は息子を十五分の軽い家事手伝いに徴用し、その後、少年をプラズマ画面の前に座らせ、自分は食事の用意を始めた。彼女は息子に一日一時間しか虚構（フィクション）を見せないと決めていたが、情報番組は子供に消化可能な範囲でいくらでも許していた。最近、少年は早い時間の『シカゴ・ストリート・ニュース』が平均的なロール・プレーイング・ゲーム並みに面白いことに気付いた。**四つ星だよ、ママ。すごく面白い。**

キャンダスが冷蔵庫から食材を取り出す間、少年は素人が撮ったホームビデオ映像を見てけらけらと笑った。体長六フィートもあるペットのイグアナが逃げ出して交通量の多いノースサイドの交差点を横断し、次々にやって来る大きなスポーツ汎用車（SUV）が必死にそれを避けようとする映像。ガブリエルがこれほど笑ったのはひと月ぶりだ。前回は、ライバル同士のシカゴ名建築巡りのボートがシカゴ川で衝突し、六人の観光客が川に投げ出された事件だった。

彼女は息子のグリルチキンを細くスライスしながら——**指くらいの太さだよ、ママ、絶対**——アナウンサーの甘い声に耳を傾けた（そのまことしやかな親しみやすい声は少年を、普段なら商品券に対してしか見せない未熟な切望で満たしているようだった）。ニュースは、共同体が自らを乗り越え、畏怖を共有することで結び付きを強めるような事件を伝えていた。


今夜のニュースに登場するのは、地元の大学生二人で……

キャンダス・ウェルドは小さなフライパンに油を塗り、蔓延しつつある陳腐にほほ笑む。ニュースで取り上げるからニュース価値があるようなニュース。

……市警察に出頭した後、自ら逮捕を要求し……

彼女はフライパンを温める間にブロッコリを下ごしらえした。バターとメープルシロップと合わせてピューレすれば、少しの量なら少年に食べさせることができるから。

……就学ビザで留学中の、二十三歳のアラブ人女性です。どうやら被害者は、暴漢になりそうだった人物に犯罪行為を思いとどまらせただけでなく……

ゲイブが「ボーカンって何、ママ?」と尋ねたとき、彼女の大脳皮質がようやく辺縁系に追いついた。彼女は足早の三歩でテレビの前に移動し、優しく少年の頭を次の言葉から遠ざける。

……女性に近い人物の証言によると、彼女は感情向上……いえ、感情高揚性気質（ハイパーサイミア）の可能性があるということです。これは異常に気分が高まった状態が持続するという、まれに見られる気質です。ただし、その気質が今回の事件にどれほど関係しているかはまだ分かっておらず……

「くそ（シット）」と心理学者は言った。

「ママ！　悪い言葉を使ったね。罰金五ドルだよ」。歓喜の少年は跳び上がり、ダイニングの棚に置かれた彼女のハンドバッグに直行した。

「ちくしょう（ファック）」

息子はにやりとした。「プラス十ドル！」

警察は自首してきた自称容疑者を釈放しました。しかし、容疑者は依然として逮捕を要求しており……

キャンダス・ウェルドの視野が縮み、灰色に変わった。胃液が喉に上がってきた。自首してきた自称容疑者。彼女はカーペットの上にしゃがみ込んだ。

少年はハンドバッグを置き、母親のそばまで来た。真っ青になった彼が彼女の肩を揺すった。

「ママ？　ママ。大丈夫。お金は取らない。僕、要らないから」

∞

私には今、彼らの姿がはっきり見える。シカゴの冬の初め。タッサディト・アムズワールと、彼女の里親的後見人を自ら買って出た二人。私は寡黙なアーカイブから失われた断片を集める。私はできれば三人を安全な描写の中に匿いたいと思う。しかし彼らはもう、私の意図にかかわらず、それぞれに動きだしている。

∞

ウェルドはその晩、ストーンに四度電話をかけた。一度目は話し中。二回目以後、彼は電話を取らない。彼女は素っ気ないEメールを送った。ニュースで知らされるなんて心外です。彼女はメッセージを三度書き直し、彼の公的診断——あの愚かしい疑似科学的レッテル——への怒りを和らげた。彼女はレイプ未遂に話を絞った。マスコミに取り上げられたことによるダメージに。

∞

彼は翌朝五時にメッセージに返信した。それは動揺と言い訳に満ちていた。僕は、容疑者本人みた**いに警察から尋問される中で、質問に答えた。事件に何か関係ありそうなことは全て話した。僕の証言が警察以外に伝わるとは思っていなかった。**

互いに落ち着きを取り戻すまでに、さらに二通のEメールのやり取りと一本の刺々（とげとげ）しい電話が必要だった。

タッサは大丈夫か、とウェルドが訊く。彼は、声を抑え、苦しい暗号を使って授業後にベルベル人と交わした曖昧な会話について彼女に話す。タッサは彼に、ジョン・ソーネルの襲撃は不器用で、到底、彼女を傷つけるようなものではなかったと言った。

「昨日の夜はあなたから彼女に電話しなかった？　事件が報道された後」

「余計なお世話かと思って」。一拍置いてから彼は付け足した。「本当は臆病だっただけ」

彼女は彼に二度、あなたは最善を尽くしたと言う。しかし二人とも、〝感情高揚性気質（ハイパーサイミア）〟という言葉がなければ『シカゴ・ストリート・ニュース』で報道されることもなかっただろうと知っている。「いったいどうしてテレビであんな用語を使ったりするのかしら。ばかげてる」

「ごめん。警察があの一言をテレビに売るとは夢にも思わなかった」。しかしもちろん、テレビはそれを買う必要がなかった。メディアは単に得意技を発揮しただけだ。〝現実〟は〝番組制作（プログラミング）〟の百パーセント子会社になった。

その言葉がどうやって広まったにせよ、タッサディト・アムズワールはあっという間に創作的ノンフィクションの商品に変わる。ハーモンの九番。驚くべき力で避けられた危害。あなたはこの物語を知っている。誰もがこの物語を知っている。彼女以外。ベルベル人はこの物語の読み方を理解できない。彼女は間違いなく、これはハーモンの二番だと思っている。周りの皆に望みを誤解された追放者。

「レイプの原因は僕にある」ストーンはキャンダスに言う。

「そうね、もちろん」と彼女は同意する。二度の握手と〇・五回の曖昧なデートだけで、二人は何年も前に結婚した夫婦のようだ。「問題はあなた。彼の頭にそんな考えを植え付けたのはあなたに違いない」

「僕がもっと気を付けていれば……。彼女は歩く標的だった。僕から彼女に警告すればよかった……」

「それ、本気？　性的暴行。第四級重罪よ。それでも彼女は加害者の心を動かし、十年の刑務所行きを決意させた。彼女にあなたの保護は必要ない。あなたこそ、彼女に守ってもらう必要があるわ」

∞

情報の値段はゼロに近づきつつある。今ではほとんどただで、いつでもどこでも、ほとんどどんな情報でも得られる。大半のデータの場合、物とは違い、誰かに与えてしまって手元に何も残らないということがない。

　しかし、意味は土地に似ている。もう誰もそれを作る者がいない。需要が増える一方で供給は停滞し、遠からず、要点をわずかなりとも理解できるのは死者のみとなるだろう。

　話が報道された数分後から、カビル人女性が海外へ旅し始める。

今日起きた、本当に新鮮な珍事件　挟撃作戦　3時間前、影響力3.7
幸福な犠牲者、不幸な犯罪者　変化に目を光らせる　9時間前、影響力5.0
誇大広告（ハイプ）か、感情高揚性気質（ハイパーサイミア）か　崩れた容貌　12時間前、影響力7.8

いいからさっさと逮捕しやがれ、マジだぞ　人が働く間にコソコソと　1日前、影響力2.4
シカゴのスタイル（ジック）　怒りのゴーロア　2日前、影響力2.6
美徳が勝つとき　楽しい出来事　2日前、影響力6.1
「アラブ　学生　レイプ　シカゴ」の検索結果。312件の結果のうち、1―10位。

しかし、それからもしばらくの間、女性はまだ他の地域的雑音と同様に無意味だ。地球規模の百万の限定放送（ナローキャスト）微小共同体で一秒ごとに生まれる見出しに彼女はうまく紛れる。回線容量そのものは彼女を恐れさせない。情報は光の速さで進む。しかし意味は、暗闇の速度で広がる。

∞

三つの直接情報が公的空電に埋もれている。シャーロット・ハリンガーは『シカゴ・ストリート・ニュース』のフィードバック欄にコメントを加え、背景的データを修正する。ロベルト・ムニョスはひと月に三人しか訪問しない幽霊ブログで、共謀について苦悩の告白をする。「みんなが彼女を酔わせた現場に俺はいた」。そして、スー・ウェストンは大学のディスカッションフォーラムに、ほとんど畏敬に満ちた賞賛の言葉を投稿する。「彼が彼女を思い通りにする可能性は最初からゼロだった。彼女は祝福によって、あの野郎を追い払ったんだ」

∞

編集不能なその場面がラッセル・ストーンの頭の中でループする。彼が他人との対決に向かう高架鉄道の座席でボーッとしていると、それが車両の天井に映し出される。二人の教え子の間で楽しい付き合いが動物的暴力へと変貌するのを彼は見る。彼が空想するその場面は、大ざっぱで薄暗い。

彼の文章に昔から見られる欠点。視覚的解像度の完全な欠如。しかし、現場を思い浮かべるのに詳細は必要ない。鈍重なミニマリスト、他の誰にも劣らず陰気な男、ソーネルは彼女の神々しい光から電気ショックを受けた。当然、彼は彼女を襲い、犯そうとした。それは奥底のプログラムにコード化されている。病んだ遺伝子を最も健康そうなものと融合させろ。相手を殺しても構わない、その光を十五秒でも味わえ……。

非常勤講師が目の前を通ると、ガードマンが顔をしかめる。教室に上がると、そこにタッサがいないので、ストーンはほっとする。彼が部屋に入ると、生き残った六人の学生が急に黙る。恭しくもなく、反抗的でもない沈黙。ただ、授業を受ける格好を整えているだけ。

皆がもう全てを知っている。彼らはテレビで流れた映像を仲間の間で回覧し、携帯プレーヤーにダウンロードしている。一人を除く全員があの晩、あの場所に居合わせた。しかし、皆の顔は彼に向かって何かを問い掛けている。

彼は何かを言わなければならない。何でもいい。ぎこちなくても、無力でも、関係ない。彼女に対してそれだけの責任がある。にもかかわらず、彼は皆に、授業計画（シラバス）の最後に取ってあった章を開くように言う。〝全てに決着をつける〟。「忘れてはいけないことがある」と彼は偉そうな口調のハーモンのテキストから読み上げる。「解決というのは全ての未解決項目を一本にくくることを意味するのではない。解決（ディヌーマン）は文字通りには、結び目をほどくのを意味するフランス語である」

彼らはにやりともしない。彼は学生たちに見捨てられ、教壇という砂漠で腐っていくしかない。討論は実を結ばずに終わる。彼は最初に日記を読む希望者を募る。**ダダ　もう傘だけじゃない**と書かれたシルクスクリーンのTシャツを着たジョーカー・トーヴァーでさえ、その誘いに乗らない。ラッセルは待つ。彼は学生とにらめっこ対決をする完璧な心構えができている。今日の残り時間ずっと黙ったまま座り続け、さらに今学期の終わりまでそれを続ける覚悟だ。

救済は教室の入り口から現れる。「こんにちは、みんな」
安堵と戦慄に挟まれたラッセルが振り返る。彼女はフード付きトレーナーとカプリパンツに防寒ベストを羽織っている。この冬、若者の間で世界的にはやっている格好だ。彼女はいつになく落ち着いている。しかし、教室を見回す彼女の視線で、皆が察する。彼女が感じている悲しみは、他の皆に対する共感だ、と。

彼女は斥候(せっこう)の敬礼風に三本の指を立て、それを唇に当てる。「あの、ちょっといいですか……」

彼女はバックパックをいつもの席まで引きずるが、腰は下ろさない。

「ひょっとしてニュースで話を聞いた人、いる？　あれって嘘だから。本当にあったことは全然違う。みんな、ジョンのことは知ってるでしょ」

誰もジョンのことを知らない。教室の誰一人として、隣に座っている人物についても何一つ知らない。今までに互いに交換したのは、ごくごく表面的な見せかけだけだ。皆、第三週目に〝登場人物〟を扱った時点で、そのくらいのことは理解しておくべきだった。**登場人物は、演者自身さえ理解していない中核的欲望の中に生まれる演技である。**

「ニュースで伝えられてる、あんなことするのはジョンじゃない。ジョンはもっとすごく……重みのある人物？　私を傷つけるようなことは全然してない。オーケー。無理やりセックスしようとしたのは確か。でも結局は、それが間違ってることに自分で気付いた」

誰も彼女と目を合わせることができず、さらなる説明に堪えることもできない。誰も彼女に、話をやめるよう言わない。

「彼はたぶん、私のせいで勘違いしたの。こういうことは彼が初めてじゃない……私が勘違いさせたのは彼が初めてじゃないの！」

芸大生の輪は無表情のままだ。全員、潜在的な婦女暴行犯。

「ねえ」と彼女が言う。「みんなだって分かるでしょ。大したことない。ただの……欲望。私には全然ダメージがない。はっきり言っておくけど、トラウマとかもない。今回のこと、日記に書いてきたわ。ちょっと、いい……?」 彼女はバックパックからノートを取り出す。

昔から彼を閉じ込めてきた気の小ささで、ラッセルが言う。「今はちょっと、やめておこう」

まるで彼が暴行犯よりもひどいことをしたかのような目で、彼女が彼を見る。そして彼女は教師を、ジョンよりも気の毒に思う。

他の学生も彼を評価する。彼らはようやく、彼の究極の教訓を理解する。**私の行動を見習うのでなく、私の言葉に従いなさい。**彼は皆の期待を裏切った。彼は今まで、日記も旅行記も本当の意味で信じたことがなかった。物語には誰も救えない。この教室で何らかの有益なことを知っている唯一の人物はタッサだ。

スー・ウェストンの顔がチックで引きつる。**彼にどこまでやられたの?** メーソンは座ったままもじもじと動き、指で机をこつこつと叩く。**いったいどうやってやつを食い止めたんだ?** ロベルトは、アルジェリア人が全くショックを受けておらず、相変わらず周囲の助けを必要としていないことにがっかりし、尻込みする。

スフィンクスのようなキヨシ・シムズだけが口を開く。「僕らはみんな、君の様子が変わってることには気付いてた。でも、そういう機嫌の良さが、まさか……病気みたいなものだとは知らなかった」

タッサは悲しそうな目で透明ボーイ(インビジ)にほほ笑みながら、首を横に振り、虚構から現実に踏み出すよう訴えかける。「私の言葉を信じてね。人生は病気よ。治療する必要のない病気」

彼女は再び手を触れられない存在になる。ソーネルは、彼女を襲おうとした瞬間にも、この事態を予見していたに違いない。降伏としてのレイプ。自己破壊。彼は彼女に滅ぼされるのを知っていた。

∞

ラッセルは翌朝、彼女の病気にまだ伝染性があることに気付き、愕然とする。生命を脅やかすが、深刻でない病気。彼は目を覚ました途端、猛烈な空腹を感じる。朝食がこれほど輝かしい出来事だと最後に感じたのがいつのことだったか、彼は思い出せない。壁のひびから染み入る冬の空気が彼を元気づけ、テーブルが素敵に見える。沸いたティーポットがボーイソプラノのように歌う。トースターで焼けるレーズンマフィンから白ワインのような芳香が漂う。彼は、まだ情報の波に洗われていない神話的な川に係留された屋形船に乗っている。そんな確かな感触。

真面目くさった彼の人生は、これまでずっと単調だった。彼は難民生活の中で必死に努力し、赤十字の毛布を重ねて小さな寝台を作ってきた。しかし、あらゆる防御は今朝の冷気に対して無力だ。今朝だけは。彼はまだ三十二歳。強固な意志にもかかわらず、同じような朝はまだこれから何度も訪れるだろう。どうして腹を立てる必要があるだろう。憤慨は、可能性から尻込みする臆病者の反応だ。胸を震えさせるからといって夜空に腹を立てるのは筋が違う。

教職が彼に回ってきたのは単なる偶然だ。彼女に出会わない可能性もあった。そして明日の夜はまた二時間、喜びと教室を共にする。そうしたからといって、誰も彼を罰することはできない。

彼は踊り場で新聞を取り、台所のカウンターに広げる。彼女の二つ目の作文――アルジェからの脱出――を思い出し、不意に背後から愛に打たれる。朝からがさごそと動くのが壁越しに聞こえる隣人への愛。受け持ちクラスの運命づけられた熱意への愛。新聞第一面の嘘つき政治家たちへの愛。そして奇妙なことに――最も奇妙なことに――まるでなぜか彼自身までが気に掛けるに値する存在であるかのように、自分への愛。

冷凍庫からコーヒー豆を出し、スプーンでミルに移し、豆を挽く。どんな進化心理学も、決してその匂いの魅力を説明できないだろう。

彼は腰を下ろして食事をする。まるで祝日のようだ。自然治癒の日。目を閉じ、冬のイチゴを舌先に載せる。果実は海綿状で崇高だ。彼の当惑と同様に濃密なアラビカが喉の奥を刺激する。タッサの持続的恩寵がどんな気分なのか彼には想像がつかない。彼女の気分を一時間味わえば、彼は吹き飛んでしまうだろう。しかし、訳もなく降って湧いた今朝の歓喜が彼に漠然としたイメージを描かせる。肝は心臓を意味し、心臓は喜びを意味し、彼女はその予言から逃れられず、彼は彼女への感謝から逃れられない。

彼は四人揃って――キャンダス、その息子ゲイブ、ラッセル、その元学生の四人で――フィールド博物館に出掛けるのを想像する。ポーニー族のドーム形住居で焚き火を囲む毛皮の寝台に座り、冬が煙突の上に居座る間、互いに物語を交換する。オーケストラホールの階上席に陣取った彼らのもとには、音楽以外のものは届かない。ソルジャーフィールド球技場の、鼻血が出るほど標高の高い席で、『アラビアン・ナイト』に出てくる魔神のようなステロイド男たちがどうして互いにぶつかり合っているのか、タッサに説明する。彼らはマクスウェル通りで新生蚤の市の人込みに混じり、他人が廃棄した物の間を縫い、埋もれた宝を探す。そして、難攻不落のアルジェリア人は全ての町角をプレミアチケットに変える。

東の窓から部屋に光が差し込む。朝食の皿はあっという間に空になり、彼の空腹はまだ収まらない。それほど確かな手応え。

彼は昼には再び、他人が書いた、気の滅入る懸垂分詞や支離滅裂な熱望に埋もれる。しかし、今日は気分がいい。彼自身はまれに訪れるわずかな瞬間しか幸福を感じないだろう。しかし、彼の知り合いに、自由で、誰の庇護も受けず、安全で、幸福な人物がいる。彼はそのそばに立ち、そのおこぼれにあずかることができる。それで充分。今までに思い描いたことのない幸運。それ以上の幸福が仮に得られても、彼はそれをどうしていいか分からないだろう。

∞

ジョン・ソーネルは、相変わらず拘留を要求し続けるが、留置場から出される。メスカーキ大学は彼が自主退学したと発表する。それでは足りない。ストーンは、彼の名が公的な性犯罪者リストに掲載され、彼の描いた数百枚のデッサンが廃棄され、日記が焼却処分になることを望む。

∞

ラッセルは最後の夜間授業のため、即興の作文練習の予定を立てる。日記(ジャーナル)と旅行記(ジャーニー)の最後のページ。その夜、彼は電車に乗り、まるで蓋に穴を開けた瓶に入れたホタルみたいに、そのトピックを学校まで持っていく。**あなたがいつか生きたいと望む未来の一日の日記を書きなさい。**彼が瓶を振ると虫が光を放つ。

しかし、彼がメスカーキに到着すると、既に最後の授業が始まっている。週刊新聞「シカゴ・リーダー」の記者がラッセルの席に座り、机の上にデジタル装置の艦隊を広げ、インタビューを行なっている。ジャーナリストのダナ・ウォシュバーンがレイプ未遂事件をその罪深い起源にまでたどってきたのだ。ラッセルの体に無力な憤懣がみなぎる。彼は侵入者を放り出し、録音装置を壊し、携帯情報端末(PDA)を潰したいと思う。

しかし彼は、柄(がら)にもないことはせず、弱々しく入り口に立ち尽くす。情報の自由な拡散、大衆の知る権利と戦うことはできない。彼の授業概要(シラバス)が目の前で、現実の形を取っている。局所的な詳細、近くでの観察、登場人物、緊張、ぶつかり合う内的価値——彼が今学期教えるはずだった全ての内容。ただし現実。

タッサは返事の途中で彼と目が合う。**大丈夫。分かってる。対処できる。**彼女が自分で切り抜けられることをストーンは疑っていない。彼が信用していないのはジャーナリストだ。

彼は隅の席に座り、最後の授業計画が溶融するのを見る。もちろん、彼女はもう共有財産だ。人類が必要とする物は、必ずいつか暴かれる。アートギャルとプリンセス・ヘビーは競うようにタッサについて語る。レポーターは水を得た魚のように、二人から話を引き出す。ストーンまでもが尋問に遭う。しかし、彼がサーカスの解散を告げようと動いたとき、ジャーナリストがタッサに尋ねる。「例の感情高揚性気質(ハイパーサイミア)について。本人としては、いったいどういう気分なのですか?」

タマジグ語のつぶやき。「別にどういう気分でもありません。その何とかいう気質はばかげています。ニュースがでっち上げた話です」

「オーケー、オーケー」とダナ・ウォシュバーンが遮る。「じゃあ、できるだけ簡単に話してもらえますか。あなたであるというのは、いったいどういう気分なのでしょう?」

タッサは机に両手を置き、懇願するように言う。「ですから、何でもないと言っているじゃないですか。地上の誰もが同じ症候を持っています。ただ、気付いていないだけなんです」。これを聞いてクラスの皆が笑う。

「分かりました」とジャーナリストが言う。「じゃあ、とりあえずその点は置いておきましょう。子供時代のお話を聞かせてください。お父さんは殺されたのですよね……どんなふうな状況だったのですか?」

ラッセルは三十分後にインタビューをやめさせる。ダナ・ウォシュバーンがむっとしながら教室を去ると、彼は手元のメモを見て、最後の即興作文のトピックをチェックする。**あなたがいつか生きたいと望む未来の一日。**そのトピックはくだらなく思える。彼自身も書きたいと思わないような話題だ。先生、知ってます？　先生はすごく不公平ですよ。

彼はトピックを提示する。学生はそれぞれに、自分の気質が許す文章を書く。「自分が知っていることを書くべきだ」。まるでそれ以外のことが可能であるかのように、ハーモンがありがちな助言をする。

彼らは課題をこなし、それからストーンを臨時の年末パーティーに引っ張り出し、チーズフライを食べさせ、どうして本よりもブログの方が優れているかの説明をもう一度、彼に聞かせる。誰もが他の皆に「よいお年を」と告げ、悲しげな別れの挨拶が病気のように蔓延する。

最後の言葉は、翌週の「リーダー」紙のものだ。クラスメートの賞賛に囲まれたタッサディト・アムズワールの写真の下に半ページにわたる特集記事が載り、彼女の経歴、レイプ未遂事件の顛末（てんまつ）、北西アフリカ（マグレブ）旅行記に加え、感情高揚性気質（ハイパーサイミア）が実際に存在するかどうかに関するノースウェスタン大学のポジティブ心理学研究者によるコメントの引用が綴られる。記事全体の見出しはこうだ。

「喜びに救われた女性」

∞

記事が出た翌日、ラッセル・ストーンは部局長からEメールを受け取る。そこには、今学期の勤務に対するお礼と共に、メスカーキの春学期に向けた契約の更新はないという連絡が書かれている。

∞

ラッセルがミシェル・フォン・グラッフェンリードの写真集『アルジェリア日記』を無感覚にめくり、合板の墓標が立つ、ジャガイモ畑のような大規模墓地を見ていると、電話が鳴る。彼は発信者番号をチェックするが、母からでも、兄からでもない。ということは、彼の人生満足度を調べる簡単なアンケートのために、どこかの誰かがかけてきた電話に違いない。

　電話の主はタッサだ。サウスループからの電話。彼女と話したいと思ったタイミングにちょうど本人から電話がかかってくるというのは、どんな長編小説にも許された大きな偶然の一致(コインシデンス)ではない。小さな偶然の一致でさえない。

「ストーン先生」と彼女は言う。「助けてほしいんです」

「今どこ?」と彼は叫ぶ。通りに向かって階段を駆け下りようとする彼の耳に、クランベリーのような笑い声が聞こえる。

「危険があるわけじゃありません」と彼女が言う。「先生の助言が欲しいだけです」

「リーダー」紙の記事のせいで読者(リーダー)が動きだしているらしい。末期的不幸に見舞われた数十人が大学のサーバーから彼女のEメールアドレスを取得し、彼女にプライベートな質問を浴びせかけている。

「ホットメールのアカウントを持った変な人たちが、『私をハッピーにしてください』って求めてくるんです。ある女の人は、私を個人的トレーナーとして雇いたいって。彼女の魂はプロフェッショナルな訓練を必要としているらしくて。二日で二十三件のメッセージですよ。どういうふうに返事をしたらいいんですか?」

　そんなメールはゴミ箱に捨てて、さらにゴミ箱を空(から)にすればいい、と彼は言う。

「それはできません。だって、失礼じゃないですか。何かの返事は書かないと。ハーモンさんの言葉、覚えてます?」

「タッサ。気を付けて。君は自分に関することを彼らに教えちゃ駄目だよ」

「みんな、私のことを知りたいわけじゃないんです。彼らはただ、自分のことを知りたがってる。みんな、私が何かの秘密を握ってると確信しています。私が適当に話をでっち上げれば、それが何であっても、みんな信じるんでしょうけれど」

「彼らを助長するのはやめた方がいい。事態を悪化させるだけだから」

「ありがたいことに、私、明日にはモントリオールに帰省します。カナダの方がずっと楽ちん」

彼女は彼に休暇中の予定を尋ねる。彼は適当なことを言う。私はもう、この男を知っている。彼は彼女のために五段落にわたる美しい個人的エッセイを作文し、それから鼓動二拍後に、赤い斜線で全て削除する。彼は彼女に、春学期の教壇には戻らないと言わない。彼はただ彼女に、体に気を付けるよう言う。

「先生も体に気を付けて。授業、ありがとうございました。とても勉強になりました」。彼がぶつぶつと意味のない返事を口にすると、彼女が笑う。彼女はそれに対して、元気よく応じる。「ハッピー・ニュー・イヤー、ストーン先生！　じゃあ、また」

∞

彼は予約なしにキャンダス・ウェルドのオフィスを訪れる。「最悪の事態。ひどい悪夢を見ているみたいだ」

キャンダスは「リーダー」紙の記事を読む。彼女は彼を叱らない。ひたすら、年季の入った節度を持って記事を読む。

「教室に入ったときに記者を放り出せばよかった」

「仮にあなたがそうしたとしても、記者は授業後にタッサを追い詰めたでしょう」。彼女の声には何かあきらめのような口調がある。心理学の力が及ばない展開への屈服。「単に、地方の無料新聞に載った埋め草記事。千単位で右から左へ消えていく話にすぎないわ」

「彼女が飲んでいる薬を買いたいという連中から何十通もEメールが届いているらしい」

ウェルドが新聞から顔を上げる。「彼女は大丈夫？」

「もちろん大丈夫さ。そこが問題なんだけどね。彼女は体質的に、大丈夫以外の状態になれないんだから」

「あなたは大丈夫？」

彼がいらついて言う。「そのロジャーズ流のオウムみたいな口調は八〇年代に廃れたんじゃないのかい？」

彼女は穏やかな態度を崩さない。実際、彼のパニックは彼女を魅了しているように見える。「ごめんなさい。さっきの話は……」

「赤の他人から一日中、魔法の妙薬を譲ってほしいって言われたら、どんな気分だと思う？」

彼女が愉快そうに唇をゆがめて彼を見ていると、彼は自分の質問の愚かさに気付く。

「ラッセル、あの子はタフだわ。彼女はメディアのちょっとした報道には耐えられる。これまでに、もっとひどい目に遭ってきたんだから」

「彼女から、助けてほしいと電話があった」

「そう。彼女はあなたが好きなのかもしれない」

「ばかなことを言わないでください。どういうつもりでそう言っているのか分からないけど、僕は墓泥棒じゃ……赤子泥棒じゃない」

「彼女はあなたより九歳年下ね」。キャンダスは既に計算をしている。「そういうのも、赤子泥棒って言う？」

「一日に十人以上が彼女に祝福を求めている。うん、僕としては不安だね」

心理学者はいくつかの実際的行動を提案する。まずはタッサのEメールアドレスを公的なディレクトリから削除すること。彼は彼女の声を聞くだけで落ち着く。彼は彼女の有能さに依存したくなる。

「今回のことで自分を責めては駄目よ」彼女は彼に言う。

「でも、自分を責めるのが僕のいちばんの得意技でね」。携帯電話で噂を広めたり、ネットでニュースを読んだりする人々が、彼の周囲の空気を満たしている。「今さら僕が君の患者になろうとしても、もう手遅れかな?」

「私たちは〝患者〟という言い方はしない」と彼女は言う。「でも、そうね。もう、それには遅すぎる」

「授業担当はもう終わりになった。大学に首を切られた」。彼は何も感じない。冥王星を巡る月と同じように。

「まあ、ラッセル。それはお気の毒。どうして今まで話してくれなかったの?」

彼の沈黙は教科書通りだ。語るのではなく、見せること。

「それはフェアじゃない」と彼女は判断する。「今回の件は、あなたのせいじゃない」

「僕があのくだらない言葉を警察に言わなければ、今回のことは起きなかった」

「残念ね。その点は確かに失敗だった」

「僕は大丈夫。どっちみち、二つの仕事を掛け持ちするのは僕には無理だったんだ」

彼女は動じることなく、残酷な沈黙を長引かせる。少ししてから彼女が尋ねる。「じゃあ、私たちはもう同僚じゃないということね」

彼の耳に質問が届く。彼女は彼より六歳年上なだけだ。彼は既に計算をしている。幸福な人は不幸な人より友人が多い。幸福な人は長期的人間関係を持つ傾向がある。

彼は自分が前のめりになるのを感じる。彼は垂直に落下しながら、「今度の土曜、僕のアパートに食事をしに来ませんか」と訊く。「いいレシピがあるんだ。キノコとアスパラガスのリゾット」

彼女の沈黙が余りに長いため、彼は自分が何か間違った計算をしたのではないかと思う。

「子守りを雇ってもいいんだけど」歯切れの悪い口調で彼女が言う。「とても優秀な児童心理学の大学院生。彼女は、ゲイブが一晩中テレビゲームをするのを観察して、子供と機械の相互作用について論文を書く」

「すみません。もちろん、お子さんもご一緒に」

「本当にいいの？　じゃあ、お言葉に甘えて。子守りも連れて行きましょうか？」

彼がぽかんと口を開けたまま、彼女をじっと見つめていると、彼女がこう付け加える。「冗談よ」

∞

私はビュリダンのロバ（一頭のロバから等距離のところに同量の干し草を置くと、ロバはどちらを先に食べるか迷い続けてついには餓死するという論理。）のように、アレゴリーとリアリズム、事実と寓話、創作とノンフィクションの間で決断できず、餓死しかけている。この登場人物たちが何者か、彼らがどこから来たか、私は正確に知っている。しかし、ここから彼らをどうすればいいか、私にはよく分からない。

私は速度を落として、ストーンが車の運転を恐れていることを説明する必要がある。彼はいつか、子供をはねる羽目になるかもしれないと考えている。ウェルドが監視カメラを嫌っていること、彼女が週に三度ヨガの講習に通っていること、息子がうっかり忘れたときにはツノトカゲに餌のミルワームをやらなければならないことも、ここに記しておかなければならない。タッサが丸めてシヨールの縁に入れている、弟からもらったEメールの二行のプリントアウトを私の代わりに書き写してくれる人間も必要だ。しかし、三人は、世界中の本が書き直されるより先にゴールにたどり着こうとし、私は必死にそれに付いていく。

私は事実と寓話が入り混じる以前に、どんな種類の小説を好んで読んでいたか覚えている。私は自分がこの話からどんな物語を作ることになるか知っている。一つの言葉から次の言葉へと、徐々に自由になる物語だ。無意味な細部と真空から自らを作り上げていくタイプの物語。偶然みたいな選択が存在しない物語。

∞

もしも彼女が自分のどこを気に入っているのかをストーンが理解できれば、それは彼にとって大きな助けになるだろう。彼女は完璧に自制が利いた人物だ。彼女は仕事上、人間が使える全ての策略とインチキに向き合っている。しかし、彼女は彼を甘やかす。

土曜の午後、彼は食事の準備の手を休め、兄に電話する。ロバートは、もしも自身がアスペルガー症候群でなかったなら、偉大な心理学者になっていたかもしれない。

ラッセルは兄に、いつになく砕けた調子で話をする。「彼女が本当に僕との会話を楽しんでいるのか、それとも単に寂しいだけなのか、僕にはよく分からない」

「ていうか、その二つに違いがあるのか？」

ロバートが話しながらキーボードを叩いている音が聞こえる。「僕と話して楽しい人なんかいないことは彼女も知っているはずなんだ」

「それって結構面白いじゃないか」

「彼女はひょっとすると、僕を一つの症例として見ているだけなのかもしれない」

空気中に間隙（ギャップ）がある。「うんんん。あのな……弟。例の、自尊心とかいうものをもうちょっと身に着けた方がいいんじゃないか」

「彼女にとって何が楽しいのか、さっぱり分からない。僕らが話すのはいつもタッサのことばかりだし」

こっそりとマウスをクリックする音。「ちょっと……誰だって？　ああ、あれな。にこにこ娘」

「ロバート？　今、インターネット使ってるのかい？　何だか、銃撃戦の最中の人と電話してるみたいだよ」

「え？　いいや。何でもない。ただちょっと、週末にはルーマニアの女の人とトランプ(クリベッジ)をやることにしてるんだ」

∞

全ての研究は時間を相手にした賭け(ギャンブル)だ。カートンはそれを〝マストドン狩り〟と呼ぶ。棒と石を持った乱暴な集団が、その全員を合わせたよりも大きな生き物を追う。もたもたしていれば獲物を逃す。焦って手を出せば牙で突かれる。そつのないリスクは繁殖する。劣ったリスクは死に絶える。トマス・カートンは、祖先が狩りに秀でていたので、研究手腕が優れている。

しかしカートンは、研究の技量にもかかわらず、何かを発表する際はいつも、時期尚早ではないかという不安に襲われる。彼に懐疑的な好奇心を抱かせるのと同じ気質が、執拗にさらなるデータを要求し続ける。確かに、発見への道はためらう者たちの墓で敷き詰められている。しかし、N線や常温核融合のような派手な記念碑になるよりも質素な墓標になる方がましだ。

ジョゼフ・プリーストリーが科学研究を定義したとき、人類は、〝迅速〟な方へでなく、〝理路整然〟の方へ向かうことになった。酸素の本当の発見者は誰か、シェーレかラボアジェに尋ねてみるがいい。聖職者兼化学者のプリーストリーは、ほとんど趣味のようなものとして何年もフロギストン説に固執しながら、雄弁によって人類の自然理解に不滅の貢献をすることができた。

しかし当時は、誰も科学法則を所有することはできなかった。今ではそれができる。メタボライト社は、ビタミンB_{12}の欠乏が心臓病リスク要因であるホモシステイン値上昇と相関があると公表した他社を訴え、勝訴した。ミリアド社は疑わしい乳癌遺伝子検査で二六〇〇ドルを請求すると同時に、より良い選択肢を開発しようとするライバルの研究所を閉鎖させた。

トマス・カートンがこの世で生き延びているのは、永遠に不充分なデータを公表するタイミングを見極めることに秀でているからだ。しかし、市場はますます、かつては公だった事実を私物に変えつつある。彼と同じ学部に勤める同僚たちでさえ、企業からの研究補助金を得ているせいで、もはや自由に研究内容を人と話すことができない。

カートンは生命科学の資本化を特に喜ばしく思っているわけではない。しかし、生命科学は彼の個人的好みを特に気に掛けたりはしない。成長を続ける者は遺産的偏見を捨て去らねばならない。生物学が、ガレノスからガジュセックに至る全ての学者を捨ててきたように。いつの日か、ソークがポリオのワクチンを開発したように、発芽野菜装置(マイクログリーンマシン)が食糧難を解決することになるだろう。そうなれば、補助金が申請者を上回る。すると、いかに旺盛な競争心も打ち負かされ、私企業の利益至上主義は永遠の贈与経済の中に消え去るだろう。カートンはそのときまで、マストドン狩りに最善を尽くす。

しかし、ここ数か月は、公表のタイミングに関するカートンの勘が鈍っているのではないかと考える同僚たちがいた。トゥルーサイト社は三年前から、ある研究を続けている。ビーカー洗浄係に至るまで全ての関係者がそろそろ潮時だと知っている。彼らは、感情的健康の上位に位置する数百人の個人の遺伝子をスキャンしていた。そしてそれを、スペクトルの下位数百人のスキャンと比較した。大規模なコンピュータ生物学によって、感情的回復力のテスト結果と強い相関を持つ一群の量的形質遺伝子座が特定された。

ＤＮＡチップが既にこれらの量的形質遺伝子座をより正確にマッピングし、ずっと近接した標識遺伝子(マーカー)として特定している。標識遺伝子は今、さらに絞り込まれている。対数オッズスコアが示すところによると、人の感情的設定値はセロトニンとドーパミンの合成と輸送に関わる遺伝子ネットワークに大きく依存しているようだ。これらの遺伝子を統御する部位は多形で、それぞれ対立遺伝子がいくつも存在する。トゥルーサイト社の遺伝子関連解析研究は、幸福感と相関を持つその対立遺伝子を特定するものだ。

この遺伝子ネットワークはおそらく、感情的気質の遺伝可能な部分の三分の二近くを占めると思われる。この遺伝子ネットワークのさまざまな組み合わせが、満足、歓喜、そして——より良い表現がないので、こう呼ぶ以外ないのだが——横溢（エグジュベランス）などと相関している。ラテン語で"Exuberare"——果実があふれ出すこと。

サンプルサイズは充分で、共分散も標準偏差も、プロジェクトに関わるほぼ全員を納得させている。アマール・パトナイクやジョージ・チャンのように穏健な研究者でさえ、複数のミーティングで皆の懸念を口に出す。もう権利を主張すべき頃合いではないか、と。そろそろ研究成果を発表しなければ、スイスかシンガポールにいる余所（よそ）のグループが、カートンたちが既に集めたよりもはるかに少ないデータで、成果を発表する可能性がある。

しかし、カートンは発表に後ろ向きで、そのため誰もが当惑する。彼が気乗りしないのは単に、遺産的な人間的性質のせいかもしれない。賭け金が上がるにつれ、恐れを知らぬ人間も尻込みをするものだ。歴史は大発見の公表をためらった科学者に満ちている。ダーウィン自身も二十年近く理論を温め続け、アルフレッド・ウォレスの手紙に促されてようやく公表した。

トマスに近い上級研究員の一部は、彼の躊躇（ちゅうちょ）は社会学的なものではないかと考えている——発見が現実世界にもたらす影響を恐れているのではないか、と。非共感的な距離から眺めると、彼の沈黙は懐旧（ノスタルジア）そっくりに見える。それ以外の理由で、はっきりした反対意見もないのに彼がいつまでもためらい続けることを説明できるだろうか。彼は統計的分析を終わらせた。既知の対立遺伝子変異間の機能的相違を見極める簡易検査の結果も認めた。それでもカートンは待つ。そして彼はますます、苛立たしい頻度でこう繰り返すようになった。「まともな科学は常に立ち止まるものだ」と。

ボスの躊躇が何を意味するのか、誰も知らない。それは〝まともな科学〟なのかもしれないが、度胸を失っただけのことかもしれない。それは現実には、公表の日がますます遅れること、そして——日々、空中から摘み取られるポストゲノム時代の新発見のスピードを考えれば——その一日一日が致命的になるかもしれないことを意味している。こちらが攻撃を仕掛けようと、じっと立っていようと、マストドンに殺される可能性は常にあるのだ。

∞

ウェルドはまず、二人の同僚に相談した。男女一人ずつ。厳格なクリスタ・クロイツと、カウンセリングセンター長を務める朗らかなデニス・ウィンフィールド。クリスタはいつにも増して杓子定規だった。「同じ大学に勤めている人と付き合ってるの？」

「彼はもう、大学に勤めてない。それに、厳密に言うと、〝付き合ってる〟わけでもない」

「今回の件で首になったんでしょ」

「彼は非常勤。大学が契約を更新しなかっただけ」

「まずいと思うわ、キャンダス。彼は例の学生のことであなたに相談に来た。その学生が彼のもう一人の教え子にレイプされた。そして今……？」

「彼女はレイプされてない。相手をうまく説き伏せた」

「そして今、あなたはその教員と寝たがってる」

「別に彼と寝たいわけじゃない。彼と話をするのが楽しいだけ」

「どうして？」

ウェルドはお決まりのカウンセリングの技に頼った。五つ数える。「彼はばかでもないし、凡庸でもないから。彼はさまざまなものを感じる。彼は自分以外のものを気に掛けている」。彼女は彼は私を笑わせてくれると言いたくなるが、その突飛な衝動と戦う。「彼はものを考える。今時、そんな人は珍しい」

「文通という手段は考えてみた？　こっちが出す手紙も全てコピーを取ってファイルしておいた方がいいけれど」

デニス・ウィンフィールドも助け船を出してはくれなかった。「もちろん、ここが最善の世界であれば、僕は君にもっと問題の少ない状況を願いたいところだ」

彼女はしばしばデニスの目にその気配を読み取っていた。ここが最善の世界であれば、デニスは結婚しておらず、彼女は彼の部下でもなく、彼が彼女の問題となるだろう。

「問題なんかじゃないわ、デニス。単なる友達付き合い」

「彼はゲイブとも仲良くやってるのかな？」

「私はまだ彼と会ったばかり。ただ、現状が何かのルールに違反していないかどうかを確かめたいだけです」

「ルール違反ということはない。厳密には。もしも君が、彼ともその学生とも、全く職業的な関係を持ったことがないということなら……」。彼は彼女を賞賛した。「それはひょっとして、二人のどちらかに対する間接的なセラピーとかいうわけじゃないよね？」

彼女はいらついたように首を横に振った。

「結構。既にこの話は……私たちの間では、既にこの件について結論が出たはずだ。君は素晴らしい女性だよ、キャンダス。しかし君は時に、自らの善意から身を守る必要がある。気を付けなさい。境界はあっという間に曖昧になるものだから」

彼女はもっともな説教の間、おとなしく座っていた。もしも何かまた不安になったら話をしに来なさいとデニスが言うと、彼女はうなずき、そうしますと答えた。

∞

土曜の夜、キャンダス・ウェルドは時間通りに到着する。お茶のような緑色の目に実験的ななまめかしさを浮かべ、髪には軽い雪のベールを載せている。彼女は胸ほどの背丈の息子と一緒に現れる。少年はラッセルに、内気な握手の手を差し出す。彼は以前、同じ手順を経験したことがあり、最新の候補者に全く信頼を置いていない。彼はラッセルの手から自分の手を救出した途端、電源を入れたままでポケットにしまっていたゲームボーイを取り出す。

ストーンは二人を冷気から部屋に招き入れる。彼女はもはやあまりグレースに似て見えない。彼が類似を想像したのはどうかしていた。キャンダスの表情は変わりやすく、熱意がこもっている。その目は、ネット中継カメラ（ウェブカム）のようなグレースの目とは違う。鼻は彼を吸い込もうとしているかのように、ひくひくと動く。彼女は彼においしい赤ワイン（シラーズ）を手渡し、挨拶代わりに彼の肘をつかむ。他方の手で、刺激的な匂いのするハッピーセットの派手な袋を振る。「ゲイブの分」と彼女が言う。

「僕は肉食だから」彼女の脇の子供が説明する。

ラッセルは額をぴしゃりと打つ。「ああ、前もって尋ねておけばよかった」

少年は肩をすくめる。「類人猿の多くが肉食さ。ところで、そこの絵、かっこいいね」。彼はストーンのパステル画を指差す。「テレビゲームに出て来る、地下の生き物みたいな？　少なくとも三つ星」

ラッセルは一拍、間を置く。「ありがとう、かな」

彼とキャンダスは、食事をしながら、今までに二人が語り合ってきた唯一の話題以外に、会話のたねを探す。ウェルドは気まずさを、なぜか気安く感じている。彼女はストーンがやっている雑誌の編集について尋ねる。思いやり深い彼は本当のことを答えない。

ようやく、ストーンと少年が話題を見つける。ゲイブは〝フュートピア〟というオンライン世界の話を主人役に聞かせる。少年はその世界で〝レンジャー〟として古代の遺物を発見し、処女大陸に散在する都市でそれを何トンもの金（きん）と引き替えるのだ、ともう一つの自分の人生について語る。ストーンは気難しい子供が急に冗舌になるのを見て驚く。ストーンが尋ねる質問を充分に理解できないマルコ・ポーロ。

母親はこの晩初めて、困惑する。「何だかすごいの。この子の脳の快楽中枢を直接刺激する探り針（プローブ）があるみたい。一応、一日九十分に制限しているんだけど。ええ。本当はゼロが望ましい」

少年はパニックを起こして母親に反撃する。「ママ、駄目だよ。その話は終わったじゃない。このゲームは社会的なんだ。百パーセント社会的。人殺しなんかほとんどないし」

デザートの後、話題が尽きると、キャンダスが立ち上がり、皿を片付け始める。「置いておいて」とラッセルが言う。「君たちが帰ってから片付けるから」。しかし彼女は、どうしても手伝うと言う。彼は洗い桶に湯を張る。彼女は布巾（ふきん）を手に、脇に立ち、彼が洗った皿を次々に受け取る。彼は彼女が一緒にいて肩が凝らない人物だと気付いて驚く――ぴったりの話し相手、ぴったりの変異、逃れがたい自己からの息抜き。洗い場の前で互いに五インチ離れ、並んで立っていると、彼女の姿を見なくても、痛々しいほど心が浮き立ってくる。

皿を洗う彼の手際を見て、彼女がにやりとする。「以前にもこういうのをしたことがあるんじゃない？」

キャンダス・ウェルドがいちゃついている。ラッセルはそれ以外の表現を探すが、英語が言うことをきかない。**第四章。密接に観察される場面では、主たる登場人物たちは必ず、異なる行動目的を**

持ち、異なる内的欲求に駆り立てられる。

少年ゲイブは片付いたテーブルに向かい、ストーンが置きっぱなしにしていた本に目を通している。『感情の化学　脳が私たちの気分を左右する』。

「まだ研究を続けているの?」と彼女が訊く。

彼はグラスにスポンジをねじ込む。「たいていの人は自分が平均以上に幸福だと思ってるって知ってた?」

「そう聞いても驚かないわ」キャンダスが言う。

「驚かない?」

「たいていの人がそう思うことには驚かない」。彼女はパントリーの脇の冷たい窓辺に行き、ガラスに息を吹きかけ、曇った表面に、満足度を表すグラフを二つ描く。最初のグラフは高い位置で安定した、まっすぐな線。もう一つは斜めで、ゼロから始まり、最後に最大になる線。彼女は教師を演じる女優になりきってその横に立つ。「この二つのどっちが幸福?」

ストーンの頭では、どう考えても最初のものが幸福に思える。

「では次に、多くの人が生きたいと思う人生はどちらでしょう?」

彼は選択肢をじっと見比べる。「まさか」

彼女は肩をすくめる。「二番目のグラフの方が物語としてはいいってわけ。たいていの人は既にそこそこ幸せで、私たちが本当に望んでいるのはもっと幸福になることなの。そして多くの人は、将来きっとそうなると思っている。その考えからはなかなか抜け出せない」

彼女は冷たいガラスにゆっくりと指を這わせ、グラフを消す。

「ノーバート・シュワルツの研究は知ってる? 古典的な実験。被験者は人生の満足度についてアンケートに答える。でも、答えを記入する前に、隣の部屋に行ってアンケート用紙のコピーを取らなくちゃならない。片方のグループがコピー機の所に行くと、十セントのコインが置いてある。今日はラッキー・デー。対照実験のグループはコインを見つけない」

ストーンは皿を握る。「それ以上言わなくていい」

「いいえ、言わせてもらうわ。それが科学だから。幸運なグループは自分たちの全人生について、他方よりも有意に高い満足度を示したの」

彼はにやりとし、首を横に振り、拳を再び湯に突っ込む。湯は今、その温度に慣れた手に生ぬるく感じられる。

「そんなに深刻に受け止めないで」。彼女は布巾で彼の肩をこする。「チョコレートバーを使っても結果は同じ」

彼は湯から両手を出し、石鹸だらけの手のひらを頬に当てる。「僕たちは哀れだ」

「私たちは美しい」と彼女は答える。「私たちは自分の感情をよく理解していないし、どうしてそんな気分になるのかも分かっていない」

「じゃあ、いい気分になるって、本当にそんな安っぽいことなわけ?」

「安っぽくはない」。彼女は彼のワッフルシャツの上腕部に素早く象形文字を書く。「手頃ってこと。しかも、私たちが考える以上に簡単」

まさにその〝簡単〟というところが問題だ。彼は彼女の方を振り向き、この夜初めて彼女としっかり目を合わせる。「じゃあ、タッサは?」

「じゃあ、タッサは」。彼女は午後の大掃除で彼が見逃したクモの巣だらけの天井の隅に目をやる。

「彼女はきっと、チョコレートバーを山ほど持ち歩いているんでしょうね」

夜の終わりに、母子がコート、スカーフ、帽子、手袋を身に着ける。外にはまだ雪がうっすらとしか積もっていないが、降りが激しくなっている。来るべき運命の予感。少年はタラバガニみたいな手を差し出し、ラッセルと握手する。彼はストーンに、今度いつでも、フュートピアの世界を見せると約束する。身支度をした母親がストーンの方を向き、ふかふかの腕を彼の胴に回し、顔をそむけ、彼の体を引き寄せる。彼女は右耳を彼の鎖骨に当て、耳を澄ます。

彼は死んだふりをする。グレースがこれほどの優しさを見せたのは、彼のもとを去る直前だった。

ウェルド博士は抱擁を解く。「メリー・クリスマス」と彼女は言い、遠慮がちに彼を見上げる。彼女は黒板拭きのように、空中でミトンを振る。**心配要らないとそれは言う。別に意味はない。十セントは十セント。見つけたら自分のものにすればいい。**

∞

トゥルーサイト社の誰も、その物語を探していたわけではない。彼らは自動スクリプトと探査ボットでウェブ上を探り、データマイニングによってその情報を見つけだした。社の知能エージェントが常時あらゆるサーバーをチェックし、パターンを抽出し、形になる前の次の遺伝的トレンドを予測している。

ノード、クラスター、トラックバック、ミーム……。実用が発明を追うように、真実は帯域幅を着実に追う。今や、その考え方はありふれている。それが産み出すトラフィックを解釈できるほど強力なのは、かの巨大な並列コンピュータ、全人類のみだ。ただ一人の専門家が明日の大きなゲームの結果を計算するのは不可能だ。しかし、何億もの素人の予測を平均化して集積すれば、神に近づける。

このようにして日々、ページトラフィックの自己蓄積的ネットワークから集められたデータが吐き出される。そして、朝の潮溜まりを探り、キラキラ光るものを見つけるよう訓練された三人の見習い大学院生が、それをチェックする。三人中二人が同じ物語にタグをつけると、それがカートンのニュース統合ソフトに届けられる。そして毎朝、夜明け前の一時間、高速度遺伝子解析法の発明者が〝本日発見された物語コレクション〟にじっくりと目を通す。

彼はフィードを読み、新しい動向を探り、ここまで彼を導いたのと同じ持続的動向を見る。彼は、三分の一世紀前にスタンフォードで元妻に「これを読めばもっとよい人間になれる」と言われて、ボエティウスを読まされたのを覚えている。「運命の女神によって逆さまにされるまで、誰も安全であるとか、健康であるとは言えない」

カートンは記事を読みながら、さまざまなリンクを視覚的な概念地図化ソフトで樹状に配置する。それは最初、盆栽程度だが——手入れをし、接ぎ木し、光に向かって形を整え——セコイアのような巨木に育つ。

〝主観的幸福〟に関する記事を読む人は、〝感情的設定値〟に関する投稿を購読している。
〝感情的設定値〟に関する投稿を購読している人は、〝幸福の遺伝的基盤〟にも興味を持っている。
〝幸福の遺伝的基盤〟をフォローしている人は
〝感情高揚性気質（ハイパーサイミア）〟というキーワードをフェロモン痕跡のように広めた記事、シカゴ在住のカビル人に関する相互引用記事に
コメントおよび反応する／
ページ滞在時間が長い／
高い評価を与える／
しばしばリンクを貼る

彼は「リーダー」の記事を読み、記者の興奮を感じる。このカビル人女性は、禁欲的なボエティウスがおねしょの治らない小学生に見えるような、敵意に満ちた乱闘の中で育った。そして、環境がもたらしうる最悪の状況にもかかわらず、彼女の身体は、全人類の生得権であるべき絶え間ない愉悦を産み続けている。

　科学における直感の役割がカートンを当惑させたことは一度もない。そして彼は、この女性こそが三年にわたるトゥルーサイト社の研究に欠けていた最後のデータかもしれないと直感する。仮にそうでないとしても、その理由を調べることで研究を補強することができる。彼は早速、スケジュール管理担当者に予定を確認する。彼は一月の第二週にシカゴ大学に出掛け、科学的探求が世界の魂を殺したと信じるオーストラリアのノーベル文学賞作家と討論することになっている。

　カートンは六回のクリックで留学生の連絡先を見つける。彼はモロッコ旅行の際に仕入れたタマジグ語の挨拶を使って、Eメールを書く。彼は今行なっている、何が人間を幸福にするのかを理解するという研究の解説と、未来を治療するために遺伝子情報を使いたいという希望を彼女に伝える。彼は自分の研究所が彼女のような人を調べることによってどれだけ多くの事実を知ったかを述べ、彼女がこの研究にどれだけ多くの貢献をすることになるかを説明する。**生きている人なら誰でも、あなたの体の仕組み（ハウ・ユー・ティック）をもう少し知りたいと思います。**彼は近いうちにシカゴに行く予定があると記し、その折に会って話ができないだろうかと尋ねる。彼は彼女に五種類の連絡方法を教える。そして、彼のEメールソフトが自動的に、義務的個人データの塊の下に、オリジナルの引用句を添える。

……この世の始まりがどのようなものであったとしても、その終わりは私たちの想像を絶する、栄光と至福に満ちたものになるだろう。

ジョゼフ・プリーストリー

第三部　偶然とは思えない

Well Past Chance

重要なのは次の点だ。神話はわれわれを、集合的な記憶の中にある過去のこと、空想力豊かに書き記された過去の出来事へ差し戻すのではなく、これから起こること、起きるに違いない未来の出来事に差し向けるのだ。われわれがどれほど懐疑的な人間であっても、神話はいつか現実になる。

——ジュリアン・バーンズ『10 1/2章で書かれた世界の歴史』

そして近未来の五月の夜、トニア・シフはチュニス・カルタゴ国際空港に着く。エアポートシャトルから見える光の密度が彼女を驚かす。これほど多くの光り輝く企業が最近、生まれ、新鮮な余剰を新たな必需品に変えている。チュニスは地球に存在する約二百の百万人都市と同様、密かに輝く。この都市はたまたま四千年の歴史を持っている。

科学番組司会者は市中心部（サントル・ビーユ）で目を覚まし、何かの間違いで南イタリアに着いたのではないかと錯覚する。ムハンマド五世通り沿いのヤシの木だけがトニアに現在地を再確認させる。その並木は、単なるフランス植民地幻想の遺物にすぎないと判明する。彼女は丸一日、適当に辺りをぶらつく。**観光客気分を味わうには最適の日だ。**彼女は展望台（ベルベデーレ）に上がり、窮屈な旧市街地（メディナ）をさまよい、太守宮殿の中を歩く。彼女は市場（スーク）の中心で圧倒され、簡単な駆け引きもできずに立ち尽くす。

大モスクの入り口に立つ二人のガードマンが、服装がふさわしくないという理由で彼女を追い返す。彼女はまた後で、もっとふさわしい服装で来ようと思うが、自分がそうしないことを知っている。

夜明けから日暮れまで、町の匂いがめまぐるしく移り変わる。朝は悪臭のする風が乾いた塩湖の上を渡り、排気ガスと混じる。日没が近づくと花売りが現れ、ジャスミンの花輪を持ってカフェを巡る。底なしの井戸に落ちていくような香りのする、小さく白いカタツムリ形の花輪。心を和らげ、密かで、性のように奇妙で、あと数インチ先に底があるかのような香り……トニアはその匂いだけのためにこの場所へ来たのかもしれない。

翌日はさらに空が晴れ渡る。午前の半ば、彼女は大理石でできたカルタゴの残骸へと赴く。古代世界のシカゴの脇にある、波打ち際の石のテーブルに腰を下ろし、制作中の続編について演出メモを記す。地中海からの塩のしぶきがノートのページをめくる。生きている間に決して行くことはないと確信していた国で、彼女は海辺の太陽の光を浴びる。

海の空気は神々しい。町にかかる靄(もや)でさえ美しい。近くのテーブルで、六人家族がピクニックをしている。しなやかな声がラジオから躍り出る。身長七フィートを思わせる声の女性が、シフには名前さえ分からない楽器の伴奏に合わせて歌う。調性(キー)も音階も、言葉も時代も、歌われている感情さえも、彼女には分からない。彼女の無知は見事なほどだ。

彼女はバッグに手を突っ込み、すっかりぼろぼろになったフレデリック・P・ハーモンの『生き生きした文章を書くために』を取り出す。トニアが手に入れる以前から、本の背は折れていた。彼女は本をテーブルに平らに置き、第二章を開く。「生死に関わる虚構」。余白にはぎっしりとインクの書き込みがある――三種類の言語、スケッチ、図、くにゃくにゃした矢印。文章の半分には念入りに、謎の規則で色分けされた下線が引かれている。一二三ページの最後の段落はベルベルレッドの二重下線が引かれている。

生き生きした文章を書くためにいちばん大事な秘訣はこれだ。読者に自由に旅をさせること。国境通過チェックなし、税関申告なし、ビザなし。全ての読者を、内奥にある欲求の国に送り届けること。

〝自由に旅をさせる〟の横の余白に、ベルベル人女性は〝怖がる人もいる〟と書き込んでいる。

〃内奥〃は丸で囲まれている。その上には、フランス語で"le plus profond"と添えられ、そこからさらに別の言語のフレーズにつながっているが、トニア・シフの目には、それは石に刻まれた無作為な傷と区別がつかない……。

∞

タッサはカートンからのメッセージを、伯父夫婦の住む公営アパートから六ブロック離れた所にあるモントリオール公立図書館の分館のコンピュータで読む。彼女はまだ冬休みの最中で、別の人からのメッセージを探している――その人に興味があるという可能性は今初めて私の頭に浮かんだのだが。彼女は先週、他人からのEメールを何十通も受け取ったが、このメールが最も奇妙だ。彼女はベルベル語のつもりの挨拶を読んで笑い、カートンの署名にあるリンクをクリックするが、サイトの意味がほとんど理解できない。彼女は〃ハウ・ユー・ティック〃をグーグルで検索するが、調べ始めたときよりもさらに訳が分からなくなる。

彼女は誰一人、無視できない。明らかな奇人、変人さえ。彼女の人生で最も興味深い人の多くは最初、変人に見えた。彼女は自分で書いた簡単なメモを添え、メッセージ全体をシカゴに転送する。

親愛(シェール)なるキャンダス

このメール、さっぱり意味が分かりません。そう。科学！　あなたなら詳しいだろうと思ったし、以前、何か変なことがあったら相談してって言ってくれたから。

あなたの意見は？

愛を込めて。

T

キャンダス・ウェルドの意見は、よくても二つに割れていた。彼女はトマス・カートンのインタビュー三編に目を通し、自らポッドキャストで語る彼の話を聞いた。彼にはどことなく救世主めいた雰囲気があった。恐れをなしたり、嫉妬に焦がれた記者は彼を、エドワード・テラーや仰々しいクレイグ・ヴェンターのような悪党にたとえていたが、そのような感じではなかった。ウェルドはカートンのような研究者をたくさん知っていた。彼女は彼らと同じ学校に通い、彼らの下で研究をし、彼らと競って博士号を取った。そういう男たちは単に、科学の最も新しい生存適応を受け入れていた——売り込み能力。補助金を受けている科学者が彼らを責めるのは偽善的だ。

彼女はカートンの署名にあったプリーストリーの引用元の全文を調べ、ウェブ上に適応放散で広がる十の変異種を見つけた。何千もの人がそこに存在し、聖職者兼化学者の忘我的夢想をまき散らしていた。来るべき楽園は急速に、独自の新規事業になりつつあった。

∞

物質と法則を含めた自然は、ますますわれわれの思いのままになるだろう。人間はこの世での自分の立場を、より安楽で快適なものに変えるだろう。人類はおそらく寿命を延ばし、日々、自己への満足を深め、幸福を他人に伝えることが可能に(能力的な面に限らず、性格的にも)なるだろう……。

ウェルドの一部はこのゲノム学者をタッサに会わせたかった。血液採取、組織サンプル、遺伝子配列解析をどれだけやっても説明がつかない存在を超人主義者に見せ、彼がどんな反応をするかを見たかった。タッサディト・アムズワールの才能は分子とほとんど関係がない。その点について、キヤンダスは自分の幸福を賭けてもよいと思った。カビル人は何か、生きていくための最善の方法を見つけたのだ。ミスター・最終特異点（オメガポイント）は、実際に彼女に会い、同じことに気付けばよい。

キャンダスは境界が曖昧になるというデニス・ウィンフィールドの警告を思い出し、少しの間、彼に相談しようかと思う。しかし、タッサはクライアントとしてでなく、友人としてメールを書いてきた。キャンダスは大学のアカウントでなく、自分のGメールアカウントで返事を書いた。彼女はタッサに、議論の的になっている科学者について調べたことを伝えた。タッサは彼に会う義務を感じる必要はないが、もし会いたければ、喜んでキャンダスが付き添いを務める。

すると、ほぼ予想通りの返事が来た。**すごい。うれしい。ストーン先生も一緒に来れますか？**

∞

人類は日々、自己への満足を深め、幸福を他人に伝えることが可能になるだろう……。シフは数十通のEメールの末尾に添えられた言葉を読む。彼女は夜、ハビーブ・ブルギーバ通りのイチジクの木を見下ろすホテルの中、暗い天井灯の明かりで読む。**この世の始まりがどのようなものであったとしても、その終わりは栄光と至福に満ちたものになるだろう。**想像を絶する未来……。

彼女は『限界を超えて（オーバー・ザ・リミット）』のアーカイブから盗んできた資料ファイルと共に、あの男の手紙を世界中に持ち歩いている。彼女はフォルダーの中から、現在制作中の番組のオープニングに使う予定の、遺伝子操作に対するアメリカ人の態度に関する広域的調査結果を探す。

・アメリカ人の三分の二は、子孫が病気にかからないようにするためなら、遺伝子的に介入したいと思っている。
・五分の二は子供を遺伝子的に強化したいと考えており、その割合は年々増えている。

・平均的に言うと、アメリカ人の親は九十四パーセントが子供に美しさを、五十七パーセントが頭脳を与えたいと思っている。

これらのデータを見て、眠れなくなった彼女が狭い部屋で仕事を続けていると、開いた窓からジャスミンの香りが吹き込む。ようやく時差ぼけ(ジェット・ラグ)が彼女に追いつくと、彼女は硬いマットレスで体を丸め、眠りの体勢を整える。その間ずっと、まぶたの内側で希望が高まり、タブーが消え、奇跡が値下げされ、不可能なことが普通に変わり、偶然が選択になり、シェーラザードがささやき続ける。「この物語など、私が明日の夜お話しする物語に比べれば、何てことはありません。もしも私を明日まで生かしておいてくださるなら」

∞

ストーンの留守番電話に残された悲しそうなメッセージ。**先生! 私、帰りました。先生のオフィスアワーに行ったんですけど、もう先生はこの大学で教えてないって言われました。メールを送っても、跳ね返ってきました。元気かどうかだけ教えてもらえませんか?**

彼はEメールを書き、元気だと伝える。本当の仕事に戻った。新しい学期を楽しく過ごせることを祈っている、と。**あなたが日記を書き続けてくれるとうれしいです。**彼はあらゆる返事を妨げる口調でメールを書き、その後、十時間、十五分ごとにメールチェックを続ける。

彼女の返事はわずか十一文字だ。**先生は私のせいで首に?**

違う、と彼は言う。あの仕事は単なる非常勤だった。春の契約更新を期待したこともなかった。リアルタイムのパニックが原因でない嘘を彼がついたのは、記憶にある限り、これが初めてだ。彼は、説明が多すぎるという初心者の罠にはまる。**僕は時間とエネルギーを集中しなければならない。**

近々、本を書くつもりだ。
　彼女はすぐに返事をよこす。万歳（マブルク）、万歳（マブルク）！　大ニュースですね。できたら、一月十二日の夜に本のことを教えてもらえませんか？　キャンダスと私はその日、私のことを調べたいというマッドサイエンティストの話を聞く予定です。信じられます？

∞

カートンが離陸前にファーストクラスで出される一杯三百ドルのオレンジジュースを味わいながら飲んでいると、フライトアテンダントが昔なじみの友人のようにスピーカーでしゃべり始める。皆様、こんにちは。ボストンからシカゴへ向かいますアメリカン航空一八〇三便をご利用いただきましてありがとうございます。本日シカゴにいらっしゃるご予定でないお客様がいらっしゃいましたら、お急ぎ、当機からお降りになることをお勧めいたします。
　彼が声を出して笑うと、隣の席の客がブラックベリーを操作する手を止め、驚いて顔を上げる。カートンは謝罪し、手元のメモに目を戻す。彼はオーストラリア人ノーベル賞作家との討論に向けたコメントを考えている最中で、聴衆を惹きつける決め台詞を探している。いつものように、無作為な寄せ集めと選抜で一つが選ばれる。彼は一枚のカードに万年筆で書き留める。もしも未来にいらっしゃるご予定でないお客様がいらっしゃいましたら、お急ぎ、当機からお降りになることをお勧めいたします。

∞

彼らは一緒にハイドパークへ行く。ストーン、ウェルド、タッサディト。イベントは、ポスターでは「二つの文化の対話」として宣伝されているが、有名人好きと格闘技好きとの合いの子のようだ。

ラッセルは元気がないが、両側にいる女性が彼の肘を支え、別々の方向へ彼を導いていることばかりがその原因ではない。

彼をここへ来させるようキャンダスが説得するのに何日もかかった。「一生、彼女を避け続けられると思う？　彼女はあなたに会いたがってるわ」

実際、夜間授業が歴史に変わった今、彼も彼女にもう一度会いたいと思っている。彼女は自分の生んだ幻ではないか、単に、わくわくする町で大学一年目で興奮していた気立てのいい学生だったのではないか、と彼は思い始めている。たとえそうだとしても、また一度彼女に会えたら、いつになく厳しいこの冬を乗り切り、春に備える力が得られるだろう。

彼が最も恐れているのはタッサではない。小説家だ。講堂の後ろに近い席で、作家が舞台に現れる前から、ラッセル・ストーンは出口を確認する。何年も前、トゥーソンで、彼はこの作家の本を読んだ。余計な要素をそぎ落とした東欧風のその寓話は、場所も時代も不特定で、プロットと呼べるものもほとんどなく、心理学的人物描写をしようともしていなかった。しかし、若きストーンがほとんど聖書のような文章のリズムに乗り、締めくくりのページに近づいてくると、彼自身の生が消え、人間の集合的絶望の風景に取って代わられた――無益な抱擁以外に着地点がないほど厳しい絶望。最後の段落を読み終えたストーンは、アパートの床タイルで仰向けになったまま、立ち上がることも、涙を止めることもできず、理解を超えた巨大で容赦ない何ものかに襲われた草食動物のようにじっとそこに横たわる以外、ほとんど何もできなかった。グレースが玄関から入ってくる音に驚いてようやく立ち上がったとき、彼は本をエッセイ本の棚の後ろに隠した。彼はその本を読んだことを、グレースにも他の誰にも言わなかった。

それは何年も前のこと。彼がタッサの年頃だったときの話だ。あれ以来、彼はこの男の他の六冊の本を読む必要を全く感じなかった。そして、あれほどの衝撃を与えた小説をもう一度開くこともなかった。そこに何かを見つけるのを恐れていたからだ。昨年、この小説家がシカゴ大学に客員として来るという話を聞いたとき、彼は作家と偶然に出会うのを恐れ、サウスサイドの行きつけの本屋に行くのをやめた。これまでに開かれた、大規模な講演会も避けた。彼は今、このあふれそうな講堂に座り、人間的条件を超越する言語を操る男が最も弱い人間としての姿を見せる場面を目撃することを余儀なくされている。ストーンは両肘を脇に付け、共犯的恥辱のささやかでぼんやりした味を飲み込む。

「先生の本の話を聞かせてください」皆が腰を落ち着けると、タッサがささやく。

キャンダスが身を乗り出す。「え、本を書いているの？」

「フィクションをね」とストーンが言い、講堂いっぱいの喝采に救われる。

舞台に人が登場する。ノーベル賞作家、ゲノム学者、今日の司会者。付き添いに挟まれたタッサがキャンダスに尋ねる。「どっちの人？」ウェルドはカートンを指す。真っ青な顔をした作家が自分の靴を見ているのと対照的に、カートンは舞台照明を遮るように目の上に手をかざし、観客席に何かを探している。ひょっとすると、タッサを。

この〝討論〟は、始まった瞬間から、ラッセルを不安にさせる。小説家は声を震わせながら、用意した原稿を堅苦しく読み上げる。ストーンに衝撃を与えた男は、無理やり人前に駆り出されてはいるが、痛々しいほど内気な人物だ。作家の思考は密度が高く、全ての文は次に進む前にもう一周しようとする。ラッセルが一つの要点をつかむごとに、三つの要点が草むらに散らばる。彼は四つん這いになって講堂から逃げ出したくなる。

小説家の議論は明確だ。遺伝子的強化は人間性の終わりを表している。運命を制御すれば、われわれを互いに結びつけ、生命に尊厳を与えている全てのものを破壊することになる。終わりも障害もない物語は物語とは言えない。限界を無際限の欲望と取り替えれば、全ての意味あることは悪夢に変わる。

震える男が無闇に恭しい拍手を受けながら腰を下ろす。ストーンはタッサを盗み見る。彼女の両手は、祈るかのように、口の前で組まれている。彼女は彼が訪れることのできない土地に出掛けている。純粋な観察の国。

遺伝学者がその後に続く。トマス・カートンは、演台まで歩く姿さえ、魅力的だ。その肩はサマーキャンプ初日の少年のように弾む。彼は気の利いた一言で話を始める。「二つの文化の間にあるギャップは全て橋を架けることが可能です。ただ一つだけ、人文学者は原稿を準備し、科学者は即興でしゃべるという点は決定的に違う」。ストーンはウェルドを横目で見る。抜け目なくほほ笑む彼女の横顔が彼の胃をねじる。

カートンは文学の長く、神秘的な旅を賞賛する。「想像力に満ちた文章は常に、未来の事実を動かす原動力となってきました」。彼は対戦相手に感謝する。「先ほどは、私としてもじっくり考えなければならない興味深い問題をいろいろとご指摘いただきました」。彼は遺伝子的強化が大きな意識改革を必要とすることを認める――まずは、正義と運命の間の境界、自然なものと不可避なものとの間の境界などの問題。「しかし、人類が火を手に入れたときも、農業を発明したときも、同じことだったのです」

彼は思考実験を呼び掛ける。あなたが子供を持ちたいとしましょう。しかし、子供は嚢胞性線維症を発症するリスクが高い。あなたが病院に行くと、卵子の検査をすれば子供が恐ろしい致命的な病気を持たずに生まれてくると医者が保証する。「これに関しては、子を持とうとする親の多くが特に問題を感じることはないでしょう」

科学者がしゃべるとき、小説家は頭を両手で抱え、目の前のテーブルを見つめている。ラッセル・ストーンは彼を安楽死させたいと思う。

トマス・カートンは聴衆しか見ない。「さて今度は、既に妊娠した状態で病院を訪れ、検査の結果、胎児が嚢疱性線維症を持っていることが判明する。もしも医師が治療のリスクを受容可能なレベルにまで引き下げることができるなら……」

ラッセルがキャンダスに目をやると、彼女が見つめ返す。彼はタッサを見る。彼女は小さなデジタルビデオカメラを構え、講堂全体をなめるように撮影する。彼女は彼の視線に気付き、彼の腕をつかみ、耳元でささやく。「今日はきれいな顔の人がたくさん集まってる。ここに来て良かったわ」

彼女がさりげなく手を触れただけで、彼の首が火照る。彼が再びカートンに集中するのに数分がかかる。遺伝学者は、悪意あるメッセージが再びコピーされる機会を持つ前に生殖系列から病気の遺伝子を取り除くことへ話を進める。

カートンが文学の有用性を引き合いに出したところで、ラッセルは身構える。「人類の歴史の大部分において、人生は何らかの意味を持つには短すぎ、希望がなさすぎたために、私たちはそれを補うものとして物語を必要としました。しかし、私たちがその脳に値するだけの長さと満足度を備えた、苦痛の少ない人生を手に入れようとしている今、芸術はそろそろ、われわれを高貴なる禁欲主義を超えたところへ導くべきではないでしょうか」

要するに、金持ちになったのならバスから降りろ、ということだ。ノーベル賞作家はまさに、バスから降りたそうな顔をしている。変化は常に動乱をもたらす、とカートンは認める。「しかし、動乱はその後、チャンスという名前に変わる」。彼はオヘア国際空港から会場へ来る途中、工事だらけの高速道路で見かけた看板にあった言葉でスピーチを締めくくる。**不便は一時的。改良は恒久的。**ホールはすっかり説得され、なるほどという笑い声を上げる。

喝采がやむと、小説家が反論を始める。「私も同じ高速道路を使ったことがありますし、確かにおっしゃる通りです。改良はこれ**までの**ところ、多かれ少なかれ恒久的でした」。問題はきっと彼の間の取り方にある。というのも、ホール内のわずかな人しか笑わないからだ。しかし、作家はもう、誰かを説得するのをあきらめ、自由にしゃべり始めている。

小説家の変貌はカートンを当惑させる。栄光と至福よりも意地悪と野蛮と短気を好む人がいるとすれば、その人は鬱病にかかっている可能性がある、と彼は答える。われわれは天然痘を根絶し、ポリオを撲滅した。「当然、われわれは嚢疱性線維症であれ、アルツハイマー病であれ、心臓病であれ、苦しみの元となる有害な分子配列を削除したいと思う。そしてもし、有害なものを防ぐことに問題がないのなら、どうして有益なものを促すことに問題があるのでしょうか?」

座席に身を沈めたラッセルは、反論をリストアップすることさえできない。彼はキャンダスを見るが、彼女はまっすぐに前を見ている。

小説家はゴールラインの直前で不格好につまずく。彼は底抜けの楽天家を解剖台に固定するどころか、白旗を揚げる。好きなように遺伝子的強化を図るがいい、と彼は言う。長期的には強化は無意味だ。人間性の改造はその改造者と同様にいい加減で、欠陥だらけだ。私たちは決して強化を実感することがない。私たちは常に、エデンからさらに遠くへ追放されるだけだ。苦痛を相手にした商売は将来も成長産業であり続けるだろう。虚構(フィクション)が現実に変わったら、現実はさらに耐性のある虚構を必要とするようになる。

ホールの中で不確定性がさざ波を立てる。協賛する書店とカフェからの命(めい)を受けた司会者が、この動揺のタイミングを利用して話のまとめに取り掛かる。民主主義はくじかれ、質疑応答の時間は与えられない。

タッサはカメラを手に、友人二人より先に立ち上がり、ホールから出て行く人込みを撮影する。断りもなくビデオを撮る人に腹を立てるほど年配の何人かに向かって、彼女はただ笑顔を浮かべ、手を振る。

ラッセルは有資格臨床心理学者（LCP）ウェルドと二人きりで残される。「どう？」と彼は訊く。彼は自分の感想を先に言う度胸がない。

「どうって？　プロボクシングの試合じゃないんだから」

彼は片方の眉を上げる。「君だって広報責任者じゃないんだから」

彼女は少し怒ったような顔を見せてから、気まずそうにうなずいた。「そうね。うん。残念ながら、楽観主義の勝ち。テクニカルノックアウトだわ」

彼は違う採点をしたいと思うが、できない。

「挨拶しておいた方がいいかしら」と彼女が訊く。

彼はトマス・カートンを取り巻く群衆を指さし、お手上げというポーズをする。

「そうね」と彼女は言う。「ここから出ましょう」

彼らはタッサが「リーダー」の記事を読んだという夫婦と話しているのを見つける。男が尋ねる。「カナダにいる親戚の方もあなたと同じように感情高揚性気質（ハイパーサイミア）なんですか？」　女が尋ねる。「あなたはどんなエクササイズをなさってるの？」

キャンダスは夫妻に詫び、当惑したタッサの腕を引いて歩き出す。女が後ろから呼び掛ける。「あなたの好きな食用ミネラルは何？」

彼らは込み合ったロビーを抜ける。無事外に出ると、骨を砕く寒さの中で、キャンダスがタッサに確かめる。「今でも彼と話したいと思う？」

タッサは塩をまいた歩道で立ち止まる。息の雲が彼女の周囲に凝結する。「彼、面白い人ですね。私たちのことわざにこういうのがあります。〝ロバに自分でロープを選んでいると思わせる方法を彼は知っている〟って」

ラッセルとキャンダスは当惑を交換する。

タッサは二人の腕を取り、また歩き出す。「はい、彼には明日会います。彼の望み通り」「彼は確かに無害に見える」。キャンダスはラッセルの顔を確認するが、彼はうなずく力さえない。「それにしても、あの作家！」とタッサが叫ぶ。「私が本当に会いたいのはあの作家さんの方。あの人の本を読んだことありますか、ラッセル？」

建物の角の高い位置に取り付けられた小さな棺のような監視カメラが、赤い一つ目で彼らを追う。ラッセルの最近の五年はこの町の至る所でアーカイブされたビデオテープで再構築できるだろう。彼は無表情な顔でアルジェリア人を見る。「記憶にない」

「いろいろとアイデアにあふれてる。あの人、具合が悪いのかしら。彼の悲しみは何だか……根深くて。ぜひあの人を相手に感情的な実験をしてみたい」

キャンダスがはっとして立ち止まる。鎖のようにつながっていた腕がほどける。「何をしたいですって？」

タッサは顔を赤らめさえしない。「一度だけ！　科学のために」

∞

彼はシロイルカと共に彼女と会う。

翌朝の電話で、トマス・カートンはタッサ・アムズワールに町のどこでもいいから待ち合わせ場所を選ぶように言う。彼女は白紙委任を笑う。この町の北西には、中に入った人が迷子になるほど大きな森がある。南には、コンスタンティーヌ（アルジェリア北東部の城壁都市。）ほどの広さの、白人が決して入らない黒人街がある。五〇年代ＳＦに出てくるスペースコロニーのようなコンベンションセンター群。冷凍遺体の混じる転売密輸品をたくさん収納した倉庫地区。サッカー場百個分ある墓地と四十一の言語で刻まれた墓標。中華街（チャイナタウン）、ギリシャ人街（グリークタウン）、バックタウン、ボーイズタウン、リトルイタリー、リトルソウル、リトルメキシコ、リトルパレスティナ、リトルアッシリア……。二つのアラブ人街——一つは市南西部にあるイスラム教徒の地区、もう一つは市北西部にあるキリスト教徒の地区——では、十余りの国出身の人々が集い、食事を共にし、アラビア語の詩を吟じ、互いの方言をからかう。

彼女は、多すぎる可能性という、私と同じ問題に直面する。千の公園、四百の劇場、三十のビーチ、五十の大学、十五の鳥類保護区、七つの植物園、二つの動物園、そして一つの、ガラスに覆われた熱帯のジャングル。どこでもいい？　科学者は町の大きさを分かっていない。

彼女は魚の寺院の前で会おうと言う。

そうして二人は冬の最中、六月のふりをする日に、シェッド水族館で会う。この一週間、地球はとても暖まり、グラントパークの球根でさえ、間違って芽を出していた。上着も羽織らず薄着の人々がレークフロント沿いを歩き、惑星的天候変動の恩恵について冗談を交わす。この日はまさに、新しい未来の白紙のページをめくる日だ。

カートンは二十分を予定する。彼はネットでタッサ・アムズワールについてあらゆることを読んだ。彼は蛍光ペンを使って「リーダー」の記事を精読した。もしも記事に書いてあることの半分が真実なら、旅費と宿泊費を与えてでも彼女を検査に招くつもりでいる。

タクシーが止まった途端、彼は離れた所から彼女を見つける。彼女は強い日差しを浴びながら、水族館の階段の前に立っている。それはまるで、両親は当局に逮捕されたというのに、幼い子が言いつけ通りにその場でじっとしているかのようだ。

彼は運転手に料金を払い、最後の百ヤードを歩きながら、彼女が多人種の混じる小学三年生の輪に話し掛けるのを見る。彼女はわずか数センテンスで気まぐれな子供たちをとりこにし、クラス全員がまるで最高の双方向テレビを前にしたような催眠状態になる。彼らの顔は優等生が表彰される日のようだ。担任教師が同じようにうっとりとして、その後ろに立っている。タッサ・アムズワールはシカゴの断崖に向けて手をひねる。赤とエメラルド、白とガラス質の黒。子供たちは、背後にそびえる町に驚き、目を見張る。

彼女はマッチ棒のような波止場の先に広がるパノラマに沿って腕を動かし、鏡の都市全体が湖の表面に飛び込む地点を指差す。手を小さなボートに変え、それを水平線に浮かべ、水路へと動かし、モントリオールを越え、波の逆巻く大西洋へと進める。三年生の遠足グループは、よその国の海岸にたどり着く。

彼女はそばで様子をうかがっているカートンの姿を見つけ、歯を見せ、手を振る。彼はその前まで来て、手を握る。彼女は笑い、彼を子供の輪に紹介するが、子供らは楽しみを邪魔した男をにらむ。教師が先導してバスへ向かうと、子供たちは気乗り薄にその後に続き、抑揚のない口調でタッサに別れを告げる。

「子供たちと何の話をしてたのかな?」と彼が尋ねる。

「旅をしていただけです」。再び湖のカーブの向こうを振り返り、首を横に振る。彼女はカテブ・ヤシーンと霊界交信（チャネリング）している。**もしも海が自由なら、アルジェリアは金持ちになるだろう。**

彼は彼女にもう一度、会ってくれたことの礼を言う。彼女は肩をすくめる。「もちろん!」　舞台を下りた彼は優しそうに見えると彼女は言う。

「討論の相手は最後、相当怒っていたと思いますよ。手紙を一通、書いてあげた方がいいんじゃありませんか?」

彼は笑う。「そうかもしれないね」。彼は携帯を盗み見る。ミネアポリスに行くため、一時にはオヘア空港に行かなければならない。それなのに、彼女のテンポは明らかにサハラ時間だ。彼は近くのベンチを指し示す。「座りませんか?」

彼女は顔をしかめる。「え、こっちの方が……」。彼女は八角形のドリス様式寺院に目をやる。一瞬後に彼は理解する。「ああ、もちろん。入ったことは？」

彼女の顔は恋人に携帯メールを送っている人のようだ。「今日はまだ」

チケットの列に並んでいる間に、彼女はほとんど毎週そこに来ていると告白する。いちばん単純な楽しみ――暗緑色のガラスの向こうを泳ぐ魚を観察する喜び――は盛り上がりを必要とせず、飽きが来ることもない。彼女の快楽は馴化（じゅんか）しない。カートンの首筋に鳥肌が立つ。立毛（りつもう）、危険に対する起毛。畏怖という生存価不明の副産物によって略奪された古風な反射。

二人は巨大な中央水槽の周りを歩く。ヤッコエイを見つめるタッサと、タッサを見つめるカートン。彼女はオサガメとにらめっこする。どんな科学者にも劣らぬ視線がカメを立ちすくませる。彼女は歩き方も不思議だ。重力の弱い小さな惑星の上を跳ねるような歩き方。

二人はカリブとアマゾンを歩き、シクリッドだらけだったビクトリア湖、死に瀕した湖の過去を覗く。彼は理解する。この女性は水族館をテストに使っているのだ。彼女は彼を試してからでなければ、彼に一滴の血も抜かせない。乱暴に答えを記入した紙を手にした二人のヒスパニック系女子児童が、肺魚の前で彼らの脇をすり抜ける。背の高い方の女子が服の乱れた相棒に叫ぶ。「法則は分かった？」

面会は既に、カートンの計画より長引いている。二人はまだ合意書を見てもいない。彼は焦り始めてもよさそうだが、焦らない。これまでに、鬱症状のない感情高揚性気質だと言われる五件の症例を見てきた。今回は、初めての本物という可能性がある。彼女のそばにいるだけで、穏やかな幸福感がある。

三十分この女性といて、カートンは決断をする。科学は半ば直感だ。どのみち資金は豊富にある。この女性はＤＮＡ遺伝子型分析だけでは不充分だ。彼女はあらゆる精密検査をするに値する。彼は彼女に尋ねる。「いつか週末に飛行機でボストンに来てもらえませんか?」　彼は検査について説明する。各種心理テスト。総合的生化学分析。脳機能イメージング。唾液コルチゾール値。プロテインカウント。そして最後に、遺伝子配列解析。まずは、特に興味のある三つの染色体領域について……。

「何を探るんですか?」と彼女は訊く。

彼は彼女に、既に特定された注目の部位(サイト)の話をする。十一番染色体のドーパミン受容体D_4遺伝子では、ある配列の繰り返しが多い人ほど外向的性格を持ち、新しもの好きな傾向がある。彼は、十七番染色体の長腕にあるセロトニン輸送体(トランスポーター)遺伝子の短さが消極的感情と相関していると説明する。

「私の遺伝子の長さを確かめたいってことですか?」

「私たちは脳の感情中枢の組み立てに関わるゲノムのネットワークを研究しています。どうやら、わずかな変異が大きな違いを生んでいるようだ。私たちはあなたの変異がどのようなものかを調べたい」

「ボストンは海の近くですね」と彼女は言う。

「この町が好きなら」と彼は約束する。「きっとボストンも気に入ります」

「ボストン茶会事件の現場って見られます?」

彼はアルジェリアの独立戦争のことを何も知らず、セティフでの虐殺事件について聞いたことがない。「どこでそんな勉強を?」

「自分で勉強しました。あなたの町に行きたいのは山々ですが、授業には欠かさずに出たいんです」

カートンは彼女の希望通りに滞在時間を短くしようと言う。

彼女は彼をリーフィーシードラゴンの前に連れて行く。科学者はなぜかこれまで、この生物の存在を知らなかった。彼は仰天して、ガラスに顔を寄せる。この生き物は、どう考えても、虚構（フィクション）を超越している。トールキンの物語に出て来る何ものよりも奇天烈だ。サルヴァドール・ダリの絵に似たタツノオトシゴの親戚は、まだらの枝からフリルの付いた背骨に至るまで、体中に旗を貼り付けている。高校演劇の不格好な衣装のような装飾襞（ひだ）。分類学が深夜に錯乱を起こしたかのようだ。

　ドラゴンたちは首と尾にある小さなひれを動かして浮遊する。彼は進化に比べると想像力がいかに非力かを感じながら、純粋な可能性を見つめる。彼は九歳のときにむさぼるように読んだ『サンゴ礁の生き物』を思い出す。あのときの飢餓感はいまだに満たせていない。

　水槽の反対側にいるタッサが、ドラゴンの襞の間からカートンの顔を覗く。「あれは何ですか？　足？　角？　ほら。頭の後ろから木が生えてますよ。さあ、科学さん。説明をお願いします」

　彼は標準モデルから話を始める。アメリカの四分の一の高校を除き、どこでも見つけられるタイプの説明だ。まず、酵素を作る遺伝子の鋳型（テンプレート）がある。次に偶然が小さなコピー間違いを起こし……。

　彼女が空中で手を振る。「そんなの説明になってないです」

　彼は再び、美しい統合体の反対側から説明を始める。タツノオトシゴの間で、他より少しだけ海藻っぽい姿をしたものが少しだけ生き残る確率が高くなって……。

「はい。ル・カムフラージュ。いつもそれが理由ですね。身を隠す、それと、宣伝。自然はこの二つのことしか言えないんでしょうか。でも、このかわいそうな生き物たちが払った代償を見てください。泳ぐだけでも必死ですよ」

「生き延びる確率が少しでも高いものは」――カートンはアナウンサーのような口調で言う――「そうでないものと比べて少しだけ――」

「確かに」と彼女は答える。「生存というのはいつだって便利な考え方です。でも何と比べて、より良く生き延びているというのですか？」

　あまりリーフィーシードラゴンっぽくないものと比べて少しだけ良い。

「あなたは、牛に薬を作らせた人ですよね。もしも私がボストンに行ったら、頭の後ろからこういう枝みたいな角を生やしてもらえます？」

「何度か試しにやってみないとね」

　彼女は再びしゃがみ、あり得ない怪物を精査する。「ハッピー（ファルハナ）？　そこにいて幸せ（テュエウールーズラドダン）、美人ちゃん（マベル）？　どう思います、カートンさん？　魚は私たちと同じように幸福を感じるんでしょうか？」

「それは誰にも分かりません――今のところ。しかし、二、三年経ってから、また私に尋ねてください」

　建物のスピーカーからアナウンスが聞こえる。十五分後にオーシャナリウムでショーが始まるらしい。彼女は期待に満ちたまなざしを彼に向ける。彼は時計をチェックし、彼女には飛行機に乗り遅れるだけの価値があると判断する。ミネアポリスは遅れてもいい。彼が一つの場所にいることを、そこを去ることよりも楽しむのは数か月ぶりだ。

　水の劇場は見事に設計されている。巨大な水槽の背後を覆うガラスのカーテンが消え、プールがその奥にある無限の湖と継ぎ目なしにつながる。空は紺碧。二人が座っている場所は地中海沿岸にあるカルタゴの円形劇場だと言ってもおかしくない。一頭の生き物が水面に現れ、さらにもう一頭が現れる。三つの滑らかな灰色のミサイルがタイミングを合わせて水面から飛び出し、再び飛び込む。観客が息を呑み、音楽が始まり、無線のヘッドセットを付けた人間が魚の入ったバケツを持って現れ、ショーが始まる。

　間もなく、海洋性哺乳類の群れが回転し、ジャンプし、尾で踊り、水を吐き、しゃべる――全て、無線のヘッドセットを付けた女の指示通りに。まるで、互いに異質（エイリアン）な種族が徐々になじみ、一緒に遊んでいるようだ。

いちばん喜んでいるのはこのショーの常連だ。彼女は科学者に訊く。「イルカは彼女の言うことが本当に分かっていると思います?」

「あれは、手で小さな合図をしているんだ」

「それは見たら分かりますよ。でも、その合図もコミュニケーションの一種でしょう?」

このタイミングで彼は彼女に話す。言葉をしゃべる類人猿を無言の種と分けているのは、ほんの少数の遺伝子だ。人間がその一つに障害を持って生まれると、言語を習得できない。「もうすぐ私たちが、その遺伝子を修復したり、取り替えたりできるようになる。だから……どうだろうね。もしもシロイルカが一種の障害を抱えた知的存在だということなら、いつかひょっとして、彼らに言語の遺伝子を与えるのが人間の道徳的義務になるかもしれない」

彼女は興奮して彼の肘をつかむ。「ほんとに? ほんとに?」

そして彼はそのとき、彼女がボストンに来る気だと知る。

水族館の外に出た二人は、日に照らされた階段に立ち、出会った場所でさよならを言う。彼女はまるでここを離れて水に潜っている間、ビル群の存在を忘れていたかのように虹色に輝く町のシルエットを見つめ、再びうっとりする。彼女は書類に必要事項を書き、旅行の手配をするために彼の秘書に電話することを約束する。

彼が手を差し出すと、彼女がその手を取る。「ホウタ・アリク」と彼は言う。

それを聞いて彼女が笑いだす。

「何です? 変なこと言いましたか?」

彼女はまだ笑いながら、首を横に振る。「それ、どこで覚えたんです?」

「私もあなたに会うために勉強をしました。少なくとも、そのつもりだったんですが」

「いえ。ごめんなさい。合っています。でも、その意味を知っていますか？」

「〝幸運を祈る〟という意味だと聞きました」

「そう、確かに。でも、それにしても……」。彼女は肩越しに親指で、ドリス式寺院を指す。彼女の目は、訳の分からない歓喜にさらに輝く。全ての小説において、一つの大きな偶然の一致（コインシデンス）と一つの小さな偶然の一致が許される。「その字義通りの意味は、〝あなたに魚を〟なんです」

∞

ストーンは誘惑に負け、キャンダスに電話をかける。これはきっと、タッサがボストンに向かう三日前だ。タッサ本人に電話するのが本筋だが、それには勇気が要る。彼はその代わりに、ウェルドをなじる。神経症を静めるのは彼女の仕事だ。誰もが自分の能力の贖罪（しょくざい）をしなければならない。

「彼女が向こうに行くというのに、君は黙って指をくわえて見ているのか？」と彼は心理学者に言う。

「私が決めたことじゃない」

「君がひとこと言えば、彼女はチケットを返すさ」

「あるいは、あなたがひとこと言えば」と彼女は反撃する。

「僕が？　僕には科学のことは何も分からない。君は権威だろ」

「権威？」

「そもそもこの話全体がインチキだ。感情ほど複雑なものが遺伝学に還元できるはずがない。君から彼女にそう話すべきだ」。彼女の沈黙が彼を苛立たせる。「なあ。これがまともな科学じゃないことを君は知ってる。連中が本当に何かを発見できると思っているはずがない」

「あなたは彼らが何かを発見するかもしれないと心配してるの？」

彼は彼女に、十か月前に『USニュース&ワールドレポート』誌に掲載された記事を読む。そこではトマス・カートンが〝ゲノム学のセルゲイ・ディアギレフ〟と呼ばれている。

彼女は科学には自己矯正作用があるという意味のことを言う。もしも彼がインチキなら、いつか消えていく。もしもそうでないなら、他の科学者が彼の研究を裏付ける。発見者は問題ではない。発見だけが重要なのだ。

「君がそれを信じているはずがない」

彼女は訊く。「どうして今回のことで、そこまで腹を立てるの?」

彼は僕にセラピーをしないでくれと言いたい。その代わりにこう言う。「これは搾取だ。僕らも共犯。僕らがせっかく与えられたこの驚くべき贈り物を、保証期間中にもかかわらず、誰かがばらばらにして、中を調べようとしてる。彼女は物じゃない」

「確かに、あなたの言う通り。彼女は豆の町(ボストン)までの全額旅費を受け取った、ただの大学生。嫌なら嫌と彼女なら言える」

「分かった。いいよ。じゃあ、受けたくない検査は拒否できるということだけ、彼女に伝えてもらえないか」

キャンダスは既に被験者保護ガイドラインが定められていると説明する。「ラッセル。彼女は大丈夫。アルジェリアで子供時代を生き延びた人なら、ボストンの週末を生き延びられる」

∞

あなたはボストンでの物語を知っている。あなたは研究所が何を発見するか知っている。

タッサは飛行機で出掛ける。最後の瞬間まで、飛行機が海に飛び込むのではないかと思いながら、ボストン港に突き出したローガン国際空港の滑走路に降り立つ。彼女は死ぬ覚悟をしていたが、大丈夫と分かると喜ぶ。

飛行機が着陸するときも、雪が降っている。北の世界は午後の早い時間にもかかわらず暗く、彼女は港の薄暮を耐えがたく美しいと感じる。ホテルは研究所から十分の場所に取ってある。これまでホテルに泊まったことが一度もない彼女は、チャールズ川の流れを見て叫び声を上げ、岸からずっと続くビーコンヒルの坂を見て笑う。彼女はあらゆる物が気に入る。町の中心、雑然とした港、ダウンタウンクロッシングの洗練された大道芸、史跡観光順路（フリーダムトレイル）の謎めいた赤い線、神を指差す白く細い尖塔を持った植民地時代の教会。町全体がまるで現実の場所を使った映画であるかのように、自分自身を演じている。

彼女は現金を全て、通りにいる人々に与える。彼女は地下鉄でストリートミュージシャンに耳を傾け、丸三曲聴き、一曲ごとにたった一人で喝采を送る。彼女は恥を知らない旅行者で、あらゆるものを珍しがる。特にお気に入りは墓地だ――キングズ礼拝堂、グレナリー墓地、コップスヒル墓地。彼女は有名な死者の名に身震いを感じない。アメリカで生まれ育った人間でさえ、もはやそんなものは感じない。彼女は単にスレートの墓石が気に入っている。翼の付いた頭蓋骨、永遠の四行詩、健忘症の摩天楼に囲まれた聖なる土地。

ケンブリッジの研究所の近くでは、街灯に、二十三のヒト染色体を賛美するのぼりがはためいている。彼女は宿命的に研究所の検査に応じる。何か興味深いものが本当に彼女の細胞に眠っているなら、いずれ誰かがそれを見いだす。トゥルーサイト社でなければ、別のグループが――公的組織であれ、私企業であれ――彼女の体中にある幸福の秘密に当たる部分を特定するだろう。この十年でなければ、次の十年に。読まれるべきものは全て人類に読まれる定めにある。

その間、彼女がすべきなのは、できるだけたくさんの観光をすること。歴史がそこに追いつく前に、史跡観光順路（フリーダムトレイル）を歩くこと。

∞

タッサが東部に行った翌日の夜、ストーンはキャンダスに電話する。二人は互いが受け取った短いEメールを比較する。ストーンは彼女を質問責めにする。「〝今日は私のDNAを採取しました〟ってどういう意味だろう」

「別に何でもないわ、ラッセル。痛みもないし、非侵襲性」

「でも……彼らはそれを使って好きなことをできる？」

「まあ、好きなことをすると言っても、〝研究〟以外に何ができるか私には思いつかないけれど」

「じゃあ、彼女が〝何もかも、私が思っていたよりはるかに興味深い〟と書いているのはどう？」

「それはきっといいことだと結論するのが無難な線だと思う。ラッセル？　一時間後にこっちからかけ直してもいいかしら。ゲイブが寝付いてから」

実際に彼女はかけ直す。そして、その時刻が遅いせいか、彼のがらんとした寝室のせいか、窓の外の街灯から差すメガホン形の光線で切られた暗闇のせいか、耳に当てた靴べら状の受話器のせいか、羽毛布団の上に出した腕の冷たさのせいか、あるいは、元気を与えてくれる女性の声のせいか、ストーンは、キャンダス・ウェルド自身ももう一つの〝いいこと〟だと結論するのが無難な線だろうと思う。

∞

ジュリア・ソーンという名のトゥルーサイト社の遺伝学者がタッサの一族の歴史を聞き取る。タッサは知る限りの事実を語るが、医学的詳細に関わる彼女の知識には、良く言っても、むらがある。ソーン博士は彼女の近親者を検査したり、サンプルを採ったりできないかと尋ねる。タッサがモントリオールの伯母に電話すると、プライバシーを根拠にして断られる。パリにいる伯父はバイオテクノロジーに関わるもの全てに対する根深い不信から、協力を断る。弟のモハンドは今、前年十一月にカビル人自治を求めるデモに参加したせいで自宅軟禁状態にある。

ソーン博士は訊かずにいられない。この質問は科学的ではないし、答えは単なる逸話の域を出ない。「親戚に誰か……あなたに似た人はいますか？」

「私は母の姉にそっくりだと、よく言われます。みんないつも、彼女のことを〝神秘家(スーフィ)〟と呼んでいます」

「彼女を検査することはできませんか？」

「ああ、それは無理。彼女はレリザンヌ虐殺事件で亡くなりました。他の多くの人と共に」

∞

タッサがボストンにいる間、キャンダスは毎日深夜の同じ時刻にラッセルに電話する。ウェルドの専門領域はほとんどストーンの領域と同じくらい昔から、儀式の必要性を知っている。そして、タッサがシカゴに戻ってからも二人は週に三晩の電話を続け、儀式が二人のものになる。

電話は午後十一時ちょうどに鳴る。一日最後の電話に関してあらゆる文明人の規則で定められた締め切りを一時間超えた時刻だ。彼は二つ目のベルで受話器を取り、まるでラジオ番組のいたずらから、国土安全保障省からの電話に至るまであらゆる可能性があるかのように、「もしもし」と言う。彼女はわざと冗談を言い――**やっぱり、そう言うと思ったとか〝もしもし〟と言うと、どんな気分になりますか？**とか――そして彼は街灯に照らされた部屋でほほ笑み、「ちょっとちょっと」と言う。それから二人は話を始め、日の下にあるあらゆるありきたりな事柄についてメモを比較し合う。

話は十分で終わることもある。時には一時間続くこともある。タッサはもはや、二人の探求の唯一の焦点ではない。彼らはたいてい、人間について、その無限のだまされやすさについて、そして、無限の方法でだまされるその能力のゆえに人間を愛さなければならないことについて話す。
彼らは年季の入ったカップルになり、二人がこれまでに経た全ての化身――キャンダスと元夫のマーティン、ラッセルと関係が実らなかったグレース――は互いが一度試した実験、失敗した仮説に変わり、今では、最悪の場合、話のうまい落ちに使えるネタになる。二人とも、明白なものに出会うために少し試行錯誤を必要とした。会話は情熱に勝つ。三本勝負。

∞

ラッセルはウェルドの動機を想像できないが、彼は距離に深く感謝する。彼女を見ないで済むのは、彼にとってとても楽だ。彼女の顔が出発ボタンを押さない限り、彼は時間旅行に出掛けなくてもよい。リアルタイムのストーンには手に負えないあらゆる現実世界のストレスに対して、彼は対処できる――一緒に推敲した言葉によって。わずか数分続くだけの夜ごとの物語が彼を、その間に挟まる一日に備えさせてくれる。
彼女がしゃべりながら用事を片付けるのを彼は聞く。おもちゃを集める音。食器洗浄機から皿を出す音。それは彼がいつか自分のものになるかもしれないとずっと思い続けてきた音だ。彼が長い間、本の中だけに見いだしてきた喜び。

∞

彼女は彼に、進行中の作品について訊く。ハイドパークでタッサが言っていた本。彼女は何週間も前から訊こうと思っていた。彼女がこの話題を切り出すのをそれほど長い間待っていたことが彼を感動させる。

「あれは嘘だ」と彼は言う。「タッサが僕のことを心配しないように嘘をついた。僕の頭の中だけの話さ。本はない。〝本でないもの（ノンブック）〟さえ存在しない」

「あったらいいと思う？」

彼はもはや、こだま（エコー）セラピーに苛立たない。今では、それがキャンダスだと知っている。訓練された通りのことをしているだけ。もしも彼女がそれをやめたら、別人になってしまう。

「分からない。僕には基本的な人間らしい共感の一部が欠けている。風変わりな登場人物を見ることはできる。彼らの語り口も聞こえる。彼らは身近に感じられて、時には頭がずきずきするほどだ。彼らが何をしているか、僕にははっきり見える。でも、彼らを描写しようと思った途端、僕は気分が悪くなるんだ」

「別の人を使ったら？」彼女は暗闇に劣らぬセクシーな声でささやく。「語り手を見つければいい」

彼女の声を聞いて、彼の魂は飛び出し、辺りを一巡する。彼女の言う通りだ。この時間の町には潜在的語り手がたくさんいる。リグレーヴィルの裏通りで、彼の元教え子二人が脱法薬物（サルビア）を吸い、ユーチューブに投稿するため、互いの宇宙旅行を撮影している。オークストリートビーチでは、一と四分の一本の脚を持ったポーランド系公務員の老女が、ライフガードを夫に任せ、毎年二月の深夜に行うのが恒例となった凍てつく湖への飛び込みをする。エーオンセンターの屋根に隠れたタンザニアからの違法移民が、純粋な意志の力でシカゴの町を破壊から守る。そうした人々の誰でも、ストーンの虚構（フィクション）を乳児突然死から救うことができる。

彼は本当の問題を彼女に教えない。虚構は時代遅れになった。工学（エンジニアリング）が虚構に追いついてしまった。

彼の本が仮にあえてこの世に足を踏み出すとすれば、何を扱うものになるだろうか。彼女は尋ねないし、彼は言わない。その本は再びこの世でくつろげない可能性を扱うだろう。自己実現をせいぜい珍妙なものに変える巨大な資本の動きを扱う本。集合的な知恵がついに私たちの望むものを手に入れるという破局を扱う本。

∞

彼は彼女に秘密を打ち明ける。かつて彼が別の人生で公表した三つの物語。あの三編を発表しなければよかったと思っていると彼は言う。

彼女は彼に、神自身でさえ自分の初稿に愕然としたと言う。キャンダスの励ましは、彼がかつて自分の教え子に掛けた言葉と同じに聞こえる。

彼女は言う。「今、寝室?」

その質問に彼の胸が高鳴る。

「今、横になってる? 私の言う通りにしてみて。目を閉じて、空中に文を書くの。左手を使って。一文だけ。簡単なものを」

彼は書く。**彼らは座り、アトラス山脈が暗くなるのを見る。**

「どんな感じ?」

それは奇妙に感じられる。ほとんど生きているかのように。

「次に何が起こるか知りたくなった?」

「というより、さっきのが〝次〟だった」

「じゃあ、直前に何が起こるかを書いて」

書くのは簡単だ、と彼は彼女に言う。彼をおびえさせるのは、いつまでも残る公的記録だ。

彼女は言う。無料ブログのサイトに行って、匿名でアカウントを作りなさい。改造した自我。とりあえず観察を始める。声に出して言葉にする。今の人生で自分に起きたことを書く。

「できない」彼は言う。「それが問題なんだ。僕には観察したことを勝手に語る権利がない」

じゃあ、誰も傷つかないように、全体を変えればいい。少しだけ。物語を想像上の風景の中に置く。単に頭だけで作り上げた、別世界のシカゴ。場面やプロット、会話など気にしない。普段の自分とはかけ離れた文体を使う。告白か嘘か、見せる(ショー)か語る(テル)か、念入りに書くか大ざっぱに書くかは重要でない。あなたの言葉はまた公的なものになり、一人か二人の偶然のクズ拾いを除き、誰もその存在にさえ気付かない。そして、あなたが書く全てのものが鼓動一拍のうちに変わり得る。

彼は言われた通りにする。二日後の夜、実験がいかに無残に失敗したかを語るのはほとんど快感だ。

「僕はひたすら考え続けた。**この種(しゅ)のものはすでにそこら中にあふれている。既に手に負えない状態だ。増殖を始める前に、自分のを殺せ**」

「なるほど」彼女は言う。全く判断を差し挟まずに。この患者は尻込みしたのだ、という彼女の私的診断が彼には聞こえる。

彼は目を閉じ、空中に書く。ヤシーンの『ネジュマ』の一節を、左手で。**じっとしていろ。それが嫌なら、語り得ぬものを語れ。**

∞

別の夜。キャンダスが言う。「今日、タッサから電話があった」

「タッサから?」中国の水力発電計画が話題であっても同じ反応だ。

「ボストンの話をいろいろと聞かせてくれた」

「いろいろ聞かせてくれたんだ」

「あなたが怒っているんじゃないかと心配してた」

「どうしてそんなふうに思ったんだろう」

キャンダスは彼の遊びに乗ってこない。彼女はそうしないよう訓練を受けている。「あなたは彼女が旅先から書いたメールに返事をしなかった。彼女がボストンに行ったことであなたが腹を立てているんじゃないか、と彼女は心配している」

彼はそれがどういう意味なのかさえ、よく分からない。タッサが心配している。彼女が寝不足になるとは到底考えられない。彼女が誰にゲノムを与えようと彼の知ったことではない。科学が彼女について何を発見しようと、知ったことではない。人々がこれまで深刻に受け止めてきた人間的感情、ばかげたおとり広告のような感情の詳細な生化学的メカニズムをトゥルーサイト社が明らかにし、その解毒剤を開発するのを、彼は望む。この夜から五十年後には、遺伝子的介入、消費者対応の改善、さらに便利な遠距離通信、薬理学、結束する集団意識、食事の改善、運動、行動療法などによって、怒りは白癬(はくせん)よりも軽い問題となるだろう。

「彼女に腹を立てるなんてばかげてるよ」と彼は言う。

「その通りね」とセラピストは言う。

∞

ストーンの中で、偶然が腫瘍(しゅよう)のように育つ。タッサがボストンに行って以来、彼は身体の暗号にさいなまれている。彼の心臓と肺、そして水に浸かった脳に百万票のタンパク質を送り出す二万の遺伝子。暗闇の中、電話線という安全な距離を隔てて、彼はカウンセラーに訊く。「僕らはどの程度、プログラムされているんだろう」

キャンダスは彼のために嘘をついたりはしない。データは続々と集まっている。衝動性、攻撃性、不安症、自己破壊――全て遺伝性。依存行動への遺伝的影響は三十から五十パーセント。拒食症と多食症は七十パーセントが遺伝。「そうは言っても、私の所に来る学生は変わる。症状はよくなる」

「君と話すことによって？　それとも薬のおかげ？」

「両方。重要なのは、良かれ悪しかれ、意志と言葉がものを言うという点」

「どの程度ものを言うわけ？」

理由はどうあれ、彼女は彼の絶望に調子を合わせる。「分からないわ、ラッセル。どれだけなら満足？　以前、私が綱渡りの練習をしたという話はしたっけ？　私は最後の試験で、足の半分ほどしか幅のないロープの上を十二フィート渡った。地面から二十フィートの高さ。しかも私は元々、踏み台にも立てないほどの高所恐怖症なの。結局は、小さな一歩を踏み出すのが大事。そして次の一歩。私は自分で見た。気性は変わる。人は自由になれる。あるいは少なくとも、今より少し自由になれる。そして、そこからさらに少し」

「でも、今までずっと聞かされてきたほどには自由になれない」

「全く、ラッセル。あなたの言い方を聞いていると、まるで人生が嗜虐的（サディスティック）な実験みたい」

「もしもそれで補助金申請をするなら、僕の倫理委員会はその実験を認めないね」

「希望は有益よ。私たちが立ち止まらずに動き続けられるのは希望のおかげ」

「なるほど。ハムスターの車輪みたいに？」

彼女が真夜中につく溜め息の音は彼のお気に入りだ。

∞

二人は二週間で九回話す。それは以前彼が愛した古風な小説に出て来そうな設定だ。会ったことのない相手からの手紙を生き甲斐にする囚人。一世紀半前の銀板写真に生々しく封じ込められた女性に取り憑かれた病人。

町の生産的精神病の中、二人は深く潜む。二人のどちらも、一緒に昼食を食べようとも、飲みに行こうとも、何かをしようとも言わない。彼らは孤独に互いを読む。世界はどのみち、直面時間を卒業し、マイスペースへと移行している。二人は単に、少しカーブを先回りしているだけ……。

ストーンは自分に問う。もしもキャンダス・ウェルドの声で夜を乗り越えられるのなら、どうしてその先を考える必要があるのか。言葉は行動の前置きだと誰が決めたのか。彼は今、夜ごとに文章を紡ぎ、絡み合わせることで、三週間肉体関係に耽るよりも豊かな関係を彼女と築いた。

不能なのではなく、故意。彼が読んだ幸福本によると、耳の不自由な夫婦が時に、〝治療〟と称して子供を可聴世界に追放するような医療的介入を拒むケースがある。電話が彼の真の媒体であるなら、彼が接触の共同体に加わらなければならない理由はない。

キャンダスの声は何も求めない。それは単なる彼の空想ではない。彼女も、射程の短い感覚からの一時解放に感謝している。そう、二人が交わす夜ごとの電話は、彼女が生計を立てている仕事とあまりにも似ている。しかし、彼女もこの世界に——自由に記号をやり取りする世界に——暮らす人間だ。

∞

彼は彼女が真夜中の家事の手を休める瞬間が好きだ。キャンダス・ウェルドが彼には思い描くことしかできない体勢で満足げに腰を下ろす音だけが聞こえる。**僕は君の部屋のベッドになりたい。**

問題は、愛情がそれ自身以上のものを必要とするかどうかだ。

会話を打ち切るタイミングを決めるのは彼の役目でなくなる。今では彼女がその役割を負っている。そして、それもまた、二人の儀式になる。「さて、ストーン先生。今晩はこのくらいにしましようか?」
そしてある夜、ラッセル・ストーンは、それでは物足りないと気付き、声を出さずに驚く。

∞

カートンは自分たちが立てたモデルの外縁部での相関を立証する理想的被験者の登場を待って、あまりにも長く研究結果を抱え続けてきた。そこにC3−16fが現れる。プロジェクトに関わる全員が、タッサがお決まりの検査を終える前から、目の前にいる人物の意味を知っている。相関グラフの末端部分の予測を確証する遺伝子を持っていそうな候補者。彼らは輸送体（トランスポーター）遺伝子のプロモーター部位における反復パターンの長さを測定し、その変異を新しいデータポイントにマッピングする。それは他のデータ群が示す右肩上がりのグラフのはるか先にある空白部だ。そして、より大きなサンプルから得られた既存の直線に近い場所に彼女が位置するのが判明したとき、カートンでさえ公表の腹を固める。

　彼らは最優先審査料金を支払い、適切な特許書類を全て提出した後、一流学会誌に論文を発表する。停滞から一気に記録的結末へ。成長しうる全ての研究機関はスピードアップのために改良され、科学は各世代ごとに、マストドン狩りの腕を上げる。そうでなければ、絶滅するだけのこと。

∞

時が経つと小説家は言う。修復と一新のための、最も有益な技。時間の克服。一世紀にわたる一族の年代記とエスカレーターで次の階へ移動するのとが同じページ数を占めることがある。虚構（フィクション）が交換比率を決め、次の一音節でまた、比率を変更する。語り手の母親が子供を抱えて階段を上がるのを、読者は数日かけて追いかける。しかし、第一次世界大戦は一段落で終わる。私は九月の労働休日（レーバー・デー）からクリスマス休暇までたどり着くのに約一六五ページかかった。次の十文字で春が来る。数週間が消え去る。その間にストーンは、満足の道徳的等価物を成し遂げる。彼は働く。世界の雑誌の文章の十億分の一が毒を取り除かれる。彼の日常は迷惑メール以上の邪魔ものを含んでいない。借りていた全ての幸福本を公立図書館に返却すると、彼はずいぶん気分が楽になる。彼はそれらの代わりに、フランスの海外植民地計画を扱った分厚い娯楽小説から、身の毛もよだつ描写を一日四十ページ読む。そして、その合間に――彼の精神を安定させる頻度で、驚きを失わない程度の間を置きながら――彼はキャンダスと夜の生命線（ライフライン）をつなぐ。目的地不定の旅物語。

しかし、三月末のある夜、ストーンはいつもと違う電話を受ける。もしもしを聞いただけで彼には分かる。キャンダス・ウェルドは何かの知らせを出し惜しみしている。「明日の晩、うちに食事に来られる？」　彼女は不当広告にならないよう慌てて説明を加えるが、説明が彼を誘惑するか、あるいはおびえさせるか、自信がなさそうな口調だ。「タッサも来る予定なの」

「何か問題でも？」

「問題ってわけじゃない」。彼女は職業的平静を保つ。「あなたに読んでもらいたい文章があるそうよ」

「作品？　物語？」

「さあ」。キャンダスは笑うが、楽しんでいる様子ではない。「カートンの研究所が発表した論文の見本刷り。『行動ゲノム学ジャーナル』とかいう雑誌に来週掲載されるらしいわ」

「で、彼女は僕にそれを読んでもらいたいって？　博士号を持っているのは君じゃないか」

「あなたは彼女が今までに会った人の中で、文章を読む力がいちばんあるんですって」

彼は相応な苦痛の悲鳴を上げる。

「論文には彼女のことが書かれてる」とキャンダスが言う。

「やれやれ。まさか名前も？」
ウェルドは呼吸を一巡させる――吸入（プーラカ）、保持（クンバカ）、呼気（レーチャカ）。「名前は出ていない。ぜひ来て、見てみて」。そして、記事をファクスしてほしいと彼が言う前に、彼女がつぶやく。「あなたが来れば彼女も喜ぶ」

ああ、しかし彼女は、反政府組織が近所を銃撃しても喜ぶだろう。

彼は翌日の夜、バスでエッジウォーターまで出掛ける。空気中を満たす過冷された雨水は、着地した途端に凍結する。時刻は六時半。道路は既にホッケーリンクだ。彼はキャンダスに電話し、約束を取り消すべきだった。バスがウェスタン通りの交差点を横切る際に後輪がスリップし、リムジンに衝突する。けが人はいないが、バスは当分動きそうもない。ラッセルはバスを降り、小さな霙（みぞれ）の皮下注射をずっと受けながら、キャンダスのアパートまで、残りの半マイルを滑る。

ガブリエルが正面玄関のロックを開ける。少年はラッセルとハイタッチを交わすため、無愛想な手を差し出す。「ペルシアの新年、おめでとう」

ストーンの凍った口はなかなか溶けない。「今日がペルシアの新年？」

「さあ。多分、昨日か何かがそうだったみたい」

「どうして、そんなことを知ってるんだい？」

「知ってるわけじゃない」と少年が白状する。

高い声の悲鳴が聞こえ、廊下の先から彼に向かってタッサが飛んでくる。「ウィーン・ゲブチュ、ヤ・ウスタッド？　先生、今までどこにいたんですか？」　彼女の慣性がストーンを揺らす。彼女は直立不動の彼を、両腕の上から抱き締める。彼女は一週間の休暇から戻ってきたレジ係でも同じようにハグするはずだ、と彼は自分に言い聞かせる。彼女が手を放し、もっと内気に彼を見る。彼女はいつもとどこかが違う。論文を読んでもらうために彼を呼んだという遠慮の影。

キャンダスは顔をなで、青緑のワンピースから小麦粉を払いながら、廊下を進んでくる。彼女がそばに近づくと、その頬が紅潮する。「すっかり氷だらけじゃない！」

彼女は彼にコートと帽子を取らせ、靴と靴下を脱がせて、抗議する彼を廊下の先のバスルームに押し込み、ドライヤーでジーンズを乾かすように言う。彼女がドアの隙間から差し入れた男性用の厚手のウールソックスはサイズがぴったりだ。今、彼の足指が入っている空間は、本来誰のものだろう？

彼はバスルームを出、柔らかい感じで形式ばらないリビングルームに入る。実験者が枕やゲームや本を適当に配置し、居住者に普段通りの生活をしてくださいと言ってそれをマジックミラーの反対側から覗くのに使いそうな部屋だ。三人の主人役が再び彼の周りに集結し、一斉にしゃべりだす。それはまるで、ホビット庄の地下にある共同利用の隠れ家に迷い込んだかのようだ。そして彼は一瞬、胸を突き刺すような感覚を覚える――世界はまだ終わらない、人生にはまだ彼を待ち受けている計画がある、知識がどれほどひどいものを投げつけても家庭は生き延びる、という感覚を。

雑然としたコーヒーテーブルの片付けられた一隅に、彼を待つ見本刷りが置かれている。それは書留で届きそうな書類に見える。差し止め命令、医学的検査結果、召喚状。彼はキャンダスに目をやる。自分は既に読んだ、と彼女の顔には書いてある。

「約束したよね」とゲイブが彼をせっつく。「僕がおうちに行ったときに、一緒に見てくれるって言ったよね」

「行って」訳が分からずにいるストーンにキャンダスが言う。「発見は後でいい。私とタッサはどうせ、台所で忙しいから」

タッサも男二人を追い払う。「心配無用。でも、びっくりに備えて、心の準備をしておいて」。ストーンはワンテンポ遅れてその意味を理解する。彼女が言っているのは食事のことだ。彼はようやくそのとき、廊下の先から漂う旅物語の芳香に気付く。

「二人で何か外国っぽいものを作ってるみたい」とゲイブが警告する。「星ゼロ個さ」。二人がちゃんとした男同士の同盟関係なら、彼は思いきって一緒に逃亡を図りたいところだ。

彼はストーンを奥の部屋に連れ込む。そこは、シャイアン山中にある北米防空司令部(NORAD)施設とヒンズー教寺院との合いの子だ。もしも明日、新たに変異したウィルスが人類の大部分を殺すことになったら、旧石器時代からナノテク時代に至る文明の遺伝基質(イド)の大半はこの部屋に散らかった宝から再現することが可能だろう。Ｗｉ－Ｆｉを備えた中世の城にドラゴンが集めた山のような宝物の中には、惑星を行き来するボードゲーム(モノポリー)のセット、言語を認識する蟻のコロニー、ＧＰＳ対応のテロ対策人形などがあるが、本は合計三冊しかない。ストーンはその一冊を手に取る。空想科学小説『ダニー・ダンと国際クローン組織』。「本は読まないの？」

ガブリエルは既にダース・サウロンの個人用量子転位センターを立ち上げている。「あ……え？てか……普段ってこと？　ほら！　そんなの置いといて、こっち来て」

ストーンは言われた通りにする。画面上には、大昔に彼とロバートが観ていた土曜朝の冒険アニメに似たものが映っているが、こちらの方が鮮明かつ豊かで、より深く現実を再現している。それに加え、アニメ空間内を実際に動き回り、足跡を残しているガブリエルのささやかな存在もある。

「画質が悪くてごめんね」ほとんど画面の方を向いたままでガブリエルが言う。「このがらくたは動画処理のスピードが全然駄目。いつかパパのパソコンで観てもらえるといいんだけど」

「そうだね」とラッセルは言う。彼らが画面上で動かしているものは、普通に歩いている人間と同じ滑らかさ、同じ肌理(きめ)を持っている。

「これがカオスシーカー。僕がこの前話したキャラクター」

このときようやくストーンが気付く。今、フュートピアの中にいるのだと。キャンダスの息子をはじめ、世界中の数百万の人が、継続性のない現実世界よりもはるかに面白いと感じている、大人数参加型の継続的な世界。

　フュートピアのゲイブは、ステロイド性のがっしりした体格と翼を除けば、エッジウォーターに暮らす当人とよく似ている。彼は空中を飛び、東京の最も未来的な地区をモデルにした——現実と仮想、どちらの少年もそれを知らないが——巨大都市の上でのんびりと螺旋(らせん)を描く。

「どこに行きたい？」と飛ぶ少年が聞く。

　ストーンは、全能感に誘発された吐き気に襲われる。彼は無力に肩をすくめるが、天使は答えを待たない。それは都市景観の上をかすめ、狂乱の活動が行われる港を横切る。ゲイブの分身が深い青の海に向かう。小さな船が嵐の波間で揺れる。水平線には、強烈な日光からスコールまで、あらゆる天候のスペクトルが覗いている。

　少年は言葉を超えた恍惚状態(トランス)で飛ぶ。二人は文化的記憶と歴史的郷愁をない交ぜにした怪物たちの棲む島々を通り過ぎる——中世の動物寓話、辺境の伝奇物語(ロマンス)、ビクトリア朝のスチームパンク、そして、魔法をかける宇宙人から戦車を駆る小妖精(エルフ)に至るまであらゆるものの組み換え交雑種。

　ゲイブは来客のめまいを興奮と勘違いする。「うちの母さんはこれの良さが分からないんだって。信じられる？」

「ここの大きさはどれくらいなの？」

「ここって？　この世界全部……？　果てしないよ。パワーさえ充分に集めれば、新しい土地だって作れるんだ」

　ストーンは誰にともなくうなずく。もしもこの世の資源が枯渇したら、いつでもここに移住すればいい。

　飛ぶ少年が荒れた風景の中に降り立つと、彼の呼吸が楽になる。海岸、黄土色の岩石の平原、石造りの農家。「いくつかある僕の家の一つ」とカオスシーカーが説明する。オリーブの茂る山の縁で動いているのは、たまに現れる大型哺乳類と鳥だけだ。

「ここはどこ？」

しかし、少年は脳の褒美中枢が猛烈に発火しているせいで、発話能力が低下する。「僕がこれを建てたのは……。僕は探検を……。こっちの方に旧世界（オールド・ウェイズ）の遺物があるから、とりあえずそこに……」

彼は山の麓に歩み寄り、隠れた峡谷に身を潜め、容赦ない日差しの下で何度か襲ってくる飢えた生き物たちと戦う。時折、キラキラ光る人工物を見つけ、ポケットにしまう。「これがあれば、村に戻ったときにすごいものと交換できる」

それは植民地主義的な幻想文学と同じだ。現実の少年の顎があえぎ、その目の警戒度が高まる。シカゴの町よりもフュートピアの方がはるかに、子供が受け継いだ神経システムと親和性が高い。キャンダスの子は中毒だ。公立学校システムの中を飛び交う麻薬に匹敵する何かの常用者。ストーンの眼前にフュートピアが広がる。彼もまた、セックスと同様に常に更新を必要とする快楽に突き動かされながら、隠された遺物を探して神秘的な山脈を永遠にさまようことになるかもしれない。瞬間的な成功の後には、必ず次のゴールがある。もう少しその反復にさらされれば、ラッセルもこの子供と同じように簡単にとりこになり得る。

何年も前、別の砂漠の壁画だらけの岩壁の下で、グレースが手鏡の上にコカインを載せ、彼に初めての吸飲を経験させた。彼はおびえたが、彼女があまりに無邪気に——あらゆる作家志望者に求められるお遊び的な経験として——儀式を薦めたせいで、彼は降参し、その粉を吸った。ほとんど効果はなかった。ただ、前歯が二本光りだし、歯茎が無感覚になった。そう、その日の午後は輝くばかりに美しかった。そう、彼は充実し、愉快で、感謝に満ち、力がみなぎった。しかし、グレースと過ごす午後はいつもそんな気分だった。

一週間後、彼はさりげなく訊いた。あれって、手に入れるのは難しいの？　さりげないふりをする彼の態度を彼女が長い間笑ったので、彼は気付いた。二度とあの化学物質はやらない、さもなければ一生やる羽目になる、と。彼の細胞内にある何ものかが潜在的中毒を持ってこの世に誕生した。彼の父と伯父、そして大伯母とおそらく兄も同じだ。そして、その唯一の治療法は、決してそれを味わわないこと。

「母さんはこれが嫌い」と少年は言う。「インチキだって言うんだ。でも、これがインチキなら、母さんの電話人生だって同じようにインチキさ」

ラッセルは特に頼みたいとは思わないが、「どこか別の場所に連れて行ってくれないか」とゲイブに言う。

「待って！　すぐそこまで来てる。あそこを試そう」

もはや彼に話し掛けることはしない。ストーンは背もたれのない椅子で体を伸ばし、案内役、未来の子供を観察する。文化の進化が長い亡命生活を終え、ついに脳を収納するために作り出した空間。そしてそこに住む幸福な市民。

ラッセルがそろそろ逃げ出そうかと思ったとき、扉が開き、煌々(こうこう)とした廊下からタッサの姿が現れる。彼女は二歩進み、両腕を二人の肩に掛けて、二人の間にひざまずく。「ジブリール。ストーン先生。男たちは何をやってるの？」

ゲイブが言う。「今、僕の名前を何て呼んだ？」

彼女は画面を見つめ、目を細める。「わあ！　これ、どこ？」

「これ……」小さい方の中毒者が答えようとする。「あんまりよく……ほんとはさっぱり……」

「カビリアだ！」

ガブリエルはマウスをつかんで飛び上がる。「ううん、違うよ」

「合ってる！　あれがグラヤ山。お祖父ちゃんの出身地はその近くよ。シディトゥアティ寺院があのすぐ向こうにある」

少年の驚きが、遠い尾根のすぐ向こうにある不可視の村の存在を立証する。

「かわいそうなアルジェリア。みんなに侵略されて」

キャンダスは戸口に立ち、笑顔で様子をうかがう。「何やってるの？」

タッサがくるりと振り向く。「二人が私の国を占領してる。またしても！」

「そんなことしてないってば！」ゲイブが叫ぶ。

タッサは向き直り、略奪者らに向かって指を振るが、ゲイブが完全に当惑しているので、彼女が少年の頭を胸に抱いたままタマジグ語でひとしきり何かをつぶやくと、どうやら少年が落ち着きを取り戻す。「カビリアがあなた方のお望み？　じゃあ、こっちについてきて！」

部屋に一人残って略奪を続けること以外に、少年が望むものはない。しかし、彼は大人に続いてダイニングに行き、男二人が思わず目を見張らずにいられない食卓に着く。タッサは名前をいちいち挙げながら、スプレッドを回す。〝クスクス・ベル・オスバン〟の小さな火山、凝固させた牛乳のプール。〝フリック〟とコリアンダーを添えた〝ショルバ〟の湖、レモン汁の滴る楔形（くさびがた）の〝ブリック〟を重ねた台地。「もしもいい子にしていたら、デザートには……」。彼女は生贄（いけにえ）の山になったアーモンドクッキーを指し示す。「〝ジリエット〟。小さなアルジェリア人って意味よ」

ゲイブがあっけに取られて立ち上がる。「あそこでみんなが食べているものとそっくりだ……」。彼はもう一つの部屋にある、リメークされた影の世界を指差す。

タッサは再び彼の頭を胸に引き寄せる。「もちろんよ。ひょっとしたら、あなたも別の人生で、小さなアルジェリア人だったかもね」

彼女は少年の横に座る。食事の間中ずっと、彼女は少年に、食卓で使うアラビア語を教える。彼は喉音（こうおん）を面白がり、母親は彼の食欲に驚き、歓声を上げる。

∞

トニア・シフは市中心部（サントル・ビーユ）のホテルをチェックアウトし、ル・ケフへ行くためのバスの乗り方をコンシェルジュに尋ねるだろう。コンシェルジュはバブ・アリーウのバスターミナルまでの地図を描く。ターミナルは簡単に見つかるだろう――バスターミナルとしては、世界的に見ればしゃれている。しかしバブ・アリーウには、来るべき出来事の予告がちらりと垣間見える。国家に管理され、即興で実践される、回り道と隠蔽（いんぺい）。番号札を取り、テントを張ってお待ちください。

三つの窓口でル・ケフ行きバスについて尋ね、五つの異なる答えを聞く。彼女は間違ったバスに乗るが、タタウイヌの地下世界に入る直前に降車する。次は別の待合エリアに送られるが、乗車場所に掛けられた手書きのアラビア語看板がまた、判読不能な予定変更を告げている。彼女は周囲に尋ねる。また別の人にも。バスは今にも出発しそうだ。すると職員風の男が、バスの出発はかなり遅れそうだと言う。シフが三十分後にもう一度尋ねると、バスは既に二十分前に出たと言われる。

トニア・シフは、これまでずっと間違いないと思っていた自分のフランス語能力が単なる私的幻想にすぎなかったと思い始める。最終的に、流れるような旧約聖書的顎髭を生やした親切そうな男が彼女に哀れみをかける。彼はシフに、あなたのような状況（彼はそれがどのような状況かは教えてくれないが）にある人間はル・ケフまで〝乗合タクシー（ルアージュ）〟に乗った方がいいと言う。彼は彼女に近くの広場までの行き方を教え、カフェ・ドゥ・ラヴニールで〝仲介人（サムサール）〟を探すよう指示する。

仲介人は何でも手配してくれる。心配無用。しかし、いちばん面倒なのは、シフの渡す金（ディナール）を運転手と仲介人と仲介人の仲介人という三者の間でどう分け合うかの相談だ。もうすぐ乗合タクシーが来る、と男がトニアに言う。けれども、このタクシーは込み合っていて、昨日は山間に二時間入ったところでオーバーヒートを起こした。だから、それには乗らない方がいいと彼ははっきり言う。彼は携帯を使ってアラビア語で叙事詩的な会話を交わした後、彼女が乗っても大丈夫そうな、はるかにましなタクシーが来ると告げる。

シフは第二次世界大戦後の実存主義小説からそのまま出てきたような精神的遁走曲（フーガ）に浸りながら、カフェのテーブルで長い間待つ。彼女はタクシーを待つ間、こんな場面は実際に自分で経験するより、本で読む方がはるかに面白いだろうと考える。しかし、太陽は穏やかで、まだコーヒーは残っていて、彼女が最後にインタビューを記録するまでに人類が滅びる可能性を示すものは地平線上に何もない。

シーシュポスでさえ幸福を感じられるかもしれないと彼女が思い始めたちょうどそのとき、プジョーの白いワゴンがカフェの前に止まる。車体の左後部にへこみのある車には、既に客が四人乗っている。トニアは最後の札束を運転手に渡し、前部座席に乗ってシートベルトを締め、三時間のドライブに備える。

乗合タクシーは町の西にある塩類平原を抜ける。そこはチュニス唯一の、目に見えるスラム街だ。運転手がシフの視線に気付き、スラム街がいつまで経ってもなくならないのは世界銀行が主導する支援のせいだと不気味な指摘をする。車は少し南に進路を変え、続いて再び西に向かう。平原はいつの間にか耕作可能地から荒れ地に変わる。これもまた、来るべき出来事の兆しだ。

シフのガイドブックには、チュニスを約百キロ離れた場所で、道路の右側を見るように書かれている。プジョーが丘に上がると、下の方にドゥッガの遺跡が広がる。トニアは感嘆の声を上げる。乗客の一人——〝チュニジアのロバート・デニーロ〟と彼女が頭の中であだ名をつけていた男——が身を乗り出し、言う。「北アフリカでいちばん立派な、ローマの都市だ。帝国の果て」

男の隣に座っている女性が全身で反論する。ローマじゃない、と彼女は言う。ヌミディアの都市だ。それから、リビコ・プニックの首都になった。

旅の間中、ミニ会計簿に数字を記入していた別の乗客が、ヌミディア人はこの都市をベルベル人から奪ったのだと主張する。運転手がその口論に加わって議論は激しさを増し、三つの言語が飛び交うが、トニアはその一つしか理解できない。誰が町を作ったかという議論が、誰が町を殺したかをめぐるけんかに変わる――ビザンティウム人かバンダル族か、トルコ人かフランス人か、あるいは国連世界遺産に関わる人々か。

「あの町は誰かが殺したわけじゃない」と運転手が宣言する。この結論に文句がある者はここからル・ケフまで歩いて行けばいい、という口調だ。「この土地は干上がった。糞帝国は崩壊した。誰かがどうこうしたとかいう話じゃない」

その後、五キロにわたり、沈黙が車を支配する。

トマス・カートンはかつてシフに、自己複製するヌクレオチド配列から始まり、人類による他の恒星系の植民地化にまで広がる、長い空想科学的独白を聞かせた。そのときに彼は、生存のための全ての基本的要素――食料を見つけ、捕食者を避け、配偶者を選ぶ――は、前景の信号を拾うために背景のノイズを抑えることに関わっていると言った。われわれは十億年にわたる自然のエンジニアリングによって、明滅する〝現在〟に目を向けるよう調整されており、われわれを死に至らしめることになる巨大でゆっくりとした漸増的変化が見えないように設計されている。カートンによると、人類には二つの選択肢がある。間抜けなカエルのように、徐々に温まるフライパンの上に座り、調理が完成するまでじっとしているか、あるいは、自然を自らの手中に収め、より良い天使を彫塑（ちょうそ）するか。

タクシーは大街道五号線（グラン・パルクール・サンク）の九十九折りを進み、ル・ケフまでの道をよじ登る。巨大なディル高原が地平線を引き裂く頃、トニア・シフは気分が悪くなる。彼女は最後の十五キロを生き延びることに意志を集中するが、敗北する。運転手が慌てて緊急停止し、シフは道端の黄色い岩地に小さなくぼみを見つけ、吐く。彼女が車に戻ると、運転手と乗客らが、彼女の気分が悪くなった原因を論じ合っている。

町の外にある尾根で、シフは南に広がる前サハラ的草原（ステップ）を見つめる。それと同時に、サハラ砂漠がゆっくりと北へ、彼女のいる場所へと近づいている。

∞

北西アフリカ（マグレブ）風のご馳走を食べながら、里親一家は何の話をするか。キャンダスとラッセルは、四フィートの距離を隔てて、休日のお出掛け先から女性歌手に至る全てのものを匿名のネットユーザーが評価するのは新しいタイプの驚くべき文化的相互交流なのか（ウェルドの主張）、それとも、私的魂の死なのか（ストーンの主張）を議論する。ゲイブはその話題に星一つという評価を与える。やがて、誇張の熱がばつの悪さを生み始めると、二人は最近暴かれた文学的悪ふざけに話題を移す。荒れたティーンエージャーの激しい回想録——虐待、逃亡、ストリートでのすさまじい生活——を書いたのが実は、年季の入った中年の雑誌記者だと判明した。キャンダスはこの出来事全体を、興味深い現代的民族誌と呼ぶ。ストーンはこの悪ふざけが懲役に値すると考える。タッサとゲイブはストリートで使われるアラビア語を発しながら笑う。

食事が彼ら全員を温める。しかし、情熱的な議論を交えながらも、食事はほとんど始まる前に終わる。世界で最もはかない芸術形態——雑誌の記事よりもひどい形態。準備にかかる時間の十分の一で食事を済ませるのは、どんな種類の生活だろうか。この種の生活。われわれはこのような生き方のために作られた。

ストーンが座っている場所の正面にコーヒーテーブルがある。記事は、ジリエットとコーヒーを味わう間も彼の大脳の四分の一を占め、彼を待つ。今夜、キャンダスがよそよそしかったのはこの報告書のせいだ。ゲイブの相手をするタッサでさえ、気もそぞろに見える。

既に世界によって恐ろしい運命を与えられたことを心得ているはずの、見慣れた家庭的場面の中で、ラッセルは小さなアルジェリア人をかじる。種子のいがズボンの折り返しを利用するように、人と一緒に食事をしたいという渇望が彼を利用する。ストーンはまさにこの欲望から自由になるのに八年を費やした。今の彼は他のどんなものより、その欲望を取り戻したいと思う。

夕食の間中ずっと、風が建物を揺らし、霙（みぞれ）が窓ガラスに入れ墨を刻む。三月末の着氷性嵐（アイスストーム）。常態と化しつつある異常気象。デザートが済んだ後、四人は、与えられた暖かな場所を離れたくなくて、席を立たない。

ゲイブが最初に立つ。彼には、他の場所に熱源がある。彼は廊下を進み、報酬マトリックスがここよりもはるかに気前の良い場所に向かう。キャンダスが「あなたは読んでて。私たちは片付けをするから」と言わなければ、ラッセルはゲイブについていきたいところだ。

彼がその仕事分担に文句を言うと、タッサが笑う。「典型的な北西アフリカ料理（マグレブ）がお望みなら、女性をこき使わなきゃ」

彼はご馳走を読むため、腰を下ろす。論文は難しい。彼が恐れていたよりも難しい。語彙の一部はここ数か月の幸福本で見かけたことのあるものだったが、一文ごとに困難が彼を待ち受けている。上位性（エピスタシス）、対立遺伝子相補性、血縁度、非翻訳領域多型、側坐核、ドーパミン系およびセロトニン系経路……。彼は密集する象形文字の襲撃を受ける。5-HTTLPR、QTL、VNTR、BDNF（それぞれ「セロトニントランスポーター遺伝子多型」「量的形質座位」「反復配列多型」「脳由来神経栄養因子」のこと。）、モノアミン酸化酵素、ジヒドロキシフェニルアラニン……。彼は一文ごとに、キャンダスに質問したくなる。しかし、これはいわば対照実験だ。

彼の仕事は、この記事が完全に無知な人間にとって何を意味するかを見極めること。

そういうわけで、これが人類の終着点だ。ホモ・サピエンスは既に、イーロイとモーロックとは言わないまでも、半神半人（デミゴッド）と所有せざる者たちに分かれている。生体の化学を手なずけている人々と、単なる下流の産物にすぎない人々。少数のエリートがフュートピアの何ものより魔法じみた知識を集め、途方もない手順を作り上げ、数十億という化学的単位の連鎖を決定し、そこに書かれた呪文を解き明かし、百万のタンパク質が心と体を組み立てる仕組みを学んでいる。その一方で、ストーンをはじめとする人類の九十九・九パーセントはただ、意味も分からないまま無力に座し、物語が自分を巻き込まないことをひたすら祈る。

隣の部屋から皿の音と穏やかな会話が聞こえてくる中、ラッセルは読む。どうやらカートンのグループは、感情に関わる脳内の分子を出し入れする門と玄関を作る決定的な遺伝子のネットワークを発見したらしい。ネットワークのいずれかの遺伝子を制御すれば、残りの遺伝子の変化が快活性に関わる変化と相関する。グラフはすっきりしていて、相関は強い。これらの遺伝子の多様な組み合わせが、闇から光に至るスペクトルに沿っていくつかのデータポイント群を生む。各遺伝子をうまく調整すれば、C3-16fのような被験者が得られる。それこそがたった今、そこの台所で何か冗談を言って友人を笑わせている人物だ。

心理テストからC3-16fの持つ最善の遺伝子的取り合わせが予想できたと、記事は述べる。幸福の大当たり（ジャックポット）。ラッセルは膝に雑誌を広げ、がたの来たリクライニングチェアーの背にもたれる。彼自身、この展開をとうの昔、作文授業の最初の夜に予想していた。タッサディト・アムズワールは、この国に来る前から、このような専門家、子供の買い手（バイヤー）、人間改良の宣伝屋の手に属する存在だった。彼は第一章の時点で、本の結末までに彼女が科学の手に捕まることを予想していた。

居間の窓ガラスの上で、膜みたいな氷の結晶が自己を培養するのを彼は見つめる。ガラスはほとんど覆われ、氷は厚みを増している。彼が夢想から目を上げると、女たちが隣に立っている。二人はソファに座る——キャンダスは慎重に、タッサはドサリと。アルジェリア人が先に口を開く。

「ナンセンスじゃありません、それ？」

ストーンがキャンダスに目をやると、明らかに彼女も同じことを信じたがっている。

「その人たちは私を陶酔（イヴレス）の生体工場に仕立てたいみたいですけど、私はそういうのと違いますよね？　ばかみたい。満足なら誰だって好きなだけ得られる。運命づけられているなんてとんでもない」

ストーンは必死に、キャンダスに振り向かせようとする。「この科学はまともなのかな？」「まともな科学かどうか？」今の彼女は、闇の中で毎晩彼が話し掛けている自信たっぷりの女性ではない。彼は実際、彼女について基本的なことさえ知らない。もしも彼が何かの思いつきで陳腐なジャンル小説を書こうと思い立ち、彼女をヒロインにしたとしても、彼は主人公の特徴を書き並べることさえできないだろう。彼にとって彼女は、奇妙にデータの海に漂う実験的存在に思える。

「それを心配する段階は既に超えていると思う」

その言葉に彼はぞっとする。「どういう意味？」

キャンダスは氷に覆われた窓を見つめる。「記事に書かれた全ての結論は来月には覆されるかもしれない。でも、ジャーナリストは五年経っても同じことを書き続けるかも」

「でも仮に、彼らが正しいとしたら。仮にそうでも、何も……現実には変わらない、だろ？　ていうか、彼らは秘密保持を保証している。絶対にばれることはないよね、これが誰のことなのか……？」

キャンダス——プロとしてのキャンダス——が、開いた口のふさがらないその単純（ナイーブ）さが遺伝的なものか、環境的なものかを見極めようとして、彼をじっと見る。それはフェアではない。タッサのボストン行きに反対したのは彼の方なのだから。キャンダスは実験では何も分からないと思っていた。

彼は明らかに持っていない勇気を振り絞って言う。「いいさ。これは必ずしも危機というわけじゃない」。彼はタッサに向き直る。「誰かがこの件に関して君に近づいてきても……君は何も言わなくていい」

ラッセルは道徳的支援を求めてキャンダスを見る。彼女はがっかりした様子で視線を返す。手遅れだ、と彼は気付く。彼の仕事はタッサに匿名性を保証することではなかった。友人たちがこれをきっかけに彼女に対する見方を変えることはない、と証明するのが彼の仕事だった。そしてその点で、彼はたった今、見事なまでの失敗を犯した。

タッサは憤慨して身を乗り出す。「誰かに訊かれたら？　もちろん、私から言ってやりますよ。何だと思っているんです？　もしもこれが科学だって言うなら、魔術（ヴードゥー）と変わりない。イスラム医師（マラブー）と一緒」

彼女がそう言った途端、明かりが明滅し、消える。外では街灯も消える。廊下の先から遠吠えが聞こえ、次に小さな悲鳴、そして戸枠にぶつかる音。声が呼び掛ける。「ママ！」　キャンダスが跳び上がり、リクライニングチェアーにぶつかりながらその横をすり抜け、暗闇の中に入る。ガブリエルがもう一度叫ぶ。「ママ、僕は何もしてないよ！　普通に遊んでたら、突然真っ暗に……」

母が子を見つけ、子は、玄関のクロゼットにしまってあった手回し発電式懐中電灯を見つける。四人はすぐにも電気が戻るものと確信し、居間に集う。通りではいくつかの明かりがまだ点々と灯っているものの、窓をコーティングする氷がそれを縞模様に変える。

闇が十分間続いたところで、タッサが探検に行こうと言いだす。キャンダスは黙従する。ゲイブはコートを羽織りながら狂喜する。今初めて、エッジウォーターがフュートピアに匹敵する冒険の土地になったのだ。彼らは元気のない手回しの明かりを頼りに、暗くなった玄関を抜ける。

中庭に目をやると、世界は奇妙な変貌を遂げている。月は熱狂的に輝き、彼らが目を留めるものは皆——木や灌木、有刺鉄線も、路上駐車の葬列も全て——四分の一インチの氷に覆われたダイヤモンドに変わっている。

タッサが最初に外に出る。摩擦のない玄関前ポーチに踏み出した彼女が、足を払われる。彼女は仰向けに倒れ、タマジグ語で罵(ののし)り、そのまま動きを止めて、突然黒に染められた空を見つめる。四人とも、シカゴの電気がこの百年間覆い隠してきた星空を見上げる。

アルジェリア人が痛みを笑いでごまかしながら四つん這いになり、他の皆に気を付けてと言う。彼らは一緒に手をつなぎ、ゆっくりと前進する。本来の生物群系(バイオーム)から遠く抜け出し、八本足でスケートをする生き物。

同じような生物集団(コロニー)が他にも、弱々しい光線を放ちながら、ぴかぴかの町角にじりじりと這いだしている。たまに氷の張った道路をスラロームする自動車もあるが、そのスピードは、じわじわ進む歩行者と変わりがない。突然張り付いた殻の重さによって弱った木からもぎ取られた枝が、方々に落ちている。

一軒の家の前に探検者の一団が集い、ストーンの胴回りよりも太い枝が電線に倒れかかっている場所に懐中電灯の明かりを向けている。まるで巨人があやとりを途中で放り出したみたいに、電線が家の屋根に垂れ下がっている。タッサと仲間たちは世界の崩壊を前にして群れから離れたくないという先祖返り的な衝動に従い、その集団に加わる。破壊の風景を見て、ゲイブが畏怖に息を呑む。ゲイブとラッセルの間の年頃の、ゴアテックス製上着を羽織った太めの少年が言う。「電線がそこら中で垂れ下がってる。戦場みたい」。彼は権威ある情報源として携帯電話を高く掲げる。「市の北部は全域で停電だって！」

誰もが黙示的光景に目がくらみ、あたふたする。見知らぬ他人同士が、まるで密接に結びついた同じ部族出身者のように、おしゃべりをする。何年間も毎日匿名で通り過ぎていた隣人たちが今、ゲイブを抱き締め、キャンダスから身の上話を聞き出す。着氷性嵐（アイスストーム）については、気象庁が誰にも備えを呼び掛けなかったこと以外、誰も何も知らない。

若いインド系の女性がストーンに向かって缶詰食料と瓶詰め飲料水の話をしていると、彼の背後で衝撃が空気を押し潰す。集団は息を呑み、ラッセルは飛び散る火花から退く。変圧器が電柱から外れ、噴水のような火花を集団の上に放つ。皆が後ずさりして叫び、一組の夫婦が氷の上に倒れる。インド系の女性はしゃがみ、悲鳴を上げる。

タッサがスケートをするようにそのそばに寄り、彼女を立たせ、落ち着かせる。ストーンはうつぶせのまま、その様子を見る。彼女は以前にこれを経験したことがある――モントリオールで着氷性嵐（アイスストーム）を、アルジェで爆発を。彼女は火花を散らす変圧器からインド系女性を離し、彼女をなだめる。タッサはその後、おびえたゲイブとキャンダスのそばに戻る。彼女は冗談を言い、しなやかなアラビア語で少年に歌を歌う。ストーンの目の前で、陽気な元学生が災害に対する免疫を持つ遺伝子的逸脱に変わる。彼とは質的に異なる化学的反応の産物。

自然よりも環境が重要だと永遠に主張するキャンダスでさえ、新たな敬意でタッサの周りをうろつく。少し首を傾げた彼女にはためらいが見られる。キャンダスもあの、他から孤立したデータポイントに驚かずにいられないのだ。トマス・カートンのグラフの上位に一点だけ出現したデータ。

集団は二つに分かれる。火花を飛ばす変圧器を取り囲むグループと、さらなる探検を続けるグループ。遠くの街区にはまだ明かりがあるが、急速に暗転しつつある。タッサは三人をフォスター通りまで先導する。道には車が点在し、まだ動いているものもあるが、大半はスリップして動けなくなった状態のまま、てんでばらばらの角度で放置されている。アンダーソンヴィルを抜けるクラーク通りの商店街は暗い。氷がそこを支配している。

空気は冷たいが、苦痛というほどではない。彼らが最近経験した二月ほどひどくはない。過冷却された即席氷のラッカーを生むのは上空の寒気だが、温度がわずかに数度違えば、三月最後の雨になるところだ。

四人組は、南に向かう列車にタッサを乗せるため、レッドラインの駅に引き返す。タッサはゲイブをジャケットの裾で引っ張る。トルストイに出て来そうな、こぢんまりしたロシア式馬車（ドロシキー）。橇（そり）がコーナーにさしかかると、少年が外に大きく振られ、目をきらきらと輝かせる。結局のところ、世界はつむじ曲がりで、粗削りだ。少年はまるで自分の意志でこの状況を生んだかのように、突然の野生を受け止める。彼はタッサに大きく振られながら、楽しそうな目をラッセルに向ける。そのスリルはストーンを射貫く。彼も——彼の中で凍りついた少年も——氷が秩序より強力であってほしいと思う。

彼らは、高架鉄道駅の入り口から出て来たパーカ姿の年配のアジア系男性に会う。彼は手袋をした両手を振る。**訊くだけ無駄**。「今夜、列車は動かない。全てストップ」。災難でお手上げという、ささやかな笑顔を彼は装う。

彼らが改札を覗くと、分厚いコートを羽織った体格のいいシカゴ交通局員が彼らを追い払う。

「いつまで?」とストーンが尋ねる。しかし制服の男は、ただ肩をすくめるだけだ。

四人は駅の入り口付近にたむろし、別の人から意見を聞く機会を待つ。列車は動かない。ネットワークは崩壊しつつある。町は認知症に陥る。ストーンは論文のことで頭がいっぱいだ。信号、シナプス、前駆物質、神経経路、輸送体（トランスポーター）、受容体（レセプター）。都会の編み目も、うまく作動する仕方よりも、不具合が起きるパターンの方がはるかに多い。細胞が不点火を起こしている今、シカゴは何を考えているのか。

若い同性愛のカップルが東から彼らに近づいてくる。「無理だよ」とゲイブが彼らに言う。「動かないって」

「まさか。冗談だろ?」 彼らは中を覗くが、シカゴ交通局の男は二人を無視する。「糞!」二人のうちの小柄な方が、まるで今、携帯音楽プレーヤーの充電が切れたかのように笑う。「プランB、応答してください。プランB、今どこですか、どうぞ?」 カップルは「行こう、ゆかいな旅」と歌いながら、闇の中に去る。

キャンダスは線路沿いに北を見る。そこは死後の世界と同様に空虚で、静かだ。「うちに泊まってって」と彼女が言う。息子が大喜びする。

ストーンの恐怖がよみがえる。「僕は歩いて帰れるよ」

キャンダスがうなる。「ラッセル。水くさいわよ」

「本当さ。大して遠いわけじゃない」

「だだっ子みたいなことを言わないで」

彼女の息子はその悪口を面白がる。タッサもほほ笑む。「先生は時々、変なことを言いますね。でも、気にしなくていいです。私たちは先生のそういうところが好き」

彼らは宝石のような三ブロックを歩いてキャンダスのアパートに戻る。暖房は止まっているが、アパートはまだ暖かい。大人はせっせと部屋を改造し、ロウソクを灯した降霊会に変える。キャンダスは息子を床に就け、毛布を一枚余分にかぶせるが、少年がすぐに眠る可能性は、科学的語彙で言う〝非実在(ノンイグジスタント)〟だ。ゲイブは祈るように彼女にささやく。「ママ、怖いよ。これからどうなるの?」

彼女は息子をなだめ始める。今夜はそれほど寒くない。電気はすぐに戻る、と。

「そっちのことじゃないよ。データをセーブする前にコンピュータの電源が切れちゃった。もう僕、完全に死んじゃってるかも」

彼女は闇の中で彼の額にキスをする。「また生き返るわ」。それがデジタル置換世界のいいところだ。だから誰もがそちらの世界に移動しているのだ。

彼女がリビングルームに戻ると、タッサとラッセルが六本の灯明で論文を読み返している。「あなたは私と一緒にベッドで寝ましょう」とキャンダスが言う。ストーンは一瞬ひるむが、彼女が指差しているのはタッサだ。キャンダスは少し悲しそうにほほ笑み、こう付け加える。「男の人はソファをどうぞ」

タッサは立ち上がり、ストーンの手から記事を取る。「読むのはよしましょう、ラッセル。目を悪くするから」。彼女は彼の肩をつかみ、ロウソクを二本手に取ってキャンダスに続き、おやすみを告げ、廊下の先の主寝室に向かう。

クロゼットをがさがさと探る音が聞こえ、キャンダスが両手いっぱいに寝具を抱えて戻ってくる。ストーンが彼女を手伝い、シーツをソファのクッションに挟む。激しく鼓動する彼の心臓を肋骨が締め付ける。充実した記号と空虚な記号の区別ができず、深い意味を持たない近接性にだまされる彼の体内化学物質は愚かだ。

彼は声を潜める。「あれは本当？」　彼女は当惑したように彼を見る。「論文に書いてあったことは」

キャンダスは首を押さえて立ち上がる。「さあ、どうかしら。印象深いことは間違いないけど」。ロウソクの暗い明かりに照らされた彼女の姿は、ラトゥールの絵のようだ。「ちょっと待ってて。毛布を持ってくる」。彼女は廊下に出る。ラッセルはロウソクを持って彼女の後を追い、少なくとも少しは役に立っているような顔をする。

彼女はクロゼットの前で立ち止まる。信号が空気中を駆け巡る。彼女は片手で壁面のでこぼこを探り、振り返り、骨盤の背後を壁に押しつける。両脚が少し開いている。一方の手が下にさがって漆喰を読み、他方の手が額にかかった赤褐色の髪を戻す。ラッセルが彼女の前まで来て立ち止まる。ロウソクの炎が二人の周りに球状の明かりを投じる。彼女は彼をじっと見つめる。彼女の瞳孔は拡大し、息は高まっている。待つことが彼女の技芸（アート）であり、他人の困惑が彼女の手段（メディア）だ。

彼女を欲する気持ちは、今までずっと、ストーンの問題ではなかった。彼のことを——彼の希望も恐れも、能力も短所も——正確に知っている彼女が、目の前に立ち、目にかかる髪をかき上げ、彼に挑んでいるというわけではないものの、ひょっとして彼もこの世で自然を裏切るのが可能だと——一度は搾取者から搾取できるかもと——考えているのではないかと観察している。

彼は彼女の頬をロウソクで照らし、身を乗り出し、彼女の口にキスをする。井戸にバケツを下ろす。彼は彼女が目を閉じ、溶けるのを見る。体内化学物質が彼に、大昔に捨てた認識を教える。溜め息が廊下の先から聞こえ、主寝室の扉が閉じ、二人は一瞬で、再び毛布を取り出す作業に戻る。「はい、どうぞ」と彼女が言い、毛布を渡す。内心の笑みが彼女の唇を引き締める。彼はそれを表現する言葉を知らない。賢明。「もしも何か要るものがあったら呼んで。番号は知ってるでしょ。お休みなさい」。そして彼女は、リズミカルで軽やかな足取りで廊下の先へ行き、扉の閉まった寝室に入る。そして部屋から、楽しそうな笑い声のデュエットが漏れてくる。

彼はアパート内を歩き、ロウソクの明かりを一つ一つ消す。彼は一分間、法衣（サープリス）をまとった十二歳の侍者になり、イリノイ州オーロラの聖ヨハネ監督教会の祝禱に従う。驚いたことに、あの古（いにしえ）の生き物は絶滅の噂に保護され、いまだシーラカンスのように彼の中で這い回っている。

アパートは不気味な沈黙を集める——圧縮機も動かず、送風機も動かず、電力を使った機械の作動音は全くない。彼は服を着たまま床に就く。ドーパミンが無意味に騒ぐのをよそに見つつ、ばかばかしいほど廉直に眠る。そして実際、ソファと枕から成るベッドでいつになく深く眠る。しかし彼は夢の中で、トマス・ピンチョンの小説に出て来そうな世界に迷い込む。そこでは国際組織が、人々の細胞に隠された秘儀的な揺籃期本を取り引きしている。彼自身の精子には禁書目録の遺伝子パターンが刻まれていて、彼はいくつかの遺伝子管理都市を巡り、自分の配偶子を買い取ってくれる医者を捜す。

∞

彼は春の二日目、早朝に目を覚ます。明かりが全て灯っている。彼は起き上がり、家の中で明かりを消しに回る。電子機器の時刻表示は全て12：00で点滅している。彼は外を見る。魔法は解けている。真夜中過ぎに、地球の温度は十度上がった。ダイヤモンドの殻は崩れ、液化した。近所の人々は車の氷を掻き落とし、出掛け始めている。恥辱という最も形骸的な生贄を奪うだけで、災害は去った。

ストーンは長らく続いていた膀胱の苦しみを和らげ、生ぬるい湯を顔にかけ、よろめく足で台所に入ってコーヒーの用意を始める。少年の部屋から鍵の音がする。廊下の先から朝の物音に紛れた物憂い声が聞こえる。つまずく足音。扉を開閉する音。共同体が意識へと帰還する。彼が生まれてからずっとそこから逃げ続けてきた儀式。

キャンダスが最初に現れる。彼女はいつもと同じく隙がない。淡褐色のブラウスにアイロンのかかったグレーのスラックス。しかし彼女の顔はどこか違う。青白く、やや目鼻立ちがぼやけている。素顔だ。彼女は彼に向かって細い眉を上げる。

「パーティーはおしまい？　またいつもの苦役の始まり？」

彼は同情的にうなずき、コーヒーの入ったカップを手渡す。

「ありがとう。あなたは俗世の聖人ね」。彼女は今日はこれだけで充分と言わんばかりに、興奮性飲料を大事に抱えるようにして座る。

二人が何かをしゃべらなければならなくなる前に、タッサが姿を現す。顔がむくみ、疲れ、ふらついている。目はまだすっかり開いていない。「こっちを見ないで。見苦しい姿だから」

その鈍重さは深い慰めになる。さすがの彼女も、日の出と共に元気いっぱいというわけではない。科学は彼女を今、検査すべきだ。この地味で疲れた、思春期直後の人物が朝の紅茶を口にする前にデータを取るべきだ。

ゲイブが部屋を出てくる。彼は大人三人のエネルギーを合計したよりも元気に満ちている。「万事オーケー」彼は空気を切り刻みながら、ストーンに説明する。「僕は経験ポイントを十分の一失っただけで済んだ」

四人は再び一緒に食事を取る。今回はアメリカ風だ。彼らは小さな丸テーブルに向かい、同時にシリアルを食べる。どうしてわれわれは、呼吸を除く最も露骨な動物的依存を宗教儀式に変える必要があるのだろう?

既に誰もが遅刻だ。町全体が。道路の氷はほとんど溶けているので、キャンダスは車で出勤することにする。ストーンは車に乗らないと言う。三人全員が彼に車に乗ってほしいと言うが、彼は譲らない。彼はタッサを見る。彼女が今から向かうのは、これまでで最も微細な生化学的分析が彼女を〝自然が生んだ気まぐれ〟だと公に宣言する前の、常態最後の週だ。彼女の顔が詫びている。**私には他に、どうしようもないでしょう?**

シカゴの朝のラッシュアワー。風に吹かれた木の枝から氷の殻が落ちる。ストーンは誰からも抱き締められない距離まで後ずさりする。車に乗った三人が手を振り、車が動きだし、彼は魔法の解けた世界で、家までの長い距離をとぼとぼと歩きだす。

∞

「君のコーヒーカップを貸してください」とトマス・カートンがシフに言う。二台目のカメラがその場面を捕らえている。「そこから検体を採れる」。それは奇妙な、テレビ放送向きの瞬間だ。ディレクター、カメラマン、音声係の皆がトニアと目を合わせ、撮影終了に無言で同意する。

　しかし、デジタルビデオカメラが電源を落とした瞬間、カートンは脅迫を実行に移す。彼は玄関前の揺り椅子から飛び出し、家事作業室に入って六インチの綿棒を取ってくる。彼は滅菌パッケージを破り、トニア・シフが使ったコーヒーカップから飲み残しを吸い取り、綿棒をプラスチックの管に密封する。

　その仕草には奇妙に親密なものが感じられる。「これで君の遺伝子情報が手に入った。一塩基変異多型と塩基欠失——君のゲノムの中で何らかの重要性を持つ変異がね。私には君の先祖を特定することが可能だ。そして君の子孫も。君の健康と成長も予測できるし、君の気質さえ分かる。寿命と死亡原因もかなり高い確率で予想できる。その前に交通事故に遭ったりしなければね。これを冷蔵庫で保管しておけば、二、三年後にはもっといろいろなことを君に教えてあげられるだろう。検査結果を見たいと思うかい？　これほどタイムトラベルに近い経験は他で得られないと思うがね」

　男はワーグナーに出て来そうなものに姿を変えていた。クルー全員が、カメラの電源を切るのが早すぎたと後悔する。未来がトニアに衝突し、彼女の胃がもつれる。彼女は答えを引き延ばす。

「それを見るのは許されるのでしょうか？　それとも、あなたのような人が権利の侵害だと言って私を訴えたりしませんか？」

「いい質問だ。現段階の法律は調整段階にあるとしか言えないね」

　彼女はその返事をしっかり聞いていない。彼女の目はプラスチックの管とその中身に向けられている。彼はそれを指揮者の棒のように空中で振る。「すみません。できればちょっと……？」

彼は、手を伸ばす彼女に綿棒を渡さず、一瞬、彼女をじらす。「オーケー。これはあなたのものだ」。彼は催眠にかかったクルーの方を向く。「他にカップを洗いたい人、誰かいますか？」

クルーが撮影機材を車まで運ぶ間、シフとカートンはまだ〝嫌悪感という知恵〟という言い回しについて議論している。トニアが顔を上げると、同僚たちは車に乗り込んで彼女を待っている。

「先に戻って。後で、ダマリスコッタのホテル(B&B)で会いましょう」

バンに乗ったクルーがにやにやと笑いながら去る前に、パンクのケニー・キーズが訳知り顔に、鼻の脇で中指を立てる。彼女はそれに反応して彼を喜ばせることはしない。

彼女は再び、玄関前の車寄せにいるカートンと合流する。二人はこの数週間、カメラのある場所でもない場所でも話をし、ライバル同士のように互いの華やかな部分も秘めた部分も知り尽くしている。彼女は彼が空(から)の植木鉢を重ねるのを見る。「もうすぐ、人が互いのサンプルを綿棒で取り合う時代が来るんでしょうね。従業員を雇う前。誰かと結婚する前。相手の同意があろうとなかろうと。私たちのファイルが病院や、会社や、政府に集められて……」

「それは既に始まっていると思うがね」

「あなたは何とも思わないのですか？　未来社会の不気味さを」

彼はまるでこんなことをして、いったい何のつもりだと訊かれた十六歳の少年のように、肩をすくめる。「政府発行の身分証明書や所得税が、とても考えられないほど気味悪く思われた時代もある。私たちが何を耐えられないと感じるかは、科学技術によって変化する」

彼女はインタビューの導入部で使うために、今の台詞を走り書きする。

彼は道路を挟んだ松の並木越しに、きらきらと輝く海を見る。『少年のための冒険ブック』のようなまなざし。「少しヨットに乗ってみないか？　日が暮れるまでまだ二時間ほどある」

彼の船は六〇年代に作られた十二フィートの美しいガフスル式帆装で、ヒマラヤスギ、オーク、トガサワラでできている。彼は入り江に沿って船を走らせ、岬を越えたところで、彼女に舵を握らせる。岩だらけの岬に、まるで密談をするかのように、カモメが集う。空が生姜（しょうが）色に変わりだし、波が静まると、彼はコックピットの前部にもたれ、索止め（クリート）をいじり始める。船は音もなく滑る。彼女が動き回り、風をとらえ、流れに乗り、他では決して体験できない最も深遠な無目的の感覚に浸る。

「一つ訊いてもいいですか?　全くのオフレコで」

彼は日差しの中で目を閉じたまま、顔を傾け、素直な笑みを浮かべる。

「あなたの会社はいったい、どうやって利益を出しているんです?」

激しく笑いすぎた彼の体が真っ直ぐに起きる。「〝利益が出ている〟って、誰が言ったのかな」

「まじめな話です。あなたはさまざまなプロジェクトに湯水のようにお金を使っている。その中には――こんな言い方は失礼ですが――箸にも棒にもかからないようなものもある。オーケー。あなたは薬品の特許を二つお持ちです。大きな医薬品会社に製造法を教えることで、特許ライセンス料を受け取っている。それに加え、二つの診断検査の権利を所有している。でも、それを全部合わせても、どう考えたって、現在の研究開発費の半分も――」

彼は因習破壊者らしい挑戦的な顎を突き出す。「その通りだ。まかなえていない」

彼女は再び帆を上手（うわて）回しし、船を入り江へ、彼のドックと家へと向ける。「じゃあ、どうやって事業を続けているんですか?」

彼は彼女に対する敬服を抑えられず、より寛大にほほ笑む。「あなたはあまりビジネスというものをご存じないようだ」

「貸方（かしかた）よりも借方（かりかた）の方が多くなければならないということくらいは知っています」

彼は面倒な専門用語を手で振り払う。「簿記なんかどうでもいい。来るべき未来を簿記に書き入れるなんてできないんだから。あと何年かすれば、私たちには生物学的な読み書き能力（リテラシー）が手に入る。私たちが望む化学反応を細胞にさせる方法が明らかになるだろう。君はコンピュータのプログラミングが世界を変えたと思うかね？　私たちがゲノムのプログラミングを始めたら、それとは比較にならないことが起きるだろう」

「トマス。力を抜いて。今はもう撮影してないから」

彼は右舷に顔を向け、乱れた巻き毛を頭頂にかき上げる。「まだ演技が続いているような口調になっていたのならすまなかった。でも、私の話を信じてほしい。もうすぐそんな時代が来る」

「オーケー。じゃあ、医学はますます複雑化しているということね。確かに、そこには潜在的収入源があるように思います。将来的には。でも、製品なしにビジネスをすることはできませんよね。あなたは正確には、何を売っているんです？」

彼は一時間前に映像に赤裸々に捕らえられたのと同じ温かなまなざしを彼女に向ける。「トゥルーサイト社が現時点で売っているのは、バイオテクノロジー産業の大半が売っているのと同じもの、開発中商品（ベーパーウェア）だ。しかし、投機資本家はどんな計画が進行中かを心得ている」

船体が航跡を刻む静けさに合わせて、彼は声を落とした。「来るべき市場は無限だ。インターネット直前の五年を思い出してごらんなさい。蒸気機関出現前の五年でもいい。先入観から自由になった会社のみが、社会における最大の構造変革を有利な形で利用できる。これほど大きな社会変化が前に起きたのは……」

彼は比喩を完結させることができない。それは簿記と同じく無関係だからだ。帆がはためき始める。彼女は舵柄（だへい）を軽く押し、下桁（ブーム）を出す。未来に関するトマス・カートンの知識がいかなるものであれ、とにかく、彼女に関する彼の見方は正しい。『限界を超えて（オーバー・ザ・リミット）』の全シーズンを通じて、彼女は超越的誇大広告の洪水を本気でまともに受け止めたことは一度もなかった。それが彼女の魅力の源でもあった。単に未来の写真付き身分証明書を見てみたいと思っているだけの、目がきれいで冷静な、懐疑的人物。

彼女はヨットの角度を、目前であくびを始めたドックに合わせる。彼女とカートンは一緒に帆を畳み、ヨットは壁面のタイヤバンパーに軽くぶつかる。カートンが埠頭に飛び移り、舳先(へさき)と船尾をくくり、彼女が船縁を越えるのに手を貸す。

彼女は埠頭に上がってから言う。「あなたは本気で、私たちのルールで人生を動かすことを考えているんですか?」太陽が海面に光沢を出す。一瞬で、二人の背後の岩地に生える松と空気が燃えるようなオレンジ色に変わる。

彼は彼女の隣に立ち、その前腕を取る。未来主義的な技能を一つも持たない彼女でも、その展開を予想していた。彼女は彼に逆らわない。それはうれしく感じられる。彼女の経験では、うれしくないことは一度もなかった。少なくとも、最初の部分は。ドーパミン、セロトニン、オキシトシン。化学反応を知ることで何かが変わるか? 彼女が〝うれしい〟は化学的トリックだと知ったのは、どれだけ前のことだっただろう。

「いいかい。今の知識を捨てるんだ。心を自由にして、想像力を使いなさい」。彼は彼女と目を合わせようとする。彼の目で繰り広げられる物語に際限はない。ダイオキシンを食料にする微生物と、廃プラスチックを消化する微生物。温室効果ガスを取り込む、成長の早い樹木。あらゆる先天的病気から自由な人類。

彼女は目を逸らし、海を見る。「またしても誇大宣伝」

「宣伝じゃない。次に起きる出来事さ」。彼の親指が彼女の手首をさする。そして彼女の腕から手を放す。彼は再び肩をすくめ、その単純な仕草の中で、今日に至るまでの全ての文学、全ての虚構、全ての未来予想はヒトという動物に可能な事柄の予備的素描にすぎなかったと示唆する。

彼は離れ、舵柄を包みにくるんで脇に抱え、板張りの歩道を家に向かう。彼女は彼と歩くペースを合わせる。この夕べのリズムは驚くほど彼女になじみ深い。

彼は思っていることを口に出す。「君の番組は近いうちに放映される。君の仲間が私に編集を加え、自分がどれほど妙なことを口にしているかも気付かないほどファウスト的な夢に浸っている白衣の宣伝屋に変える。それがいいテレビということなのかな」

彼女は顔をしかめ、彼に、自分を哀れまないよう、そして、この無料広告にかけられた数百万ドルの費用に腹を立てないよう言う。

「ある男とその会社、そのライバルたちとそれを誹謗する連中について、あなた方は物語を紡ぐ。トゥルーサイト社を中心に劇的な弧を描き出す……。いいかね。トゥルーサイト社なんて何の意味もない。無関係だ。そう、今スポットライトを浴びているのは私たちだ。しかし、君は科学がどういうものか知っているはずだ。数十万の研究者が、集合的意志に沿って突き動かされている。皆、その流れについて行くのが精いっぱい。われわれが大きな発表をする。刺激的だがどうとでも取れる発見だ。しかし、二、三週間もすれば他の十余りの新企業がわれわれに肩を並べ、こちらを出し抜いてあれになろうとする」

思わず彼女の声に苛立ちが混じる。「あれって？」

彼は振り返り、肉桂色の渦に変わった海を指差す。「十五分前、君は森羅万象（クリエーション）の女王だった。そうだろう？　君の顔にそう書いてあったよ」

彼女は顔を赤らめる。別の化学物質の噴出。しかし、真実に関して意見を持つことはできない。

「もしも君の遺伝子が少し違っていれば、ほとんど常にそんな気分を味わうことができる」

彼女は機械的に、首を横に振る。「仮定の話をするのなら、もしも私がビル・ゲイツこと、ウィリアム・ゲイツ三世だったら、こんなふうな素敵な入り江と帆船を一つ買って、独り占めにしたい」

彼は十五分前に彼女がしたのと同じように豊かな笑みを浮かべる。「適切な遺伝子パターンがあれば、入り江さえ必要ない。何も必要ない。敵から砲撃を受けている最中も、何か値打ちのあることをやりたいという自信に満ちた欲望を抱き続けるだろう」

「それは、いいことなんですか？」

二人は海岸の道を横断し、屋敷の入り口に向かう。彼女は再び口を開きたくはないが、そうする。「適切な遺伝子を併せ持った女性のことですが、彼女は自分が幸福だと気付いているのでしょうか？　もしも常に気分が高揚しているのなら、幸福を測る尺度も……？」

「ああ、彼女だって他の人と同じように気分の浮き沈みがある。単にその上下の振り幅全体が、われわれよりもかなり高い場所に位置しているというだけだ」

シフはレンタカーのカムリのそばで立ち止まる。クルーは今頃、ダマリスコッタで彼女を待っている。彼女は夕食と反省会までに彼らの所へ戻らなければならない。明日の朝一番にはローガン空港へ行く必要がある。「私はそれが言いたいのです。私はたいていの人よりも幸せだ。でも、それで私にどんな得がありますか？　彼女は私より幸福だ。もしもあなたが私たち全員を一段階ずつ幸福にしたら、私たちはまたその状態に慣れっこになって忘れてしまうんじゃありませんか？　人間っていつもそうでしょう？　今日の十が明日の七になるだけではありませんか？」

「私もこの〝十〟の人物に会うまでは、そのことを考えた。そして奇妙なことに、一般人と彼女のゲノムの違いは、ほんの二、三の微妙なものでしかない」

彼女はトマス・カートンの、人を疑わない、すがりつくような表情にそれを見て取る。本当の資産は一つしかない。未来が下取りに出す、代替可能な商品。「あなたは私たち全員を幸福にする。

そういう計画なのですか？」
彼の眉がくしゃくしゃになり、唇が尖る。彼女は彼を傷つけた――少なくとも、彼が人によって傷つけられ得る範囲で。彼は冷やかすような彼女の口調に肩をすくめる。「この世の居心地をもう少しだけよくする。しかし、もちろん本人が望まないなら、そうはしない」

「あなた方は幸福薬（ソーマ）を見つけたわけね。畜生（ダム）」

彼は長い苦しみを経た溜め息を吐き、彼女の車にもたれる。「私は第一に、オルダス・ハクスリーが自分で選んだ気高い苦痛の地獄で焼かれることを望む。あの本はこれまでに書かれた中で、最も危険な、希望の妨げとなる、イデオロギー的な書物だ。追い詰められた人道主義に関する何らかの高潔なビジョンが作家に衝撃を与えたからといって、残りの人類はずっと苦しみ続けなければならないのかね？」

「私の解釈はそれとは少し違って――」

「第二に、そうだ。私たちの最初の製品は――あなたがそこまでこだわるなら――おそらく医薬品になるだろう。しかし、今日調剤しているような当てずっぽうな薬とは違う。受取人のゲノムに合わせたテーラーメード医薬品。遺伝子的に個人向けに調剤された高性能弾丸。一刻も早くそこに到達できれば、それだけいっそう、医学が暗黒時代を脱するのが早まる。鬱と躁の背後にある脳内化学反応をわれわれが理解した暁（あかつき）には……」

今回、彼は彼女に指摘される前に自分でわれに返る。彼は後悔してうなずくが、両手の指が素早く親指に触れる。「すみません。ついつい力が入るタイプなもので。それは認めよう。でもそれで、何か問題があるかな？　鬱の治療をするのに何も道徳的なためらいはないよね？　私たちが今言っているのは、かつてタオルを歯で噛み締める代わりに鎮痛剤（フェンタニル）が使われるようになったのと同じく、今日使われている選択的セロトニン再取り込み阻害薬の代わりに将来使われるようになる薬だ」

「なぜか、遺伝子的テーラーメード薬品は単なる始まりにすぎないという気がするのですが、それはどうしてなのでしょう?」 彼女が彼を見ると、彼は鑑識眼のある目で彼女の髪をほれぼれと見ている。彼女の左手が上がり、流れるような前髪をかき上げ、再び髪を下ろす。

彼は無意識に同じ動作をする。「それはあなたが、アメリカで最も場違いな科学テレビジャーナリストだからです」。彼の声は〝場違い〟という語をあがめずにいられない。

「じゃあ、あなたがあちこちでしゃべっている、寿命を延ばすとかいう話は――」

「ああ、それももちろんやっていますよ。質と量。いいですか。私たちが追い求めているのは、人類が道具を手にして以来求めているのと同じものです」

「台本を書き直すという点を除いては?」

彼は純粋に当惑した顔をする。「私たちはそれも、これまでずっとやってきた」

「そして私たちは、全ての欲求が満たされるまで、全てのかゆみが癒やされるまで、止まることが許されない」

偽りのない当惑がさらに増す。**他にどうしろと言うのか?** 「欲求で思い出したが、夕食はここで食べていきなさい」

彼女は車から離れ、招待が期限切れになる前に家の方へ進む。「どうしましょう。でも、あなたは大規模なカロリー制限をなさっているのでしょう?」

「私は一回一回の食事を常に大事にしている」

∞

彼女は玄関前のポーチに置かれた揺り椅子に戻り、ダマリスコッタのニコラス・ギャレットに電話する。「ボス? あのですね。私がそちらに戻るのは少し遅くなりそうです。私抜きで食事をしておいてください」

キーズが電話の背後でけらけらと笑う声が聞こえる。**俺の言った通りだろ？　ほら、全員、百ドルよこせ。**

彼女はニックに、遅くはならないが、待つ必要はないと伝える。彼女が電話を切るとき、ディレクターが笑いをこらえているのが感じられる。彼女は少しの間、揺り椅子にかけ、自分を振り返る。それは実際、努力というほどのものではない。決断でもない。単に大きな分子が無限のシナプス間隙で、最古の信号をやり取りしているだけのこと。

森の中から何かの声が聞こえる。彼女はそれが哺乳類か、鳥か、もっと奇妙な生き物なのか分からない。彼女のよりもかなり小さいけれども、他の被造物に比べると怪物的な喉が、つかみ所のない不安の中でうめく。彼女は音が戻るまで待つ。それは、満足と興奮が道を分かつずっと前からの叫び声だ。彼女は玄関ポーチの脇を通って、現場を見に行く。暗い森以外には何も見えない。牢屋の柵のような松と唐檜（とうひ）の木立。そびえる斜面。針に覆われた夜。

私に中心はない。その思考が彼女を衰弱させる。思考さえ存在しない。彼女の体と全く同じサイズの事実が存在するだけ。彼女は自分を演じることの中に姿を消す。自分の至福が何なのか分からず、それを追求しようとすると、ただ迷うよりもひどい結果を招きそうだ。

彼女が台所につながる勝手口に戻ると、彼は既にたくさんの植物栄養素（ファイトニュートリエント）をスライスし始めている。「ごめんなさい」と彼女が言う。彼女は自分の声を聞くまで自分が何を言っているか知らない。

「私、戻らなくてはいけません」

「本当に？」　彼の失望は侮辱的に無気力だ。「本当に、食べていかない？　ゆっくりすればいいのに。実験してみるべきだ。六十歳は新たな四十歳だよ」

彼女は番組内のもっと不埒（ふらち）な場面でするように、忍び笑いをする。「それは見たら分かります。

あなた方は既に知能向上薬(スマートドラッグ)をやっているんでしょう?」 彼女は彼が否定しないのを確認する。「残念ながら、四十歳は新たな早期退職年齢なんです」

彼女は天然石とヒマラヤスギでできた居間を抜け、元妻と二人の子供——既にそれぞれが億万長者への道を歩み始めている——の写真が飾られた棚を通り過ぎる。彼女は鞄を取り、歩き続ける。彼はカムリまで後に従う。彼は彼女に触れようとしない。

彼女は車の脇で、彼とは腕の長さだけの距離を置いて言う。「改めて、いろいろとご協力ありがとうございました。いい番組になると思います。あなたはとてもテレビ映りがいい」

彼はいつもと変わらず寛大にそこに立ち、次の大きな出来事を待ち受けている。しわの寄った彼の顔は単に、彼女を駆り立てているものを知りたがっている。根っからの研究者。彼は幸福の遺伝子を持っていないかもしれないが、彼には、美よりも魅力的だと彼女が思う、あふれる情熱がある。

「もう少しゆっくりしていったらいい」と彼ははっきり言う。「本当だよ。何が喜びをもたらすか、自分ではなかなか分からないものだ」

「確かに。その通りです」。彼女は彼に、憂鬱を治療しないでほしいと頼みたいと思う。少なくともあと一世紀は残しておいてほしい。墓場のような森の中から夜行性生物が鳴くのが再び聞こえる。彼女はカートンの肩に手を置き、尖った唇にキスをし、車のドアを開け、去る。

彼女が暗いくねくね道を七マイル走ったところで、物語が白波のように彼女の上で砕ける。彼女は小ぎれいな塩入れ型店舗(ソルトボックス)の前に車を止める。看板には次のような文字が等間隔に並んでいる。

食料品
贈答品
釣り餌

彼女は鞄を探り、電話を見つけ、そして――普段の彼女なら決してしないことだが――短縮ダイヤルを触りながら車を再び道路に戻す。ニコラスが電話を取る。「もしもし」と彼女が言う。「私よ」。それが誰であれ。「今、そっちに向かってる。さっきポマードボーイに渡した百ドル、返してもらって。で、相談なんだけど。この件でぜひもう一本、番組をやりたいの。正解。あなたって読心術の天才。彼女の居所を突き止めるのはそれほど難しくないと思う」

彼女はさよならを言い、電話を閉じる。断固とした目的意識と、心を半ばまで満たす漠然とした横溢を感じながら。

∞

創作的（クリエイティブ）ノンフィクションは最終的にここに至る。科学が今、慣例の記者会見を開く。論文が公表されるのと同時に、トゥルーサイト社は、幸福に関する脳の設定値をコントロールする遺伝子ネットワークについての発表を行う。ケンブリッジでのイベントに現れた数十人の科学ライター、写真家、弁護士、投資調査員はその手順を知っている。ネットワーク内の全ての関係者は十年前から、遺伝学がゲノム学に変わったという事実になじんでいる。科学はそれ以来、驚異の領域を超え、起業家精神の領域に踏み出した。新しい生化学的属性（プロパティー）は、新しい知的財産（プロパティー）を意味する。もしもそれを今後何度も利用するつもりがなければ、誰もこれほど多くの機材を持ち込んだり、これほど大規模な会見を開いたりはしない。

『限界を超えて（オーバー・ザ・リミット）』の移動撮影クルーも、もちろんその場にいる。そしてもしも歴史が必要とすれば、彼らには四十五分にわたる生のビデオがある。ビデオは、すぐに悪名高い流行語となったあの言葉を最初に使ったのがトマス・カートンでないことを証明している。最初の使用者の名誉は、六十五歳の元地学者で、ネットの台頭によってまだ絶滅に追いやられていない最後の一般科学雑誌記者のものだ。それはビデオの始まりから三十八分のところで起こる。カートンがスライドを使った説明を終え、アニメーションを見せ、「感情の基盤に対する新しい理解の時代」について語った後の場面だ。

最初に、5-HT受容体遺伝子の他の変種の影響に関して通信社の新人から博識な質問が出される。ベテランのラジオ記者が影響力について尋ねる。そうした遺伝子を持った人のうち何パーセントが実際に極端な高揚感を持つのか、と。その遺伝子が発現するには巨視的環境および微視的環境がどのような役割を果たすのかを、別の人物が訊く。カートンはただ肩をすくめ、まだまだ難しい問題が山積していることを認める。

その後、元地学者で間もなく引退する雑誌記者が、他の全員が記事で使うことになる言葉を初めて用いる。「要するに、幸福の遺伝子を発見したということですか?」

「違います」とカートンが言う。カメラは苦痛に満ちたしかめ面を捕らえる。「私たちが言っているのはそういうことではありません」

それはまるで、ラザロを死からよみがえらせたことを誰にも言ってはいけないと弟子に言い聞かせるイエスのようだ。

「では要するに、どういうことなのですか?」 科学ライターの口調にある何ものかが、会場に集まった人々を一斉に笑わせる。

カートンは間を置く。「われわれが言っているのは、つまり、非常に強い相関性を見つけたということです。鍵となる遺伝子変異グループを持つ人はそうでない人に比べ、感情の設定値がはるかに高い傾向がある。他の条件が全て等しければ」

他の条件が全て等しいことは決してない。しかし、その不可能な条件を誰かが指摘する前に、「タイムズ」紙の陰の実力者が、この研究には医薬的、あるいは臨床的な応用の可能性があるのかと尋ねる。にやけたカートンが「あるかもしれませんねえ！」と答える。その答えに続きがないと気付いた聴衆から嘲笑が漏れる。

シフが手を挙げる。カートンは質問を受ける間、彼女を認識していないように見える。「感情高揚（ハイパー）性気質（サイミア）の被験者……最適な遺伝子の組み合わせを持った女性について。同じような人は他にどれくらいいるのでしょうか？　つまり、この世界の中に」

カートンは内心の笑みを隠しきれない。「異なる国や民族における遺伝子の頻度や、それらが互いにどう結びついているかについて、さらにデータが必要です。アキスカルの研究によれば、一般人の百人に一人は感情高揚性気質（ハイパーサイミア）の調査基準を満たしている。とりあえず今この場で予想をするなら、そうした既に幸運とされている被験者一万人のうちの一人が、不安定な否定的気分や乱暴な振る舞いと無縁だと考えられます」

彼女は計算する。「では、およそ百万人に一人ですね？」

彼女がどこへ向かおうとしているか分からず、彼の笑顔が消える。「そういう言い方もできます」

彼女は、どうしてその〝最適〟な組み合わせがこれほどまれなのかと質問しようと思う。自然淘汰はそれのどこが気に入らないのか。完璧な至福が嚢胞性線維症と比べて百分の一しか存在しないのはなぜなのか。しかし、彼女は機会を逃し、記者会見の残りの時間は同じ質問の変種に費やされる。**私たちはあとどのくらいの年月で、もう少し幸福になれるでしょうか？**

∞

見出しで疑問符を使うタイプのジャーナリストでさえ、ほとんど興奮を隠せない。科学は、至福に最も貢献する遺伝子を見つけた。ゲノム学は今や、どのような遺伝的組み合わせがマイナスの感情を抑え、プラスの感情を押し上げるのかを知っている。**幸福の遺伝子判明か？**　あなたはまさか、それが永遠に探求を逃れると思っていたのか？

アルツハイマーの遺伝子、アルコール依存症の遺伝子、同性愛の遺伝子、攻撃性の遺伝子、新しもの好きの遺伝子、恐怖の遺伝子、ストレスの遺伝子、外国人嫌いの遺伝子、犯罪衝動の遺伝子、貞節の遺伝子が流行し、消えた。幸福の遺伝子の流行が来る頃には、ジャーナリストたちでさえずっと前から、逃げ道を用意している。しかし、癖はなかなか抜けず、記者たちはシュメール文明以来の市場にこの秘密が現れるのを待っていた。

通信社がそれぞれに流した記事は、新発見が持ちうる意味について七色の結論に達していた。『サイエンス・タイムズ』誌に掲載された千百語の記事には、誰が数えるか次第で、五つから七つの間違いしかなかった。『ニューズウィーク』誌はトップ記事に取り上げた。**セックスよりも心地良く、金よりも強力で、名声よりも永続的……幸福の秘密？　生まれつきの幸福。**同じ号の二十八ページには、トゥルーサイト社と密接な財政的利害関係を持つ薬品会社の広告が載っている。

深夜番組の司会で有名な四人のコメディアンのうち二人が、番組冒頭のモノローグでこの報道を取り上げる。

> というわけで、幸福は大部分が遺伝だということが、ついに科学の手によって明らかになりました。しかし、忘れてはいけません。彼らはついこの前、不妊症が遺伝すると言っていましたから……。幸福の遺伝子が、なぜか、あまり広がりを見せていないのは興味深い。例えば、肥満の遺伝子と比べてもそうです。肥満の遺伝子。肥満の人は、体が大きく広がっていますからね……。

トゥルーサイト社の発表はフットボール競技場でウェーブが広がるようにミームプールを駆け巡る。あちこちのウェブサイトがユーザーの反応を集める。この記事は報道価値が四つ星、重要性が四つ星、娯楽価値が五つ星と評価される。環境よりも遺伝が幸福に影響を与えると考える人が一年前は五十パーセントだったが、大ざっぱに言って、それが三分の二の割合にまで増えた。五人に二人が、近い将来、科学が幸福の遺伝的構成要素を人類のために利用できるようになると信じている。トゥルーサイト社がもしも有益な発見をするための独創的研究をしたのなら、そこから独占的な利益を得るべきだ、とほとんどの人が信じている。一般大衆の十一パーセントが、幸福の遺伝子が既に見つかっていると思っていた。

今回の発見はタイミングが完璧だ。戦争が第三の近隣国にこぼれだし、犠牲者数が四十五か月ぶりの多数に達する。〝憂慮する科学者同盟〟の新しい研究が、地球規模の温室効果ガス排出が大幅に低く見積もられていた可能性を示す。中央アジアで新型の致死的インフルエンザの散発的流行が起きる。最近の検査で、重金属汚染が食物連鎖を通じて劇的に増すことが判明する。二十年にわたるポンジー型ネズミ講が地球規模の金融市場で破綻し、数兆ドル相当の仮想的財産を消し去る。放射能爆弾（ダーティー・ボム）を作ろうとしていた南カリフォルニアのテロリスト細胞が、一斉に検挙される。

そして、科学者たちが喜びの遺伝子的原因を発見する。

∞

『行動ゲノム学ジャーナル』に最初の論文が発表された直後に仕上げられた「魔神（ジーニー）とゲノム」の最終編集版で、カートンは彼女をシンプルに〝ジェン〟と呼んでいる。彼は自分のグループが心理テストの結果だけに基づいて、彼女のゲノム的署名をいかに正確に予測したかを説明する。彼は色彩を強調した機能的磁気共鳴画像（fMRI）のアニメーションを見せる。

　これらの領域における協調的な活動が肯定的感情の持続と関連しています。彼女の基準線をご覧ください。これはさながら、交響曲だ。

その過程を語る間に、彼の興奮がさらに一段階高まる。

　こちらの高速処理光学解析器に増幅ＤＮＡを入れると……千ドルにも満たない料金で気質分析をすることが可能です。

「ＶＩＳＡカードは使えますか？」カメラの枠外にいる司会者が尋ねる。彼のほほ笑みが言う。では、**お支払い方法をお選びください。**

彼はデータが依拠する関連特許については口が重いが、脳の報酬回路に寄与する無数の関連酵素工場については多弁だ。彼は感情的幸福に関与する多くの遺伝子を認める。重要な神経伝達物質の経路と合成を制御する遺伝子。神経伝達物質の放出と再取り込みの仕組みを作る遺伝子。知覚、記憶、感情の中枢を結ぶ遺伝子……。

しかし次の映像では、講堂いっぱいの聴衆が彼の話に衝撃を受けている。聴衆の六十パーセントは彼の研究をやめさせるために政府が動くのを期待し、残りの四十パーセントは彼がノーベル賞を受けるに値すると考えている。彼は大きく映し出されたスライドの前にいる。幅二十フィート。彼が手を振り、腕を回しながら映像の前を歩くと、グラフが彼の体の上で踊る。散布図の雲は、右上がりの斜線に沿った細い葉巻形だ。縦軸は主観的幸福の選択的指標を統合している。横軸には、トマス・カートン率いる研究者らがその正確な素性を今回初めて明らかにした遺伝子が並べられている。

彼は含意された直線を引く必要がない。線はそこにあり、葉巻形の雲の最も密度が高い部分を通っている。データポイントが平面上に分散するが、ランダムではない。特定の遺伝子多型における反復パターンの数が増えると、点（ポイント）も上昇する。彼はずっと右の上方にある点に注目し、それを〝ジェン〟と呼ぶ。

メイン州の高機能住宅へジャンプカット。カートンの目が輝く。その視線は番組の司会者、あるいはひょっとすると、生あるいはウェブで番組を観ている百万の視聴者に向けられている。

恋に落ちる場面を考えてみてください。いかに元気があふれ、いかに頭が働くことか。何もかもが深遠なる秘密に満ちる。驚くべきことが今にも起ころうとしている予感……。そう、グラフの高いところに位置するジェンたちは、感情面で生まれつきの才能を持った選手のようなものだ。彼女たちは世界全体に恋をしている。そして世界もそのお返しをしないではいられない。遺伝子と環境が、正のフィードバックでループ状に増幅し合っている……。

シフはありがちな批判の全てを彼に投げつけるが、彼は禅僧のように動じない。

なるほど、幸福は量的特質です。もちろん、これらの遺伝子は数十の他の遺伝子とも、他の数十の調整要因とも相互作用している。われわれはたくさんのＤＮＡチップとコンピュータ計算を注ぎ込んで、そうした相互作用の解析を試みている……。遺伝子の発現には当然、環境が影響する。しかしそもそも、われわれが環境にどう関わるかを決めるのも遺伝子だ。実際、恵まれない環境が遺伝子の発現を強化するという証拠さえ、存在している……。

カメラの枠外でトニアが訊く。

しかし、私がこの遺伝子をたくさん持っていれば持っているほど、〝生きる喜び（ジョワ・ドゥ・ヴィーヴル）〟が得られるということなのですか？

彼の顔は話が込み入っていることを認める。

私たちが言っているのは、そういうことでもありません。私たちは単に、相関関係を発見したわけで……。

リバースショットでシフ。彼女はこの展開を楽しんでいる。彼女は個人的利益を考えるには性格が明るすぎる。この物語がノンフィクションである可能性は、まだ彼女の頭に思い浮かんでいない。彼女はカメラを止めて数時間が経つまで、それを理解しない。とりあえず今、彼女はこう尋ねる。

では、私の遺伝子を直接見て、判別することができるのですか？

カートンは顔をほころばせ、言う。

君のコーヒーカップを貸してください。そこから検体を採れる。

彼らはこのやり取りを番組のクライマックスに持ってくる。完成した番組は二週間後に放映される。

第四部　次の一ページ

The Next First Page

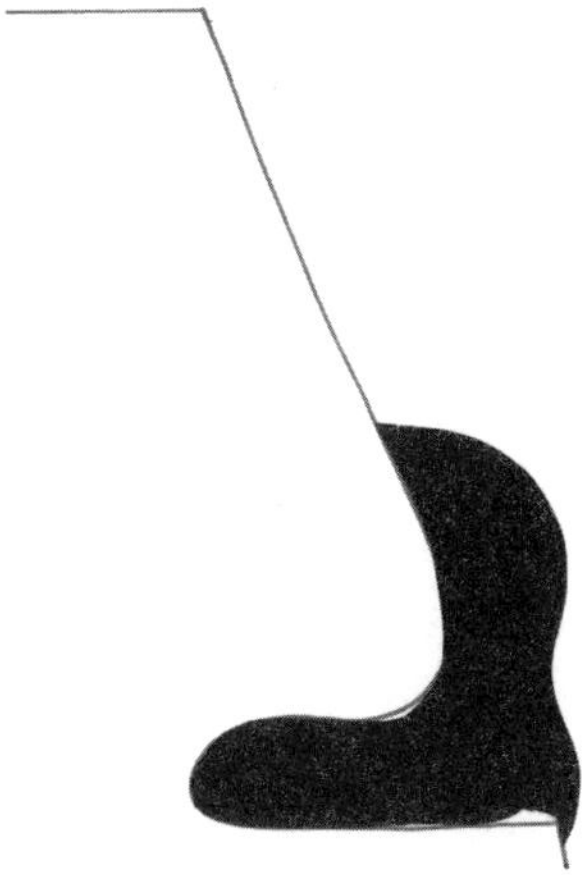

……おお、人間よ！　四季を通じて汝の体温を保ち続けよ。

——ハーマン・メルヴィル『白鯨』

ラッセルとキャンダスはゲイブが床に就いた後、彼女のアパートの小さな薄型テレビで、録画された番組を一緒に観る。二人とも、一人きりでその番組を観る度胸がないし、何かの口実なしに互いに会う勇気もない。

ストーンが到着した途端、二人は試しにキスを交わし、ゲイブがそれを嫌がる。「何だよ、それ。ここはフランス?」しかし、ラッセルは少しの間、フュートピアに付き合うことで少年をなだめる。そして、子供の消灯時間、大人のショータイムが訪れる。

ラッセルとキャンダスは十八インチの戦略的距離を置いて居間のソファに座る。ビデオが始まると、二人は再び、よりリスクの高いキスをする。「ありがとう」とキャンダスが言う。「助かるわ。精神安定剤(トランキライザー)よりもずっと効く」

ストーンは思わず跳び上がりそうになる。彼はここへ来る直前、兄に借りた小さな薬瓶から精神安定剤(アティバン)〇・五ミリグラムを服用していた。

女は髪をなでつけながら、画面に食い入る。彼女は小声で自分に言い聞かせる。「薬に劣らず習慣性があるかもね」

「大丈夫だよ」と彼は言う。彼は自分が何を言っているか分からない。彼はもう一度彼女の唇を見つける。一瞬後、彼は自分が何かをしゃべったかどうかさえ分からなくなる。

「魔神(ジーニー)とゲノム」が始まる頃、二人はすっかり力を失い、鼓動が高まっている。二人とも集中しようとするが、ユニゾンで胸を高鳴らせているのが互いの耳に届く。彼らはカートンの議論を理解しようとする。人類を改善する能力が飛躍的に高まっているという議論。それはなぜか、彼らが舞台上に見た人物、タッサをボストンに誘った人物と異なって見える。「彼、結構チャーミングね」ラッセルの太ももに手で円を描きながら、キャンダスが認める。「それは間違いなく言える」

ストーンは何かを言うべきだ。「間違いなく？」

番組はコンピュータグラフィックスと切り返し（クロスカット）と容赦のないシンセサイザー音楽を使って、彼らを夢中にさせる。番組のあらゆる手法によって、科学がスポーツ同様セクシーなものに変わる。二人とも、普段あまりテレビを観ないせいで、免疫がない。メッセージが彼らを圧倒する。あなたの染色体を強化し、先鋭化し、拡張せよ。より賢く、より健康に、より本来の姿になりなさい。栄え、望みのものになり、全ての欲求を満たせ。喜びに浸り、永遠に生きよ。

カートンは番組の終わり近くで、仮名でタッサに言及する。彼は彼女が未来の設計基準であるかのように語る。「われわれは天然痘を治療した」と彼は言う。「ポリオも根絶した。私たちは苦しみの原因を突き止め、撲滅することができる。私たち一人一人が理想通りの存在になってはならない理由は何もありません」。科学者は意見表明の締めくくりにこう言う。「私は神を信じません。しかし私は、神を生むのが人類の仕事だと本気で信じています」

その頃には、二人の視聴者は既に気が逸れ、テレビを消音し、キャンダスがラッセルの上にまたがって二人のリズムを探り、ラッセルはその下で彼女の導火線を探す。二人はもつれるようにしてぐったりと果てる。二人とも、久しぶりにこの場所に戻れたことを感謝する。

それから二人は彼女のベッドに入る。二度目はゆっくり。彼らは互いをあらゆる向きにひっくり返し、互いに今までに望んだ全てを味わい、戯れ、身を任せる。最初の理由が何であれ、今となっては二人が肌を合わせない理由は何もない。彼が「愛している」と繰り返し言わないためには非常な努力が必要だ。そして、もしも言葉が魚に生えた毛のように邪魔に感じられなければ、彼はそう言い続けるだろう。しかし、彼女の驚くべき背中に寄り添い、安心しきって眠りに落ちようとする彼が今考えているのはこういうことだ。ありがとう。僕を死者の国から救ってくれてありがとう。

∞

二人が目を覚ますと、既に外は明るい。ゲイブが困った声で呼んでいる。「ママ？　起きなくていいの？　ママ？　どうしてテレビが点いたままなの？」

キャンダスが跳び起き、ラッセルの姿を見てはっとする。彼女は手で口を押さえる——半分は朝の驚きで、半分は昨夜の海に浸ったまま。彼女は今回は貞節に、彼にキスをする。その息は親密かつ粘土質（ローム）で、一夜明けた至福が新鮮味を失っている。彼女の首と脇からも、いつものむっとする匂（にお）いが漂う。なじみの空気。彼女はにやりとし、唇に指を当てる。彼女は扉に向かって叫ぶ。「おはよう、坊や。今、そっちに行く！」彼女はラッセルに、ここで待っててとジェスチャーで指示し、愚かしい仕草に再び笑う。彼女は急いでスパッツをはき、トレーナーを着て、姿を消す。

というわけで。フランス風の笑劇。しかしながら、これもまたあなたが暗記している物語。ただしこの劇では、もう一人の男は身長がわずか四フィートしかないが。

ラッセルは、既にマーキングを終えたシーツの中で対角線に体を伸ばす。シーツにはまだ彼女の獣臭が残っている。彼は人が配偶者を匂いと第六感で選ぶという話を読んだことがある。意識下で認識される、自分と異なる組織適合化合物の匂い。彼は、互いの匂いを嗅いだ瞬間から、ここに、彼女のベッドにたどり着く運命だった。

彼は何か月も前から、避けようのない衝突が最後にはとんでもない惨事を招くと確信しながら、頭の中でこの映画を観てきた。キャンダスと一夜を過ごした後には、再び、詩を書く慰めさえ持たない無力な詩人の人生に追放されると思っていた。ところが今、全ての焦点化した恐怖の力は驚異の健全性の中に消え去り、彼には莫大な余力が残されている……できる限り早い機会に再び、この女性を享受する力が。最善の作文は常に書き直しだ。

彼は気分がいい。傲慢なほどの気分の良さだ。この状態を得るのがいかに容易かについてタッサが今まで口にした全ての謎めいた言葉が今、驚くほど明らかに思える。しかしながら、この湧き上がる幸福は、彼の死後の持ち分から差し引かれることになるだろう。

扉の向こうで、夜の間に少し壊れた子供の世界を母親が元に戻す。ラッセルは息を吸う。昨夜のテレビの記憶だけが彼の神経を苛立たせる。そして、そのささくれでさえ、気持ちよさそうに彼の上で体を上下させる女のイメージと精神安定剤（アティバン）の副作用とで、弱められている。

顔を紅潮させて部屋に戻った彼女は、一時的なバリケードとして扉に寄りかかる。「ごめんなさい、こんなことになって。今から着替えをして、子供を学校に送る。私はそのまま出勤しなくちゃならないけど……」

「いいよ。僕はしばらく、満足した雄バチみたいに横にならせてもらう」

彼女は笑い、ベッドまで来て、四つん這いで彼の上に乗る。「あなたって素敵（ワンダフル）。本当に素敵」

彼女が素敵と言っているのは誰か別人の話だ。あるいは、言葉が違っている。しかしひょっとすると、今朝の彼は素敵なのかもしれない。いずれにせよ、この瞬間だけは、驚異（ワンダー）のようなものに満ち（フル）ている。

彼は彼女がクロゼットに入り、ためらいがちに逆回しストリップをし、再びキャンダス・ウェルドに変身するのを見る。アイロンのかかった、薔薇色の、大学勤めの心理学者。彼女が着替えを終えた瞬間、二人は再び互いを見失う。彼は薄い胸板をシーツで隠す。彼女は彼と目を合わせようとしない。「好きなだけゆっくりしていって」と彼女は言う。「コーヒーのある場所は知ってるでしょ。

私は仕事場からタッサに電話する。番組についてどう思ったか聞いてみるわ」

「いい計画だ」

彼女は彼のそばまで来て、額にキスをする。彼は彼女の顎にキスをする。彼女は考え直してベッドの縁に腰を下ろし、彼の胸骨に手を置く。「できれば……」

「うん」と彼は言う。「僕も同じ気持ちだ」

彼女は扉まで行き、唇に手を触れ、彼の細菌を空気に載せて送り返す。扉が開き、彼女が廊下に出、ダッシュする十歳児と合流する。

∞

キャンダスが電話したとき、タッサは既に番組の影響から立ち直っていた。彼女はカートンから与えられた科学的偽名を笑った。「彼はきっと盗んだんです。私が見せてあげた映画から」

アルジェリア人は遺伝子が作った通りの回復力を持っているように思えた。「心配していたほどひどい番組じゃありませんでした。SFっぽい感じ？　どっちみち、私とは全然関係なし。あとは全部、〝ジェン〟の問題。でも、私の脳のアニメ映像、観ました？　活動中の私の脳。あれはとても奇妙でした」

その夜、いつもの時刻に、キャンダスはラッセルに電話を入れた。

「彼女の様子はどうだった？」と彼は訊いた。

心理学者は溜め息をついた。「幸福。いつものように」

「〝幸福〟なら僕も知ってる。〝いつも〟という部分は違うけど」

そして二人はその後、もっと差し迫った事柄の話をした。

直ちに科学界から騒々しい反応が起き、あっという間にヒートアップする。ラジオ、テレビ、インターネット、新聞、大学の講義室で、狂ったように民主的な意見が持ち出される。

マスコミはいつものように専門家の意見に飛びつく。合衆国でマスコミがいちばん集中するのはジョナサン・ドーナンだ。進化遺伝学を知的一般人に解説する三冊の国際的ベストセラーを出版している彼は自動的に、G、A、C、Tの四文字で書かれたものについてのご意見番となっている。ドーナン博士が発表した用心深いコメントがAP通信に引用されている。「人間の脳では一万の遺伝子が発現している。われわれはその一パーセントも理解していない。今回の研究は基本的な気質形成において起きていることを扱うための最初の手がかりとなるだろう」

問題の論文の細部は無意味で、研究をより精緻なものにするのも無理だという研究者もいる。チュービンゲンから北京に至る各地の研究所で、懐疑的な研究者らが、これほど複雑なものがこれほど少数の遺伝子から派生しうるという考え自体に反対する。

ノーベル賞受賞者のアンソニー・ブレーズが「ガーディアン」紙に特別寄稿した記事が他の多くの新聞に転載される。

∞

われわれはいよいよ、遺伝に関する古びた思考から抜け出さなければならない。遺伝子は形質を暗号化するのではない。遺伝子はタンパク質を合成するのだ。そして一つのタンパク質は、合成される場所と時期によって、信じられないほど多様な働きを持つ……。ギャンブル好きな遺伝子、知的な遺伝子、言語の遺伝子、直立歩行の遺伝子など存在しないし、それを言うなら、髪を巻き毛にする単一の遺伝子も存在しない。われわれを幸福にする機能を持つ遺伝子の集合体など断じてあり得ない。

この記事はトゥルーサイト社が巻き起こした火事嵐に油を注ぐことになる。四つの大陸の遺伝学者が、遺伝に対する環境の影響を強調しすぎないように警告する。行動や気質に魔術じみたものは何もない。重要な遺伝子がない場合には、外界の刺激がどれだけあろうとそれを補うことはできない。ＦＯＸＰ２は「言語の」遺伝子とは言えないかもしれないが、その遺伝子の正確なコピーがなければ言語の発達が妨げられることは間違いない、と二人のドイツ人研究者が『エコノミスト』誌の取材に答える。

緊急に開かれた十余りの国際フォーラムでは、他の発言者がブレーズの意見を擁護する。反カートン派は、単一遺伝子の欠陥によって複雑な行動ができなくなる可能性はあるとしながらも、だからといって、複雑な行動が単一遺伝子から派生することにはならないと主張する。一つの悪い対立遺伝子が鬱を引き起こす可能性はある。しかし、二、三の良い対立遺伝子があるからといって必ずしも至福が得られるとは限らないというのだ。

研究補助金を得るための作文が最も大きな社会的ストレスになっている研究者たちが研究室を出て、放送局のスタジオを訪れる。彼らは簡単な言葉から成る、のみ込みやすい短い文を使い、複雑な論文を要約する。大きな三つの一神教的標的市場において、視聴者参加用電話に特殊創造説論者が一斉に電話をかけ、どんな酵素経路よりも複雑に込み入った議論が始まる。

ライデン大学に勤める筋金入りの遺伝的決定論者はＢＢＣ４のインタビューに答え、印象的な双子研究を挙げる。二人の人の間で共通の遺伝子が多ければ多いほど、育てられた場所や育てられ方に関係なく、気性が似ている傾向があるという研究だ。ハンブルク大学の環境決定論者はそうした「ハードウェア決定論」を否定し、おそらく誰でも感情的起伏の落差は同じだと述べる。

散発的な中傷攻撃の中で、どちらの陣営も激情に基づく犯罪を犯す。フロリダ大学でのシンポジウムは複雑な意見の交換から始まり、張り手の応酬に至る。将来の人類の構造的改善に向けた重要な第一歩としてカートン論文を擁護したＭＩＴの著名なエンジニアは、殺人の警告を受け取る。

最も厳しい批判は後成説の陣営から生まれる。革命が始まった――新しい道具を手に入れたラマルク主義の革命だ。彼らは遺伝子を中心に据える思考と、固定的遺伝という古い教義の全てに異議を申し立てる。ゲノムは遺伝子以外の遺伝的機構を持ち、環境がその化学的スイッチのオン／オフを決める。遺伝子中心主義は、古びたパラダイムにいつまでもとらわれている五十七歳の老人の戯言のように聞こえ始める。環境は生殖細胞に直接影響を及ぼすのだ。カートンのような古いスタイルの遺伝子関連解析研究はもはや無関係とさえ言えないかもしれない。気性は、染色体内にあるばかりでなく、水や食料や空気の中にさえあるのかもしれない……。

それからの数日は、奇妙なことに右翼も左翼も、聴取者参加のラジオ番組で、今回の発見を肯定的に受け止めるべきか、否定的に受け止めるべきか決めかねる。右翼も左翼も繰り返し、悪名高い脚注を参照する。ジェン。この女は実在するのか、それとも単に研究が生んだ人工物か。彼女は来るべき新人類のイメージキャラクターとなるのか？　あるいは単に、必要以上に快活なだけの女か？

仮に何か、意見の一致が見られるとしても、かなり曖昧なものだ。感情の形成は一生続き、流動的だという点で多くのキャスターの意見は一致する。しかしまた多くの者が、人々の根底にある感情的技能には数学的才能と同じようにばらつきがあることも認める。今回の公的議論の混沌ぶりがそのいい証拠だ。

しかし、この騒ぎの中で、元の論文の方法論を本格的に批判する者は出てこない。統計は精査に耐える。結果を追認するにせよ、反駁するにせよ、別の研究がなされるには何年もかかる。物語はいずれ恥の中に消えるかもしれない。新しい決定的研究によって葬り去られるかもしれない。しかし、幸福の遺伝子は今後何世代にもわたって、共同市場に出回ることになるだろう。

∞

その春、キャンダス・ウェルドには、少なくとも一つの決定的実験を行う先見性があった。四月の初め、彼女はグーグルで、引用符付きの「幸福の遺伝子」を入力した。検索エンジンは七百二十七の結果を返し、そのうちの五分の一は擬陽性だった。ビデオ視聴派さえもがトマス・カートンの集合意識的感覚を察知しだした五月初めに、彼女は再び同じ検索をした。その頃にはヒット件数は十六万二千三百十五に達していた。六月になると、彼女はもう一度試す勇気がなかった。そしてその必要もなかった。

∞

トゥルーサイト社の発表は、要するに、いつもの科学的バトルロイヤルを巻き起こす。一般大衆以外、誰もそれに驚かない。真実は血みどろの戦いだという事実を科学は一度も隠したことがない。旧石器時代の人間が犬の飼育を始めて以来、遺伝的気質の問題をめぐって血が流されてきた。

怒号は通常、マスコミに聞こえないよう、閉じた扉の反対側で交わされる。公衆の前でののしり合う家族はほとんどない。二人の科学者の間の違いは、科学を憎悪する大衆と科学との間にあるギャップの前で色あせる。しかし、いったん裏切りが絡むと、完全にお手上げだ。

問題の裏切りは世代の線に沿って割れている。一方には古いタイプの遺伝学をやっている大学教授がいて、手に試薬を持ち、頭にはゆっくりと増大する知識が詰まっている。他方には、分子工学者がいて、コンピュータシミュレーションを手に、頭には情報科学を詰め込み、創業したばかりの医薬品会社に勤め、彼らにとって研究を専門にする教授は単に、自分たちがライセンスを与える顧客の一人にすぎない。忍耐（ペイシャンス）対特許（パテント）と古いタイプの教授は言う。法律（ロー）対畏怖（オー）と成り上がり者は言う。

最悪な家庭内けんかのように、賭け金が上がるにつれ、争いは醜いものに変わる。しかし、論文公表後の数週間、カートンは悠然と、その小競り合いから距離を取る。もしも彼とトゥルーサイト社が実際に人間的感情の深遠なる基盤を発見したのなら、もはや彼らは世界に欠かせない存在になっているはずだ。そして、もしも動くのが早すぎたか、楽観的すぎたかだとしても、潜在的利得に比べれば損害は小さい。結局のところ、彼らは一私企業にすぎず、投資家以外の誰にも責任を負っていない。損失を帳消しにし、結果として生じた世間の注目を利用し、新たな権利を主張する。

マストドンは進化した。それは全く新しいゾウだ。

∞

タッサのゲノムが自然界に漏れ出し、殺人蜂から重症急性呼吸器症候群（SARS）ウィルスに至る研究所脱走者リストに加わる。『行動ゲノム学ジャーナル』に関する一般記事の五分の一は幸福の三冠王を獲得した人種不明の脚注女性を取り上げる。カートンが〝ジェン〟に驚くのを百万人が耳にする。一千万人がその百万人から、彼女の話を聞く。こうして、その架空の女性は生命を得、約五日で、匿名の小児期からカルト的思春期まで成長する。

もちろん、ブロガーが先に彼女を捕らえる。『エリザビースト女王』（あらゆるユーザー指標から信頼性が高いと評価されたサイト）のブログに、「ノー・クライ、ノー・ウーマン」という面白い記事が載る。そこにはこう書かれている。

> 人間の基本線からあれほど大きく逸脱した人物――脳のスキャンが交響曲みたいに見える人物

——はそれだけで充分に、独立した種と考えられるべきだ。もしも本当にジェンに悲しみがないのなら、彼女には何か深遠で、神秘的で、本質的に人間的なものが欠けている。私はそう思うし、そう言い続ける。少なくとも、私自身が抗鬱薬を処方されるまでは……。

この記事は数十のブログにトラックバックされ、無断の模倣記事を大小のサイトにその四倍生み出す。オンラインジャーナル『ベータテスト』は「ジェンの心、〝心〟入門」という、より長い、哲学的思索を掲載する。運命と素質を注意深く区別する記事だ。それは感情的設定値に関するポジティブ心理学流の現代的理解を豊かに描き出す。論文は環境が幸福に及ぼす影響に関する膨大な文献を概観し、いかなる観点から見ても、われわれは自分たちの気分の統御不能な部分よりも制御できる部分にはるかに多くの興味を持つべきだと主張し、こう結論づける。

トゥルーサイト社の突然変異的幸福人間が感じる満足は、他のわれわれも日々の努力によって、ずっと意義深い形で——なぜなら、私たちには断続的にしか得られないから——感じることができる。

論文はネット上で何万回もEメールで送付され、そこには常に、多幸症を暗示するポーズの女性を描いたカラーの全身像が添えられる。女性の元の顔はフォトショップで取り除かれ、どこにでもあるニコちゃんマークに入れ替えられている。

インターネット上に無数にいる情報通は幸福遺伝子騒動を詳細に追う。彼らは『行動ゲノム学』のサイトをブラウズし、論文要旨を半分まで読んだところで挫折する。トゥルーサイト社のホームページへ移動し、フラッシュ版のガイドツアーに参加する。ニュースリーダーに新しいキーワードをいくつか追加し、多数のユーザーグループに飛び込み、あるいは身を潜めて、激しいけんか騒ぎを遠巻きに眺める。さまざまな質問サイトに質問を投稿し、ジェンが実在の人物か、あるいは医学的産物かを尋ねる。

〝アザーアンジー〟という名のフェイスブックユーザーが、ジェンは自分だと告白する。彼女にあいさつ（ポーク）する人数が爆発し、たった三日で友達が五百から八千人超に増える。ページにコメントを残す人の半数が、主張が正しいことを証明してみせろと迫る。彼女は主張は本当だと言い続け、抑えきれない精神的履歴について手の込んだ物語を紡ぎ、最近、科学者によって行われた検査を説明するが、そこに三人、別のフェイスブックユーザーが登場し、自分が本物のジェンだから彼女は偽物だと発表する。その後、マイスペースで十人余りが自分が本物だと言い出し、このゲームは、始まったときと同様に急速に衰退する。

「あなたすごくジェン」という決まり文句が携帯メール共同体に広まる。その語は月末には、形容詞を卒業し、動詞になる。私はあなたをジェンしない。

∞

文字が発明されたのと同じ頃、ある一つの突然変異がヒトの遺伝子プールに広まり始めた。変異は中東のどこかで、一度生じたのかもしれない。あるいは、アラビア半島とスウェーデンのどこかで独立に生じたのかもしれない。その遺伝子の変異が他にどんな働きを持つにせよ、それは離乳期以後に乳糖分解酵素（ラクターゼ）の生産が止まるのを防いだ。変異種を持った人々は子供のときと同じ消化機能を持ち続け、生涯、ミルクを飲むことができる。

　部族集団が家畜化された牛を飼い始めたとき、変異種の人が新奇な利点を手に入れた。他人が消化できない食料源。約三百世代後、北ヨーロッパに祖先を持つ大半の大人は、腹痛を起こさずに牛乳を消化できるようになり、その技能は未だに、疫病のように世界中に広がりつつある。

　進化的尺度において三百世代がどれほどの長さなのか、私は知りたい。乳糖耐性がどれほどの速さで乳飲的地球の他の地域に広がるのか、私は知りたい。人間的親切心という乳糖への耐性がどれほどの速さで広がるのか――包容力（ジェネロシティー）の遺伝子型（ハプロタイプ）が人類に広まり、われわれに驚くべき新しい技能を与えてくれるのにどれだけの時間がかかるのか――私は知らなければならない。

∞

タッサは匿名の自分が有名になっているのを嗅ぎつける。ネットとの繋がりのないトゥアレグ族でもなければ、何らかのメディアで幸福遺伝子に遭遇するのを避けられない。そして、幸福遺伝子の物語に反応する人々は、その遺伝子を間違いなく有している女性の話にも反応する。

　彼女は、ウェブ上のあちこちのブログで盛り上がるジェン関連の思索を追う。彼女は時々、そのような人は実在しないというコメントまで残す。実際、彼女にとってジェンは、ゲイブ・ウェルドの小さなデジタル天使よりも空想的な存在だ。もしもミステリーと空想と謎の気質が望みなら、アシア・ジェバールの著作を読めばいい。「遺伝子的に完璧な、幸福な女性」という話そのものが、前月に盛り上がりを見せた珍ニュース――嘘をついている人間を九十八パーセントの確率で見分けられるという、メリーランドの若い男――と同様、すぐに消え去る。そして、ジェンも永続的な痕跡を残すことはないだろう。

　タッサは自分の分身をほとんど気に掛けない。春学期はクライマックスに近づき、彼女は忙しい。彼女は映画カリキュラムの要請と自分自身の欲求で手いっぱいだ。彼女が選択しているのは、「映画制作上級」「文化、人種、メディア」「ドキュメンタリーの歴史」「ロケーション音響レコーディング」そして必修一般教養の最後の科目「エコロジー」だ。彼女はバルカン合唱隊で歌う一方で、北西アフリカ（マグレブ）合唱団を作ろうとしている。彼女は毎週開かれる映画同好会でカビル映画を皆に見せ、ブーゲルムーの『忘却の丘』、メドールの『バヤの山』、ハジャジの『マチャホ』について手の込んだ研究発表をしていた。彼女には悪い麻雀仲間ができた。そして、交際（リエゾン）としか呼びようのない付き合いも始まっていた。

始まりは、メディアラボで隣に座ったキヨシ・シムズがデジタルビデオ編集ソフトウェアの場面転換トリックを彼女に教えたことだ。次には、彼女が彼に、パニック発作を起こさずに学食で十五分間過ごす方法を教える。ほとんど偶然の巡り合わせで、それが日課に変わる。彼は彼女が今学期のスタジオ課題――『春になったら』というタイトルの短い合成映像――を編集するのを手伝う。そして、彼女は徐々に彼を脱感作（だつかんさ）し、さらに公的空間の深みへ送り込む。

彼は四月下旬には、金曜午後にサウスステート通りにある有名なブルースクラブで、彼女と食事できる程度にまで成長する。二人はナマズのフライとオクラの蜂蜜マスタードあえを一緒に食べる。二人とも、音響システムを通じて泣き叫ぶ十二小節形式デルタブルースに耳を傾けるのに必死で、注文したビールには口をつけない。キヨシはテーブルを叩いて拍子を取れるほど大胆になっている。彼は時折、少しだけエアギターみたいな仕草をするが、あまりにも控えめなせいでエアウクレレのように見える。近くの誰かが身動きするたびに、彼の動きが止まる。

二人が浅い満足に浸り、そろそろそれぞれの家に帰って金曜夜の映画編集に取り掛かろうかと思っているところを、スー・ウェストンが見つける。二人とも、アートギャルに会うのは数週間ぶりだ。その場はミニ同窓会に変わり、その後、おびえたキヨシはトイレに逃げ込む。

スーはにやりとし、〝私は秘密を知っている〟という表情をタッサに見せる。タッサは身構え、シムズ＝アムズワール間にある特別な関係を説明しようとする。芸大の生態系には、このような共生関係を許容する懐の大きさがあるはずだ。

しかし、アートギャルは彼女の不意を突く。「あなたでしょ、あれ？　幸福の遺伝子を持つ女。ネットですごい話題よ。ジェンの正体はミス・包容力（ジェネロシティー）」

　タッサはテーブルの反対側に向かってフォークを投げる。包容力があるとは思えない行動。「ジェンは科学的妄想よ」

　アートギャルは顔にしわを寄せ、一歩下がる。「やっぱ、あなただわ！」　彼女は金曜夜に向けた序曲（プレリュード）として、この二十分前にちょっとした刺激剤を飲んでおり、おかげで少し興奮が高まっている。「誰も気付かないなんて信じられない。てか、この前の冬に、あんな話もあったじゃん。高揚（ハイパー）何とかって……」

　カビル人は頭を下げ、テーブルの天板に耳を付ける。「私の血に特別なものは何もない」

　ウェストンはキヨシがさっきまで座っていた椅子に腰を下ろし、彼女の肩に手を置く。「そうかもね。でも、この際そんなの関係ないでしょ？　ジェンはもう、今シーズンのセクシーアイドルみたいになってるけど、これがいつまでも続くわけじゃない。チャンスよ。すごい注目度だもん。あなたが自分で撮った映画を投稿すれば、間違いなく何千ドル……ねえ、ほら。名声は新たなセックスよ！」

　タッサが頭を上げる。乾いた小さな輝き。「ちょっと待って！　それより先に、昔ながらのセックスはどう？」

「それ、本気？」

「仕方ないでしょ。私が元いた場所は、抑圧的な文化だったんだから」

「え、まさか」。アメリカ人は思わず開いた口を手で押さえる。「まさかあなた……あそこを切り取られたりしてないわよね」

「あ、そっちの方の抑圧的文化じゃない。私が言ってるのは、カナダのケベック州のこと」

スーの笑顔が引きつる。
タッサは彼女の肘に指を二本添える。「さあ、偏見は全て捨てて」
だまされたアメリカ人は彼女の唇に指を当てる。「嘘つき娘！」 彼女はうなずきながら、アルジェリア人から一歩下がる。「私のこと、からかってるのね」。しかし、彼女が立ち直る前に、キヨシが戻ってくる。彼はコンピュータの入った鞄を取り戻し、人間的触れ合いが制御不能になる前に逃げ出すつもりだ。スーは縮こまった青年に再び目をやり、改めて感心した様子で笑う。

タッサはキヨシに続いて逃げ出す。しかしその直前、スーがさよならを言うために彼女の腕をつかみ、再び例の輝きでじろじろと顔を見る。**私から隠れようとしても無理**とその表情が言う。**せいぜい透明（インビジ）ボーイと楽しみなさい。先に彼が死ななければ、だけど。**

∞

その晩遅く、スー・ウェストンは自分のブログにログインし、新たな書き込みをする。「幸福の鳥、見ぃつけた」。彼女は、かつて作文を指導した教員が誇りに思いそうな、明瞭な書き方で主張を展開する。彼女は前年十一月の『シカゴ・ストリート・ニュース』の文字化記録、「シカゴ・リーダー」紙の記事、そして数か月前の大騒ぎにリンクを貼る。事実のみ。〝創作的〟を取り除いたノンフィクション。彼女自身の考える科学。第一発見者の称号は彼女のもの。

彼女が事実を公（パブリック）にしたというのは正確ではない。事実は最初から、内密（プライベート）ではなかった。彼女は二十一歳で、公（パブリック）と私（プライベート）の区別がもはや存在しないことを知っている若さだ。存在するのは、リンクが貼られたり、貼られていなかったりする、緩慢な事実と速やかな事実。そして、重要性を持つ全ての連鎖的出来事はいつか互いに結び付けられる。どのみち、その二、三日後には別の誰かが関連を公表するだろう。それならどうして、注目を集める役どころを余所（よそ）のブログに譲る必要があるのか。

∞

ル・ケフに到着したシフは、腹は空っぽで、脳もそれに近い状態だ。彼女は新市街(ヴィル・ヌーベル)にある、独立広場を見下ろすホテルの部屋の窓際に立つ。めまいのせいで、石と白い漆喰の山からそびえる巨大なビザンチン様式の要塞(カスバ)以外はほとんど目に入らない。旧市街地(メディナ)の街路は要塞の麓からくねくねと続いている。斜面の反対側にはさらに大きな町並みが広がり、白と淡褐色のがらくたのような街区を光塔(ミナレット)や丸屋根(ドーム)が見下ろしている。セルラー無線塔の先端が要塞の向こうに覗き、トニアの東洋趣味的幻想に穴をうがつ。ここへ来たのは、狂気の沙汰だ。彼女は黄金時代の安手のSF小説から抜け出した、既に起きた未来を変えようとする時間旅行者のようだ。

　シフはそこに立ったまま身動き一つせず、じっと前を見る。やがて、絵筆のような口ひげを生やした体格のいい男が、広場を挟んだ向かい側のバルコニーに現れ、彼女に視線を返す。彼女はかび臭い部屋に戻る。町の詳細な探検は、体調の回復を待って、明日に回そう。以前、タッサに言われたように、「あなたが必要とすれば、明日はすぐにやって来る」のだから。

　シフは道中で着ていたしわだらけの服を脱ぎ、仕切りのない小さなシャワールームでぬるい湯を浴びる。乗合タクシー(ルアージュ)の影響で頭がまだ回っていて、全く食欲が湧かない。タオルに体を包み、ベッドで体を伸ばす。ぼろぼろの手帳を見つけ、書き込む。**話し合いは明日。**一瞬、この遠征に意味があったように思える。**もしも十分でも録画ができたら、それで満足。**

　彼女はその間ずっと、自分の知る世界が留守の間も存在し続けているかどうかを気に掛けていないふりをする。正時三分前に、彼女はさりげなくテレビの電源を本体のボタンで入れ（ホテル従業員が律儀にベッド脇のテーブルに置いたリモコンは故障している）、最悪のゴシップ好き視聴者のようにチャンネルをカチャカチャと変える。

アルジェリアの混沌とリビアの空虚とに挟まれた小国の西部、人口四万の辺鄙な前哨地にある二つ星のホテルでは、彼女がニューヨークで見られるより多くの国際的（コスモポリタン）なテレビを放映している。彼女は飢えた人のようにBBCにチャンネルを合わせる。世界はほぼ、彼女が立ち去ったときのまだ。今日という日はいつもの一日と同様、過去の手によって人質に取られ、未来の約束に運命づけられて、過ぎ去った。その辺鄙なホテルでは、一つ一つのニュースが、差し迫った絶滅か萌芽的躍進、そのいずれかを告げている。あらゆる場所のホテル滞在者——今晩、飛行機を乗り継ぐあらゆる乗客——が、彼らが故郷に戻るまでに人生の問題がついに解決されると考えたとしても、われわれはそれを許さなければならない。

彼女はテレビを消し、かびの生えた部屋の高地的静寂の中、機内持ち込み用鞄を開け、化粧鏡のようなディスクをぎっしり詰めたプラスチックケースを取り出す。その一枚一枚に数時間分のビデオが収められている。服は三日分しか持って来なかったが、持ってきたデジタル動画の分量は三週間で見きれないほどだ。幸福の秘訣は、やり甲斐のある仕事。

彼女は、真の初生児を編集によって作るための素材となるアーカイブに目を通す。彼女は硬いベッドの真ん中で、タイムカプセルに囲まれながら、生ける記憶の中で最も悪名高い幼児を取り上げた短い特番を観る。〝ジョイ〟という、完璧に古風なミドルネームを持った女の子。

このビデオが三十年も前のものだと考えると胸が痛む。しかし、基本的な修辞は千年前から変わっていない。疑いを知らない世界に密かに運び込まれた、騒動をもたらす危険な赤ん坊。医師らは両親に、生まれてくる子に施される処置が初めての手法だと説明することさえしない。トニアはベッドの上で起き上がり、録画された誕生場面を観る。進化した未来に暮らす人々に向けて転送されたメッセージ。シフの画面で赤ん坊が児頭娩出段階に入り、ルイーズ・ジョイ・ブラウンが誕生する。五と四分の三ポンドの、あり得ないほど弱々しい幼児が空気という初めての危機に直面し、肺いっぱいの力で泣く。

その産声は、それが引き起こす騒ぎに比べれば、取るに足りない。ごくごく穏当な評論家がカメラの前で、人類の破滅を宣言する。この大昔のヒステリーは、今となってはばかげて見える。しかし、当然と言えば当然の騒ぎ。

シフは背筋を伸ばし、再び窓の外に目をやる。黄色い光の花飾り（コサージュ）が今、ル・ケフの町の輪郭からぎざぎざの山並みまでを縁取る。不妊に対するこの町の基本的治療は今でも、地元イスラム教施設での祈りなのかもしれない。しかし翻ってみれば、ニューヨークもそれと変わらない。

トニアは前の惑星から転送された警告に再び注意を向ける。後の科学技術を知った目から見ると、最初の人工授精が〝イチかバチか〟の試みに見える。接合子卵管内移植、卵細胞質内精子注入。彼女には、そうした手法を使ったことのある友人が十人余りいる。今晩、暗闇が地球を一周する間も、数十万の試験管ベビーが生きている。そのプロセスは今では取るに足りないものだ。本当のショーはこれから始まろうとしている。自主的なガイドラインだけに従った新たな産業が既に、数百の遺伝的疾病に関して胚の検査を施している。そして、トニア・シフは帰りの切符を賭けてもいいと思うのだが、きっとどこかの億万長者が既に、有用な特性を子孫に与えるための検査に金を払っているだろう。人類はおそらく、それが可能になった途端、音楽のダウンロードと同じように、個人の特性をウェブサイトで売買するようになる。

彼女はディスクを取り出し、今晩の二本立ての後半を、山の中から探す。彼女の手元にあるのは、ドキュメンタリーと伝記、そして、遺伝子操作したバクテリアや遺伝子導入、写真の姿が世界的に有名になった羊、異種移植、皮膚のＤＮＡを卵子に移植した胚、二人の母親と一人の父親からできた胚などに関する昔のニュース映像、そして、百パーセント合成で生まれた生物の排他的所有権が申請されたという先週のニュースだ。

　黙示があまりにも日常的なものになり、そこには何の感情も入る余地がない。本の書き込みに際限はない。そして、われわれが書いたものは全て、いつか現実になる。

　彼女は眠りに落ちるまで、メモを取り続ける。そして眠りに落ちるとき彼女は、私が望むものはほんのわずかだと自分に言い聞かせるだろう。あと一編のドキュメンタリー。あと一つのインタビュー、もう一人の、喜び（ジョイ）という名の秘密の子供。しかし、この古代都市を守備する崖の縁は、彼女が映像に収めたがっているあらゆるテーマをあざ笑う。

∞

「シカゴ・リーダー」紙に特集記事を書いたダナ・ウォシュバーンは二日に一度しか自分の名をグーグル検索しないので、スー・ウェストンのブログに自分のことが書かれているのを見つける前に丸二十一時間が経過する。ウォシュバーンはすぐにタッサの留守番電話に、情報の確認を求めるメッセージを残す。しかしタッサからは、翌週の「リーダー」の原稿締め切りまでに返事が戻ってこない。そこで、週刊新聞は〝未確認情報〟のコーナーに記事を掲載する。記事が世間に出るまでに、情報が出回る。謎のジェンの正体は、ウェブ上で増殖を始める。一週間も経たないうちに、彼女は公に取り引きされる商品と変わらなくなる。

　学期末試験まであと三週間。タッサディト・アムズワールは学期末までに粗編集を終えようと、『春になったら』に必死に取り組む。彼女はさざ波にほとんど気付かない。大陸大の文化的変容が根付き、生物圏を占領し、二十四時間のニュースサイクルで数度の絶滅を繰り返すこの国では、彼女はただひたすら身をかがめ、学期を終え、世間の注目がいつもと同じ有名人の離婚と養育権争いに戻るのを待つだけだ。

最初の攻撃は昨年秋の単純な繰り返しだ。彼女は押し寄せるEメールに返事を書こうと精いっぱいの努力をする。数十人の若い男性ファンと出産を終えた母親らが彼女にメールで尋ねる。ジェンは本当にあなたですか？　自分が遺伝子のおかげで楽しい気分を味わっていると最初に気付いたのは何歳の時ですか？　冬の深夜でも遺伝子は働いていますか？　今度一緒にコーヒーでもいかが？　おしゃべりはどう？　四十五分だけ会えませんか？　今度の木曜、そちらに行くことができます。ミネアポリスはシカゴからそれほど遠いわけではありません……。

　彼女はそうした人々に優しい。誤解したのは彼らのせいではないから。二、三日後、彼女は同じ文面の手紙を使うことにする。胸が痛むが、他に選択の余地がない。彼女は全ての返事の末尾に、個人別の文を書き加えようとする。返事に対する返事を受け取り始めると、彼女は歯を食いしばり、無視をする。

　その後、電話が鳴りだす。最初は『セルフ』誌。次は『ピープル』誌。そして『心理学の今（サイコロジー・トゥデー）』誌。彼女は、自分がインタビューされているのだと気付かないままに、二件の電話取材を受ける。彼女は、話す値打ちのないことを話したくないと説明しようとして、もう一件のインタビューを受ける。「トリビューン」紙の記者が彼女に、〝ラプソディー・シカゴ〟にサンドイッチを食べに来ないかと誘う。その声からは、仕事を頑張っている妻子ある紳士としか感じられない。大いなる誤解を説明しながらサンドイッチを食べても、何の害もないはずだ。タッサがラプソディーに着くと、記者の脇に写真家がスタンバイしている。そしてその女性写真家――メスカーキの卒業生――もまた、持てる技術を生かしながら、自分の職務を果たしているだけだ。

　インタビューアーは繰り返し彼女に、横溢な気分をどう感じているか尋ねる。彼女は彼らに訊き返す。「経験したことないんですか？」　あります、と彼らは言う。でも……常に、なのですか？　いいえ、と彼女は言う。楽しいことはしばしば。横溢は時々。数えようによってはたびたび。生きている人は誰でも、生まれていない人より百万倍幸運、断然優位なのだから大いに満足すべきだ。それ以上、何を言うことがあるだろう。

彼らは彼女が至福を遺伝的に受け継いだのか、あるいはそれが環境から来たのか、あるいは単に、意志の力で幸せになっているのかを尋ねる。彼女は、自分では全く見当が付かないと正直に答える。彼らは、彼女みたいに幸福な人が他に親戚にいるかと訊く。彼女は他の人がどれだけ幸福か分かるわけがないと言う。

サーカスが始まって四日目以降、彼女は電話に出るのをやめる。しかし彼女は、留守番電話に残されたメッセージを聞くと心が痛む。メッセージを聞けば、返事をせずにいられない。同時に彼女は絶対に、落第せずに学期を終えたい。唯一の答えは、電話回線の契約を解除し、新しい契約をすることだ。

それをやっても、「トリビューン」紙の写真を見た赤の他人が通りで彼女を引き留め、温かい声を掛けてくるのは止められない。しかし以前は、彼女自身が赤の他人を町角で引き留め、同じように声を掛けていた。だから差し引きはゼロだ。結果として、彼女は何人かの素敵な人に出会う。彼女が会う人の多くは、彼女と話せただけでとてもうれしいと言う。彼女の非科学的な思考にとっては、それだけでも、この病気が遺伝的というより伝染性のものだという大きな証拠に思える。しかし、二重盲検法を用いて制御された実験でそれを確かめようとする投機資本家はいない。

∞

その間、キャンダスとラッセルはどこにいるのか。彼らは、国際的な快楽密輸業者のようにこっそりとランチに出掛ける。彼女は彼に料理を教える。彼は彼女の肖像を描く。二人はネイビーピアでジャンクフードを食べ、アラゴン・エンターテインメント・センターでスカンジナビア風レゲエを聞き、チャイナタウンの小さな映画館で中国のギャング映画を英語字幕の助けを借りずに観、科学産業博物館の〝未来の生きたおもちゃ〟展にゲイブを連れて行く。

ゲイブが父親のもとに泊まる夜には、二人はストーンの部屋で、オークの床に狭い布団を敷いて横になり、互いに声を出して本を読む。二人はシェークスピア劇の一場面を演じる。アーデンの森のロザリンドとオーランドー。ジェシカとロレンゾーが夜空を見上げる場面。そんな夜、二人は自分たちが今どこにいるのか分からなくなる。

彼らは、二人を巡り合わせた幸運の女性として、タッサをいつも心に留めている。二人はふとしたタイミングに彼女を鮮明に思い出し——今ではそれと同じ明るさと鮮やかさが普通の毎日を満たしているのだが——税や死のように義務的な、感謝の念を覚える。「明日、彼女に電話してみましょうよ」。キャンダスは一度ならずラッセルにそう言い、二人は互いの腕の中で眠りに落ちる。

∞

彼らは一緒に想像上の本の草案を練る。ラッセルは、このアイデアを押しつけようとするキャンダスの強引さに驚く。それは全くセラピーらしくない。家の模様替えのような感じだ。あるいは、ガーデニングのよう。あるいは、古い友人を夕食に招いているかのようだ——ただし、前もって部屋を片付けておく必要はない。

「ほら」と彼女は彼を尻で押し、布団の上で彼の隣に居座り、甘言で促す。彼女は彼のカナリヤ色の法律用箋を振り回す。「ほら、作家先生。私たちが望みを叶えるチャンスよ。さて。題名はどうする?」

彼は彼女に驚かずにいられない。彼女はへんてこな二十歳の娘になる。ウィルス並みに伝染性のある笑み。「先に、いくつか選ぶべきことがあるんじゃないかな」

「例えば?」

「え、さあ。例えば、今から書くのが小説なのか、回想録なのか、歴史なのか、ハウツー本なのか、自己修養本なのか、料理本なのか」

「もちろん! ていうか、例えば、事実か作り話か。今時、そんな違いに意味がある?」

とりあえず、当面は。遠からず全てが事実になる、あるいは、全てが作り話になるだろう。しかし、ストーンはまだ、そのどちらなのかを予想しようとは思わない。

今はどちらかを選ばなければならない。「作り話」と彼は決める。

「いいわ。誰にも訴えられることのない世界ってことね。じゃあ、どこから始める? まずは登場人物のリストが必要。体を切ったらちゃんと血が出るような、三次元的な、記憶に残る登場人物を数十人。足の先の臭(にお)いまで嗅げそうな人々」

彼の古びたシラバスの第二課。型にはまった手法、特性、中核的な内面価値。

「登場人物って本当に必要なのかな」と彼は言う。「登場人物なんてうんざりだ。あまりにもマンネリな感じがする」

「オーケー、いいわ。登場人物はなし。斬新ね。新鮮。気に入った。じゃあ次は、何を扱う話にする?」

∞

復活祭(イースター)後、二度目の日曜日、南バリントンにある超教派的巨大教会の二百エーカーのキャンパスで、若くて魅力のある牧師の一人マイク・バーンズが、**私たちの国はいまだに神に最も愛されているのか?**というテーマについて行われる四つの大規模説教のうち、第三回を担当する。分析に鋭さはない——ワシントンが公表する最近の貸借対照表(バランスシート)にも増して。マイク牧師はアメリカが恩寵から転げ落ちた兆候をリストアップする。薬物、性の乱れ、時折起きる無差別殺人などが国中の学校をむしばんでいる。共同体全体がインターネットという汚水槽で溺れかけている。中国経済がわれわれのおやつばかりでなく、ランチまで横取りしようとしている。銀行業は想像の世界に消え、失業率がますます高まっている。凶悪犯罪と同性愛が至る所にはびこり、どう客観的に見ても——生活水準、健康管理、そして全般的な生活の質という点で——国全体が危険な領域に達している。

マイク牧師は、その厄介な羅列のクライマックスで、話し上手な間（ま）を取り、信仰を持ち続ける人々に残された褒美のチェックリストに話を移す。アメリカ人はいまだに、世界もうらやむ、神に選ばれた民だ。迷える者たちがキリストの静かなる力に耐えられず、彼を殺（あや）めたのと同じように、アメリカの自由におびえた者どもがアメリカに傷を負わせようと必死になっている。

しかし、**敵の望みなどどうでもいい**と説教師が歌うように言う。**神は皆さんの歓喜の声をお望みだ。この世で神のためにできる最善のことは、神の高揚を誇示することです。**そして説教の締めくくりの数分間で——教会が毎週配信するビデオキャストの山場として使われる印象的なくだりだ——マイク牧師は会衆に現実的な寓話を与える。

「ここで、皆さんもニュースで耳になさっているかもしれないある若い女性のお話をしましょう。アラブ＝アフリカの狂信的イスラム宗派の地獄による迫害を逃れてきた、少数派（マイノリティー）家族に属する女性。世界で最も幸運な国の最も幸運な都市の大学に無事たどり着いたさすらい人。科学はこの生存者の喜びに医学的な名前を与え、彼女の恒常的な至福が単なる無作為の化学的偶然だと装おうとしています。しかし私の数学は——私の科学は——考え方が異なります。果たしてこれは単なる偶然なのでしょうか？　平和に慣れた私たちの魂が想像するだけで震えるような恐怖の数々を体験したこの女性、神の果てしない愛を受けたこの人はたまたまキリスト教徒だということなのでしょうか？　そうお思いになりますか？　どうです？　単なる偶然？」

会衆の笑い声は大きく、長く続く——あらゆる場所のデスクトップパソコンと携帯情報端末で。

∞

キャンダスとラッセルは仰向けになり、冷たい脇腹を触れ合って横たわる。大理石でできたルネサンス時代の墓の蓋に刻まれた彫像のように。

「もうすぐ十一月。全米小説創作月間よ」と彼女がささやく。「三十日で五万語。去年はエントリーしたのが九万五千人、作品を仕上げたのが一万九千人いたんだって。どう思う?」

「ちょっと待って」と彼は彼女に言う。「それには相当な覚悟が必要だから」

∞

巨大教会がマイク牧師の説教を自らのサイトにポストした直後、拡大する会衆の一人が独自調査の結果を教会のオンラインフォーラムに書き込む——さすらい人の住所を、神の祝福を彼女と分かち合いたい人のために。

反応は速やかで、熱狂的だ。信仰さえもが、規模の経済を享受する。

∞

ストーンは最近、見知らぬ番号からかかってきた電話でも取るほど楽天的になっている。

「ストーン先生! 助けてください。私、追われているんです」

彼女だ。彼の周りで床が柔らかくなる。「誰のこと?」

「暇な時間を持て余した、とても熱心なキリスト教徒の人たち。私にプレゼントを送ってきたり、いろんなものを持ってきたり。私と会って、一緒にお祈りをしてほしいって言うんです」

彼女は彼に、説教とそれが巻き起こした騒ぎの話をする。こんなときでも、彼女はパニックを起こしているというより面白がっているようだ。

「先生はこの国の人だから」と彼女が言う。「こういうときどうしたらいいか、教えてもらえませんか」

彼は、怒りに任せて訴訟を起こすとか、差し止め命令を求めるとか、公に彼女の名前を出した人間を片っ端から訴追すると脅すなどの選択肢を挙げる。「大丈夫?」有能なキャンダスをまねて彼が尋ねる。「もしも嫌がらせを受けているなら――」

「それは大丈夫です。ただ困っているだけで。いろんなものを送ってくるんです。ステッカー、ピンバッジ、素敵なギター音楽の入ったディスク、イエスをかたどった変な小物とか。ある女性は寮のみんなで食べてくださいと言って、復活祭の残り物の卵形チョコレートを緑とピンクの籠いっぱいに持ってきました。チョコレートの卵は多産を願う儀式だからおかしいって言っておきました。少なくともその人は、割とすぐに帰ってくれましたけど」

「ちょっと待って」。彼はまるで、近所の銃声で深い眠りから叩き起こされたような気分を味わう。「君の寮までみんなが来ているわけ?」

「どうやったらやめてもらえるか教えてください。助けて。そろそろ紅茶とお菓子がなくなりそうです。それに、学期末ももうすぐだし。課題の仕上げにあと百時間が必要なのに、六十時間しかないんです」

「その人たち……彼らは君に何を望んでいるのかな」

「簡単なことです。みんな、私がキリスト教徒だからつきまとっている。私に仲間になってほしいみたいで……あの、変な小物、何て言いましたっけ?」

「マスコット」

「それそれ。私が一種のイエスのマスコットみたいな感じ。それか、私が彼らの人生を治療できると思っているみたい。先生、かわいそうな話なんです。中には私を神の遣いの天使だと思っている人もいます。未来に関する秘密の伝言を携えて地上に送られた天使だと。先生から言ってやってください、私はくそ（ファッキング）天使なんかじゃないって」

その単語は受話器を持った彼を凍りつかせる。彼女は罵り言葉を使わない。彼女は自分が使っている言葉の意味を知らないに違いない。それに相当するフランス語やアラビア語の単語は単なる装飾語にすぎず、タマジグ語にはそうした忌み言葉は存在しないはずだ。しかし考えてみれば、もはや英語にも忌み言葉は存在しない。この単語はくそ（ファッキング）ほど使いまくられている。

彼女が沈黙を破る。「ねえ。先生はキリスト教徒じゃありませんよね。ごめんなさい。先生を傷つけるつもりはなかったんです」

彼自身、彼女にさまざまなものを贈るのを夢に見たことがある。昔のフォークソングを詰め込んだテープ、アメリカで生き延びるためのガイド本、彼女のエッセイを読んで彼が想起したエッセイ、ホプキンスやブレークの目くるめく詩集。「いいや、僕の家は……両親は僕を……いや、それはどうでもいい。本当のところ僕は無宗教さ」

「よかった。私も無宗教。私は北西アフリカ（マグレブ）のアルジェリア国籍カビリア系カトリック派無神論者の、フランス系カナダ人留学生。私にはあの人たちを助ける力はない」

「キャンダスに相談した方がいいんじゃないかな」

「それはどうかしら、ラッセル。私もキャンダスのことは好きだけど、それは今、無関係。キャンダスはいつも私に、正しいと思うことをしなさいと言う。キャンダスは自己発見という点ではすごく助けになってくれる。彼女の意見は既に尋ねたと考えて行動するだけで充分です」

彼はその気になれば、他の解決法を提案できる。しかし、そうはしない。彼は最近の上機嫌でふぬけになっている。喜びは判断力を増す足しにほとんどならない。幸福という状態は、最大の能力を発揮したいときには望ましくない。

彼は町の中で学期末まで身を隠せる場所がないかと尋ねる。彼女にはそんな場所が思いつかず、彼もどこかを薦めたりしない。彼は彼女にくれぐれも用心するように、そして、時間については焦ってはいけないけれどもしっかり意識しておくように言う。大事なのは無事に学期末を迎えて、故郷(ホーム)に帰ることだ。

「故郷」と彼女は言う。「あの美しい故郷に、私も早く戻りたい。でも先生、一つ問題があります。しばらくは故郷に帰れそうもありません。夏の課外授業を受けることになってるんです」

彼らは気まずい間(ま)を共有する。彼は彼女に自分のアパートを薦めようかと思う。しかし、それはばかげている。二人とも黙る。一瞬、あまりの静けさに、私は盗み聞きを二人に気付かれるのではないかと心配になる。それから彼女は彼に、本の進み具合はどうかと尋ね、再び皆が胸をなで下ろす。

「まずまずだよ」。彼は笑う。「共著者ができた。君の友達の一人だ」

「キャンダス？　ほんとに？」　彼には、ネイティブスピーカーでない彼女の言葉の裏にある心理が読めない。しかし彼には、彼女が数学的推理を働かせているのが聞こえる。「先生とキャンダスが付き合ってるってことですか？」

間違いなく付き合っている、と彼は思う。「うん。そう、付き合ってる」。彼は、彼女の質問よりも自分の答えに驚く。

「それ、すごい。そう聞いて、うれしいです。キャンダスの身になってもうれしい。先生はジブリールと仲良しだし。それに、先生がキャンダスと一緒に書いている本のこともうれしい。お願いだから、何の話か教えてくださいよ」

彼は彼女の癇癪にほほ笑む。それは最高に陽気な癇癪だ。「話は冒険物語。刑務所を脱走する人が主人公だ」

「本当？　またぜひお話ししましょう。私には脱獄経験のある従兄(いとこ)がいるんです。いろいろと情報を提供しますよ」

血縁を前にして、想像力は恥辱で死ぬ。

「また、お会いしたいです、ストーン先生。お話がしたい。いつか、どこかに出掛けましょう。何かを見物しに」

彼はその言葉には何の意味もないと自分に言い聞かせなければならない。彼女は例のキリスト教徒でも、それほど人数が多くなければ、観光に連れ出すだろう。

電話の向こうでブザーの音が鳴る。「あれれ。またお客さん。ちょっと待っててください」。彼女はインターホンに出て、少し話をする。彼女は笑いながら電話に戻ってくる。「二人の優しそうなおばあさんでした。通りには他に三人、姿が見えます。雑誌の切り抜きにサインしてほしい、そして、祝福について話をしてほしいんですって」

「試験勉強で忙しいと言ったらいいよ」

「私は十分だけならいいと言うことにしています。それから、一緒にベランダでヤギの生贄を捧げませんかって訊くんです。そうすれば、話が早く済むこともあるから」。彼女は電話口にキスをする。「いろいろとありがとうございました、ラッセル。愛しています。バイバイ」

∞

この突然変異的第二の都市(セカンド・シティー)はあるトークショーの本拠地だ。多数の世界的都市と少数の非世界的都市が〝自分の土地の〟と呼べるトークショーを持っている。そのジャンルはヨブ記にまで歴史をさかのぼり、狼から生まれた犬よりもたくさんの変異種が生まれている。しかし、このシカゴで進化したようなトークショーは、世界の他の場所には存在しない。

それはテレビ番組というより、至高の多国籍特許状だ。あらゆる面から見て、その司会者は世界で最も影響力の大きな女性だ。彼女自身の物語は、ホレイショー・アルジャーからロジャー・ゼラズニーに至るアメリカの創作的虚構のモチーフをさまざまに取り込んだような驚くべき混合物だ。ここでは単に、彼女は貧困と虐待の子供時代を経て、多くの先進国よりもたくさんの資金を寄付する大人に成長したとだけ述べておこう。彼女の持っている力は、一瞬で有名人を生み、数億冊の本を売り、消費者産業の存亡を左右し、欺瞞を暴き、大規模な救援活動を指揮し、話されている言語を変えることができる。その力の源泉は、国際的なテレビ放送で人に最も個人的な秘密をさらけ出させるだけの強靭さ、温かみ、弱さ、共感を持っていることにある。もしも彼女が存在しなければ、アレゴリーが彼女を発明しなければならないだろう。彼女の名はオドノー。歴史上最も裕福なアイルランド系アメリカ人。しかし、彼女と彼女の番組、彼女の経営する出版社と特選専門店チェーンは、世界中で、シンプルに〝オーナ〟という名で知られている。

彼女の番組の指導原理——オーナをこの二十年で最も多くテレビに映った人間にした原理——は、われわれの運勢は星の巡り合わせにあるのでなく、自己変革にあるという信念だ。彼女は数千人のゲストに、いくら運命を責めても——それが生物学的なものであれ、環境的なものであれ——そこから自由にはなれないと語ってきた。彼女がこれまで気分、母親、メタボと戦ってきたことは広く知られているが、その戦いにおいても、日々、宗教的とも思えるほどの意志の力を発揮すれば、誰でもどんな運命からでも逃れられると彼女は常に主張してきた。誰にでも、少なくとも、統計的に考えられる逆境を克服し、国際的な成功を収めるとは言わないまでも、少なくとも解決と呼べる状態に達するだけの意志の力がある。

こうして、全米メディアが先天的幸福の発見というニュースを伝えたとき、オーナが多数抱える番組スタッフがそれに目を留める。先天的な気性。それはボスが決して許容しない運命論だ。そして、好対戦ほど視聴者が喜ぶものはない。〝幸福の遺伝子を持つ女〟が『オーナ・ショー』のスタジオから十六ブロックしか離れていないサウスループの寮に住んでいるのをオーナのスタッフが知ったとき、状況はまるで運命のように感じられる。

∞

タッサの名がウェルドの予約カレンダーに現れた。学期最終週木曜の午後、初診外来向け時間帯の三十分の帯。毎年学期末前にカウンセリングセンターを襲う絶望の津波が徐々に落ち着き、キャンダスのクライアントの大半が、夏休みの間に立ち直るため、這うように故郷に帰り始めていた。ウェルドはいつからタッサと話をしていないのか、思い出せなかった。彼女はもちろん、世間のばかげた騒ぎを知っていた。しかし、学生が向き合う危機には、匿名の愛の瞬間的大洪水よりひどいものがいくつもある。

けれども、タッサは現れた。予約通りの三時。ウェルドは今さらながら、どうしてこれほど長い間、彼女と接触せずにいられたのかと思った。キャンダスがメスカーキで働くようになってからの七年で、彼女は三度、大きな計算間違いをした。その一度はクライアントが自殺を企てたが、幸い、未遂に終わった。ウェルドはその後、自身がセラピーを受け、デニス・ウィンフィールドをはじめとする同僚のおかげで職業的自信を取り戻すことができた。彼女はそうした失敗から多くを学び、そこから立ち直るたびに、仕事の面でも、人間的にも強くなった。しかし、決まって何か月かに一度、メモやニュース、予約カレンダーに突然現れた名前などが彼女の古傷を刺激し、あの潰瘍状態がよみがえり、全てが理解不能になり、事態の流れが制御不能に陥る。彼女のクライアントの多くにとっての日常。

キャンダスはすべきことを知っていた。差し迫った危険に、注意深く耳を傾けること。タッサが陥っているに違いない混乱に共感すること。そして、できるだけ早く他の相談員との面会予約をするように薦めること。友情と職業意識が共に、交代を命じていた。

三時になるとすぐに、ノックの音がした。キャンダスが扉を開き、初めてオフィスを訪れた学生を出迎え、抱き締めた。タッサはウェルドの肩を揺すり、両頰にキスをした。「じゃあ――生きていたんですね」

「ごめんなさい」とキャンダスが言った。「最近、いろいろと忙しくて。あなたの方は?」

「てんやわんや」。タッサの目は動き続けた。白いモスリンのドレスを着た彼女はオフィスの中を滑らかに移動しながら、まるで初めて目にするものであるかのように、本棚、ホッパーの絵、そして写真を眺めた。彼女はようやく革の椅子に腰を落ち着けた。

キャンダスはその隣の肘掛け椅子に座り、タッサの雰囲気の変化を見定めようとした。彼女の周りに漂うオーラが変わっていた。緊張というわけではない。その逆だ。彼女は静止に向かおうとする強烈な衝動を放っていた。キャンダスの頭に思い浮かぶ会話の切り出しはどれも、間抜けに感じられた。

「私の同僚が、『ピープル』っていう雑誌の記事を見せてくれたわ」

タッサは内的リズムに合わせて首を横に振り、目を閉じた。「あの件は全く考えたくないわ、キャンダス。ばっかみたい。全く、ばっかみたい」

「あなた、ひょっとして……。精神的負担に押し潰されそうとか?」

カビル人ははるか一年先に――ひょっとしてそうかもしれないというかすかな可能性に――目をやった。「ここのところ、ずっと妙な毎日です。変な地獄みたいな感じ。今までは全く考えたことがありませんでした。私が元気なせいで赤の他人が嫌な気分になるなんて。そんなの、考えたこともなかったし、どうしていいか分からないんです」

「今日ここに来たのは、そのことで？」

タッサの頭がはっとしたように後ろに下がった。キャンダスの耳に自分の言葉の愚かさが届いた。二人の女性は互いに一瞬、気まずい目が合った。タッサが先に立ち直り、場を取り繕った。

「もちろん違います。私がそんな退屈な人間だと思うんですか、キャンダス。あなたが忙しすぎて私と会ってくれないから、予約を取ったんです」

二人はどっと笑った。それから少し、ありきたりな世間話をした。〝世間話〟としか呼びようのない会話。うれしがってそんな話をするのは――とりわけ自分のオフィスでするのは――少し良くない気もしたが、キャンダスはラッセル・ストーン氏との付き合いについて、多少なりともそれに関心のある唯一の女性に、簡単な説明をした。

面談用タイマーが、思ったよりもずっと早いタイミングで、静かに鳴った。タッサが立ち上がり、再びミス・包容力（ジェネロシティー）に戻った。ついこの前、去年の秋にストーンがウェルドに引き合わせたばかりの若い女性。その完璧なクローン。ウェルドの愚かさによるささやかなダメージは既に癒えていた。来週、キャンダスから電話をする。一緒に何かをしよう。ギャラリーのオープニングに出掛けるとか。劇場に行くとか。

「ところで」と少し不明瞭な発音でカビル人が言った。「話しておかなくちゃならないことがあるんです。私、『オーナ・ショー』に出ます」

キャンダスは扉に向かう途中で凍り付く。彼女の顔はロン・チェイニーの千の顔を低速度撮影でたどってから、職業的な好奇心に落ち着く。

タッサは視線を落とし、キャンダスのデスクの上にある日本製の象眼細工の筆箱をいじった。

「分かってます。どうせ、私の頭がどうかしちゃったと思っているんでしょう。あなたの意見を聞きたかったんだけど」

　心理学の訓練を七年受けたキャンダス・ウェルドでも、適切な返答を見つけられなかった。「あなたは……あの番組のこと、知ってる？」

「私のこと、何だと思っているの、キャンダス。南太平洋の島にでも、オーナのファンクラブがあるのに」

「自分でよく考えてみた？　あなた、本当に……？」

　若い方の女性が手を伸ばし、キャンダスの手首に二本の指を触れ、否認を続ける患者に力を貸す。

「こうするのがいいんです。全てを終わらせる、いちばんの近道。トマス・カートンにも出演してもらうようにお願いしました。そうすれば、みんなの前で、あの人と直接、話ができる。キャンダス、私は自分の人生を取り戻したいだけ。これで全てが解決する。一気に、そして最終的に」

　タッサは部屋を出る前にキャンダスを抱き締めてから去った。その抱擁に、あきらめきった人間からの励ましを感じ取ったカウンセラーは、思わずぞっとした。歴史上最も人に見られているテレビ番組に出るタッサ。ウェルドはまるで、ギリシャ劇の合唱隊（コロス）が第一幕の冒頭でこの展開を予言していたように感じた。

∞

　次の予約学生にしては五分早すぎるタイミングにノックの音がした。ウェルドが返事をする心の準備を整える前に、クリスタ・クロイツが扉の間から頭を覗かせた。同僚の眉毛が経験的証拠と格闘していた。「ちょっと失礼。今さっきの子が、例の人？」

無料チケットがストーンとウェルドを、全米で最も人気のスタジオ観客席に入れる。二人はその贈り物の値打ちが分からない――大学生のパーティーで出された一九九三年もののシャトー・ペトリュス・ボルドーのように。二人は緊急用チケットを要求するために団結した――それが団体の唯一の目的だったのだが――有名な膵臓癌患者支援組織について何も知らない。彼らはオーナが観客全員に五十インチのテレビをプレゼントしたという逸話を聞いたことがない。彼らがここにいるのは、ただ、タッサが自分は怪物でないと証明するのを見届けるためだ。

ラッセルは悲惨な有様だ。彼は血圧測定用の腕帯のようにキャンダスの上腕に巻き付く。彼は今、敵陣に入り込み、彼の反逆心に気付けば一瞬で牙をむきそうな帝国の中枢にいる。彼はまるで、『アルジェの戦い』でマチュー大佐に捕まり、濡れた電極を今から取り付けられようとしているかのように冷や汗をかき、体に力が入らない。

「彼女は大丈夫」とキャンダスが言い、彼の鉤爪を腕から引きはがし、手に握る。

もちろん、彼女は大丈夫だろう。彼がそうした面でのタッサの力を疑ったことはない。

防音スタジオは箱形で天井が低く、座席が階段状に並んでいる。そこら中に移動撮影台に載せたカメラや投光照明、吊り下げマイクや液晶モニターがあり、アナコンダのように太いケーブルがもつれ合う。ガラスに囲まれた中二階（メザニン）桟敷の内部には調整盤が並んでいるのが見える。個人企画による宇宙探査計画か、地下に置かれた秘密司令室か。番組を取り仕切っているのは、ストーンが教えた学生たちに似た、入れ墨のある、ヘッドセット姿の若者たちだ。実際、そこにメスカーキの卒業生がいるのかもしれない。せいぜい二、三年前の卒業生が。

観客は暗い地下牢に座る。所々にLEDが灯る暗闇の中央で、ストーンの目が痛くなるほど明るい光を浴びているのは、ミッション様式の家屋からそのまま切り取ってきたような心地のよい居間だ。飛行機格納庫の真ん中に置かれた、草花展示会（フラワー・ショー）。

五つのカメラ部隊が移動撮影台を動かし、優秀な砲兵隊のようにカメラの位置を定める。一つの部隊は他よりも小規模で、機材も小ぶりだ。ラッセルはカメラマンの横に立つ女性に見覚えがある。彼はなぜか、ばつの悪さを覚え、目を逸らす。

キャンダスがそれに気付く。「あれは例の人？」

「誰のこと？」と彼が言う。しかし、勘違いのしようがない。トマス・カートンをテレビでインタビューしていた人物。ポピュラー・サイエンスで最も印象に残る公的な顔。ラッセルとキャンダスの性的探求において、最初の成り行きに関わった女性。

「あの人たち、ここで何をやってるのかしら」とキャンダスが訊く。「もうあの人たちの番組は終わったんじゃないの？」

彼女の質問は観客のどよめきに掻き消される。誰かが舞台に現れるが、それはオーナではない。それは観客の個人的トレーナーだ。男がジョークを二つ、三つ口にすると、通路にいる客まで耳を傾け始める。ストーンにはジョークの意味がよく分からない。彼はキャンダスに説明を求める。彼女は鼻筋をつまみ、禁欲的にほほ笑むが、何を笑っているのかストーンには分からない。

前説(まえせつ)は次の四十分、観客に話を聞かせる。彼は、誰もが自然に振る舞い、オーナとゲストの感情的起伏に素直に反応するのが大事だと説く。部屋のあちこちに置かれたモニターが、笑いや驚きの適切なタイミングを示す簡単なキューを出す。「ということで、ちょっとリアクションの練習をしてみましょうか。いいですか？　あれ、私は今、〝いいですか〟と言いましたよね？　反応が聞こえませんよ……」

観客は夢中で話を聞く。ストーンは右手にいる女性に唖然としたまなざしを送る。彼女は四十歳の優しい妖精(エルフ)で、彼に姉を思い起こさせる——もしも彼に姉がいれば、だが。彼女は彼に苦笑を見せ、首を横に振りながら、皆と一緒に喝采をする。ストーンも拍手を始める。彼はキャンダスを見るのも怖くて、じっと前説に目を据える。

前説はさまざまな反応を一通り、練習させる。観客は当惑、ショック、喜びを皆と分かち合うのが上手になる。観客が安楽を共有する集団として見事に一つになると、前説はさらに二つのジョークを言い、大喝采に送られて舞台を去る。陽気で騒々しい音楽が始まる。どこからともなく声が聞こえ、ストーンがモニターのキューを確かめる前に、観客が拍手を始める。

オーナが軽い足取りで、輝く居間に登場する。自信に満ち、スタジオにいる数百の友人から発散される愛情に少し狼狽しているようだ。浮き浮きした気分が座席の列を乗り越える。彼女が舞台の手前まで来て、ほほ笑むと、ストーンはこの女性を大昔から知っているような気になる。彼女は『自分自身になる』の事務所で隣の席にいてほしいタイプの友人だ。彼女は、若くてまだ人前に出掛けていた頃の彼の母そっくりだ。彼は直接オーナと話し、彼女の見当違いのノーマルさに礼を言いたいと思う。彼は、まだ口を開いてもいない彼女におびえる。

何かが彼の指を引っ張る。彼が視線を下げてキャンダスを見ると、彼女は彼に握り潰された自分の手を救おうとしている。

心配要らない。喝采の中、彼女が声を出さずに口を動かす。**大丈夫だから**。

この女性に対する感謝が彼の全身を満たす。彼女がいなければとてもこの場所に座ってはいられなかったし、ましてや、何かが〝大丈夫〟なふりをするなんて考えられない。

客の活気に圧倒されたオーナが手を振る。「ありがとう、皆さん。皆さんは本当に素晴らしいお客様です」

再びどよめきが頂点に達する。

「本日、お越しいただいたゲストは……ありがとうございます。さて、本日、番組にお越しいただいたゲストは……」

その言葉がストーンを遁走曲(フーガ)に乗せる。これは〝番組(ショー)〟なのだ。語る(テル)のではなく、見せる(ショー)こと。

全てはショーのために。もしもここにいる間にまずいことが起きたら、ただ、ショーの外の世界に戻るだけでいい。

「……さまざまな分野の専門家を何人かお呼びして、お話を伺います。話題はもちろん――心の準備はいいですか？――幸せの秘訣について」

再び観客がどっと沸く。まるで既に幸福を手にしているかのように。

「そう。いかがです？　それだけでもきっと、入場料を払った甲斐がありますよ」

彼女は皆に大人気の高校教師の口調で、さらにいくつかの約束をする。大きな賞賛の波が不意に静まる。ストーンは当惑し、周囲を見回す。

「コマーシャルの時間」とキャンダスがささやく。

ストーンは頭の整理に苦労する。外の世界では、番組は一度もテンションが下がらない。ここでは、双極性障害のように、テンションの満ち引きがある。

数分後にスリルが戻る。ファンファーレと共に、オーナの最初のゲストが現れる。その男は、部屋にいる全員がテレビやインターネットでかなり前から知っている心理学者だ。何が私たちを幸福にするかは予測不可能だ、というのが彼の主張だ。したがって、ゆったりと身構え、常に計画を練り直すのがいちばん良い。人と交わり、ボランティア活動をし、音楽を聞き、家の外に出る。ウィットに富んだ男の実用主義を耳にすると、ラッセルは穴があったら入りたいと思う。ストーンはキャンダスの様子を確かめる。彼女は唇をとがらせ、溜め息をつく。観客は笑い、拍手し、自分を許す気になり、もう少し自由に生きようと思う。

タレント心理学者とオーナは、幸福になるのとやせるのではどちらが難しいかを議論する。二人はまた短時間、陰鬱な休憩に入り、またさらににぎやかな躁状態に戻る。その後、オーナが真面目な顔になり、世界的観衆に尋ねる。「生まれた時から幸福の才能を持っている。そんなことがあり得るのでしょうか。その答えを知っているとおっしゃるのは、続いてのゲスト、ゲノム学の主導的研究者です。さあ、皆さん、トマス・カートン博士を拍手でお迎えください」

カートンの五分は、キャンダスさえも興奮させる。ドナテロ男がしゃべるたびに、彼女は沈黙の異議でストーンの袖を引っ張る。カートンはドーパミン受容体と遺伝的な陽気さについて非常に合理的に語るので、観客も彼の危険性に気付くに違いない。しかし、モニターは何の指示も出さず、客はそれぞれにオーナの表情から直接、キューを読み取るしかない。

そしてオーナの顔は、正規分布曲線の中央に位置する人間に埋め込まれた用心深い希望を宿している。「じゃあ、私のDNAをご覧になれば、人類全体の中で普段の私がどの程度幸福かが分かるとおっしゃるんですね」

カートンはスタジオの照明に向かって笑う。「人類の楽天的気質のスペクトルにおいて、ある遺伝的変異の集合がおおよそどの辺りに相当するか、ある程度の見当をつけることが可能です」

タレント心理学者が急に身を乗り出し、話に割って入ろうとする。しかし、オーナが仕草で彼を遮る。「ちょっと待って。それで実際……いくらでその検査をやってもらえるんですか?」

半ば後ろめたそうで半ば貪欲な彼女のおどけた間は完璧だ。観客は笑い、トマス・カートンも一緒に笑う。「遺伝子の読み取りは毎年、コストは百分の一、速さは百倍になっています。遠からず、行動的特徴の検査を、心理テストよりも安い料金で受けられるようになるでしょう。しかも、答えは自己申告に頼らないわけですからね」

あの男は何とでも言えるのだ、とストーンは衝撃を受ける。妥当な推測か、とんでもない当てずっぽうか——どちらでも一緒だ。彼は今、テレビに出ている。そして、人類は実験室の中ではなく、テレビ番組において未来を操作する。

心理学者はもう黙っていられない。「自分の幸福指数を知ることが、幸福度を高めることにつながるのですか?」

彼の間の取り方はオーナより劣る。彼女はカートンに夢中で、また彼を無視する。「ちょっと思ったんですけどね。私にある恋人がいるとします。ええ……週刊誌の記事をご覧になったお客さんもいるかもしれませんけど」

観客がどよめく。ストーンは未来を見る。人類はいつか滅びる。しかし、滅びるとき、人類はきっと笑っているだろう。オーナはアイルランド人特有の仕方で赤面する。ストーンは一億四千万の人々と共に、この女性を本人の心臓から守りたいと思う。

「それで、ええ。付き合っている恋人がいるとして、その人が今、目の前で楽しそうにしているけれども、本当に心の奥底でその通りに幸福なのかどうか、分かるんでしょうか?」

カートンのほほ笑みは躊躇なくヒントを出す。私たちはいつか、自分自身よりも互いのことをもっと知るようになるだろう。

オーナはマイクを手渡す。観客席にいる数少ない男性の一人が、恒常的幸福は実際には危険なのではないかと尋ねる。観客らは喝采する。ラジオ心理学者がうなずき、自分の幸福度を十点と見積もる人の方が八点だと言う人よりも生産性が低いと言う。「それって、そんなに悪いことなのでしょうか?」とカートンが訊く。モニターにんんん……と映った直後、観客が指示通りの反応をする。

タッサとさほど年齢の変わらない、不安げな顔のブルネット美人が、科学が悲しみの遺伝子を幸福の遺伝子に変えられるようになるのはいつごろでしょうかと尋ねる。カートンはにやりとし、科学の速度を予想するのは苦手だと答える。

それから、もうすぐ四十歳という感じの、細身で長身の落ち着いた女性が立ち上がり、カートンに問い掛ける。「夫と私は体外受精で子供を作ろうとしています」。観客が急に黙り込む。「遺伝に関わるカウンセラーによると、受精した胚の中で、治療不可能な遺伝性疾患を持つ可能性のあるものが見分けられるという話でした。では、同じように今、どの胚が最も幸福になる可能性を持っているか、見分けることができるのですか？」

オーナが大きく腕を振り回す。「それ、すごい。できるんですか、そんなこと？」

彼女が問うているのが技術的な可能性なのか、法的な可能性なのかははっきりしない。カートンはためらい、謝る。すると観客は、モニターで指示されていない何かをつぶやく。

何かの生物がストーンの腕をつかむ。彼はキャンダスの方を向く。彼女の顔は青ざめている。幸福をめぐる軍拡競争の中で、彼女の人生をかけた仕事が失われかけている。「みんな、真に受けてるわ」と彼女がささやく。群衆の知恵が彼女に反撃を仕掛けた。ストーンには、右腕を伸ばして弱々しい手で彼女の右肩に触れることしかできない。彼女は両手でその手を握る。

「オーケー。ちょっと待って」。疑り深い正気のオーナ、常識をわきまえた冷静な復讐の天使のオーナが、両手で〝タイム〟の仕草をする。そして、そう、時代に遅れたわが二人の登場人物は、彼女がようやく狂気にブレーキをかけてくれると期待する。人類が〝常人〟と〝強化人〟に分化する前に、世界で最も影響力の大きな女性が人類のために二十年の猶予を稼いでくれるだろう。「では、狙いはどのあたりにあるのですか？　つまり、胚のスクリーニングでしょうか。ずばり、そのような検査にはどれほどの費用がかかるのでしょう？」

ああという声が客席から漏れ、放送の速度で、七つの標準時間帯に住む数百万の視聴者の間に波紋を広げる。

「いい質問です」頭を掻きながらカートンが言う。「うちの会社は今まさに、その問題に取り組んでいます」

「あなたのお考えは？」とオーナが移動撮影装置の黒い深淵を覗き込むようにして尋ねる。ストーンは彼女がその問題をオークションにかけているのだと思う。しかし彼女は視線を、体外受精をしようとしている細身の四十歳に絞る。「お子さんの特徴が選べるなら、いくら払いますか？」「分かりません」と女性は言う。「今でも親は、子供にいい環境を与えるために、何十万ドルものお金を費やしていますけど」

誰もが一斉に口を開く。オーナが秩序を取り戻すのに四十秒かかる。彼女は困惑している。最初はこの話全体が信じられないという様子だが、次には、信じているかのように――われわれが既にこの世界を後にして、栄光と至福に満ちた世界に向かっているかのように――振る舞う。彼女はようやくいつもの〝普通の女〟の顔に戻る。安全性検査済みだが、二年に一度の飛躍によってあらゆることがいずれは現実になると信じることを条件付けられた表情。もはやどちらにひねればよいのか分からない唇の端で、彼女が言う。「初めて聞いたお話ですよね、皆さん。問題は皆さんの心の準備ができているかどうかです。私たちはついに、大昔から探し求めてきたものに迫りつつあるのでしょうか？　続きはこの後すぐ」

∞

コマーシャル休憩の間に、ニューメキシコの新企業が不眠症体質に関する遺伝子関連解析研究を発表する。イリノイ州にある大学の研究所が三つの主要抗鬱薬の自殺リスク研究に関してさらなる資金を獲得する。そして、湾岸地域（ベイ・エリア）にあるバイオテクノロジー会社が、双極性障害を発症する確率を調べる遺伝子検査を公表する準備を整える。「われわれはこの研究でノーベル賞が狙えるとは思っていません」と最高経営責任者（CEO）が重役らに言う。「しかしこれで、現在市場にある他の診断法よりも優れたものを人々に提供できると考えています」

∞

カメラが休憩する間、オーナはゲストらに自由に議論させ、皆をほどよい緊張状態に保つ。キャンダスは暗闇の中でストーンの方に身を乗り出す。彼女の温かい息が彼の耳の周りで渦を巻く。「私たち、よその惑星に引っ越しましょうか?」 彼は〝うん、どこでもいいから〟と言いたい。しかし、数十億ドルを費やした深宇宙探査が既に、最善の到達可能地点に対する権利を主張している。

番組が戻ったことにストーンが気付く前に、観客が歓声を上げ始める。「お待たせしました」エメラルド色のソファの肘掛けに腰を下ろしたオーナが言う。「本日は、幸福の秘訣を特集でお届けしています。さてここで、皆さんもご存じの、驚くべきお嬢さんにご登場いただきましょう。今まで彼女は、〝ジェン〟という仮の名で呼ばれてきました。今夜のゲスト、トマス・カートン博士が四年にわたる研究の末、幸福のための最高の遺伝的特性を持っている可能性があると判断したのがこの女性です。私たちには想像することしかできない特性を持って生まれた気分はいったい、どんなものなのか。ご本人に伺ってみたいと思います。皆さん、では、お迎えしましょう、完璧な幸福の遺伝子を持ち合わせた女性、ミス・タッサディト・アムズワールです」

タッサはぎこちない足取りで舞台袖から現れ、クリーグ灯の強烈な明かりに目を細める。客席が〝外国人だ〟と息をのむ。彼女は緑色のタイトなストレートジーンズをはき、襟と手首の周りに虹色の刺繍が施された、白くてふわっとしたベルベル風ブラウスを着ている。彼女はラッセルが見たことがないほどたくさんの銀のアクセサリーを、幸運のお守りとして身に着けている。舞台上の人々が観客と共に拍手する。タッサがソファに座り、足をそろえ、前に身を乗り出して闇を覗き込む。彼女は友人を見つけ、手を振る。拍手が静まると彼女は言う。「皆さん、どうして拍手してるんですか? 私はまだ何も言っていないのに」

ストーンは目を押さえ、キャンダスは泣きだす。周囲の人々は皆、新たに、歓喜の喝采を始める。

∞

テレビの九分間——放送された永遠。トニア・シフは自分の番組のカメラマンの肩越しにその場面が展開するのを見ながら、私はこの映画を見たことがあると感じないではいられなかった。このスペクタクルの脚本を書いたのは彼女自身だと言ってもおかしくなかった。タッサディト・アムズワールがロックの曲に合わせて舞台に登場する。まるで訓練されて得意になったアザラシのようだ。純情娘が調査官に囲まれて腰を下ろすと、募る希望と疑念という二つの主要な狂乱の板挟みになった観客のネットワーク的興奮が高まる。そして、シフが今までに見たこの映画の全バージョンと同様に、善意の、しかし無力な人物が、恥ずべき共犯意識を抱いたまま、観客席の境界線上に潜んでいた。今回は少なくとも、彼女はカメラの枠外にいた。

アルジェリア人女性がにぎやかな番組の中央——はるか遠い、入り込むことのできない場所——に座り、存在しないショールを肩に掛け直した。シフはその落ち着きに驚いた。年齢にかかわらず、女性としては怪物的だ。ましてや二十三歳とは。時代が違えば、タッサディト・アムズワールは神秘家として賞賛されたかもしれない。有名な司会者は、猫の前に猫じゃらしを垂らすように、彼女の前に質問をぶら下げた。

O：あなたは自分を、今までに生きた人の中で最も幸福な人間の一人だと思いますか？
TA：まさか。私がそんなふうに思う理由がありますか？
O：私の質問の意味はお分かりでしょう？
TA：気分はとてもいいです。生きているのはとても幸せです。
O：あなたの場合、その気分が……ずっと続くのですよね？

TA：そんなわけありません。眠ることも多いですから。
O：あなたの幸せの何パーセントくらいが、遺伝子によるものなのでしょう？
TA：それはこの先生に訊いてください。遺伝子のことは何でもご存じですよ。
O：彼には既に質問をしました。あなたの考えは？
TA：私に分かると思いますか、オーナ。そもそもそれって、どんな意味があるんでしょうか。百パーセントだとしたら？　五十だったら？　ゼロなら？

シフの背後で混乱が増した。攻撃された蜂の巣の羽音。きっかけを出すはずのモニターまでもが混乱した。シフはキーズに、ざわついた室内をパンで撮影させる。

O：生まれたときから幸せでしたか？　赤ん坊のときも？
TA：聞いてください。ちょっと思ったんですが、幸福というのはウィルスに似ているのかもしれません。ウィルスには長い潜伏期があって、本人もなかなか感染に気付かないとか。ウィルスが遺伝子を書き換えることだってあるんですよね？

ここで女性が科学者にアピールすると、科学者は、遺伝的歓喜の容疑者はこの男の方だとテレビ視聴者が思ってしまいそうな満面の笑みを浮かべた。キーズは完璧なタイミングで二人の顔のクローズアップを捕らえた。彼はまた、聖像的(イコン)司会者の反応の中で、ゲストが反乱を起こしそうだと初めて意識した瞬間も見事に捕らえた。

O：オーケー。質問の仕方を変えましょう。ご両親は幸せでしたか？

ＴＡ：両親ですか？　うちの両親が生きている間はずっと戦争が続いていました。二人とも、自分たちの言語を知らなかった。両親の周りは全員、敵ばかり。そんな中で二人は亡くなりました。アメリカ人の皆さんはどれだけ幸せなのですか？

スタジオにいるアメリカ人たちは興をそがれた。彼らの多くは感情的な払い戻しを要求したそうな顔になる。誰かが一般大衆を誤解に導いた。完璧な遺伝的気性を備えた女性は、愉快な人物でさえない。この女には棘（とげ）がある。そして観客らは、何か手の込んだ冗談に付き合わされているのだ。

有名な司会者はますます捨て鉢になりながら、さらなるジャブを繰り出した。彼女はカートンに視線を移し、ミス・アムズワールの神経伝達物質レベルと機能的磁気共鳴画像（fMRI）に関する説明を求めた。ミス・アムズワールがそれを遮った。どうして分子の中に魂を探し求めるのですか？　新しい瓶に入れた古いワインみたいですよ。

彼女の苛立ちが伝染し始めた。番組は、観客に「これだから生放送はやめられない」と思わせるタイプの惨事へと向かいだした。

Ｏ：シスター、もしもあなたが他の皆と同じように不幸せなのなら、どうしてこの番組に出たのですか？

観客が一斉に歓声を上げ、野次を飛ばす。気落ちしたジェンが奇妙にカメラから顔を逸らす。まるで誰かが彼女の魂を指先でつまみ、ねじっているかのようだ。彼女は顔を曇らせ、悲痛と隣接する暗闇に沈んだ。シフは彼女が人前で虚脱状態に陥ろうとしているのを感じた。しかし、瓦解の過程さえ――反感さえも他の気分と同様にたくましく享受するそのさまは――芸術作品のようだった。

キーズのカメラは、『オーナ・ショー』の四台のカメラと共に、次に起きたことをしっかりと画面に納めた。アルジェリア人はもう一度肩をねじったかと思うと、誘惑を振り切り、怒りよりも濃密な感情に移行した。彼女はソファの上に立ち、スタジオを眺め渡した。何か大きなものが彼女の苛立ちを乗っ取った――二十三の染色体から育つ全てのものに対する、抑えきれない気持ちが。彼女の酵素が整列し、彼女が口を開き、彼女の潮汐が一気に全てのボートを持ち上げた。

彼女の爆発を収めたデジタルクリップがその夜のうちにウェブに出回り、世界中で消費された。ビデオは放送日以後、何日にもわたって増殖した。そして翌週には、模倣バージョンがユーチューブに現れ始める。この世のものとは思えない独白の輝きは、タッサ・アムズワールの言葉から生まれていたというより、彼女の態度、本人の思いと裏腹に自然にあふれ出す静かな知識から生じていた。そして、至る所でティーンエージャーの少女らがそれを模倣しようとした。伝染性のある二分のデジタル動画ウィルスがあらゆる先進国の機械で爆発的感染を引き起こした。

後にシフは何時間もかけて、増殖するパフォーマンスを追跡したが、その頃には、この一場面がネット上で最も人気の素人芝居のレパートリーになっていた。

「オーナ、聞いて」バンクーバーに住む欧亜混血の美人がその場面を完璧に再現し、唇をシンクロさせる。「誓って言います、簡単なことです。これ以上当たり前のことなんてありません」ブロンドで太めの幼い高校生がベルベル人風のブラウスを着、オーランドの寝室でレンズに向かって暗唱する。「多くの人が癒やされたいと思っています。しかし、真実ははるかにもっと美しいのです」

アトランタ。「一分という時間でさえ、私たちの身に余る賜物です」。スポケーン、アレンタウン。「皆、本来、死んでいるのが当たり前です」。サンディエゴ、コンコード、モリーン。「しかし私たちは岩から蜂蜜を取る。無から奇跡を得る」

「簡単なことです」耳を傾けるすべての人に向かって、世界中のタッサ・アムズワールが声をそろえる。「私たちはもっと良くなる必要などありません。私たちは既に私たちだ。そして既にある全てのものは私たちのものです」

∞

ストーンとウェルドはスタジオ内にごった返す観客から彼女を奪い、ギリシャ人街（グリークタウン）の西にある隠れ家的なソフトクリーム屋に連れ込む。タッサの後見人は二人とも、彼女に大丈夫かと聞く以上の勇気がない。

彼女の〝大丈夫さ〟は、貪欲の域にまで達する。彼女は九百カロリーを平らげながら、疑問を口にする。「いったい私が何をしたって言うんだろう。私はこの世界を楽しんでいるだけなのに。どうしてみんな、文明に対する脅威みたいな扱いをするの？」彼女はカメラの前での動揺についてはーー半ば虚無主義に陥ったように見えた、脆弱な瞬間についてーー何も言わない。しかし彼女は、番組終了後の人々の殺到を生きて逃れられるとは思わなかったと告白する。

彼女はワッフルコーン二つを立て続けに食べた後、息継ぎするために顔を上げ、少し困惑した表情で、番組の前にトニア・シフに会ったことを話す。「覚えてますか、あの女の人のこと。ゲノムの番組でナレーターをやってた面白い人。覚えてますよね」

ストーンとウェルドは顔を赤らめてうなずく。

「彼女、もう一本番組を作りたいと言っていました。この、いわゆる運命物語の裏側について。私の……幸せについてもっとたくさん語るべきことがあるんですって。あの人の考えでは、世間は私を一種の予言に仕立て上げようとしている。私の力になってくれるみたい」

ストーンがキャンダスに目をやると、彼女はまさにその瞬間を選んで黙り込む。彼は彼女の顔から正確な事情を読み取る。彼女としては、助言したいのは山々だが良心的すぎてそれができない。介入したいけれども、信頼に重きを置きすぎていてそれができない。彼は〝今、僕を一人にしないでくれ〟と彼女に言いたい。しかし、キャンダスの目は、最初の十ドル分の恐怖にまばたきをする。「君はそれがいい考えだと思う？」彼はタッサに尋ねる。もしもウェルドが自分の役割を果たしてくれないのなら、彼がその代わりをしなければならない。「今でもこれだけマスコミに露出しちゃってるのに……」

　タッサが紙コップで彼の肩を叩く。「先生の言う通り。先生はいつも正しい。でも、あの女の人は、私が将来の目標にしている人なんです。彼女は映画についていろいろと教えてくれると思う。ひょっとすると学校で学べる以上のことを」

　彼女は視線でキャンダスに意見を求める。心理学者にできるのは、一方の眉を上げることだけだ。

　タッサは几帳面にナプキンを細長く破る。彼女は自分に対してタマジグ語の激励の言葉をつぶやく。「何か変ですよね。私はカビル人。本質（ネーチャー）的には、すごく引っ込み思案ということになってる。ああ――〝本質（ネーチャー）〟！　無意味な言葉だと思いません？　おっしゃりたいことは分かります。でも、ひょっとして、もう一度テレビに出たらこのナンセンスに終止符が打てるかもしれない。ジェンは消えなければならない。ひょっとするとミス・シフが、ジェンを消すお手伝いをしてくれるかもしれません」

　彼女は友人の賛同を求める。彼女はこの瞬間、ストレスのあまり、誰も神より出しゃばった判断を下す必要がないのを忘れている。そして神はまさにその瞬間を選んで、アイスクリーム屋の扉から二人の年金生活女性を送り込む。彼女らは一時間前にテレビで見たばかりの外国人にすぐに気付く。三人がタッサの崇拝者から逃れるのに二十分かかる。

　彼らはサウスループで互いに別れを告げる。タッサは再び落ち着きを失い、また声を掛けてくる人がいやしないかと四方に目を走らせる。ラッセルとキャンダスが彼女を寮の前まで送ると、そこには既に、彼女にサインをもらおうと、巨大教会の信者集団とメスカーキ大学内の『オーナ・ショー』ファンが集まっている。タッサは運命に向かって禁欲的に歩きだす。「ラッセル、キャンダス。本当にありがとう。また会いましょうね。もっと穏やかな日に」

∞

二人はその夜、エッジウォーターで、録画した番組をもう一度観る。ゲイブも一緒に。少年は宙に浮きそうなほど興奮する。「知ってる人だよ、ママ。僕の友達だ。これって……六つ星。七つ星だ！」タッサが爆発しそうになるとき、彼は少し動揺する。しかし彼は、意味のあるハッピーエンドのためには危機一髪の局面が欠かせないのを知っている。強烈な結末が訪れるとき、彼はまるで自分が意志の力でその場面を生んだように感じる。

幸福な少年は、ベッドに向かう前に、ラッセルに訊く。「今日も泊まっていくの？　別にいいよ。パパも別に気にしてないって」

ラッセルとキャンダスはベッドの中で、一日中繰り返していた議論を蒸し返す。「彼女、かなりストレスが溜まってるね」と彼が言う。彼は番組を見直して、改めてそう思う。「あんなふうな彼女は見たことがない。もう少しで切れそうだった」

他方、キャンダスは立ち直っている。彼女に取りついていた不安の虫は羽化し、美しいアブに変わった。「ラッセル。もう終わったの。もう、あんなことをする必要はない。彼女は危うい橋を渡った。はらはらしたけど、それは誰の場合も同じこと。彼女が本当の危機に直面していたとは思わないわ。一瞬たりとも。だって、締めくくりがあれなんだから」

しかし彼に考えられるのは、ミス・包容力（ジェネロシティー）が岩の下で——彼がその重みを味わったこともない巨大な岩の下で――動けなくなった三十秒のことだけだ。彼は彼女の中に、何か新しいものが生まれているのを感じる。彼が今までに予想したこともない、良いもの。

「放っておきなさい」ベッドで隣に横たわる女性が言う。「心配しなくていい。あの子は大丈夫」

彼は寝返りをし、彼女にまたがる。彼は彼女にのしかかり、その肩を押さえ、両胸の間に口をつける。このカウンセラーの言葉はどれほど間違っているのか？　少女は〝大丈夫〟ではなかった。絶対に違う。あれは動揺だ。自暴自棄。崇高。鼓舞だ。

∞

二日後、デニス・ウィンフィールドからのメモがウェルドに届いた。訪問ではなくメモというのはトラブルの証拠だ。ウェルドは何の話か分かった。唯一の謎は、どうして通告が届くのにこれほど時間がかかったのかということだった。ひょっとすると、カウンセリングセンターが問題を内密に処理するのに時間がかかったのかもしれない。

デニスは少なくとも、裁きの場を招集する前に彼女を個人的に叱責するだけの良識を見せた。一対一ならデニスと対等に話ができる。彼は彼女に特別な感情を持っていた。彼女が手練手管を使う必要はなかった。部屋に二人きりになったときはいつも、彼が勝手に彼女の気持ちを推し量ってくれたから。

彼女はどんな非難を受けても耐えられるよう全ての帆の角度を調整し、約束の時間に彼のオフィスを訪れた。

デニスはお決まりのパターンで切り出した。「君は例の男と付き合っているのかね。一緒に寝ているのかな？」　彼は職業的なものを超えた傷を負わされたような口ぶりだった。

ウェルドはデニスに、以前、相談を持ちかけたことを思い出させた。彼もクリスタ・クロイツも、ラッセル・ストーンとの交際にゴーサインを出したではないか、と。

「われわれは君に、倫理違反をしてもいいと言った覚えはないがね」デニスは彼女のまなざしを顎ではねのけた。彼女は椅子に座ったまま、たじろいだ。「倫理違反……？」デニスは心拍を落ち着け、現状を検討し直そうとした。「私は今までに一度も職業的倫理を犯したことはありません」

一度か二度、境界線が怪しくなったことはある。彼女に対するクライアントの欲求が適切でないレベルにまで達するのを放置したことがある。しかし、あれは大昔のこと、彼女が自身の気質的弱点を克服する前のことだ。「どうしてそんなことが言えるの、デニス。私は、あなたと口うるさい倫理婦警さんが許可してないことはやってない。いったい私が何をしたって責めているの？」

「クライアントとの不適切な感情的親交」

彼女は憤慨して身を乗り出した。「彼はクライアントじゃない。その話はもう前に——」

「君の恋人の話じゃない」とデニスが言った。「君の彼氏の彼女の話だ」

キャンダスは脱力し、体を椅子に戻した。パニックが胸に広がった。誰かが彼女の頭を水中に押さえつけた。デニスが罪状をつまびらかにする前から、彼女は事態を完全に理解した。しかも、反論不可能。彼女は恐ろしい酔い覚めの感覚を味わった。まるで、たちの悪いパーティー用薬物をやった後で徐々に意識が戻り、ふしだらな自分の行動を少し離れた場所から目撃しているような感覚。

「彼女はクライアントじゃない」自分でも哀れに思える声でウェルドが言った。

「彼女はこの大学の学生だ。先週、アポを取って、君のオフィスを訪れている」

「あれはカウンセリングのアポじゃないんです」とキャンダスは泣き言を言う。「あれは……」。しかし彼女は、〝個人的な話〟という以外の言葉が思いつかない。

「君は今、とてもまずい状況にある」。デニスはたくさんの証拠が綴られた法律用箋に目を通す。

キャンダスは窓の外に目をやり、まだらな西日を見つめる。異議を唱えることはできない。どうしてこれほど長い間、自分自身から真実を隠し通すことができたのだろう。何もかも純粋で、正当なことに思えたのに。実際は、いつの間にか完全に最悪の病癖に陥っていただけだった——職業的な心配り以上のことをすべきでない相手から愛情と承認を求めるという習癖。彼女は勝手に、自分を少女の姉、案内役、保護者だと見なしていた。実際はどうだったのか？　彼女にへつらうだけの人間。〝まずい状況〟。何年にもわたる自己矯正の努力を重ねた揚げ句がこのざまだ。性格が永遠に彼女と共謀し、彼女を縛っていた。

「デニス？」彼と目を合わせようとしながら、彼女が言った。「ええ。おっしゃる通りです。私はもう一度カウンセリングを受けなければなりません」

彼は法律用箋から目を離さなかった。「それだけでは済まない。ライセンスに関わる重大な事態だからね。その学生は全国ネットのテレビに出演し、感情的崩壊の危機に瀕していて、しかも、君の家に泊まったこともあるそうじゃないか。彼女は君の友達か？　その一方で君は、親切な第三者みたいな顔をして助言を与え、私企業の研究施設で検査を受けさせ……」

キャンダス・ウェルドはそこに座ったまま、未来が彼女から有意義な仕事を奪うのを見ていた。彼女が努力して目指していた全てのものが、敵に回った。彼女はヨガの呼吸法(プラーナーヤーマ)を試そうとするが、肺が潰れていた。彼女は頭をうなだれ、膨らんだ喉を両手で抱え、泣き崩れた。

デニスは平静を装い、メモを読んだ。「セラピーを受けなさい」と彼は言った。「クリスタに相談するといい」

彼女はすぐに立ち上がり、部屋を出てもおかしくなかった。住宅ローンだけが彼女を引き留めていた。

「もう一つ。当然のことだが、タッサディト・アムズワールとは決して接触してはならない」。彼はその名を、アイオワ州の農産品のように発音した。「もしも彼女の方から君に何らかの助言を求めてくることがあれば、必ずクリスタに相談するように言って、今後は一切、交流を断つように」

耐えられないし、可能でもない。彼女は自分の行動の誤りを百パーセント認め、デニスから投げつけられた叱責が全て正当だと認めた。しかし、それは懲罰に値するようなことではなかった。必死に正そうと努力したもののために譴責を受けるのは納得できない。

「じゃあ、私の交際のことは?」

デニスはようやく彼女の方を見た。その細められた目に浮かんでいるのは、人間の心理を研究している人間なら誰でも〝嫌悪〟と呼ばざるを得ない表情だった。「それは君と彼との間の問題だ。君はどう思う? 彼は君のためなら喜んで彼女のことをあきらめるだろうか」

∞

私は最後には自分が怖じ気づくと最初から分かっていた。データがカートンを解放する。タッサが傷つく。愛がストーンを照準に収める。今度はキャンダスが競売にかけられる番だ。私の一部はこの女性を、未完成な創造物であるがゆえに、愛したかった。私が大黒柱だと思っていた彼女が今、くじけそうになる。私には彼女の選択を知る勇気がない。

私はただ、友人たちが物語の最後まで無傷で生き延びるのを望む。物語はただ、彼らの中にある確固たるもの全ての破壊を望む。どれだけ多くの虚構が最終的に現実と化したかを知っている人間なら、誰も一言も綴ったりしないだろう。

∞

ゲノム学者もつらい夜を過ごす。私は彼についてほとんど述べてこなかったので、あなたは彼のことを気に掛けていないかもしれない。それは、どちらかというと、私の臆病のせいだ。詳細が欠如しているために、あなたは彼を叔父のような人物、年老いた生物の教師、あるいは、別の本か映画で最近出会ったような、もっと中身のある科学者だと見なしているだろう。彼に対してさまざまな感情を覚えるかもしれない——好奇心、憎悪、魅力。世界には生まれつきの気質で分かたれた二種類の読者がいて、どちらも相容れないものを求めており、その欲求に応じて、この男を愛するか憎むかをとうの昔に決めている。

　しかし、いずれにしても、これだけのことは感じてもらいたい。

　トマスはシカゴから飛行機でローガン空港に向かいながら、タッサ・アムズワールはどうして全国テレビで自分に食ってかかったのだろう、と不思議に思う。観客の叫び声も理解できない。彼は自分のパフォーマンスに満足している。希望的だが、正確。公的論争が科学を傷つけることはないと彼は確信している。実際、何ものも科学を傷つけることはできない。松明（たいまつ）や干し草用フォークを手に繰り出したアメリカ中のラッダイトは、せいぜい研究を海外に追いやるだけで、他の面で成功を収めるとは思えない。発見可能な全てのことはいつか発見される。彼はその信念に研究所を賭けてもいいと思う。研究が明るみに出す全ての真実は、単に、新たな環境になるだけだ。空気や食料、気候や水と同様の、生存に関わる計算の一部。

　しかし、この反撃は彼の顎をとらえる。カーディナル・ヘイズ高校の科学祭で初めて巻き込まれたけんかのように。彼はその攻撃性の背後にある部族的恐怖と自己防衛本能を理解する。しかし彼の研究の目的はただ、体調不良を緩和し、人を身体の気まぐれから解放し、受け継がれた運命の牢獄を破ることだ。

　機内持ち込み鞄を一つ持っただけの彼は、手荷物受け取り所の混雑を抜ける。空港ループ道路にはシャトルバス、タクシー、車が連なっている。物質転送装置はまだ、今日明日に完成しそうにない。ブルーラインで町に向かう乗客二人が、『オーナ・ショー』で彼の顔を見かけたように思う。しかし、二人は〝違う〟と結論する。七つのバイオテクノロジー会社を創設し、六つの科学雑誌の顧問を務め、人間の幸福に多大な影響を及ぼす遺伝子を発見した人物が地下鉄に乗っているはずがないから。

彼はガバメントセンター駅で下車し、ビーコン通りの高級住宅まで歩く。ウォーキングは多くの主な疾病素質を減じる。午後の遅い時刻。通りには交代時間の人があふれている。聖書を振り回す説教師や行商人、一人楽団や政治演説家が州会議事堂の周りに集まり、群衆がパーク通りの地下鉄階段になだれ込む。彼は人々の演じる野外劇に興奮しながら、輝かしいコモン公園を突っ切る。玄関まであと五十ヤードの場所で、彼は一階の出窓が割られていることに気付く。彼はそこから早足で歩き、数時間前になされた犯罪現場まで行く時間を数秒縮める。

歩道からはがされた敷石が居間に落ちている。彼はメモが貼ってあるかもしれないと思い、震える手でそれをひっくり返す。メモはない。彼は頭が混乱し、何も考えられず、しゃがみ込む。伝える事がないのなら、どうしてメッセージを送ったりするのか？

彼はメッセージを知っている。**私たちは人間ではないのか？　われわれのことは放っておいてくれ。**彼は警察に電話するのさえ怖くて、二、三分、座ったままでいる。彼は影が映らないように電気を消す。しばらくすると、地下室に下り、壊れた窓を覆える大きさの厚紙を持ち出し、それを貼り付ける。少なくとも、バリアにはなる。それからいつもの便利屋に電話し、留守番電話にメッセージを残す。

彼はブルーベリー豆乳シェイクを自分で作り、それを飲むと少し落ち着く。そしてネットに接続し、番組がどんな煽動屋を生んだかチェックする。至る所で、むっつりしたものからハイテンションなものまで、さまざまな反応が見られる。しかし、ぱっと見た限りでは、暴力的脅迫はない。彼はブラウザーを閉じ、返事を待つメールの大波に取り組む。しかし、仕事の能率はいつもの半分だ。床のきしむ音が聞こえるたびに、びくっとし、しばらく続きのメッセージを待つ。彼はそんなびくびくの一時間を過ごした後、無駄に時間を過ごすより、メインまでドライブに出掛けることにする。既に時刻は遅いが、夜のドライブで頭がクリアになるだろう。荷ほどきしないままの鞄を、市場で最も燃費のいい自動車、インサイトに積む。彼は技術的達成というだけの理由でもその車を買っただろう。今、人類が次の逃走を企てる時間を稼いでくれるのは、技術革新しかない。

闇の中、何時間も車を走らせる。カミュの『ペスト』のオーディオブックが彼の眠気を覚ます――それはスタンフォード時代に元妻に薦められて読んだとき、衝撃を受けた小説だ。**あなたは生命科学に一生を捧げるつもり？　それなら先に、これを読みなさい。**

彼はカミュの話をタッサとしたあと、小説を読み返した。彼が二十代で読んだときに見逃していた全ての文脈を彼女が教えてくれた。彼女は、作家が野蛮な戦争の最中に行なった悪名高い宣言を引用した。**もしも正義か母のどちらかを選べと言われたら、私は母を選ぶ。**カートンの正義は、環太平洋地域の西寄りにキャンプ地を移しつつある研究の自由だ。彼の母はアポリポ蛋白質因子の欠損に捕らえられて（つまり、「アルツハイマー病を発症して」ということ。）以来、この四年、ウェストチェスター郡の老人ホームで暮らしている。選択はまだ、容易でない。しかし、はっきりとはしている。

トマスは若い頃、小説の舞台となるオランの町に名前を持つアラブ人がほとんど出て来ないのを不思議に思ったことがなかった。そのことに気付かせてくれたのもタッサだ。**カミュは好きです**とアルジェリア人は言った。**彼は人間的で素敵。でも、同じ背景を持った人なら誰でもそうだけれど、やっぱり盲目な部分がある。**トマスも、暗闇の中をメインに向かってドライブしながら、彼を盲目的に人間的な作家だと思う。問題は啓蒙された〝アルジェリア出身のフランス人（ピエ・ノワール）〟にあるのではない。問題は虚構の技巧にある。

人生の意味は個々人がいかに危機を乗り越えていくかにある、という大仰な思想が科学者をひるませる。人に寄り添う意識、家庭的な平穏、独立独行。カートンはそれらを、人間的能力の真の爆発から明らかに逸脱する要素だと見なしている。虚構(フィクション)はせいぜい、故意に無邪気に振る舞っているだけに見える。あまりに多くの自己省察屋が自ら作り出したあまりに多くの危機に立ち向かっている間に、周囲では、人類が宇宙の姿を変えている。その点までは明らかだ、とカートンは思いながら、州間高速道路を下り、カーブの多い海岸を走る一号線に入る。

虚構がはらむ欠点はそれだけではない。虚構は常に相関を因果関係と取り違える。カートンはそれに耐えられない。カミュでさえ、まるでそれが後の行動や信念を説明するかのように、登場人物の経歴の断片を取り上げずにいられない。その技法は、カートンの研究所では出会ったことがないほど還元主義的な環境的決定論のにおいがする。**私は、育てられ方が原因で、そんなことをしてしまったのです……**。

カートンは賢明にも、いかなる記者に対しても自身の伝記的詳細を決して話さず、仮にそうせざるを得なくなったときは、適当な話をでっち上げる。どのみち、それは脳と身体を結ぶループが常にやっていることだ。トマスの記憶にある心的外傷(トラウマ)がトマスを形作るのではない。逆に、トマスが記憶すべき心的外傷を形作っているのだ。彼が自分の背景を隠そうとしたことは一度もない。それは単に無関係なだけだ。カートンの発見は、完全に異なる欲求を持つ人が再現できる場合に限り、興味深いと言える。二重盲検を使った研究は、人類の歴史を偏見の罠から解放し、人格を超えた空間に解き放つ。

彼はポストゲノム時代の新しい虚構(フィクション)を自分の目で見るまで生きていたいと思う。全ての原因が他の何らかの原因の生んだ結果であるような、遺伝と環境が複雑に入り組んだ、相互侵入的ループを理解している虚構。一種の共同的な作文を通じて、個別的創造者の偏見を排除するような虚構。

今はまだ、虚構はせいぜい、散発的な気分調整的調合物でしかない。注意欠陥多動性障害(ADHD)に対するリタリン、あるいは対人恐怖症に対するベンゾジアゼピンのような、強力だが不安定な混合物。いつか、人類が産み出してきたあらゆるものと同様に、それはもっと良い、さらに精緻な分子的微調整を経たものに取って代わられるだろう。

イーストブースベイまであと三十分という辺りで『ペスト』が終わる。その頃には、道路は真っ暗で、道幅もかろうじて車二台分しかない。車内に配置されたスピーカーから、ナレーターの声で、大学院生時代のトマスを困惑させた台詞が流れてくる。

彼は、この歓喜する群衆が知らない事実、しかし本を読めば学べる事実を知っていた。すなわち、ペスト菌は決して死ぬことも消滅することもなく、数十年間、家具や下着棚の中で眠りながら生存することができ、寝室や地下室、トランクや本棚で時を過ごし、そしておそらくいつか、人間に不幸と教訓をもたらすために、ペストが再びネズミたちを呼び覚まし、どこかの幸福な都市に差し向ける日が来るだろう、と(カミュ『ペスト』の結末部分の引用)。

彼は車寄せの途中に自動車を止め、しばらくの間、斜面に立ち、桟橋を見下ろす。桟橋の左手にある入り江に目をやると、今夜も、暗い海の中から(あの日は、今ほど暗くなかったのだが)、魔法のような青い光に包まれた十一歳の弟ブラッドが現れる。静電気の放つ球形の光が、彼を鉛色の操り人形のように動かし、小石混じりの海岸へ打ち上げる。疑り深く寡黙なブラッド。稲妻だらけの空でさえ、水中の彼を目覚めさせることができない。そして、トミー、経験主義的なトミーは、ずいぶん前に海から上がり、家へ、生命へと向かっている……。

以前、何十年もの間、両親が眠った二階の海辺の部屋で、杉と埃っぽい布団の匂いが、あっという間にカートンを眠りに就かせる。

∞

目を覚ました彼はすっかり気分が晴れているが、敷石という小さな物のせいでこれほど遠くまで安全を求めて来たのを少し恥じる。半カップのスチールカットオーツの朝食を取りながら、ブラックベリーのRSSフィードをチェックする。アムズワールという名に関する検索結果を収集するプログラムはあまりに多くのゴミをすくい上げるため、ざっと目を通すことしかできない。既に増殖と変異を始めているアイテムに目が留まる。何人かのジャーナリストが印刷媒体とウェブとで、アルジェリア人女性の卵子十個に一万四千ドルの値をつけた、湾岸地域にある中堅バイオテクノロジー会社に関する記事を書いている。

彼は信じられないという表情で装置から顔を上げる。岩の点在する海岸を見下ろすと、唐檜（とうひ）の木立が逆巻く海の上に身を乗り出している。人がこの土地に現れ、その風景を目にするようになる以前から、木立はずっとそうしている。

∞

放送後の数日間にさらに二度、ストーンはキャンダスに連絡を取り、タッサが生放送でジャンヌ・ダルクに変貌した件について話そうとする。彼は再び、ネットでその場面を観る。キャンダスも同じことをしているはず、と彼は思う。しかし、彼が例のパフォーマンスを話題にするたびに、訓練か体質によってラッセルよりやや正気を保っているキャンダスは彼を、別のもっと健康的な話題に差し向けようとする。

しかし、彼女の回避はもはや気にならない。何も気にならない。ますます度合いを増すヨガ的な引きこもりさえ何とも思わない。この三晩、彼女に対する彼の欲求は自分でもまごつくほどだ。彼は彼女の上から、後ろから、前から、下から交わった。彼女は彼の好きにさせる。オーナの余韻の中で、彼女は痛々しいほど美しかった。恋人同士になる前から、彼女は彼の屋台骨だった。彼女のおかげで彼は自分を見つめることができ、自分が何になりたいかを明確にできる。世界が二人をどこに導こうと、彼は彼女と一緒だし、彼女の自信に囲われた泡状の空間は三人をかくまうに充分な大きさだ。

彼とキャンダスとゲイブは台所で、サイコロゲームの「ヤーツィー」をする。ゲームが物理的要素を持ち、現実に存在する人間を相手にしている限り、彼女が少年に与えるゲーム時間に制限はない。ラッセルは絶好調で、通常のサイコロに許される確率を超える幸運を引き当てる。彼はまるで念力を使っているかのように、次々に思い通りの数字を出す。確率の法則に反する彼の連続勝利が少年を怒りの興奮に追いやる。「ずるだよ。ママ、ずるをやめさせて!」 ゲームが終わって大人二人が台所のテーブルを離れても、ゲイブは一人、ストーンの連勝の秘密を暴こうとサイコロを振り続ける。

ベッドに入ると、キャンダスはサファイアのようだ。彼の知らない彼女。彼女は彼の体の至る所を愛撫し、離れた場所から、置き場所を間違えた鍵を探る。大規模な捜索の後、彼女の欲求は満たされる。二人は空っぽになり、並んで横たわる。彼女は背中が彼の腹部に触れるよう、反対側を向くが、抱きかかえてくる腕をしっかりとつかむ。静かな部屋の中で、愛してると彼女が言う。それは単純な発見だ。突然の自制。まるでたった今、困難だが必要な旅を任じられたかのように。

彼女の頭が彼の隣の枕に向かって小さくうなずく。彼は、人生で二度しか感じたことのない確信に満たされる。思考が彼を押し流す。これが何をもたらすにせよ、彼はそれを望む。「そう言ってくれてとてもうれしい」と彼は彼女の背骨にささやく。「その言葉も僕らの本に書き留めていい?」

彼女は彼の腕をさらに強く握る。既定の事実。その場面は既に書かれている。彼は、彼女が変化というには小さすぎる段階を経ながら確認から睡眠へと落ちるのを見る。恐れはない。高揚もない。あるのはただ、一緒に過ごした一日という事実だけだ。

彼は眠っている彼女を見る。どのように描写すれば、百年後の人間がその無表情な顔を思い浮かべられるだろうか。あるいは一万年後に。眠っている顔は、目覚めた世界にある科学技術の全てを忘れさせる。二〇二〇年の眠りは新石器時代の人にも理解できるはずだ。彼女の目が少し痙攣し始め、次に、唇も動きだす。彼は眠る彼女に何でも言わせることができる——徐々に膨らんできた、共著の本の中で。

彼女はいびきをかき始める。小さな、ローラ・アシュレイ社のシアサッカー生地のようないびき。もしも彼がこの瞬間まで、彼女への愛情と格闘してきたなら、ここで彼は戦いに負ける。いびきは漸増（クレシェンド）する。彼は面白がって、身じろぎ一つしないように努めるが、彼女は自分の音で目を覚ます。目覚めた彼女は当惑し、言い訳する。「私じゃないわよ」目を閉じたまま彼女が言う。彼女は目を開け、彼の方を振り向く。「まさか、私？」

「ねえ」と彼は柔らかな彼女のうなじに鼻をこすりつけながら言う。「婚約しようか」

彼女は体を起こし、当惑したように部屋を見回す。眠っている間に、誰かが部屋の模様替えをしたかのようだ。「ラッセル？　話しておかなきゃならないことがある。今後、私たちはタッサに会えない」

∞

『オーナ・ショー』に出演したタッサのビデオは、それだけで独立した、不気味なアート映画のようだった。遠くを見る視線、高揚した恐怖、人間どもの市場を振り切ろうとする天使の苛立ち。シフは充分に理解できなかった。彼女は遺伝子的に恵まれた女性のビデオを繰り返し観て、さらに大きな台本へとつなぎ合わせようとした。四十二分間を丸々使って、大昔から続く幸福の追求がついに獲物を射程に収めたことを報告する番組。

彼女と『限界を超えて(オーバー・ザ・リミット)』のクルーはざっくりした大枠から作業を始めた。気分の化学的基盤についての説明が九分間。神経遺伝学が八分間。感情高揚性気質(ハイパーサイミア)と、今やそのマスコットとして有名になったタッサ・アムズワールが十一分。そして、遺伝的気質を操作する未来の技術が十分。残る四分は場面転換と、シフが仕切る幕間。彼女は既に、〝満足〟の生物学的基盤の主要な研究者と二つのインタビューを行なっていた。番組の見習いはアーカイブから使えそうなビデオを探し、美術チームは幻想的なアニメーションを作ることに取り掛かっていた。

『オーナ・ショー』の翌日、シフとギャレットが、寮にいるタッサの撮影に訪れた。建物は夏休みで閑散としていたが、ジェンを一目見ようとする人の群れが入り口付近にできていた。彼らはギャレットの三脚と照明を取り囲み、何かの情報を聞き出そうとした。血色の悪い外胚葉型人間がシフに、油性ペンでアイポッドにサインをしてほしいと頼んだ。三十歳ほどのふっくらした女性が涙を浮かべ、どうしても幸福娘と話さなければならないのだと言い張り、撮影隊に紛れて建物に入ろうとした。女はロビーにいる警備員に追い払われたが、それは今回が初めてではなかった。

映画一色の狭苦しい部屋に入ったクルーが見た女性は、高揚からほど遠い状態にあった。タッサは、部屋に広げられた三色の絨毯(キリム)に、腕を組んで座った。ギャレットがカメラと照明をセットし、反射板を広げ、二人の女性を枠に収めようとすると、スペースはぎりぎりだった。彼が撮影を始めると、タッサは禁欲に身を包んだ。シフは生意気な態度を捨て、従者に姿を変えた。彼女はタッサに、どんなふうに育てられたかを訊いた。ギャレットは動じることなく撮影を続けた。しかし、二人の女性がカビリアの話を始めると、タッサはリラックスし、初めて撮影に値する――加工に値するのは言うまでもなく――精神の火花を見せた。

シフが尋ねた。「アルジェリア人は幸福を信じていますか？」　ギャレットは思わず三脚を倒しそうになった。しかし、タッサは質問を軽くさばいた。「こんなことわざがあります。キ・ンチョウフ・ハム・エル・ナス・ナンサ・ハミ。『人の不幸を見ると、自分の不幸を忘れる』という意味。アルジェリアの人は皆、他のアルジェリア人がとてもひどい目に遭ってきたのを知っています。そしてそれが……慰めになっている。私の母国に、科学が歴史の悲劇の解決法を発見すると思っている人がいるでしょうか？　どうでしょう。アメリカ人でも、そんなことを信じている人がいますか？」

シフは、いつものように反論する代わりに、ギャレットが耳にしたことがないほどぎこちない、フォローになっていない質問をした。「あなたの幸福の原因は何でしょう？」

ギャレットがカメラを止める前に、インタビューが始まってから初めて、アルジェリア人がほほ笑んだ。彼女は細く茶色い指を挙げ、彼を指差した。「あれ。ほんとに。この人がやっていることを一日中できたらどれだけ幸せか。生き甲斐です。ビューファインダーを通して世界を見るのが大好き。たまりません。人生最悪のことも、映画になれば美しい」

ギャレットはカメラを切り、シフと廊下で話したいと言った。彼女が反論する前に彼が一気にしゃべった。「これじゃあ全然、科学のフロンティアを切り開いていることにならない」

シフは不気味なハシバミ色の目で彼を見つめた。「それは私の仕事じゃないわ、ニック」

「へえ、そう。じゃあ、君の仕事は何？　カメラに収めるべき魅力的な素材を俺の前に差し出すのが君の――」

「私たちはこの女性の物語を追っている」

その言葉を聞いて彼は速度を落とした。ほんの少しだけ。「感情高揚性気質（ハイパーサイミア）と友達になるのじゃなくて、インタビューするのが君の仕事だ。あの子は、はっきり言って、底なしの元気が湧く井戸じゃない」

「実際に目の前にあるものを撮影するのが私たちの仕事よ」

「よく言うよ。俺の前で偉そうなことを言わないでくれ。哲学の時間じゃないんだ、トニア。もう締め切りが近い」

「あの子はカートンが言っているような存在じゃない。私はただ視聴者に本当のことを――」

「視聴者の望みは科学だ。科学番組なんだから」

部屋の中から声が呼び掛けた。「そっち、大丈夫ですか？」

二人が部屋に戻ると、タッサが自分のミニデジタルビデオカメラでギャレットのカムコーダーと照明器具を撮影していた。「私の卵子にお金を払いたいという人がいるんですって」と彼女は言う。彼女は冷静にカメラを上げ、理解が二人の顔に広がる瞬間を捕らえた。彼女の卵子。彼女の卵子。

ギャレットは彼女に、その事実をカメラの前でもう一度言ってほしいと頼んだ。タッサはそれを笑い飛ばした。「インタビューは即興でなきゃ。何を言うかを指示するのは駄目ですよ。とにかく（アンツーカー）、映画学校ではそう教わります」

∞

ラッセル・ストーンは愛する人のベッドに横たわったまま、爆弾の威力に黙り込む。私は彼に可能な選択肢を一つ一つ吟味する。遺伝と環境のあらゆる組み合わせが彼に、シーツを引っ張り、ほほ笑むことを運命づける。「どういう意味？」

キャンダスは目の前にある法律的な問題を、成熟した言い回しで彼に話し、職業上の制約を説明する。その口調は、過酷なセラピーを受けなければならないことをクライアントに話すときのようだ。彼女はラッセルが言いだしそうな反論の一つ一つに、デリケートな予防線を張る。

「本気じゃないよね」と彼が言う。「彼女は友達だろ？」

彼女はここぞとうなずく。「そこがポイントだと思う。責任ある規範的振る舞いとして、私はそもそもタッサの友達になるべきではなかった」

彼は話がのみ込めない。「君が心配なのは仕事のことだけ？　だって、全く。国中がどうかしてる。君の職種なら売り手市場だ。どこでも仕事は見つかるよ」

彼女は人事ファイル、紹介状など、彼が生まれつき適性を持たない大人の現実の全てを説明する。

「分かった」と彼は言う。彼には何も分かっていない。口に出さない非難を除いては。

彼女は震え、涙を流す。しかし、彼女の肩と胴は奇妙に大理石のままだ。彼は彼女に腕を回し、その火照りを引き寄せ、耳のそばでつぶやく。「心配しなくていい」と彼は言う。「大丈夫さ。眠って。明日も仕事があるんだから。この話は昼間にしよう」

昼になると二人は何も言わない。彼女はゲイブを学校に送り、ストーンはまだ頭の整理がつかず、真夜中に彼女があんなことを言ったのは現実だったのだろうかと考え続けている。彼の最善の反応は〝活動停止〟という、十億年前から引き継がれ、時間の検証を経た手法だ。何もしなければ、全て何事もなく、頭上を通り過ぎるかもしれない。だから彼は身動き一つせず、待つ――彼と同じ遺伝子を数多く持つ齧歯類が猛禽の影で身を潜めるように。

∞

長く待つ贅沢は彼に与えられない。三日後、彼はプリンセス・ヘビー・ハリンガーからEメールを受け取る。半年前、週に三度、奇妙な親密さを共有した女性だ。今、受信箱にある彼女の名を見ると、寓話のように思える。メッセージは、かつて彼が教えた作文ルールを残虐にぶった切っている。

コンチワ、あのコの遺伝子が競りにかけられてんの、知ってる？　競り値は一万九千までアップ。てか、どうせ何も知らないんでしょ。連絡取ってないみたいだし。でも、あのコ、今、いっぺんにイロイロあって、ちょっとゲンナリしてるみたい。心配ご無用。私たちが面倒を見る。誰かがしなきゃ。あのコ、ほんねは、先生のアドバイスを欲しがってる。だから、先生らしい(:)アドバイスがなんかあったら、あたしにメールして。よろしこ。あのコも喜ぶと思う。

メッセージが彼を灰色の繭（まゆ）でくるむ。シャーロットが授業で書いた作文は全て、単なる欺瞞の練習にすぎなかった。これがあの人物の本当の書き方なのだ。作文はもう、彼を生きたまま食べ、肥やしとして排泄する奇怪な突然変異種に変わってしまった。

彼はタッサに電話する。返事はなく、留守番電話にも切り替わらない。彼はレッドラインに乗り、ローズヴェルト駅まで行く。会計四半期の時間がかかる。彼が寮の建物までジョギングし、歩行者の流れをかき分けると、罵り（ののし）を浴びせられる。彼は八番街で角を曲がり、立ち止まる。

寮の入り口に人だかりができている。にわか仕立ての国旗制定記念日（フラッグ・デー）みたいな風景。手と顔を空色にペイントした女性が**遺伝子いじくり反対**と手書きしたポスターを頭に載せている。おそらくその娘と思われる、同様のペイントを施したさらに若い女性が**悲しみに誇りを**と書かれたサンドイッチボードを体に掛けている。男が一人、漫画じみた防護服のヘルメットを脱ごうと格闘している。**どうせ私は遺伝子組み換え作物（GMO）**と書かれた揃いのTシャツを着た三人の大学生が耳障りな笑い声を上げる。警察官が別の二人に、建物一階に掲げられた**私にも生物学的価値付加を**という高さ二フィートの横断幕を下ろさせる。背の低い白髪の黒人女性——少なくとも八十歳——が、メガホンを弱々しく足元にぶら下げた十歳年上の小柄な白人に向かって指を突き立てている。警察が老人の小競り合いに割って入ろうとする間も、女性が叫び続ける。「こんなことが許されるなんて、法律はいったいどうなってるんだい？」

人垣は、周りから徐々に散り始める。しかし、見世物の中核はしぶとく残り、野次馬が立ち止まって様子をうかがう。パンフレットの山を抱えたストーンと同じ年頃の女性が、彼の表情を失望と勘違いする。「ついさっきまで『シカゴ・ストリート・ニュース』の取材が来てたのに残念ね。バンが二台。十五分ほど前に撤収したわ」。彼女は彼にパンフレットを手渡す。冊子によると、自我を解体し、個々の細胞と森羅万象との間にある境界を消し去り、何千年も前から精神的指導者たちが知っていた涅槃（ニルバーナ）から力を得ることはほとんど誰でもできるし、それに医学的介入はほとんど必要ない。彼女は、彼の友人になりたそうな笑みを浮かべる。

「彼女はここに？」調子外れな声でストーンが訊く。

「誰のこと？」

彼は力なく、タッサの部屋の窓ガラスを指差す。

「彼女のこと？」まるで彼が意味不明な冗談を言ったかのように、パンフレットの女が笑う。「何日も前から、誰も彼女の姿を見てない。あそこの男が、木曜の夜に、窓辺にいる彼女を見たと言ってるけど、多分、嘘」

ラッセル・ストーンはこめかみを指で締め付ける。「あなたたちはいつからここに？」

パンフレットの女は協力的だが、彼の話についていけない。「私？　ここに？　ていうか、みんながってこと？」

彼はかつてタッサの視線を逃れて身を潜めた楽器屋の入り口で立ち止まる。生まれて初めて、携帯電話を持っていればよかったと思う。彼はローズヴェルト駅まで走り、列車を待ち、ローガンスクエアに帰る。彼は彼女の最新の番号に電話をかける。驚いたことに、彼はその番号を覚えている。

もちろん誰も電話に出ないし、留守番電話にも切り替わらない。

シフはオヘア空港のコンコースからトマス・カートンに電話した。ギャレットは隣にある椀状の椅子（スクープ・チェアー）に座り、話を盗み聞きした。

「きっとあなたから電話があると思っていたよ」と、彼女が名乗る前にカートンが言う。「私に勝ち誇るために電話してきたのかな」

「本当なんですか？」彼女は訊く。

「その質問を向けるべき最善の人物は私ではないように思うがね」

「誰かが彼女の配偶子を競りにかけようとしているんですよね。体のパーツを競りにかけるのは違法だと思っていました」

彼は笑うが、うれしそうではない。「何千人もの女子学生が卵子を〝寄付〟することで学費を得ている。オンラインの市場（いちば）のようなものだ。コミュニティサイト（クレイグズリスト）には一日百五十件の広告が出ている。だから問題は、彼女のような遺伝子的プロフィールの持ち主に対する公正な市場価格はいくらか、ということだ」

「通常価格はどれくらいです？」

「大学進学適性テスト（SAT）で千三百点以上なら一万ドルというところだ」

幸福のスコアがダントツということなら、明らかに、はるかにそれを上回る。

「でも、入札をしている人というのは、商業的科学者なんでしょうか、それとも普通の……」

「普通の、金持ちで不妊の夫婦が個人的な実験をしているのか？」

海水が岩をこね、風が常緑樹の間を抜けている音が彼女の耳に届いた。

「彼女の生殖細胞を科学的に正当かつ合法的に利用する方法は、私には思い浮かばない。少なくとも、今年の段階では。しかし、しばらく冷凍庫に保管をすれば――」

「今、どこにいらっしゃるんです？」と彼女は訊いた。彼がラガーディア空港から撮影可能な範囲にいるのなら、悲哀と悔悟にとらわれたこの科学者の姿をカメラに収められる。科学。本当の科学。

「玄関前のポーチだ。今週はずっとここにこもりきり。君からだと分かったからこの電話は取った。教えてくれ、トニア。私はこの事態を予想すべきだったのか？」

哀れみ深い彼女は、彼がカメラの前で語った罪深い言葉の数々を引用しなかった。彼女はただ、この電話を録音しておけばよかったと思った。

彼は言った。「もちろん、今回のことであの子の人生に迷惑を掛けたなら、すまないと思う。しかし、われわれがどうにか妥協するしかない選択肢が次々に生まれているのも事実だ」

天国が道の先にあることは今でも変わりない、と彼の声は言っていた。そして天国をこの地にもたらすには、苦しみを経ることさえ市民の義務なのだ、と。

その後、光の性質に微妙な変化があったせいか、トマス・カートンの口調が変化した。「彼女の機能的磁気共鳴画像（fMRI）を調べていたＭＩＴの同僚から聞いた話がある。彼女の脳は、左右の半球がコミュニケーションする仕方に特徴があるらしい。ひょっとすると、それが……」

トニア・シフはギャレットに向かって、空中で激しいジェスチャーをする――コンピュータか、メモ帳か、盗聴器か、何か。「よく分かりません。それは何か脳の構造に関わるんですか、それとも、彼女が自分で身に着けたことでしょうか……？」

カートンは再び元気を取り戻した。「そこがどうもはっきりしない。有能なチームがさらに詳しく調べる必要があるだろう」

∞

仮に、六千年にわたる書記（ライティング）の歴史を六百ページの小説になぞらえよう。飛行機に持ち込んだ場合、最も時間のかかるフライトでももちそうな長さだ。ロマンス、ミステリー、スリラー、誰の好みにも合う内容を少しずつ。一ページあたり十年。最初はのんびりしたペース。しばらくしてからその書き出しが――時間と空間を越えて魔法のように意味を投げかける秘密の記号が――トロイの木馬であることが明らかになる。二百ページに達する頃には、記憶が防腐処置を施され、失われた記憶が嘆かれる存在になる。もしも物事が書き記されなければ、人はそれを忘れられる。その残りが歴史だ。

三百五十ページでプロットが動きだす。ばかばかしいほど長い提示部の後で、ようやく展開部が始まる。登場人物が現れ、都市が若くして潰れ、守護神のさまざまな要求に応じて動かされる。戦争が広がり、貿易が拡大する。登場人物は強くなり、年を取る。彼らは集まって部族を形成する。パピルスは現在から解き放たれ、新たなサブプロットを生み始める。四百ページになると、基本的対立が明確になる。維持派と改革派、現状満足派と最大拡大派、本がバラバラになりつつあると信じる人々と本が一つになりつつあると信じる人々。

中ほどの三分の二には、ある種の読者にとって冗長な箇所がいくつかある。しかし、物語が最も絶望的になるのはこの部分だ。技術（テクネー）と知恵（ソフィア）がまだ仲の良かった時代。遠い未来のクライマックスがまだぼんやりとしか見えず、結末が救済と破滅の間のデッドヒートだった時代。

五百七十五ページで慌ただしくネタばらしが始まる（どれももっと早い段階で前振りがなされている）。一つの新しい発見が新たな二つの発見の引き金となる。登場人物が爆発的に増え、突然の挫折も同様に増える。本はゴールを前にして、大人数を巻き込みながらラストスパートをかける。

残る二十五ページが、中途半端なプロットに決着を付け、強引に大団円に持ち込む。最後の章では機械仕掛けの神が登場し、最後のページ、最後の段落で、登場人物たちは「これまでの物語」の限界を捨て去り、反乱を貫徹する。最後のセンテンスは直接の引用だ——「著者よ、われわれはここを出る」。時の経過そのものが作り上げたハッピーエンド。

∞

ゲイブが選んだ夕べの麻薬——怪物(モンスター)と突然変異(ミュータント)、個人版——のため、ラッセルとキャンダスが食卓を片付けているところに、彼女がやってくる。ブザーのリズムだけで、皆、それが彼女だと分かる。キャンダスは目でラッセルに懇願する。まるで、居留守を使いましょうと呼び掛けているかのように。しかし、明かりは煌々と灯り、ジャズピアノの音が窓から漏れ、平日の夕食後に、一家が別の場所にいるはずもない。

ゲイブが跳び上がり、インターホンを押す。小さなスピーカーから小人の声が聞こえる。「ジブリール、ジブリール。あなたがたの上に平安がありますように(アッサラーム・アライクム)」

少年は「あなたがたの上にも平安がありますように(ワ・アライクム・サラーム)」と大声で答え、勝ち誇ったようにロックを解除する。彼女が階段を上がってくると、彼は女性を叱りつける。「もう僕らをカスだと見限ったのかと思った」

彼女は少年の髪をもみくちゃにし、彼はそれを我慢する。彼女の手足は空気よりも密度の高いものの中を動く。「ジブリール。私は最近、人生からいろんなことを学んでいたの」

ストーンはダイニングルームから動かず、ほっとした顔を見せないように努める。彼はポケットに両手を入れたまま、二人の女性の間に立ち、どちらの顔も見ない。

「大丈夫?」 それを訊くくらいは大丈夫だろう。十六歳のある日、家に帰って、両親に〝僕は不可知論者だ〟と告白したときのように、恐ろしいほどの自由が彼を満たす。父は彼を許すことも信じることもなく、墓に入った。

タッサの目が閉じ、顎が上下する。原初的な黙諾の顔だ。「はい」皮肉と紙一重の穏やかな口調で彼女が言う。彼女は目を開け、おどおどしながらキャンダスを見る。「お邪魔してすみません。最近は、先のことを考えない毎日で。友達のところに……次々と厄介になっているんです」

彼女は一歩前に出て二人の大人、合計四つの顔の面にキスをする。キャンダスの態度は歓待そのものだ。彼女がジェスチャーで椅子を示すと、まるで小さなダイニングが聖域であるかのように、タッサが腰を下ろす。

「お茶は?」とキャンダスが勧める。「ハーブティーがいい?」その気楽さがストーンをおびえさせる。「ゲイブ、ゲームをやりたかったら今、十分間していいわよ」

快楽が不意に四方から少年に襲いかかる。「おねえちゃんも一緒に?」

「それはまた後で」

タッサがうなずき、彼は恍惚とした表情で走り去る。彼が消えると、カビル人が宣言する。「私、卵子を売ろうと思います」

彼女は二人のショックを不同意と受け止める。

「私のこと、嫌わないでください。最高値は今、三万二千ドル。アメリカドルですよ。分かってます。どうかしてるってことは。でも、半分は弟に送りたい。弟が一年で稼ぐお金の五倍です。お金があれば、苦痛な仕事を辞めて、いい仕事が探せる。そして残り半分は伯父と伯母に。私の学費ローンの支払いのために」

「駄目だ」とストーンが言う。彼は自分の声にひるむ。

「駄目じゃないみたいですよ、この国では。先生も知ってるお友達のスー・ウェストンは、エバンストンで二回やったことがあるんですって」

「いいや」とストーンが言う。「僕が言ってるのは、君が自分にそんなことをしちゃいけないってことだ」

女は彼の方に向き直り、懇願する。彼女は片方の手で机を叩く。「ラッセル、別にいいじゃないですか。先生だって、私の遺伝子が何かの鍵だとは思わないって言ったでしょう？　だから、頭のおかしな誰かさんが幻のためにお金を払いたいって言うのなら、私がそれをやめさせる義理はないじゃないですか。そういう人は、お金をたくさん払えば払うほど、幸せな気分になる。ていうか、皆さんはどっちみち、その幸せ気分を買いたがっているんですけどね」

彼はその議論に反感を覚える。彼女がそれを口にしているとは信じられない。「自分の子孫を売ってはならない」

彼女の顔に純粋な困惑のしわが寄る。「自分の何ですって？　まさか、卵子のことを……？　じゃあ、先生は、この遺伝子が秘密の本物の私だと思ってるんですか？」

タッサはキャンダスの方を向く。ストーンは恋人がテーブルと壁の間で肘を抱え、じっと立っているのを見て屈辱を感じる。それから、ウェルドは臨床的昏睡（コーマ）を脱し、タッサの向かいに座る。十年余の授業と研究、そして専門的訓練によって、カウンセラーはこの瞬間に対する備えができている。キャンダスが口を開く。そして一瞬、その声があらゆる狂気を部屋から追い払う。

彼女は自分の置かれた危うい立場、職業上のしきたり、恩情ある上司の計らいについて説明する。ストーンは茫然とする。この女（ひと）は模範的な大人で、ドライで、バランスが取れている。一瞬、彼は考える。そう、自分たちは何か月も前にこうすべきだったのだ。キャンダスの声の響きだけで、港へ戻る方角がはっきりと分かる。

彼女は立ち上がり、書斎に行き、光沢のあるパンフレットを取ってくる。「あなたが利用できる相談施設については全てここに書かれている。ここにある番号にかければ、電話でも相談ができる。この女性はとてもいい人よ。彼女に相談すれば、生殖医療に関するカウンセラーを紹介してもらえる」

「でも、キャンダス、私はあなたと話をしたいの」

キャンダスは完全に同意してうなずく。「私はもう、あなたの手助けはできない」

アルジェリア人はイスラム救国戦線による襲撃のニュースを聞いたかのように、まばたきしながら座っている。「キャンダス？ それは私に、出て行けってこと？」

ウェルドは彼女の腕に手を触れ、さする。偽りなく、開けっぴろげ。「あなたに対する私の気持ちがずっと変わらないのを、あなたも分かってくれるでしょ」

その言葉が全てを説明する。全て、ちんぷんかんぷんだ。タッサはストーンに通訳を求める。ストーンは自分がここで何をしているのかさえ思い出せず、彼女の手にあるパンフレットを見つめる。タッサが二人に交互に目をやる間に、徐々に洞察が花開く。「キャンダス、もしもあなたがその道を選んだのなら、私もきっとそれが正しいのだと思う。きっと、それが一番なんだわ。でも、もうそろそろ私、行かなきゃ」

彼女は後ずさって扉に向かう。彼女を抱き締めようとキャンダスが一歩踏み出すが、タッサが手のひらで制する。二人の大人のどちらかが口を開く前に、彼女は早足で階段を駆け下りる。

キャンダスは座り、震える指で目をこする。ストーンはしばらくしてからやっと、彼女が泣いていることに気付く。寒風の中で自転車に乗ったときに出るような、うつろな涙。彼は一歩踏み出して、彼女の凍った肩に腕を置きたいと思う。階段を駆け下りてタッサに追いつき、何もかも誤解なのだと言いたい。キャンダスは立ち上がり、夕食の皿を片付け始める。ストーンが一人、自分だけの小さな無菌島に立っていると、ゲイブが部屋に戻ってくる。

少年はがっかりする。「帰っちゃったの？　どこ行ったの？　一緒に遊んでくれるって言ってたのに。嘘つきだ」

ストーンがキャンダスに目をやると、彼女は家事の手を止める。彼女の声は息子の声よりも甲高い。「私はさっきの話、結構うまく行ったと思う。あなたはどう？」

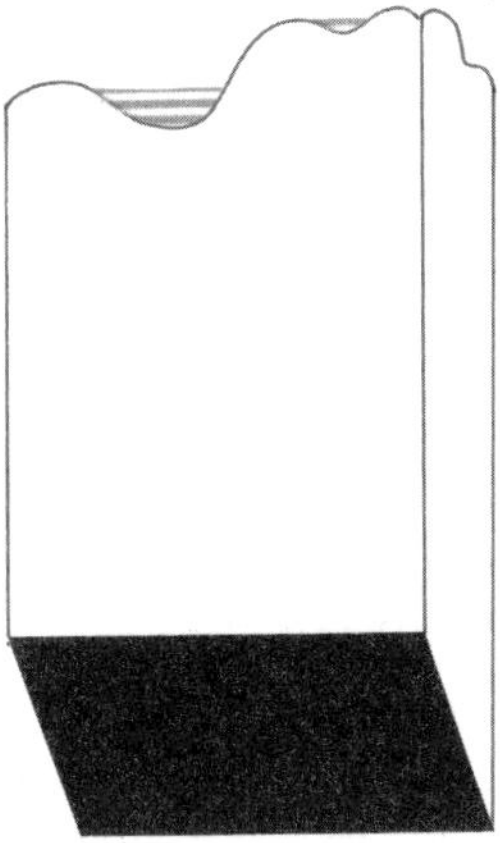

第五部　神より出しゃばらない

No More than God

私たちが生きている世界よりも広い場所はない。

——パブロ・ネルーダ「ソネット九十二番」(『百の愛のソネット』所収)

彼女は早朝、夜明け前に目を覚ますだろう。そして一瞬、今どこにいるか分からなくなる。自分が誰かも分からない。その後、ホテルの部屋、ノート、コンピュータ、チュニジア西部の窓から見える山間の町の眺め、そしてトニア・シフが再び現れる。

ホテルの朝食。泥漿（でいしょう）並の粘度を持つコーヒー、バゲット、聖書に出て来そうな味の、正体不明の果実で作ったジャム。シフは朝食後、伏せた濃青（コバルト）色の鉢の内側で千ワットの電球を灯したような世界に出掛ける。彼女は小さなデジタルビデオカメラを携帯している。それは最も好ましい道具ではないが、実用的で軽く、巡礼の旅に真実味を与えるに充分な鮮明さを持っている。目にするもの全てが撮影対象だ。彼女は、ビューファインダーを通して見ると全てが再び美しく見えるという、タッサの高らかな宣言を思い出す。

彼女は勾配のきつい通りを上り下りし、かつてはにぎやかだった市場（スーク）を抜ける。朝に仕入れた農産物のいちばん良い物は既に売れ、安ぴかの小間物が並ぶ市場で、行商人が彼女に財布の紐を少し緩めるよう呼び掛ける。彼女は町の全景を撮影するだけのために、ガイドブックを見ながら要塞（カスバ）まで行く。そこで、寺院（バジリーク）の周りを散策し、建物の所有者の変遷を記録に収める。四世紀に穀物倉庫だったものがビザンティン帝国の教会に変わり、それがモスクになり、それがまた、ローマの遺跡になった。歴史は単なる、欲求の変動にすぎない。科学技術は何も変えない。誰かが、いつかどこかで、あらゆる嗜好をオークションにかける。私たちが幸福に飽きれば、誰かが有用な絶望の市場を作り出すだろう。

　彼女はラテン語の刻まれた銘板や墓標を眺めながら小さな中庭を撮影し、語尾変化と活用形を解読しようとする。ブリュッセルの高校で習い、大西洋岸の生活ですっかり忘れ去った、死せる言語の秩序正しい文法が今、古代帝国の縁に位置する染みのような小さな町で、近くの通りからアラビア語で野菜や果物を売り歩く声が聞こえる中、よみがえる。わが家に勝る所なし。一本の柱に、〝リヤナディル〟という地元バンドのくたびれたポスターが貼ってある。

　トニアは教会内で、係員に撮影を止められるまで、一時間を費やすだろう。再び外に出ると、漫画のような空の色が少し青緑色がかっている。町を数千年間生かしてきた泉に沿って、発掘途中のローマ人の浴場をたどり、ブールギバ（チュニジアの独立運動指導者で、初代大統領を務めた人物。）が観光客向けに六〇年代にブルドーザーで容赦なく整地した旧市街の中心を抜けて、遊歩道――素朴で、広く美しい道――まで戻る。彼女はそれさえ、デジタルビデオに収める。

　昼前に、ふと小路に入ると、そこは驚いたことにホテルのすぐそばだ。道が迷路のようにあまりにも入り組んでいるせいで、二つのホテル、瓜二つの町角があるという印象をぬぐいきれない――同じ丘の斜面の両端に、よく似た植民地様式の町並みがあって、生き写しのような宇宙がもう一つ併存している印象。

　彼女は部屋に駆け戻り、アメリカからわざわざ持ってきた二冊の本を荷物から出し、ショルダーバッグに入れる。安っぽい、感情的脅迫の試み。取り返しのつかない過去からの贈り物。個人的ゲノムの秘密。

　彼女はビデオカメラを持参するリスクを冒すべきか否か悩む。撮影はしない、いかなる録画も録音もしないと約束した。それがそもそものインタビュー受け入れの絶対条件だ。しかし、彼女は今回の訪問で、相手の気が変わるのを当てにしている。いったん話を始めたら、態度が軟化するのではないか、と。本計画の予算が許す以上の費用をかけてわざわざここまで来たのは、この二年間、誰にもできなかったことを成し遂げるためだ。しかし、彼女に与えられたチャンスは、相手を怒らせた途端、完全に消え去る。幸運にも、カメラは家庭用聖書ほどの大きさしかない。それを二冊の本と共に鞄に忍ばせる。彼女は部屋に鍵をかけ、階段を駆け下り、燃える陽光の中に戻る。

　彼女はもちろん、アルジェでの面会を望んだ。できれば、アンナバやセティフのような、カビリアの町ならなお良い。しかし二か月前、アルジェリア中央東部のハシメサウド油田近くで、正体不明のテロリスト集団が兵員輸送車の車台に爆弾を仕掛け、十九人の死者と十二人の負傷者が出た。それだけのことならこの国では、北アメリカでスポーツの全国大会が開かれるのと同じくらい頻繁に起きている日常的な出来事だ。しかし、今回の犠牲者の中には、制服を着たアメリカ人〝軍事顧問〟が三人混じっていた。

　シフは自分の国が軍人をアルジェリアに送っていることさえ知らなかった。六大陸での反応を見る限り、世界の大半の国も知らなかったらしい。国務省は直ちに渡航禁止令を出し、ビザ発給の可能性は虚構（フィクション）と化した。行けるのはせいぜい、チュニジア国境を越えてすぐの町だ――物語独自の可能性とのぎりぎりの妥協点。

　シフは四十五分早く、指定されたカフェに座るだろう。そこを見つけるのは簡単だ。**旧市街保存協会の裏にある、カフェ・デ・ラ・リベルテ。**彼女は一週間前から地図で場所をチェックし、この日も早朝に、カフェが間違いなくその場所にあることを確認した。**あなたは西洋人の女性だから、誰もちょっかいを出してきたりはしませんよ。**

　彼女はそれ以降、心細いことに、電話での連絡を断られた。「私はちゃんと行きますよ、シフさん。もしも姿を現さなかったら、電話したって無理ってことです。私たちは互いを信頼しなければなりません」。シフの前には、美しい窯彩（ようさい）グラスに入った、間違いなく世界で最もまずい紅茶が置かれている。その液体はアイスキャンデー（ポプシクル）を溶かしたような甘みと粘り気が出るところまでじっくり煮詰められ、ミントの小枝がおしゃれにトッピングされている。彼女はそれを撮影したいと思うが、鞄からデジタルビデオカメラを取り出すのを恐れる。十分ごとにウェイターが近づき、彼女にしかめ面を向ける——女が一人でカフェに座っているのが気に入らないのか、忌まわしいことを考えていると疑っているのか、何の問題もない飲み物を一向に飲もうとしないのを不審に思っているのかは分からない。しかし、トニアは黙って座る権利を既に買っており、誰も彼女を追い払ったりしない。

彼女は座ったまま、この三日間ずっとしてきたことをする。ぼろぼろになったタッサの本、『生き生きした文章を書くために』を読む。現地時間十二時四十八分、彼女は本を開き、聖書占いのように、適当に目に入った一節を読む。ハーモンが言う。

> 世界のどの場所でも、人間の全歴史を通じてほとんどどの時代であっても、大半の人は、人間が運命に打ち勝つことができるという考えをあざ笑うだろう。

何度か生まれ変わった後、十二時五十三分に、彼女がまた井戸に近づく。

> 登場人物の中には、額に真っ赤な×印を持って生まれてくる者がいるようだ。

シフが故郷を離れて時間が経てば経つほど、作者が狡猾になっていくように思われる。十二時五十七分、ハーモンは断言する。

いつかは全てを失うのが確実だからこそ、何かを所有することに意味が生まれる。これは存在物にまつわる偉大な逆説（パラドックス）と言えるかもしれない。

彼女はこれが深遠な真実なのか、当たり前のことを仰々しく語っているだけなのか、判断できない。彼女に分かるのは、この作者が気を落ち着かせる役には立たないということだけだ。彼女は潜望鏡のようなまなざしで通りを見つめ、それらしい体格と年齢の人影を見つけるたびにぎくっとする。約束の時間を五分過ぎるまで、四十秒ごとに時計に目をやる。そもそもの考えがばかげている。地球の正反対に暮らす二人の人間が、偶然の時代の終わりの木曜午後、現地時間一時ちょうどに、いずことも知れぬ辺鄙な土地のカフェで会う約束をするなんて。

時報係が物憂げに彼女に真昼の勤行を呼び掛け、地平線上に均等に約束をまく。そのような欲求の根源的原因が全て見つかり、手当てされてから長い時間が経っても、人はやはり、遊牧民的な祈りへの呼び掛けに応えるだろう。遺伝形質転換処理（トランスジェニック）がどこかへ姿を消した後も、何世紀にもわたって、多くの人がこの世では得られない癒やしを求めるだろう。

一時二十分ちょうどに、シフは待ちぼうけを食わされたと結論を下す。人生のうちの一週間を無駄にし、三千ドルを費やし、五千マイルの旅をした揚げ句にカフェに座り、人類が知る最も甘ったるい紅茶を飲んでいる。番組が完成を見ることはない。自分を救う可能性もゼロだ。彼女が代理投票の一票を投じることなしに、人類は選択の時代に突入するだろう。

再びハーモンを開くが、目に留まった一節は彼女の気に入らない。彼女はもう一度試し、その後、さらにもう一度――私が十回と言えば十回――試し、ようやく自分に向けられたお告げを見つける。

　他のあらゆる和合が失敗しても、私たちにはまだ言葉が残されているという信念に対して、大量のインクが費やされてきた。

彼女は本から目を上げ、母国に手紙を書くような慰めがその言葉から得られたかどうか考える。と、そのとき、まだ二百メートルは離れているが、坂になった道の先からこちらに向かってゆっくりと歩いてくる人影、風景に溶け込んでいるが見間違いようのない人影が目に入る。それは彼女が世界を半周して、消息を聞きに来た人物だ。

∞

カートンは海岸の小屋を出て、仕事に戻る。彼が最初に取った公的な行動は、タッサの生殖細胞一ダースを競り落としたヒューストンのクリニックに対する差し止め命令請求だ。取り引き成立の知らせは、バイオテクノロジー関連ニュースレターから冴えないバイオ関連ホームページまで感染症のように広まる。幸福の女は卵子を三万二千ドルで売ることに同意した、と。

カートンは取り引き差し止めを求めて提訴する。彼の主張は単純で、アメリカの法廷で数十年前から支持されているものと同様だ。卵子の用途が何であれ、このクリニックは、トゥルーサイト社の行なった遺伝子関連解析研究によって生物学的価値が増したゲノムを買おうとしている。トゥルーサイト社の知的努力が相関を明らかにし、会社は妥当な特許を申請した。ゆえに、この不妊治療クリニックが、タッサディト・アムズワールのゲノムに内在する感情的健康増大の公算から利益を得るつもりなら、トゥルーサイト社に特許使用料を支払う義務がある。

あらゆるタイプのジャーナリストがカートンの話に耳を傾け、彼はその全員に説明をする。「研究をしたのはわれわれです」と、彼が著名な評論家に語り、「喜びの値段を決めること」と題する特別記事が各紙に転載される。「われわれは、わが社の発見から得られる将来的利益の評価額を八億ドルと算定しました。これは、半永久的に直系の子孫全員が享受する利益も含めた計算です……」

要するに、よくある迷惑訴訟だ。しかし、評論家たちには彼が裁判を起こす動機が理解できない。長い間、人類を消費者ゲノム学時代に突き進ませる動きの先頭に立ってきたトマス・カートンが今、自由市場を阻害し、一人の女の遺伝子の所有権を主張しているとして、数十のブログでバッシングを受ける。

レポーターを自称する人々の集団がヒューストンのクリニックにコメントを取りに行く。院長のドクター・シドニー・グリーンは、法廷による差し止め命令がない限り、スタッフは予定通りに女性の配偶子を採取すると宣言する。

大衆が熱狂的に騒ぎ立てる一方で、正義の車輪は空回りを続ける。法律の専門家は、今回の件が通常の卵子寄付と同じだとする見方と、トゥルーサイト社への賠償を否定すれば三十年前から築き上げてきた知的財産権のルールを捨てることになるという見方に分かれる。請求を認めれば、遠からず、子供を作るたびに誰もが特許使用料を払う羽目になるかもしれない。請求を棄却すれば、何十億ドルにも相当するバイオ経済的資産の権利が消失する。

元監督派教会牧師で、今はイリノイ工科大学で教鞭を執る生命倫理学者がシカゴのラジオでトーク番組に出演し、「人間特性の売買に向かおうとする、恐ろしく非人間的な潮流」に歯止めをかけようとする。彼の指摘によれば、最近、卵子の寄付はかなり効率的に高い成功率で行われており、採取後に受精が済み、胚になった場合には、いかなる法律をもってしても——殺人を犯すのでない限り——手続きを止めることはできない。しかし、トゥルーサイト社の請求に携わる裁判官は全く慌てる様子がない。

危機感を感じたイリノイ州第七選挙区選出の下院議員が、連邦議会議事堂で演説をする。それは実際には、かなり前から計画していたスピーチで、医薬品業界に国から研究補助金を出すことに反対する内容だ。しかし、議員は自分の選挙区での〝喜びゲノム〟論争に言及し、バイオ経済を抑制する必要性を訴えると同時に、選挙民にもアピールする。

この騒ぎの中で、つい最近までジェンをもてはやしていた数百万人の、彼女を見る目が変わる。声を上げる多数派は彼女を不気味な存在と見る。多くの人が潜在的子孫と引き替えに金銭を受け取っているのは確かだが、これほど多額となると、共感できる人は数少ない。このにこやかな女性、身体的幸福の旗手が贈り物にこんな値札を付けるとは何事か。彼女はむしろ、それを社会の共有財産として提供すべきだ。

卵子契約のせいでタッサは、ウェブから廃嫡された人々によるあらゆる攻撃にさらされる。彼女はある種の人々の間でのけ者(パーリア)にされる。特に、ニュース周期で二、三サイクル前に『オーナ・ショー』での演説を物まねしていた、彼女を敬愛する十代の女の子たち。西海岸のテクノバンドが彼女をテーマにした痛烈な歌を作り、ヒューストンがタッサに払う卵子代の十倍の金を稼ぐ。

南バリントンの巨大教会のマイク・バーンズ牧師は、タッサディト・アムズワールに関する先の宣言と距離を置く説教をし、それがEメールで方々に転送される。「神は数多くのメッセージを送ってくださる。しかし、私たちは翻訳を間違えることがある。ありがたいことに、神はいつでも私たちをお許しになります」

それに続いて全国的な大論争が起きる——幸福を感じるのと幸福であるのは同じなのかどうか、そして、両親が買った生まれつきの幸福と自ら稼いだ幸福はどう違うのか。この論争はさまざまな連続ホームコメディーで取り上げられる。

『エコノミスト』誌はジャヴァを用いた実験的なプログラムを使い、安定的に幸福な気質を受け継ぐ確率を十倍にすることで市場から得られる現実的値段——三万二千ドルから八億ドルの間——のアンケートを取る。現在の平均は七十四万ドルに漸近するが、偶然にもそれは、生涯にかかる慢性的非反応性双極性障害の治療費に近い。

〃エンデミック〃という名の、巨大な番組制作会社が、あるリアリティー番組の企画を国際的に売り込むことに成功する。それは、潜在的精子提供者がサドンデス形式で競い合い、遺伝子型に基づく選抜で最後に残った一人がある女性を妊娠させる栄誉を得るというものだ。懐疑的なマスコミに対して制作会社は、タッサの卵子競売が公になるずっと以前から企画は進んでいたと説明する。

ギャグ雑誌『ナショナル・ランプーン』(アメリカン証券取引所での略称はＮＬＮ)に所属する三人のライターが〃にこにこアラブ娘を殺せドットコム〃(killthesmileyarabchick.com)というおふざけサイトを立ち上げる。それはいくつかの、暴力的模倣サイトを生む。

トマス・カートンはその間、自分に向けられたあらゆる質問に対し、注意深く科学的な意見を述べ続ける。彼は最後に一度、ゲノム的幸福の特集に関連して、トニア・シフとのテレビインタビューに応じる。二人はボストンのコモン公園でベンチに座る。ラルフ・ウォルド・エマーソンが透明な目玉に変わり、宇宙的存在が自分の中で流転するのを幻視した場所から二十ヤードの場所だ。ビデオに映ったカートンは元気を保とうとしているが、せいぜい、禁欲的にしか見えない。

　今回の世間の反応は、正直言って、よく理解できません。大衆心理は私には難しすぎる。社会学に比べれば、ゲノム学なんてちゃちなものだ。

トニア・シフはほとんど憤慨しているように見える。彼女は、トゥルーサイト社には本当に未改変のヒトゲノムで特許利用料を要求する権利があるのかと尋ねる。彼は答える。

われわれがライセンスを持っているのは、特定の遺伝子の組み合わせが特定の望ましい健康的利益の蓋然性を増すという、手間と費用のかかる発見だ。もしも今後も革新を促す気があるのなら、われわれの発見に報いなければならない。

彼女は尋ねる。利益至上主義のベンチャー企業であるトゥルーサイト社がどうして、いかなる潜在的クライアントも払い得ない金額を要求したりして自らのビジネスを妨げるのか、と。もっと些細な見返りに対してもっと多大な金額を支払った企業はたくさんある、と彼は答える。彼女は彼を充分に隠れ家からおびき出せない。十年後にゲノム的幸福産業がどれほどの規模に拡大しているかを予測するよう煽動された彼は、チベット僧のような諦念をもってこう答える。

もしも普通に頭が回る人が興奮を覚えたいと思うなら、進化について少し本を読むだけで充分だ。考えてごらんなさい。どこからともなく現れて、木星の接近通過(フライバイ)をしているようなものだ。独創性を欠いたいくつかの化学物質が、ほとんど万能の脳を生む……。この発見はいかなる薬物(ドラッグ)よりも、いかなるぜいたく品よりも、いかなる宗教よりもすごい。科学があるというだけで、誰でも限りなく幸福だと思うべきだ。知を手に入れられる今、どうして幸福が必要なのでしょうか?

く。彼の見方を気質的に共有できるのはごくごく限られた人だろうと彼女が言うと、彼は説明を嚙み砕

いいですか。私たちは六百世代前には洞窟の壁を引っ搔いていた。今では、ゲノムの配列を変

えている。三十億年の偶然がもうすぐ、本当に有意義なものになろうとしている。それを聞いてすごいと思わないようなら、われわれに生き延びる価値はない。

カメラが止まると、ジャーナリストとインタビュー対象者は、握手もせずに別れを告げる。

∞

古(いにしえ)のベルベル人、聖アウグスティヌスはかつてこう書いた。ファクトゥス・エスト・デウス・ホモ・ウト・ホモ・フィエレト・デウス。人が神になれるよう、神は人になった。彼にはもっと有名な言葉もある。ディリゲ・エト・クオド・ウィス・ファク。愛しなさい、そして、何でも好きなことをしなさい。しかし、それは昔の話だ。今ではわれわれの能力は、はるかに愛をしのいでいる。

∞

オーナは、続編を求める声が高まり始めるずっと前に、それを企画する。ドクター・シドニー・グリーンは、公的発言が訴訟に影響を及ぼすのを恐れ、会計士があらゆるシナリオのスプレッドシートを試算し、決して負けないゲームプランを弁護士が考案するまで出演を見合わせる。トマス・カートンはいつでも二度目の機会に飛びつく用意がある。

しかし、タッサディト・アムズワールにコンタクトを取ろうとしたオーナのスタッフは、ネットの世界がその二日前から気付いていた事実を知る。ジェンが行方をくらましたのだ。どんな霊媒を使っても、彼女を召喚することはできない。メスカーキ大学の寮の外にずっと張り付いていた人々は、身長五フィート一インチの北アフリカ人女性らしき人影が建物に近づいたことは一度もないと証言する。ネットは、警察が調査を始めたらしいというさまざまな噂で持ちきりになる。大学は彼女の所在を把握していない。カートンは、一緒にテレビに出演して以来、連絡を取っていないと誓う。情報を持っている者は誰一人、名乗り出ない。

警察は、既に大昔のものとなったレイプ未遂の記録を見つける。彼らが彼女の元教師に連絡を取ると、法律に従順で、文明にコミットした愚か者の彼は、シャーロット・ハリンガーから受け取ったEメールを提出する。より抜け目のない未来の子供、プリンセス・ヘビーは当局に白々しい嘘をつく。彼女は、タッサがしばらくの間、友人数人のアパートを転々としていたのを認めるが、ここ数週間は誰も彼女の姿を見ていないし、連絡もないと言う。

実際は、人類の遺伝子的運命はサウスループからほど近いピルセンにある、アダム・トーヴァーの留守宅に閉じこもっている。アダムは、前年夏にふとしたことで出会って以来、連絡を取り続けていたソマリア人海賊の友人と一緒にクルージングに出掛けている。タッサは外に出て正体がばれるのを恐れ、一日中、二部屋のアパートでじっとしている。アパートは蒸し風呂だが、原初的記憶をよみがえらせる暑さはタッサを喜ばせる。

彼女は何時間もの間、五階にあるアダムの部屋の窓から十八番街にカメラを向け、メキシコ系の買い物客がボヘミア・ポーランド的な新バロック様式の建物の前を通り過ぎるのを撮影する。そのビデオをノートパソコンの動画編集ソフトで読み込み、グラフィックタブレットでその上に絵を描き、さらにそれを動かす。彼女は、幽閉状態にあるとはいえ、何でもできる。時にはアダムのインターネット接続を使って、世間が自分について何を言っているかをネットで調べ、彼女を殺すべきだと書いたページを見つける。彼女には、そんなことを考える人がいる理由が分かり始める。

夜は読書だ。彼女は革装のお気に入りの詩集にある、タマジグ語の長い詩を暗唱する——まるで集まった聴衆の前でやるように、アパートの居間で、大きな声で。床(とこ)に入るとフレデリック・P・ハーモンを読んで眠気を促す。眠りに就きながら考えるのは、創造的(クリエイティブ)な語り手がどんなふうにして彼女をノンフィクションから救い出してくれるかだ。いつかは皆が飽き、彼女を忘れ、次の話題に興味が移るに違いないという見込みだけが彼女を支えている。

友人たちが食べ物、日用品、ＤＶＤを持ってきてくれる。スー、シャーロット、そしてメーソンまでもがローテーションに参加する。彼女はロベルトの車に乗せてもらってノースサイドの病院まで行き、ヒューストンのクリニックのための定期検査を受ける。

彼女は透明（インビジ）ボーイ・シムズに、もっと英雄的な奉仕を求める。初回の生殖ホルモン注射は問題なかった。しかし、第二弾ははるかに太い針を使わなければならない。「自分では無理なの」と彼女はキヨシに言う。「あなたの助けが必要」

彼はできるだけ譲歩を引き出そうとする。スカートの上から注射するのでは駄目だろうか、と彼が尋ねる。それは無理だ、とおびえる弟子に彼女が言う。「先に皮膚をアルコールで消毒しないといけないから」

∞

ミッドタウンにある制作スタジオの試写室に『限界を超えて（オーバー・ザ・リミット）』のクルーが集まり、「喜びのレシピ」と題するエピソードの第一段階ビデオを観ていた。ホルモン的興奮の強烈なパンチがそこに集まった人々を貫く。ホットな挿話を扱う際に皆がいつも味わう予感。現在からエネルギーを得る仕事にかなうものは、他にない。

シフは二列目にいるケニー・キーズとニック・ギャレットの隣に座った。担当ディレクターのピート・ヴィタ―レのすぐ後ろの席だ。キーズとギャレットは、いつにも増して大きな声でわめいていた。「あのさぁ」とキーズが言った。「俺はこの技術が実用化される前には絶対に死にたくないな。考えてみろ。ばかみたいな、くだらない苦悩を味わう最後の世代になるなんて嫌だぜ」

「ばか言え」とギャレットが言った。「おまえと同じような人間が千五百億人、今までに生き、死んでるんだぞ。おまえの人生は、他の連中に比べたらましだろ」

「なるほどな」ケニーが皮肉たっぷりに言い返す。「じゃあ、あんたは、コップの水を見て、〝満杯まで一パーセント足りない〟って言うのじゃなく、〝九十九パーセント満杯〟って言うタイプの人間ってことか」

照明が暗くなると、シフは部屋に集まったクルー全員の顔を見回した。二十五人の男と七人の女。撮影対象の分野と同じ、偏った性比。XXの染色体と科学的適性。これもまた、生まれつきの決定論に関わる、誰も明晰に考えられない重要問題だ。シフは自分がこの問題に関する番組を作ることは決してないだろうと思う。そのような話題は、予見できる未来においては、受容可能な科学的娯楽の限界を超えて（オーバー・ザ・リミット）いる。

トニアはいつも、音楽を加える前のビデオを楽しんでいた。音楽に内臓をいじられることなく、思考を把握する最後の機会。しかし、画面上で自分が自分を演じるのを観るという漠然とした嫌悪感を防ぐものは何もなかった。彼女はあんなふうに腰をくねらせたりしない。あんなふうに、喉を鳴らすような声でしゃべったりもしない。あんなふうに超然とした、クールで事情通（ヒップ）な人間でもない。

視聴者としてのトニアは、番組導入部に備えて身構えた。画面上の司会者であるシフは言った。**人生における喜びを人一倍多く与えられて生まれてきたように見える人がいます。どうしてそんなことが起きるのでしょうか？**　画面外のトニアが座席で体をひねった。この導入部は今までに撮影した中で最も愚直だと彼女は思った。ヴィターレがこれで納得したとは信じられなかった。**空港にいる犬が密輸品の詰まったバックパックに真っ直ぐ向かうように、喜びを容易に探り当てているように思える人がいます。**

そこからシフのナレーションが、至福の生物学的基盤に飛び込んだ。カメラが、驚くほどめまぐるしいコンピュータグラフィック映像を経由して、無性に幸福な女性の目にズームインし、トンネル状の視覚神経を抜け、脳に達した。トンネル内の光景はさまざまな倍率で再現され、最後は神経細胞の核がアップになる。華々しい3D映像の中で、塩基性蛋白質（ヒストン）で結合されたDNAコイルがほどけ、鋳型（テンプレート）となる表面がむき出しになる。伝達（メッセンジャー）RNAの相補鎖がリボゾームに入り、転移（トランスファー）RNAの艦隊によって解読され、触媒蛋白質の折り畳みへと特定のアミノ酸を運ぶ。

トニアは分子的接近通過（フライバイ）にめまいを覚えた。彼女は、出来立ての蛋白質マシンが組み立てラインから飛び出るのを見る。その場面がズームアウトし、触媒がさらに多くのDNAを写し取り、新しい遺伝子に点火し、さらなるRNAのメッセージを切り取り、詰め込む作業を始める。十の累乗単位で徐々に映像が引きに変わり、神経伝達物質、受容体（レセプター）、シナプスのフィードバックループが現れ、それが集積して、さらに高次のニューロン的コーラスになる。

それはアーチストの作り出したイメージの世界だということを忘れそうになった瞬間、アニメーションが一挙にズームアウトし、トンネル内をくねくねとバックして、無性に幸福な女性の目まで戻った。女性は分子的な作用によって、ビロードのような恍惚（オルガスム）の状態にある。

画面上のシフがまた現れ、何か気の利いたことを言ったが、画面外のトニアは耳をふさごうとした。そして、トニアがついて行けないうちに画面が切り替わり、彼女のビデオ的分身が双子の少年の話を始めた。一人がミネアポリスで、もう一人がロサンジェルスで育てられた双子だ。兄弟は三十五歳のとき初めて出会い、幸福の引き金になるものが互いに共通しているのを知った――ジャグリング、ハーモニカの曲、杉の木、そして女優のフェリシティー・ケンダル。

「すごい」畏怖に首を振りながら、ケニー・キーズが言った。「全く、傑作だ」

画面上のシフが言った。**どのくらい良い出来事があればうれしい気分になれるでしょうか。その**

設定値の八十パーセントを決めているのは遺伝子だという研究もあります。

画面外のトニアが手を挙げた。「ちょっとストップ」。ビデオは止まらなかった。「今の所、場面がカットされてるわ。二卵性双生児の場合は快楽設定値の相関が見られないってことを説明するくだりが、まるまるなくなってる」

ピート・ヴィターレが、異議を認めつつも、説得するように言った。「話が複雑だという意見が結構あったんだ。ややこしすぎるってね」

「でも、大事なことです」とシフは譲らなかった。「幸福が身長みたいに遺伝すると視聴者が思ったら困ります」

「身長がどうかしたのかい?」とケニーが尋ねた。

ヴィターレが画面から目を離そうとしない皆を見渡した。「じゃあ、多数決だ。ややこしい部分を復元した方がいいと思う人は? よろしい。では、このままで」

既に番組は、神経科学者、ポジティブ心理学者、そしてトマス・カートンとのインタビューに移っている。外向性、不安、相性に関わる遺伝子の話題が、〝喜びの設定値〟に関する思索に変わる。遺伝子に合わせて作られた幸福の薬についてのさまざまな予想は、撮影中も今も、トニアには何の根拠もないように思われた。

タッサディト・アムズワールとの場面が映る頃には、トニアは気分が悪くなっていた。手荒に扱われ、故郷を追われたベルベル人を写すビデオは全て、影や刺々しさを削除する形で編集されていた。この女性をめぐってますます荒れつつある風景は、草木を刈り込まれ、滑らかな展望に変わっていた。「これはおかしい」後ろも向かずにシフが言った。「これじゃあ、一面的すぎる。もっと不確定な部分も伝えないと」

「ストーリーを語るのが俺たちの仕事だ」ギャレットが言った。

「ストーリー？　嘘ってこと？」しかし、画面上のシフのナレーションのせいでトニアの声が聞こえない。いつか私たちが、配偶者を選ぶときと同じように注意深く、子供を選ぶ日が来るかもしれませんと司会者のシフが言う。私たちは、仕事を選ぶときのように、自分の性質を選ぶことになるのかもしれません。もっと大きく、不確実で限定的なコメントはすっかり削除されていた。

番組の最後では、切り返しで次々に映し出される人が競り値を付けた――安定した明るい人生にいくら払うか。加速する連続を締めくくるのは、いいですかと繰り返すトマス・カートンの顔だ。画面が引きに変わり、シフの携帯の二インチ画面で男がしゃべっているのが映し出される。番組司会者はゲノム学者が再び朗唱するのを見る。私たちは六百世代前には洞窟の壁を引っ掻いていた。今では、ゲノムの配列を変えている。

最後のショットで、シフが小さな画面から顔を上げ、ゆがんだ笑みを浮かべ、カメラに尋ねた。私たちは今まで、おびえ、負のバイアスを持ち、不幸に陥りがちな生物でありながら、それだけのことをやり遂げました。だとするなら、ゲノム学によって……新たな限界を乗り越えたとき、私たちはいったいどれほどのことを行うことができるのでしょうか？

画面が黒くなる瞬間、部屋にいる数十人が拍手を始めた。トニアの前に座るピート・ヴィターレが後ろを振り返り、皆の反応を見やった。「どうかな？　問題なし？　大きな変更は必要ない？」彼は笑顔で立ち上がり、背筋を伸ばした。「よろしい。みんな、ありがとう。仕上げに取り掛かろう。予定通り、三時から経頭蓋刺激法の台本に関する打ち合わせがあるから、忘れないように。それから金曜に、サイバー戦争についての会議をやるから、ここに集合すること」

「ピート」と、今にも倒れそうなトニアが言った。「ピート。このビデオには大きな問題がある」

部屋を出かけていたクルーは足を止めなかった。トニア自身にも自分の異議がほとんど届いていなかった。ヴィターレが歩きながら振り向いた。

トニアは笑顔を作ろうとした。「これじゃあ全然駄目だってこと、分かってますよね」

ディレクターが立ち止まり、ギャレットとキーズと共に彼女の方を振り向いた。

「こういうカットの仕方だと、根拠のない誇大広告に私たちが油を注いでいる格好になる。仮にこの十分の一が実現可能だとしても、少なくとも……少なくとも、数々の困難について言及するのが筋じゃありませんか？　やはり、科学番組なんですから。そうでしょう？　異議を唱えている研究者たちの場面を、いくつか復活させるべきだと思いませんか？」

後衛のクルーの一団が、ドラマのにおいを嗅ぎつけて試写室の二重扉の所で立ち止まった。「トニア」威圧と諦念の間のどこかでギャレットが言った。

「カートン自身だって今、自分の行動を考え直しています。それにあのかわいそうな女の子――彼女、ぼろぼろになってましたよ、ピート。騒ぎのせいで不幸になっています。インタビューをこちらに都合良く編集しているせいで、彼女は――」

「結論は出ている、トニア。皆がオーケーしたのを、君も聞いていただろう？」

彼女は自分の細胞内の組み立てラインが戦時増産体制に入るのを、くっきりしたアニメ映像で観た。胆汁が喉に込み上げる間、そうした身体的反応を引き起こしている原因を知りたいと思った。大嫌いな、あの男たちのせいか？　しかし彼女は、何年も前から彼らを嫌っている。数分前に、人前で恥をかかされたせいか？　彼女はそれほど傲慢ではなかった。何十年も抗ってきた、両親から受けた道徳的薫陶のせいか？　遅発性の高潔か、良心のとがめか、罪悪感か、あるいは心臓病や癌のように彼女の遺伝子型（ハプロタイプ）に潜んでいた何か別の性質が、閾値（しきいち）を超え、完全に発現したのか？　どうして今になって正義を振りかざすのか？

止めどないフィードバックの分岐。どうなっているのか、誰にも知りようがない。全てだ、と彼女は結論した。全てはまさに全てによって引き起こされる。

目の前で展開する場面について彼女が面白いと思ったのは、彼女が自分の台詞を口にする前から、演技者全員が既にそれを知っていたということだ。彼らはこれまでに、パッケージ化された全ての物語の中で、数えきれないほど何度もそれを目にし、消費してきた。彼女の反乱は、実際に起きるずっと以前から、見極められていた。部屋中に、深い、恭しささえ感じられる追従が漂った。誰もが、大昔に割り当てられたそれぞれの役割を演じる用意を整えた。

　ピート・ヴィターレが離れた所から尋ねた。「この仕事に何か不満でもあるのかな?」

「トニア、やめとけ」再びギャレットが警告した。

「どうってことない」とケニーが言った。「たまには切れるのもいい。俺たちみんな、しょっちゅう切れてるじゃないか」

　しかし、戸口に立っているお茶くみやコピー係でさえ、既にこの物語を知っていた。

　シフはなじみのある、温かな運命に身を委ねた。「ごめんなさい。分かりやすすぎる振る舞いをしてごめんなさい……。変更は必要ない。ただし、クレジットから私の名前だけ消しておいて」。彼女が振り向き、通路を進むと、戸口の人だかりがうっとりしたように彼女に道を空けた。

　彼女の背後で、ギャレットがヴィターレに言った。「金の卵を手放すのはもったいない」

　ヴィターレが呼び掛けた。「おい、トニア。戻れ。君の好きなように編集し直してもいいぞ」

「じゃあな、バイバイ、ベイビー」ケニーが言った。「彼女なんて必要ない。クローンを使おう」。彼女が試写室から出るとき最後に聞こえたのは、「あの売女（ばいた）、自分の顔に代わる存在はないと思ってやがるのか?」と尋ねるキーズの声だった。

∞

トニア・シフは三ブロックを歩く間ずっと、長い間当たり障りのない行動を取ってきた自分を責める。虹色に見えるものがあれば何でもその前でしゃれたポーズを決めてきた五シーズン。しかし、その間ずっと未来が、吸血動物のように、彼女の栄養を奪っていた。彼女と彼女の協力者たちがぼろぼろの女性からエネルギーを吸い取ってきたのと同じように。

すれ違う十二人に一人が、彼女の顔に気付きそうになる。目的はないにせよ、慌てたように早足で歩く彼女の姿がデパートの五枚の横長ガラスに映るのを、ようやく私は見つける。彼女は自分の姿を見る——今までずっと求めてきたもの、生まれたときからの望み。責任のない観察者。しかし、責任を負わない者は見ることを許されない。ただ見るというのは、既に最悪の罪悪だ。

彼女は再び、タイムズスクエアで息を継ぐ。至る所に遺伝子が散らばり、明滅する百フィート画面の地平線に混乱したメッセージを送り出す。未来が彼女に大量のメッセージを送りつける。彼女は八番街の信号で立ち止まり、長い六十秒間、死んでしまいたいと思う。

偶然が彼女に何かを手渡そうとする。彼女にはまだぼんやりとしか見えない番組。私は数年を隔てたこの場所から彼女に声を掛けたい。**もっとよく見て……**。

彼女は住宅地区に向かう。次の六ブロックで、償いの形が見え始める。ごくごく単純なドキュメンタリーを作るのだ。これから生まれようとしている生命に目を向ける。来るべき事態を簡単に取材し、過去に払い戻しを与える……。制作に手数はかからない。シフには実績と名声がある。一声掛けるだけで、資金も集まる。

公園に行き当たるまでに、決意は固まっている。既に頭にはタイトルがある。「選ばれた子供」。彼女はマーチャンツゲートをくぐり、貯水場に向かう。頭の中では撮影が始まっている。一つの町ほどの大きさがある野天の箱船に足を百歩踏み入れた所で、突然、言いようもなく穏やかで、ばかばかしいほど健康な気分になる。彼女はほとんど〝自由〟と言いそうになるが、自重する。

トゥルーサイト社対ヒューストン・フューチャー・ファミリー不妊治療センターの裁判を担当する熟考型の裁判官がついに結論を下し、タッサの卵子の公正な市場価格はいかなる意味でも、トマス・カートン他が発見し、特許権を有する遺伝子関連解析に依存していないと判決する。トゥルーサイト社には、発見の結果として生じた新たな検査や生産物に対して合理的な特許料を請求する権利があるが、無改変の既存ゲノムに関わる取り引きから利益を得ることは認められない。

判決はトゥルーサイト社への打撃となる。カートンの挑発なしには起こりえなかった打撃だ。しかし、判決はバイオテクノロジー業界を揺さぶり、いまだに裁判をフォローしている少数の一般人のみならず、知的財産法の専門家に衝撃を与える。生物学的価値を所有できるという考え方そのものが問い直される。有名キャスターの中には、それが未来への早道だと主張する者がいる。より多くのキャスターが、潜在的利益が封じ込められれば革新が死ぬと言う。

フューチャー・ファミリー不妊治療センターは、判決は社会進歩への前向きな裏付けだとコメントする。トゥルーサイト社は直ちに控訴する。専門家らは――誰かに雇われている者であれ、独立して仕事をしている者であれ――控訴審では判決が覆るに違いないと結論する。

しかし、今は――この今においては――タッサ・アムズワールは、弟が数年かかって稼ぐ以上の金と引き替えに自分の卵子を自由に寄付できる。

∞

短い永遠のうちに、月日が経つ。ストーンとウェルドは交際を続ける。週に三晩は共に過ごす。料理を作り、お気に入りのレシピを改良する。話をすることは減り、家族向けのテレビを観ることが増える。信じられないほど劇的な歴史再現ドラマを観る。現在まで生き延びたのが信じられない生物たちに関するドキュメンタリーを観る。ゲイブはもはや彼らを「ヤーツィー」のライバルとは考えず、今度は二人にボードゲームの「ライアーズ・ダイス」を教えようとする。

キャンダスはストーンに、ささやかな企画を始めさせる。彼にヨガを教え、ジムで平均台のレッスンを受けさせる。二人はもう、小説を書くゲームをしない。彼女はもう仕事の件も、心理学も、意志も、北アフリカも、科学も、フランス語も、アラビア語も、未来も、話題にしない。彼の方も、過去の話をとやかく言っているとと勘違いされそうなことを口に出さないよう、注意を怠らない。

彼らの毎日は丁重で、安定しているので、ストーンが死に、彼のゲノムが平和裡に地上から消え去るまで、何の変化もなしにそのままやっていけそうだ。しかし、彼は一人家にいるとき、ウェブでニュースをあさる。裏切りの感覚はない。彼がただこうして調べるだけで、キャンダスの立場が危うくなったりはしないだろう。調査によって、さまざまな意味で彼を興奮させるに充分な噂が明らかになる。

彼は暑い暗闇の中で、不快な夢から目を覚ます。何か医療に関わる仕事——ひょっとすると麻酔科医——をしている彼は手術服を着、石炭スコップでゼラチン状の内臓を摘出している最中に患者が目を覚ますのを見ている。彼は身震いしながら目を覚まし、キャンダスを起こさないよう、すぐに動きを抑制する。

しかし、キャンダスはそこにいない。彼は一人、自分のアパートで自分のベッドに寝ている。彼はまたしても、孤独の冷たさを別種の寒気と混同したのだ。時刻は一時三十分だが、それから二時四十五分までの間に彼は三度生死を繰り返し、ようやく、今晩はもう眠れないと認める。

彼は本を読んでみる。昔ながらの罪深き快楽。恋愛詩、十九世紀の巨大小説、独創的な現代メタフィクション。しかし、何をしても時計の針は早まらず、眠気も全く催さない。五時までに朝食を終える。午前八時には、受話器を手に、アパートの中をうろつき始める。九時一分、遅刻すると会社に電話する。その直後、シャーロット・ハリンガーに電話をかける。電話は留守番サービスにつながる。彼は電話を切り、以前のクラス名簿を眺め、スー・ウェストンの番号を見つける。

アートギャルは眠そうな「もしもし」で電話を取る。彼が名乗ろうとすると、彼女が遮る。「分かってますよ。ティーチャーマンでしょ」。その声は妙だ。ほとんど誘惑しているかのような声。彼女は言う。「いつになったら先生が電話してくるかなって、みんなで言ってたんだ」

「彼女はどこ?」彼は余りにも慌ててそう訊いた。

「市の南西部。大丈夫よ。必要なものは一週間か二週間に一度、届けてる。ただ……」

彼には彼女のためらいが聞こえる。話す価値があるかどうかの判断。彼が信頼できる人物かどうかの判断。知恵を相手に手応えを確かめようとする二十一歳。

「彼女、注射のせいで、人が変わってきたみたい。そういうことってあるでしょう? 彼女、前とは違う」

注射。変化。彼は再び、まがまがしい夢に引き戻される。「〝違う〟ってどういう意味?」

「ホルモン注射のせいで、ジェットコースターみたいに気分が変化するの。実は、彼女が泣く姿まで見ちゃった。今では彼女、〝ただの人〟よ」

彼は彼女に会えるかどうかを尋ねたいと思うが、尋ねない。キャンダスの手前、それはできない。スー・ウェストンに彼女はそんなの、望んでないと言われたくない。

「よろしく伝えておいてくれるかな」彼は元教え子に言う。

アートギャルは尋ねる。「〝よろしく〟ってどの程度〝よろしい〟の?」彼はもはや閻魔帳（えんまちょう）を振りかざさない。実際、一度もそんなことはしたことがないが。

彼は這うように仕事に出掛け、九時間を費やして、ひどい散文をさらにひどいものに変える。午後、キャンダスに電話をかけ、後で会えないかと尋ねる――予定では、明日まで会わないことになっているのだが。彼女はいかにも彼女らしく協力的だ。彼は彼女の帰宅前に家に着き、玄関前で彼女を待つ。勝手に家に入るのは、まだ心苦しく感じられるから。

彼女は挨拶代わりに彼にキスをし、詫びる。「晩ご飯は大したものができない。ゲイブは今日、父親の所に泊まり」。ストーンは、なぜ離婚した夫婦は元配偶者を名前で呼ばないのだろうと不思議に思う。彼は外で食事をしようと言い、四ブロック離れたレバノン料理店を提案する。レバノン。適度に遠いので、互いに気が楽だ。キャンダスはその提案を喜ぶ。突然訪れた祝日のように。

彼はメッゼを食べながら、彼女に話をする。彼は一日中、話すべきかどうかを考え続けていた。しかし最終的に、黙っている方がより大きな裏切りのように思われる。彼は言う。「今日、以前教えた学生の一人から話を聞いた」。四十八時間、誰かに嘘をつかずにいられる人間がいるだろうか。「彼女はタッサのことをすごく心配していた」

キャンダスはテーブルの上で腕を組む。彼女は顔を上げる。明るく、元気な表情だ。しかし、彼女から何かを言おうとはしない。

「その子の話だと、どうやら、例の……寄付に関するホルモン注射のせいで、タッサが情緒不安定になっているらしい」。彼は二人が二、三度死を経験するほど長い間、陳述を宙にぶら下げる。「そういうことは、あり得るのかな?」

彼女の笑み、それ自体は揺るがない。ただ、それは内向きに変わり、希望という愚かさを自らに戒める。もちろん、二人はここに到達する運命だった。いつかは。自尊心のある作家ならば、二人をこのまま放免することはあり得ない。ウェルドは両手のひらを広げ、テーブルの上に置く。「あると思うわ、ラッセル。私の専門じゃないけど。ネットで調べた方がいいかも」

彼はナイフを皿に放り投げる。皿の縁から十セント硬貨大の破片が飛び、彼女の目のすぐそばをかすめる。彼女は悲鳴を上げ、顔を覆う。彼女は手を膝に下ろし、うつむき、ヨガの流儀で平静を取り戻す。

彼は謝りたいと思う。しかし、体がそれを許さない。口やかましいウェイターがやって来て、割れた皿を取り替える。秩序が回復するまでの間、二人は黙って座っている。その後、彼女はまた、礼儀正しく振る舞う。彼女の回復の早さに、彼はほっとすると同時に苛立つ。

「ラッセル、私のことを嫌わないでね。この件については私なりに努力した。私は二歳の時からずっと人助けをするタイプの人間なの。百パーセント、補助役。完全な共依存タイプ。私の一度目の結婚はどうなのかって?」彼女は自分が用いた〝一度目の〟という形容詞に少し赤面する。しかし、訓練が当惑に打ち勝つ。「私は小さな頃からずっと、人のために何ができるかということで自分を定義してきた。そして、ようやく、自分を軽んじることなく、きちんとした形でそうする方法を見つけた。また、いろんな人たちが力を貸してくれるおかげで、自分に正直でいられる。お願いだから、私に後戻りさせないで。分かってるでしょ、私があなたを愛していること」

「僕を?」彼はだるそうに言った。「彼女はどうなんだい?」

彼女の首が傾ぐ。「タッサのこと? もちろん、あの子も愛してる。決まってるでしょ。世界中が彼女を愛してる。そもそもそれが問題なんだから」

原始的な粘液らしきものが彼の脳を捕らえ、彼はしゃべるどころか、思考することさえできない。

「ラッセル。彼女にはもう、私の助けは必要ない。私が彼女と離れるのは、私から彼女へのプレゼントなの。私がやってきた仕事に敬意を表することにもなるし、彼女を信頼することにもなる。私が介入しないことが」

「プレゼント？　君から彼女へのプレゼントだって？」

「自分へのプレゼントでもある。本当に私が世話しているクライアントたちへのプレゼント。私が今の職をキープできたら、手助けを続けられる人たちへの贈り物」

「じゃあ、もしも僕との付き合いをやめろと指示されたら？　もし僕があの巣窟で教え続けていたら？」

彼女はテーブル越しに手を伸ばし、ざわつく彼の手を鎮める。あるいは、何か別のものを投げる前に押さえる。「実際、今は教えてない。そんな指示もされない。本当のことを知りたい？　タッサは私たちを必要としていないの。あの子には、私の知っている同年齢の誰にも負けない、内面の強さがある。世間はもう、彼女に飽き始めてる。騒ぎが収まれば、彼女は好きなように、前と同じ豊かな生活を送れる」

しかし、〝本当のこと〟は、口に出さなくとも、彼女の声にはっきりと現れている。彼女が前と同じ生活を送れるとしても、それはメスカーキ大学ではない。シカゴでもない。この国では無理だ。彼は彼女から取り返した手で、自分の水のグラスに付いた露を念入りにぬぐう。「何とも思わないのかい、今起きてることを？　例の……卵子をめぐる、頭がどうかしたようなこの騒ぎを」

無限の忍耐力を持つ彼女はうなずき、彼の言い分を認めるように目を閉じる。彼は彼女の理解をいとわしく思う。「こんな事態が起きているのは嫌よ。とても悲しい。それに立ち向かおうとしない自分のことも嫌い。でも私は、この人生を生きていかなくちゃならない」

その言葉はストーンに、大衆向け心理学版の〝静穏の祈り〟のように聞こえる。しかし、彼女に向かって声を荒らげるのはばかげている。彼が重きを置いている全てのものは――根本的忠誠さえも――核酸の連鎖に劣らず恣意的だ。どのみち、実用性のない忠誠にどれだけの価値があるというのか。キャンダスは未来に適した人間だ。その点、彼がこの先どう頑張っても、かないそうもない。きっと全て、彼女の言うことが正しいのだろう。ただ一つ、タッサが彼らを必要としているという点を除いて。

二人は夕食後、急な思いつきで、彼女のアパートまで歩くことにする。キャンダスは、今読んでいる美しい本について話す。現代に生きる男性が、数冊の本の余白に書き込まれたコメントをきっかけに、十九世紀の女性に恋する話だ。ストーンは最後の角を曲がったところで凍りつく。

「さてと、僕は今から家に帰った方がよさそうだな」

痙攣のようなものが彼女の顔をよぎり、あっという間に消え去る。

「雑誌の仕事が三週間分遅れてる。それに、昨日の夜はよく眠れなかった」

彼が説明を終えないうちから、彼女が共感的にうなずいている。「そうね、そうね。本当なら、明日まで会えない予定だったんだし……ごちそうさま」。彼女は彼に熱いキスをし、彼があえぐまで、強く胸を抱き締めた。彼は申し訳なさそうにほほ笑み、彼女から離れ、手を振り、高架鉄道駅の方へ向き直った。

しかし、真っ直ぐ駅には向かわない。その代わり、薬局を探してリッジ通りをさまよう。彼は店に入る前に、誰かに購入動機を問いただされるのではないかと思い、緊張する。助言を聞くために兄のロバートに電話したいと思うが、使える公衆電話はない。アメリカでは十二歳の子供でもできることなのだから、自分にできないわけがない、と彼は自分に言い聞かせる。睡眠補助薬のコーナーに行き、じっと棚を眺め、〝処方箋なしで手に入る最も強力な不眠治療薬!〟と書かれた、赤い鮮やかな星印のあるパッケージを見つける。有効成分、ドキシラミン。レジにいるアルバイトの女子高校生は、ストーンの前に並んだ客にビールを売ることはできないが、ストーンに鎮静剤を売ることはできる。

「いらっしゃいませ！」彼女はラッセルに大げさな挨拶をする。「お客様は特典プログラムの会員ですか？」

彼はまばたきする。「この薬を飲んだら何かの特典がもらえるわけ？」

「飲む必要はありません」。彼女の笑いが臆病なものに変わる。「ただ、購入していただくだけでいいんです」

「じゃあ、特典は？」

彼女が彼に向けるまなざしは、シーズン途中で打ち切られた番組の代替企画――それ自身も二週間で打ち切られる運命なのだが――を観るときと同じだ。「さらにたくさん同じ商品を買えるんです、もっとお手頃な価格で」

彼は、自分では十億ドル相当と思えるアイデアを思いつく。上位の多国籍企業が保有する全ての系列店――産院から葬儀場まで――で使える一枚のパンチカード。生涯の総支出の何パーセントかに当たる大金が、ゴールラインで払い戻される。

「僕はこの世では特典をため込まないことにしている」と彼はレジ係に言う。

彼は帰宅してからもしばらく、罪悪感を感じ続ける。それは、彼がここ数年で他人に向かって口にした中で、最も攻撃的な言葉だ。

∞

彼はとても疲弊しているので、ドキシラミンを使う必要はないと判断する。実際、すぐに眠りに落ちるが、数ページ後に目を覚ます。きっと夜中に違いないと思うが、時刻は十時十八分だ。しばらく、禁欲主義の可能性を尽くすまで、悪あがきをする。彼は起き上がり、推奨量のちょうど半分を服用する。同じことを二十分間隔でさらに三度繰り返すと、意識が薄れ、石炭紀の冷たい海底で進化する硬骨魚の原初的視覚に映ったかすかな光のようになる。

けたたましい火災報知器の音が彼を起こす。まだ十時半ちょうどだ。彼の脳は何回転もした後ようやく、朝という概念にたどり着く。部屋には昼の光が煌々と差している。火災報知器だと思ったのは電話の音だ。彼は、いったい自分は何を思って枕元に電話を置いたのだろうと考える。一時間半、仕事に遅刻だ。電話はきっと、高校時代のリレー仲間、『自分自身になる』のオーナーからに違いない。君は首だという通告。もしもこのまま電話を無視し、電話が鳴り止む前に出勤すれば、まだ首にならずに済むかもしれない。

さらにもう少し脳の統合が進むと、この三年、自分の裁量で週に二日は自宅で仕事をしていたことを思い出す。しかし、だからといって少しも心が安まらず、その理由も分からない。やがて、自分が電話の音に苛立っていることに気付く。

彼は受話器を取り、おおよそ四文字の言葉を発する。電話の相手が叫び声を上げる。「先生! よかった、生きてたんですね」

その声音が彼の夢をよみがえらせる。タッサが彼のために書いた作文の一段落が一人歩きを始め、あらゆる印刷物に、誰が書いたのでもない文を紛れ込ませるという夢だ。

「君か」彼はわれに返り、間抜けな声を出す。

「ラッセル、声が聞けてとてもうれしいです。私のこと、嫌いじゃないと言ってください」

「君のことは嫌いじゃない」彼は言う。それは自分が聞いても、ロボットのような口調だ。

「で、キャンダスは? 私のせいで彼女に、取り返しのつかない迷惑がかかったりしてません?」

彼の頭の中で、キャンダスに似た声が言う。**彼女のことは僕には分からない。君がキャンダス本人に訊かなければ**。しかし、彼が声に出して言う返事はこうだ。「キャンダスは君を愛してる。本人からそう聞いたよ、つい昨日」

「アルハムドゥリラ。神よ感謝します！」　そして相手の声は感謝の沈黙に陥る。少ししてから彼女の声が戻る。「じゃあ彼女、どうして私と口をきいてくれないんですか、ラッセル？　何もかも、もう、すっかり訳が分かんなくて」

　これまでもずっと、ほとんど何もかも、訳の分からないことばかりだった。この国で暮らす、体質的に幸福な人物は、初めて天然痘に接した新大陸の先住民に似ているとストーンは思う。抗体を持っていないのだ。

「ラッセル先生、私、知っちゃったんです。今朝、別の話が広まり始めました。もうすぐ、もっとひどい話が広まるでしょう、遠からず」

　彼は昨晩キャンダスに聞かされた言葉を思い出そうとする。退屈した人々の興味は別の話題に移るだろうという話。どうやら、有資格臨床心理学者（LCP）キャンダス・ウェルドは凡人同様、思い違いをしているらしい。

　彼は弱々しい声がこう言うのを聞く。「赤の他人が私の死を望んでいるって知ってました？」弱々しさが怒りの閃光を放つ。「ラッセル、こんなことはもううんざりなんです」

　そう思うのは当然のことだ。

「先生、以前私にこう言ったの、覚えてます？　困ったことがあったら、何でも相談してって」

「何でも」と彼は言いつつ、自分の言葉に下線を引き、赤ペンで疑問符を添える。

「先生、人生の中で今、すごく忙しいですか？」

　彼は、自分が人類の集合的な計画においてどのような小集団に属しているか、あるいは、その任務の締め切りがいつなのかを忘れた。「いいや」と彼は言う。「とても忙しいってことはない……今は」

「私をうち（ホーム）に連れて帰ってもらえませんか？」

「カビリアへ?」彼は半信半疑で尋ねる。

その言葉は彼女から笑いを引き出す。「そっちじゃありません。そっちは遠すぎるから」

彼女は彼に、車でカナダまで連れ帰ってほしいのだ。

「こんなお願いをして申し訳ありません、ラッセル。でも、早くここから抜け出さないと、頭がどうかしてしまう。私を助けてくれる人は先生しか残されていないんです。もちろん、必要経費は私が支払います」

彼が返事をしないでいると、彼女の声が取り乱し始める。「先生は三日か、四日で家（ホーム）に戻って来れます」

その単語は彼を、どうしようもなく面食らわせる。〝家（ホーム）〟という言葉のことではない。その語には少なくとも、日記的な意味がある。しかし、〝戻って〟という言葉は虚構でさえない。

∞

彼は一度もカナダに行ったことがない。

彼は、グレースと一緒にグランドキャニオンを訪れて以来、誰とも車で旅行したことがない。

彼は続けて二日、平日に仕事を休んだことがない。

彼は愛している人に黙って、行動をしたことがない。

彼は生まれてこの方、大胆だと人に思われる可能性のある行動を取ったことがない。

彼はほとんどずっと、自分で自分の人生を決めることはあり得ないと思ってきた。

彼は彼女の人生にとってアクセサリーとなっていた——車の運転をしようがすまいが。

彼は間違いなく、運転免許と大手クレジットカードを保有している。

彼は今ほど、自分の呼吸におびえたことがない。

彼はロバートに電話をかけ、車の借り方を手取り足取り教わる。兄は彼の計画を聞き、驚く。「本気か？　カナダだぞ？　平行宇宙みたいな世界だ。ドル札には女王が印刷されてる。健康保険制度も万全。フランス語の件は知ってるのか？」

∞

ラッセルは慌てて、兄の不安を打ち消す。

「頭を冷やせ、ロスコー。感情に流されない皮肉(アイロニー)精神。俺たちの世代は生まれつき、それが身についているはずだ」

ロバートの様子にはどことなく、妙に快活な雰囲気がある。体調は大丈夫か、とストーンは尋ねる。

「俺か？　百万ドルの気分さ。一九六〇年代の貨幣価値でな。俺を嫌うなよ、弟、でも、最近の俺は調子がいい。平均の法則かもな。医者どもは次々に、いい加減に手を振り回してるだろ、だから、いずれ間違って、明かりのスイッチに手が当たることがある」

次の二、三センテンスの間、ロバートはアメリカ精神衛生業界のセールスマンになる。

「旅行に行けばいい、ロスコー。その娘さんとナイアガラの滝にでも、どこにでも。そして、ハネムーンが終わったら、俺が世話になってる修理工(メカニック)におまえを紹介してやる。ストーン家の薬理遺伝学的特徴は既にお見通しの先生だ」

モントリオールに着くか、あるいは、トラブルに巻き込まれるか、どちらが先にせよ、いずれかの事態が起きたら、必ず連絡を取るとラッセルは約束する。「ところで」と彼は付け加える。「この旅行の話はママに聞かせる必要はないから」

「そりゃそうだろう。カナダ？　女家長が心臓発作を起こしちまう。母さんは今でも、トロント・

ブルージェイズが潜入テロリスト集団だと思ってる」

ラッセルは翌朝、明るい薄黄緑色の道化じみたPTクルーザーでピルセンに行き、赤褐色のアパートが建ち並ぶ一角に目をやる。こんな車でシカゴのこの辺りを走るのは、当たり屋を誘惑する行為に等しい。彼が赤信号に縮こまると、人々が車をじろじろ見やる。彼が今から元生徒と逃げようとしていることを、通行人全員が知っている。

あり得ないほど芝居がかったその場の雰囲気だけが、ストーンを守る。彼はこの物語を知っている。モダニストの古典。彼はあからさまにその本を知っている。そして、二度、映画化されたものを両方、観たことがある。もしもこれが彼の現実の人生なら、彼は百万年経っても、死んでも再現したくないと思う。

∞

彼は指定された建物から半ブロック先に車を止める。煉瓦造りの入り口に立ち、ブザーを鳴らす。疑り深い「どちらさま?」がインターホンから聞こえる。彼は「こんにちは」と言う。彼は彼女の名前を言えないし、自分の名前も口にできない。

「はい」と彼女が言う。「すぐ行きます」。かつて独特だった彼女の英語が、ギプス状態であまりにも長い間、動かさずにいたせいでこわばっていた。

彼が玄関に身を潜め、待っていると、やがてエレベーターが一階に下りてきて、奇妙な人影が顔を覗かせ、辺りを見回す。体に負けないほど大きなショルダーバッグを二つ抱えた女がロビーに踏み出す。サングラスをかけ、灰褐色のスカーフを巻き、人目につかないよう、くすんだオリーブ色のスウェット上下を着ている。しかし、何かがおかしい。彼女が玄関扉をくぐり、彼を手荷物の中で闇雲に抱き締めたとき、ようやく違和感の原因が判明する。彼女の髪が乱暴にカットされ、赤みを帯びた茶色に染められていたのだ。

「うわ」と彼が言う。「それ、どうしたの?」

彼女は彼の腕をつかみ、通りに連れ出す。「早く、先生。さっさと行きましょ」

彼がバッグを受け取り、二人は車に急ぐ。彼は彼女の変貌をじろじろと見ずにいられない。彼女はずれたサングラスを戻し、スカーフを顔の周りにしっかりと巻き直す。「見ないでください、ラッセル。悲しくなるから」。彼女は車を見ると、少し明るい様子になる。「素敵！ めっちゃへんてこ。映画撮影用の大道具みたい」。彼女は正しい人物を任務に選んだと確信し、彼にほほ笑む。彼が彼女のバッグを自分のものと一緒に後ろに積むと、彼女はまるで家族でのお出掛けのように、助手席に乗り込む。

彼は試行錯誤をしながら、南に向かうダン・ライアン高速道路を目指す。そこからは行き当たりばったり。彼はレンタカー屋で地図を取ってきた。見開き二ページに、シカゴからノバスコシアまでを収めた地図だ。彼はタッサが道順を知っていると当てにしていたが、彼女はナビゲーターとしては役に立たない。彼女は、地図上にのたくるように緑で示された州間高速道路と現実世界で観察可能なものとの間に何の関連も見いだせず、ただ肩をすくめる。「この地図、全くの空想ね。誰かが適当にでっち上げたんだわ！」

彼はインディアナと書かれた高速出口を見つけ、そこへ向かう。数章後、二人はまだ、ゲーリーの町より手前のどこかで、市街地の渋滞に巻き込まれている。タッサはラジオのダイヤルをいじるが、どこの局も彼女を苛立たせるばかりだ。彼女は難民を経験したことはあるが、変節を経験したことはない。

彼女はラジオを切り、彼の方を向く。「子供の頃のことを教えてくれませんか、ラッセル。今までに、家から逃げ出したことがありますか?」

ただ一マイルの旅も、千の後悔と共に始まる。

男が、素性の知れない女を連れて逃亡者になる。本の中で最も古い物語。私はこれまでに、夢の中でその話を何百回となく書いた。そして毎回、物語は軌道を外れようとし、姿を消そうとし、生得的なプロットから完全に逃れようとしてきた……。

∞

ラッセルとタッサが北へ逃避行を始めたのと同じ日、トマス・カートンはトゥルーサイト社の臨時重役会に出向く。

彼はどのメンバーもよく知っている。彼が手ずから選んだ者ばかりで、全員、優秀な科学者と有能な経営者だ。しかし彼は、通常の重役会でさえ辛抱するのが難しく、ましてや臨時の招集には我慢ならない。そもそも会社組織を作った目的は、ビジネスの手を借りて、科学が自由に科学に専念できるようにすることだ。支払い能力を維持する新たな手段を未熟な企業に教え続けるのはカートンの仕事ではない。経営学修士(MBA)の資格はそのためにある。実際、トゥルーサイト社の経営が順調であろうが、会社が潰れようが、彼は気に掛けていない。大事なのは、発見できる真実を発見することだ。

カートンが設立した会社はどれも、世に解き放たれた生き物に等しい。それらを全て総合すると、どんな形態の人間的欲望が進化的な生存力を持つかを見定めるための長期的実験となっている。とはいえ彼は、トゥルーサイト社で行われる火災避難訓練に顔を出し、仲間の重役と一緒にハーブティーを飲んだり、果物のスプレッドの味見をしたり、ジョークを交わしたりしながら、集合的組織が取らねばならない軌道修正について率直な意見を述べる。

　経理担当役員（CFO）のピーター・ウェシュラーが正式な会議の始まりを告げる。彼は手早く二件のプレゼンテーションをする。会社が基本的に健全であり、遺伝的な病に罹患していないことを幹部に納得させるために、幹部が用意したこの上なく退屈なスライド。トゥルーサイト社は二つの新製品を開発中で、将来の遺伝研究に役立つ可能性のある、ライセンス可能な手順もいくつか抱えている。

　ところが、投機資本家らは、トゥルーサイト社の累積赤字に見切りをつけ、手を引こうとしているという。「まだるい説明は省きましょう」とウェシュラーが言う。「要するに、トップスリーの株主の内のお二人が、この会社はいったいどうなってるんだ、とおっしゃっている」

　長いガラステーブルを囲む全ての目が、それとなく、トマス・カートンに向く。カートンはしばらくしてからようやく、自分が譴責（けんせき）されていることに気付く。彼は口を開き、冷笑的な態度で自己弁護をする。「例の遺伝子関連解析研究はこの数か月、敵対する数百の研究者の精査に耐えたのだから、友好的な投資家の精査にだって耐えられるだろう」

「誰も、研究そのものに問題があると言っているわけではない」とウェシュラーが言う。

「一分の隙もない科学だからね」とトマスが言う。

　最高経営責任者（CEO）のチャン・ユン・リーが言う。「今回は、科学的実践そのものが問題になっているわけではない」

「あなたは今回、われわれにせっつかれて初めて、研究結果を発表した」と、ウェシュラーはトマスに経緯を思い起こさせる。

　カートンは投資家らがなぜ騒ぎ立てるのか、全く理解できない。研究はゲノムのネットワークを高度な行動的特徴と結び付けた。このような発見は、金（きん）の鉱脈以外の何ものでもないではないか？

「投資家が望んでいるのは」堅実なプロテオーム解析研究者のジョージ・チャンがうなるように言

う。「最近行われた訳の分からないビジネス上の決断と、世間の目を集めた行動に関する説明だ」

冷静さがカートンを覆う。「マスコミの反応についてわれわれの責任を問うというのは、私にはよく理解できないのだが……」

ウェシュラーが黄色い法律用箋をめくる。それは、私のいる位置からだと、ストーンが初日の授業準備のために使っていたのと妙に似て見える。「投資家が知りたがっているのは、どうしてあなたが八億ドルのライセンス料金を請求するような派手なまねをしたのか、ということです。しかも、結果は敗訴だ。法廷で恥をかかされることが会社のビジネスモデルにおいてどのような意味を持つのか、その説明が求められている」

カートンはなるほどと言うようにうなずく。これは彼がベンチャー企業を設立して以来、初めて発せられた興味深い疑問だ。自分の行動を一般向けに説明しようと彼は数日間考えてきたが、〝感傷〟という以外の説明は思い浮かばなかった。

「なるほど」と彼は言う。「じゃあ、投資家たちは、誰かの首が飛ばないと満足しないということか」

彼は詩的な意味でそう言う。しかし、その場にいる誰も何も言わない。

沈黙が増殖し、カートンでさえ、それを読み取らずにいられなくなる。「まさか、君たち……私に辞めろと？」

ようやく話を理解した彼がテーブルの周りを見回す。せめてこの雇われ暗殺者らがもっと大胆で、もっと残忍にナイフを突き立ててくれたなら、彼も多少はこの場面を楽しめたかもしれない。彼はにやにやしながら皆をにらみつける。忌ま忌ましい費用便益分析をするがいい。勝手に、投資家の味方になればいい。しかし、生存を詫びることはするな。

誰もしゃべらない沈黙があまりに長く続く。ついに、チャン・ユン・リーが口を開く。「トマス、現実的に言うと、われわれはもっと実際的な研究に戻らなければならない」

自然はこれを何と呼ぶだろう。共食い？　父親殺し？　致命的寄生？　トマスは何か言いたい衝動を必死に抑える。可能な反応の全スペクトルが子供っぽく思える。彼はほほ笑まずにいられない。ドラマはまるで安物のペーパーバック小説のように、ばからしいほどお決まりのパターンに見える。ロボットの反乱による死、あるいは、ナノテクで生まれた灰色の物体の暴走。彼の会社。彼自身の……腹、あるいは前頭葉から生まれた会社。彼の会社が彼を乗り越えようとしている。

彼は皆を、任用したときと同様に、一斉に首にしたいと思う。しかし、あらゆる可能な防御は前もって妨げられている。それは、会社の定款を定めた際に、自分自身がやったことだ。集団的希望が彼自身の望みで挫かれることがないように規則を定めた。

彼の手足が冷たくなる。今の彼は以前と違う。以前は奇妙な理想主義のせいで目がくらんでいた。今はもうこれ以上、自分を演じる気力がない。彼の中の筆頭研究者がひるみ、それと同時に、一瞬でセロトニン分泌量が落ちる。部族は、彼が面白いものを発見し、利益を生んでいる限り、奔放な交尾を容認してきた。しかし、初めて彼が弱さを見せた途端、逃れようもなく、こうして取り押さえるのだ……。

彼は自身の遺伝子関連解析研究が持つ千もの美しい含意を思い起こし、その生みの親としてのパニックに襲われる。幸福のための遺伝子検査が、もっと実際的で手軽な計画を優先するために棚上げされようとしている。本当の研究——われわれの昔ながらの設計限界を克服しようとする試み——が、物事の性質よりも食事と排泄、繁殖と縄張り拡大ばかりを重要視する生き物によって踏み潰されそうになっている。

彼はずっと昔から、ただ一つの非恣意的な企てを信じてきた。いかなる政治よりも公正で、いかなる宗教よりも事実にかない、いかなる芸術よりも深いもの。すなわち、測定だ。二重盲検、無作為抽出、再検査。何かが繰り返される。単なる欲望を超えた、何か冷たくリアルなものが。われわれを原子の中、太陽系の外に誘うもの。自らを可能にする暗号さえ変更しうる何ものか。

その手法こそ生命の偉大さだ。われわれの外部にある唯一の控訴審。コッホ、リード、パスツール――少年時代の天井に描かれた英雄たちの神殿――は、別の名前でもあり得た。実際、名前が異なることもしばしばあったし、それらは必ずしも記録に残らなかった。個々人は現れては消える。科学的手法が彼らを持ち上げ、あるいは、新たな身体を見つける。真実は全ての局所的脆弱性を逃れる。

あるいは、彼は今までずっとそう思ってきた。知的な男にしては遅すぎるこのタイミングで、彼は気付く。重要な事実は簡単に迷子になる。事実が発見されるには、真実であるだけでは充分でない。

しかしながら、この手法の美しさはその全き無関心にある。カートンはずっと以前から、人類が進化的後継者によってアップグレードされることになると予言してきた。老朽化した設計をやり直すのは人類固有の運命だ。今やトマスの重要任務は、良き超人主義者がいかに穏やかな死を迎えられるかを示すことだ。

「分かった」彼は重役たちに言う。二人だけが彼の方を向き、彼はその二人と不気味な視線を交わす。彼は立ち上がり、テーブルを一周し、処刑人らと握手をする。しかし、既に彼は仕事を始めている。この数か月、研究が公表されて以来、彼は頭の隅で別の計画を温めていた。幸福遺伝子複合体を自然に帰し、本来あるべき場所で研究するという、全く新しい実験。しかし、このアイデアは組織的支援を受けるにはあまりにも金がかかりすぎる。彼は今、それを試すだけの時間と自由と孤独を手にしている。追放された人間の、最後の自由。全ての出来事――特に絶滅――は、非常に美しい新たな生物を果てしなく産み出しうる。

∞

そして、私には他にどう扱えばよいのか分からないささやかな偶然によって、キャンダス・ウェルドが同じ日の午後遅くに、トゥルーサイト社対フューチャー・ファミリーの裁判に関する『タイム』の記事を読む。勤務時間外にタッサについての文章を読むことは誰からも禁じられていない。彼女は、ただその判決について話をするために、ラッセルに電話をかけたいと思う。玄関前から逃げ出したあの日以来、彼からの連絡はない。

四度目のベルが鳴る頃、彼女は彼に避けられているのではないかと考える。彼の長すぎる沈黙は、故意としか考えられない。七度目のベルで、彼女は受話器を握り締め、声には出さずに**畜生、電話に出ろ**と口を動かす。もちろん、留守番電話には切り替わらない。

彼女は〝切る〟のボタンをぎゅっと押し、受話器を戻す。ゲイブの身の回りのものを四十五分かけて片付ける。それは何年も前から効果を試してきた、感情の制御を取り戻すための作業だ。それが終わると、インターネットに接続し、ここ何か月もやったことがないほど、あれこれと検索をかける。彼女はトップスリーの検索エンジンで、時系列に沿ってニュースを調べる。全てのブログで、〝タッサ・アムズワール〟という名が何らかの形で言及されている記述を探す。彼女はそこに悪意ある雑言があふれているのを知り、ショックを受ける。有毒なバクテリアが、何ら食料のない場所で、倍増し、さらに倍増し、分裂し、変異を遂げている。

しかし、彼女は十分間の調査の末、実際に〝食料〟が存在していることを突き止める。食料がぎっしり詰まった、湯気の立つ納屋。瀕死の印刷メディアでさえ探りを入れ始めた、大きなエネルギー源。メスカーキ大学の四人の学生が、自分たちのかくまっていたアルジェリア人女性が姿を消したと発表したのだ。そして、彼らの言い分によると、彼女を誘い出したのは、以前彼女に作文を教えた教員だ。

　このニュースにキャンダス・ウェルドがどう反応するか、私は見守る。しかし、彼女自身、画面に釘付けで、身動きが取れずにいる。

∞

シカゴは彼らの背後でなかなか消えようとしない。町は百マイルにわたって広がり、後背地にある工場は貨物飛行機からまき散らされた積荷のようだ。車が巨大な円環（ループ）にはまり込んでいるのでないことを示すのは太陽だけだ。

　サウスベンドを少し超えたところで、ストーンは啓示（エピファニー）を得る。なぜあれ以来、今まで虚構（フィクション）が書けなかったのかを悟る。彼はプロットという耐えがたい重みに押し潰されていたのだ。何かを起こすという責任に耐えられなかった。プロットとは不合理なものだ。すっきりした因果の鎖に従って次々に事件が起こり、徐々に緊張が高まって、必然的なクライマックスに至り、意味が浮かび上がる。誰がそんなものにだまされるというのか。古典的な緊張のグラフはとんでもない嘘だ。大人らしい現実把握の否定。物語は反生命であり、脳が、唯一可能な結末から自らを守っているだけのことだ。

　ちょうどエルクハートの辺りで、真実は物語のデザインを笑っているとラッセルは結論を下す。写実主義（リアリズム）――読者に慰めを与える、みすぼらしい間に合わせ仕事――は、依存症を引き起こす以外に何の役にも立たない鎮痛剤のようなものだ。現実には、特に何という理由もなく百万の出来事が一度に起き、しまいに、インディアナ州北部の高速道路上で、携帯電話でメールを書く愚か者がこっちに衝突してくるのが関の山だ。ジ・エンド。『グレート・ギャツビー』とはちょっと違う。販売冊数はゼロ。批評的受容は完全な当惑。失敗に終わった前衛的実験。まともな寓話（アレゴリー）にさえなっていない。見切り品コーナーに置くのさえ嫌がられる。

ストーンはこうした文学的洞察を元学生に話さない。実際、彼は几帳面に、内容のある話をことごとく避ける。彼はできるだけ運転に集中し、タッサは助手席で、AMの周波数を神経質に探る。言いたい放題の悪口を言うラジオ局と友愛に満ちたラジオ局。どちらも彼女をさらに苛立たせる。彼女は、まるで歴史に残る大規模捜索隊が組織サンプルを採るために彼らを追って州間高速を走ってきているかのように、百秒ごとに首を回し、PTクルーザーの後部窓を覗く。

彼女が不安を克服する力を失ったのを確かめるには、ストーンが目立たないように向ける一瞥だけで充分だ。しかし、元々彼女にそんな力はなかった。そんな力を必要としたことがなかったからだ。彼女は不安というものを知らなかった。彼女はほほ笑もうとしながら静かに座り、短く切った髪をなでている。トレドの郊外で、第二回危機管理産業展開催の可能性を論じる聴取者参加番組を聞きながら、彼女が言う。「ばか騒ぎはもう終わったと言ってください、ラッセル」

彼は言われた通り、彼女に言う。

彼女は体を伸ばしたり、休めたりするために車を止めてほしいと言わない。食べ物も飲み物も要らないと言う。彼女の望みは、車を走らせ続けることだ。サンダスキーの近くで給油のために停車するときも、車から三歩以上離れようとしない。

ストーンは本物の地図を買い、詳しく調べる。そして、シカゴからすぐ北上し、フリントに向かい、ポートヒューロンで国境を越えるべきだったことに気付く。Uターンはまだ可能だ。デトロイトを回って、ウィンザーに渡れば。しかし彼は、道を変えるには手遅れだと判断し、五大湖の南をぐるっと回って、さらに二、三百マイル東で国境を越えることにする。

彼は旅が長くなることを詫びる。彼女は彼の肩を叩き、頬をもたせかける。「万事、オーケー」と彼女は言う。「心配無用。ただ、徐々に近づいてさえいれば、私は気にしない」

先へ進めば進むほど、彼女は元気を取り戻すだろう。彼女は、彼が知る誰よりも、幸福を生きる経験を積んでいる。もしも完全に自由になった段階で彼女が重心を取り戻せないようなら、人類が見つけるに値するまともな重心は存在しないのだ。

まだオハイオのどこかを走っている最中に、どの局にもうんざりしたタッサが、ラジオの声を地獄の辺土に送る。すると、輝きだした沈黙が、その後、たっぷり三十五分間、二人の神経を研ぎ澄まし、二人に安心感を与える。さらに三十分後、沈黙さえもが呼吸の重みを増し始める。

高速道路の路肩を越えた場所に、ドライバーが読みやすいよう短い文句の書かれた小看板を順に並べた広告が立っている。タッサが、ただ次の十五秒を早くやり過ごすだけのために、それを声に出して読む。「テロリストが大好きな」と、彼女はかろうじて走行音を超える声でつぶやく。「銃規制。彼らの目的は。丸腰の人民」

彼女のサングラスは、不気味に刈り込まれ、派手に染められた髪の上にある。スカーフは外され、どこにも見当たらない。彼女はカメラを膝の上に置き、時々前方に、あるいは横の窓の外にレンズを向ける。もしも本当に撮影しているなら、映っているものはどれも、中西部の手ぶれ風景ばかりだろう。彼女はレンズで小さな白い看板を追い、ファインダーを通して文字を読む。「平時に検証済み。戦時に証明済み。家庭に銃があれば。対等になれる」

彼女は一時間以上にわたって、奇妙な間隔を置きながら看板を読む。「スーダンのダルフールで二百万人の死者」と彼女は言う。「ことの始まりは銃規制」

彼女は説明を求めるような表情で彼を見る。彼は何も説明しない。彼女は窓に向かって言う。「人類をアップグレードしたいって言うカートン博士の気持ち、私には分かる」

∞

彼は言う。「弟さんの話を聞かせてくれないか?」 二人とも、その質問に驚く。彼女の視野にさざ波が立ち、彼女はここ何年も誰にも話したことのないことを思い出しながら語り始める。モハンドがモントリオールのルイジアーヌ公園周辺で十一の異なる国々出身の少年を集め、ワールドカップを組織した話。ケベックの冬は動物にさえ厳しすぎるという彼の口癖。最初のアマジグ系カナダ人ヒップホップアーチストになりたがり、公営アパートのバスルームで何時間も練習を続け、伯父夫婦を怒らせた話。男性モデルとして生計を立てようと思い立ち、五か月分の貯金を売り込み用写真に注ぎ込み、無駄にしてしまった話。人生がことごとくうまく行かないのを、既に二つの言語が話せるのにさらに自国語を学ばなければならない境遇のせいにしていたこと。彼がモントリオールを出てアルジェに戻ったのは、自分の精神が二百年の悪夢によって完全に植民地化されたわけではないと証明することだけが目的だったという話。

ラッセルは知りたい。**今、君の身に起きていることを、弟さんは知っているのか?** しかし、彼は尋ねない。モハンドの話をすればタッサが少し落ち着きを取り戻せる。今はそれだけで充分だ。

さらに何マイルも進んだところで、車からのしつこい警報にもかかわらず、彼女はシートベルトを外す。シートの上にひざまずき、背もたれを抱えるような体勢で、背後に消える州間高速を撮影する。彼女は消えゆく風景に語り掛ける。「先生にはどうやってお礼をしたらいいんでしょう。私を救ってくれました。電話できるのは先生しかいませんでした。私はもう少しで殺されるところだった」

「僕は何もしてない。君を愛しているだけだ」。好戦的な異議が、自分の耳に届くより先に口から飛び出す。血液が顔に上り、彼は自分の全存在を赤ペンで抹消したくなる。

彼女は座席の上で向きを変え、彼に顔を向ける。重しが彼女から取れ、一瞬、彼女がまた不死身に戻り、世界の狂気の全てを愉快なゲームに変える。彼女は彼の膝元をつかみ、さらにアクセルを踏み込ませる。「先生、私、知ってるんですよ。先生は時にとっても面白い人なんだって」
彼の脈が平常に戻るまで、さらに二十マイルかかる。彼女はその間ずっと超然とし、笑顔で美術用ノートに走り書きをする。「必ず毎日、日記をつけること。記憶に残したいことをいつ経験するか分からないから」。車酔いせずに書き物を続けられるというのは、彼女の他の生理学的特徴に劣らず深遠な謎だ。

ペンシルベニア州がこぶ状にふくれている辺りでタッサがハンドバッグから携帯を取り出し、伯母に電話をかける。ストーンは、この世のものと思えない音楽的な抑揚とフランス語からアラビア語への切り替え以外に何も暗号解読できない。彼女は、今逃れてきたばかりの悪夢と何の感情的結び付きも持たない話を物語っている。ストーンはそれに耳を傾け、全ての音符に感謝する。その声は、昨年秋、彼の教室に座り、愚か者だけが神より出しゃばった判断を下そうとするのだとクラスの全員に納得させた女性の声と変わらない。

もしも彼女がモントリオール到着予定時間を口にしたとしても、それはきっと、ストーンが経験したことのない山地標準時での話に違いない。彼女は電話を切るが、「先生、おいしい料理が私たちを待ってますよ」という言葉以外には何も説明しない。

二人はあらゆるものの広告を通り過ぎる——服のアウトレット、遠距離通信のセット料金、医薬品、簡易料理（ファストフード）とさらに簡易な飲み物（ファスタードリンク）、手頃なマイホーム、レジャー用自動車、カジノ、宝くじ、心理カウンセリング、絶対確実な秘密の投資話、未成年向け禁酒教育施設、大人のおもちゃの店、出会い系サイト、最前線の占いサービス。

「敵に身を任せて」とタッサが読む。

「え」と彼が訊き返す。

彼女は一瞬ぎくっとしてから笑いだす。「看板ですよ、ラッセル。『素敵な匂（にお）い』。『素敵な匂いに身を任せて』」

「ああ」と彼が言う。「そういうことか」

「地獄を避けよ」再び気分が沈み始めた彼女が言う。「悔い改めよ。イエスを信じよ。次の出口まで六十マイル」

二人はニューヨーク州のフリードニアとアンゴラの間のどこかで――早い話、信じがたい創造物のど真ん中で――ガソリン補給のために車を止める。ガソリンスタンドの駐車場で、彼女はまた苛立ちを募らせる。まるで変装が当たり前のことのように、サングラスとヘッドスカーフを身に着けてから車の外に出る。ひょっとするとそれが正しいのかもしれない。幸福な突然変異個体の増殖する写真が、とうの昔に彼女から移動の自由を奪っている。

レジに立つ十九歳が口を開けて彼女を見る。しかし、ニューヨーク北部に住み、異性愛のホルモンを持つ若いアメリカ人なら誰でも、くすんだオリーブ色のスウェット上下を着、髪を染め損なった二十三歳のベルベル人を見れば、唖然とするのが当然だと、ストーンは希望的に考える。

地図によれば、シラキュースから北に向かい、サウザンド諸島と呼ばれる場所で国境を越えるのがよさそうだ。タッサは髪留めで距離を測り、残りの移動時間を指で計算する。故郷への旅はちょうど半ばで、もしも急げば、日の出前にモントリオールに着けそうだ。国境が近いことを知り、彼女は呼吸が楽になる。しかし、アルジェリア人でも――いや、とりわけ、アルジェリア人であるならば――このジャンルをよく知っているはずだ。

彼らは古びたリゾートタウンを通り過ぎる。アメリカの産業の歴史が残した有名な幽霊的残骸。崩壊した、ユートピア的な宗教共同体。二人は今、あらゆるものについて話をする――彼女の両親がフランス語を激しく嫌っていたこと、彼が長い間ユナボマーに心酔していたこと、カビル人の神話的起源、十一年前に彼が観、それ以来題名を忘れてしまった素晴らしいエジプト映画のこと、彼と兄がかつて廃車にしてしまった古いファミリーカーの話、世界の大都市が抱えるさまざまな課題、人類に絶滅が忍び寄っている可能性、丸二日間、十秒ごとに寝室の窓に体当たりし続けたツグミの話。

カメラはしばらく前からしまわれている。タッサは今、話し続けなければならない。話題は何でもいい。この三か月よりも昔の話でありさえすれば。彼女はまるで、自分では想像のできない何ものかに感染した家畜のようだ。国境を知らない微生物。彼女の体内システムは、この異質な組織の侵入を拒もうとする。彼の仕事は話し続けることだ。空想を維持すればまた何もかもが元に戻るかのように、些細な話を必死に維持しようとする。

今も、彼女を助手席に乗せているだけで、彼の自己認識が深まる。このまま彼女を車に乗せていたい――この気持ちを、自分という存在の手応えを、心に刻むまで。与えられた、短く、ばらばらな日々に耐えるために……。

彼にとって、困惑した彼女は、自由に闊歩していたときの彼女よりも大きな意味を持つ。無意味なか弱さ。進化の究極のトリック。プレーを続ける戦略を行き当たりばったりに探る一握りの遺伝子の産物。三十億年をかけて形成された力が偶然に生んだ、ばかばかしいほど気まぐれで、逸脱的で、クジャクの尾よりも無駄の多い存在。ストーンは北に向かうスポーツ汎用車(SUV)の隊列の後ろに付く。ひょっとすると愛さえも、想像を絶する新世界へと突き進む巨大なネットワークにおいては小さな結節にすぎないのかもしれない……。

キャンダスは二人と一緒にいるべきだ。彼女はこの女性を他の誰にも劣らず愛しているのだから。

∞

ニューヨーク州北部で、タッサは眠りに落ちる。座席に座ったまま力の抜けた彼女が、ストーンの肩にもたれかかる。エンジンに問題がありそうな異音が聞こえる。その後、音の正体が判明する。彼女が眠ったままハミングしているのだ。ストーンの知らない音階に基づいた、単純で反復的なメロディー。彼は彼女が〝ヴァヴァ……〟と口ずさんだのを聞いたように思う。十分後、彼女が目を覚ましたとき、彼は彼女に夢でどんな歌を歌っていたのかを訊かず、彼女も自分から話そうとはしない。

二人はオンタリオ湖の縁に沿って北へ向かう。午後が過ぎ、夜が迫る。陽光が弱まり、長時間のドライブのせいで、高速道路が揺れて見える。車は道路に沿って左右に並ぶ松の木を通りすぎる。二人は窓を開ける。乾いた涼しい空気が肌をなで、閉ざされた心にひびが入る。

時刻は遅い。二人はもう、一台の車に永遠に閉じ込められた人間同士のように、互いによく知り合っている。「あのさあ」と、道の三百ヤード先に目をやったまま彼が言う。「妙な話なんだけど、僕は例の老婆のことをいつも思い出すんだ。ほとんど毎日、気が付いたら、あのおばあさんを思い出してる」

「どのおばあさんの話ですか、ラッセル？」

彼女が彼の思考を読めないことに彼は驚く。「一回目の課題で君が書いたおばあさん。文化センターの短い階段を上がるのに、永遠の時間がかかっているおばあさん」

彼女に横顔を見られているのを彼は感じる。彼女が訊く。「どうしてその話を思い出すんです？」

彼も、老婆について考えるたび、同じ疑問を持った。理由は分からないが、何かは言える。「君はたった二ページで、いとも容易に、僕が生涯やりたかったことを成し遂げた。ごく普通の、単純きわまりないものを取り上げ——僕が日々千回も通り過ぎているような場面だ——そして、昇華した。君の筆によって、この世で気に掛ける値打ちのあるものは老婆の次の一歩だけだと感じられた。僕はあの女性について考える。彼女は今も生きているだろうか、今、何をしているだろうか、九か月経った今でもあの階段を上れるだろうか、と」

「いいえ」とタッサが言う。「無理です」

彼は彼女の顔を見る。車が右路側帯のランブルストリップを踏んでびりびりと音を立て、慌てて彼が車を車線に戻す。

「女の人はいない」タッサが言う。

「僕にはよく……いないって誰が?」

「創作的(クリエイティブ)って言ったのは先生でしょ?」

彼は中央分離帯を見つめたまま、過去の作文課題を思い出す。「あのおばあさんは君の創作ってこと?」

彼女は、二人を追い抜いていく濃い色のウィンドウのミニバンに手を振る。「あの話は別々の断片から組み立てたんです。今までに目にした風景の中から」

「でも、本当の……」。彼は口を閉じずにいられない。二人は沈黙の中で一マイル半進む。彼女は松林を見つめる。彼はキャンダスに教わった二つの呼吸法を試す。

彼の脳の下部にあるレンズマメ大の思考がヒヨコマメほどに育つ。「君のお父さんは」深夜のように穏やかに彼は尋ねる。「お父さんはどんなふうに亡くなったの?」

「作文を読んだじゃありませんか」同様に穏やかな声で彼女は答える。

「うん。読んだ」

「お父さんは撃たれました」とタッサは言う。「内戦のとき」

「誰か、別の人の手で?」頭蓋骨の後ろに二つ開いた、スズメの目ほどの小さな穴……。

彼女はそうだと言わない。否定もしない。

彼は考える。鬱の遺伝子が今か今かと花開く環境を待ち受けている、と。しかし、彼自身の生得的ひ弱さがストーンを襲い、質問タイムが終わる。二人は長い間ドライブを続けるが、地図上では髪の毛の幅ほどしか進まない。松と唐檜(とうひ)の並木が消え、視界が明るく開ける。彼が尋ねる。「こういう経験は以前にも?」

彼女は彼にほほ笑みかける。授業一日目の微笑のこだま。「こういう経験?」再びあの輝き。飢えた者たちに追い回され、絶望した者たちにつかみかかられ、科学者たちの手で還元され、マスコミによって解剖され、宗教がかった連中に石つぶてを投げられ、起業家どもに値を付けられ、失望した者たちに糾弾された、あの光。「こういう経験? 以前にですか、ストーン先生」

彼は一瞬、着氷性嵐(アイスストーム)の晩の彼女を思い出す。しかし、彼はその記憶を、体にまとわりついたクモの巣のようにぬぐい去る。「自分がバラバラになっていく感覚を経験するのは今回が初めて?」

彼女は再びサングラスをかける。彼女の指が染色された髪の波打つ線をくしけずる。「今の私、バラバラになりかけてるんですか?」

∞

彼らは海のようなセントローレンス海路に救われる。幅の広い境界上に島が点在するのが見え、そのいずれも、木が生え、静かで、独立している。広い高速道路に、国境検問通過を待つ車が詰まりだす。タッサはストーンに聞き分けられない感謝の歌を、声に出さずに歌う。

ラッセルはこのときようやく、自分がアルジェリア人を連れて国境を越えようとしていることに気付く。最近のマスコミは、アルカイダと繋がりを持つ組織に関するさまざまな噂やそれと矛盾する噂にあふれている——アルカイダ自体、見事に連携した世界的ネットワークなのか、それとも、偽の私書箱にすぎないのか、不明なのだが。ストーンは、この女性によって世の中に引きずり出されるまで、各種の報道に目を向けたことさえなかった。彼は間もなく、自分とこの女性はいかなるキリスト教的先進民主国家も破壊する意図を持たないと役人に納得させなければならない。運がよければ、役人がオーナのファンという可能性もある。

四つの車線それぞれに十二台の車が列を作っている。前の車がはけるより先に、新しい車が後ろに加わる。ひょっとして何かの事件があったのか、あるいは、無礼なアメリカに対するカナダの報復か。三台に一台の車が待避スペースに誘導され、捜索を受けている。もしも安全な車内から全員が出て来て、一斉に政治的混乱を演じれば、発展途上国の現代小説から取ってきた集団的メルトダウンの名場面という観を呈するだろう。

二人の車は国境警備員の前まで進む。男の一日は明らかに、二人の一日よりも長かったようだ。しかし、タッサの陽気な「こんにちは、ボンジュール！」が男を少し穏やかにさせる。彼女はカナダのパスポートを渡し、ストーンは運転免許証を差し出す。

警備員はラッセルに免許証を返す。「パスポートをお願いします」

ストーンは最初、笑うが、すぐに笑いが消える。「すみません。僕はアメリカ人です。アメリカ人がカナダに入国するときは……」

警備員はいつもやり慣れている深呼吸をする。彼は国民国家というシステムの崩壊に向けた心構えができている。そしてストーンは、この件に関して彼が面倒を見なければならない百万人目の無知な君主であり、彼に苦行を与えるだけのためにこの世に送り込まれた人間だ。「規則が変わったんです。運転免許証でカナダに入国するのは今でも可能です。でも、合衆国に戻るにはパスポートが必要になります」

「何があったんです？　何かあったんですか？」

男がストーンに向ける目は、まるで別の惑星から降ってきた者を見るかのようだ。「新聞は読まない？」

「冗談でしょう。じゃあ今は、誰でも容疑者ってわけ?」

もうひとこと言ったら丸裸で身体検査だぞ、と国境警備員の鋭い視線が物語る。申し訳なさそうなタッサの笑顔だけが、役人をなだめる。彼はアメリカ人にもう一度チャンスを与える。「ひょっとして、出生証明書を持ってたりしませんよね」

ストーンは仕方なく、待避スペースに進む。彼とタッサは車を降り、次の選択肢を検討する。しかし、選択肢は一つもない。タッサが伯母に電話をかける。モントリオールから二百五十キロの道のりを車で迎えに来てくれる者は、翌朝までいない。彼女はそれまでの間、国境拘留センターで待つと言う。

彼女は目つきの鋭い二人の警官の監視の下、同じように途方に暮れた人々と一緒に、陰鬱な部屋のプラスチック椅子に座る。彼女はぶるぶると震え出す。落ち着かない手が、箒(ほうき)の毛のように宙を掃く。「ラッセル、本当にごめんなさい。私のせいですごい迷惑を掛けちゃった」

「そんなことはない」と、何もできない現状を追認しながら彼が言う。

「私のせいで何百万の人々に迷惑がかかってる。ラッセル? どうやら私には、それを止められない」。彼女は小さな胸の前で腕を交差させ、自分の肩を抱える。「にこにこアラブ女を殺せドットコム」

彼は彼女の肘をつかむ。「行こう。大丈夫。引き返して、今晩寝る場所を探そう。また明日の朝、ここに連れてきてあげるよ。そうしたら、伯父さんが迎えに来てくれる。万事うまく行く」

「うまく行く?」と彼女が訊く。「本当に、今でもそう思ってる?」

「もちろん」と彼が言い、二人は車に戻る。

国境に近いモーテルはどこも満室だ。彼らは州間高速を降り、カーブの多いハイウェイを六マイルほど走った所で、森に覆われた山腹に宿を見つける。それは六〇年代に造られた粗末な〝モーターロッジ〟で、ストーンの両親が持っているスライド——二人がまだ若く、愛し合い、休暇に浸っていた時代、子供が生まれて全てを台無しにする前の時代——から飛び出してきたようだった。

首にハネーデューメロン大のこぶを持つ年配の男が受け付けに座り、ロックウェル・ケントによる装画入りの特大版ボッカチオを虫眼鏡を使って読んでいる。男は客に驚き、読書の邪魔をされたことに苛立つ。彼は二人を日の光で焦がそうとするかのように虫眼鏡を構える。

「はい。いらっしゃい」

タッサが前に出て、サングラスを外す。「部屋は空いてますか?」

男は古びた宿帳に目をやる。多かれ少なかれ、部屋は空いているようだ。「ダブル?」

ストーンは凍りつく。彼はサウスリムにいて、部屋がいくつ必要か言えずにいる。

「はい、お願いします」とタッサが言い、ストーンの手首を握り、懇願する。**今晩は私を一人にしないで。**

男が顔を上げ、二人をじろじろと見る。ストーンは結婚証明書の提示を求められるのではないかと思う。「ベッドはクイーン? それともツインで二つ?」

タッサが独特な表現に戸惑っていると、ストーンが答える。「ツイン二つでお願いします」

二人は手続きを済ませ、大きな金属製の鍵を受け取る。彼らがロビーを出て、部屋に行こうとすると、受付の男が後ろから声を掛ける。「アハラン・ワ・サハラン」

私は二年後、その言葉の意味を調べる。それは、いらっしゃい、**家族のようにくつろいで**という意味だ。

タッサが言葉に驚いて、立ち止まる。緊張がほどける。「どうも(ヤイチェク)」彼女は感謝に震えながら返事をする。「ありがとう(シュクラン)、ありがとう(シュクラン)」

ストーンがベッドに横になると、部屋が回り出す。視野の隅ではまだ、松の並木が後ろへと通り過ぎる。長時間、食事抜きでドライブした後、揚げ物中心の料理をがつがつ食べたせいで、血糖値が乱れる。薄汚い部屋は、最初に入ったときには嫌な臭(にお)いが充満していたが、今は、窓を開けたせいか、慣れたせいか、もう大丈夫だ。

8

彼女は三十分近く前からバスルームに入り、シャワーを浴びている。彼女は夕食の際、落ち着かないようだった。彼は様子を確認するために扉をノックしたいと思う。彼は今、考えている。**彼女が僕の授業で書いた美しいエッセイは嘘だった。**

よろしい。〝嘘〟とは言わない。創作。創作だとしたらどうだというのか。美しさが失われる？　うさん臭くなる？　不公平？　誤解を与える？　個人的になる？

現実の代わりに演技を。事実の代わりに小道具を。彼女が描写した出来事は全て、作り話だった。実際に起きたことでなく、起こり得たこと。あり得たこと。

彼女の父は撃たれた。しかし、撃ったのは本人かもしれない。

それから、彼は一つのことを思いつき、思わずベッドで起き上がる。彼女が作り上げた虚構(フィクション)は、エッセイだけではない。彼女は別のものも創造している。彼女が生まれつき持っている本当の感情的設定値は、どれほどの高さなのか？　本当は、どれほど幸福なのか？　ボストンで行われた全ての検査、遺伝子配列と精密な相関を持つことが念入りに計測された心理学的測定は、自己申告以外の何ものでもない。科学さえもが、物語を語るよう、彼女に求めたのだ。

ひょっとすると彼女の幸福の大半は偽りだったのかもしれない。

と彼が考え、頭に渦巻く因果の鎖を整理するのに時間がもっと欲しいと思ったとき、まるでその瞬間を選んだかのように、彼女がついにバスルームから出て来る。膝までのだぶっとした薔薇色のシフトドレスを着、頭にタオルを巻いている。まるで以前と変わらず幸福な人間であるかのように、彼にほほ笑もうとする。しかし今、その試みは彼女を疲弊させる。

彼女は自分のベッドの端に腰を下ろし、頭のタオルをほどき、濡れた髪を拭く。「ストーン先生、知ってます？　もしもこれがアルジェリアなら、明日の朝、私の弟と伯父がここへ来て、私たちは二人とも殺されちゃいますよ」

無理をして絞り出した笑い声が漏れる。彼女は首を傾げ、濡れて赤く変わった巻き毛にヘアブラシを通し始める。その手はまるでオートミールに櫛を入れるかのように、ゆっくりと動く。波打つシフトドレスの曲線越しに彼女の小ぶりな乳房の輪郭が見え、彼は目を逸らす。

彼は彼女以外のことを考えられず、台無しになった髪を通るブラシの音以外には何も聞こえない。

彼女が突然、手を止める。「あのブザーの音、何？」

「ブザーの音？」と彼がこだまを返し、体を起こすと、ベッドが衣擦れの音を立てる。

「シーッ。聞いて。ほら。あれ」

彼は彼女がふざけている可能性を考え、くすくすと笑う。彼女はふざけているのではない。「あれ？　あれは鳥だよ、タッサ」

彼女の言葉に元気が戻る。「鳥？　あら、ラッセル、本当ね。鳥だ。鳥が鳴いてる」。小さな物が床に当たり、柔らかな音を立てる。ヘアブラシだ。そして、もっと大きなものがベッドの上で倒れ、ベッドがきしむ。タッサディト・アムズワールだ。その後に別の音、もっと奇妙な音が続く。最初はほとんど口笛のようだが、やがて泣き声に変わり、徐々に恐怖の度合いを増す。何週間にもわたって砲撃を受け続けた彼女の気力が、ついに切れる。

彼女は号泣を言葉に変えようとする。「ラッセル、私の身に何かが起きてるわ。早くここから出なくちゃ」

彼は動かない。妙に自分が落ち着いているのを感じる。「明日だ」と彼は約束する。「明日になれば大丈夫。君の力も戻る。ちょっと伯父さんに電話してみたらどうかな」

「無理。私には……無理」。粘土状のその言葉は、形の定まらない口でゆがめられている。

「それでも構わない」と彼が言う。「もう少ししてから電話すればいい」

彼女は過呼吸に陥っている。押し殺された長いすすり泣きが彼女の中で込み上げる。「ごめんなさい」と彼女は何度も繰り返す。「ごめんなさい。ごめんなさい」。それから突然、事務的な口調で言う。「ヘアブラシ、落としちゃって」

彼女は体を起こすため、腕を動かそうとする。彼は完全な虚脱状態に気付く——これまでに訪れた中で、最も危険な崖の先端。もしもそのヘアブラシが世界をエデンに戻すための魔法のアイテムだったとしても、彼女が起き上がって、それを拾うことはできないだろう。彼女は未来と卵胞刺激ホルモンの注射に打ち負かされた。

彼は立ち上がるが、そこから一歩も動けない。彼は彼で新たな事実を悟り、体が麻痺している。ひょっとすると彼女は感情高揚性気質（ハイパーサイミア）ではないのかもしれない。ひょっとすると彼女は全然別の、もっと途方もない気性の持ち主で、それを長い間、誰にも見せず、強い意志の力で隠していたのかも。しかし、意志の力と言っても、体が許容する限界というものがある。もしも今まで演技を続けてきたのだとしたら、彼女が生まれつき持っている女優としての才能は途方もない。

彼を捕らえた恐怖は三十秒しか続かず、突然の安堵で掻き消される。これで問題は解決だ。彼女の遺伝子型（ハプロタイプ）に生物学的価値は全くない。彼女もただの気分屋の一種にすぎない。これで世間も彼女を放っておいてくれるだろう。このニュースが流れれば、数年単位で遺伝子的改良の研究が遅れることになる。競争は再び、不可避の日常、平凡で、栄光と救いに満ちた気分変調の土俵へと戻るだろう。

「ラッセル？　まだ皆、私たちを追ってくる？」

「いいや」と彼が言う。何かが彼を、物理的に内側から持ち上げる。**幸福**。「僕らがここにいることは誰も知らない」

彼女の上体から力が抜け、後ろに倒れる。彼女がこんな深淵に落ちたことは今までほとんどないはずだ。墜落の衝撃は大きすぎる。

彼は彼女のそばに駆け寄り、手を取る。彼女は手を伸ばし、彼の前腕を止血帯のように強く握る。彼女は彼の目をじっと見る。「ストーン。石（ハジャリ）。私のこと、欲しくない？　私を抱きたくない？後は成り行き任せで」

病んだアイデアが彼に取り憑く。無慈悲な精子が命中すれば、三万二千ドルの収穫という問題が非現実的なものに変わる。しかし、問題は既に解決している。遺伝子が彼女の性質にどう影響しているかを大衆が知った途端、彼女の卵子をめぐる市場は、よくある投機的バブルと同様、見事にはじけるだろう。

彼は彼女の体を起こし、肩に腕を回す。彼女は向き直り、彼の胸に抱きつく。彼はシフトドレス越しに、骨張った体を感じる。どうとでも誤解のできる、自暴自棄な温かさ。彼女を抱き締めるのは帰郷に似ている。魂の生まれ故郷に戻る感覚。

「タッサ。君は具合がよくない。大事を取る必要がある。明日になれば、モントリオールに戻って、元気になれる。何とか今晩を乗り切らなくちゃ。大丈夫。僕がそばにいるから」

彼が彼女から学んだ百の事柄のうちの一つ。**もしもある美徳を持ち合わせなければ、それを持っているふりをしろ**。少しの創意を加えて事実を扱うこと。生きるために必要なら、嘘をつくべし。

彼女は彼を引き倒そうとするかのように、彼にしがみつく。しばらくすると、彼女の呼吸が楽になる。彼の胸にもたれかかる彼女の頭がうなずく。「はい」と彼女が言う。「先生の言う通りです」。彼女は起き上がり、両手で顔をなでる。「私、すぐによくなります。ていうか、もう、立ち直ってきました」。彼女はしゃがみ、ヘアブラシを拾い、それをバスルームに戻す。部屋をうろつきながら、何も散らかっていないにもかかわらず、目に入ったものをきちんと置き直す。

映像の速度が徐々に通常に戻る。彼女の楽観的でシンプルな回復に彼は圧倒される。彼がそこから再び立ち直るには、いつも何日もかかる。その種の力は意志によるものなのか、それとも、それもまた、彼女の生まれつきの能力なのか。

何かの音が、忍耐強い海の音のように、高まる。彼は波の音かと思う。しかし、三つ目の波が砕けたとき、それが彼女の携帯の着信音だと分かる。まるでうまく隠れていれば、携帯が自分に危害を及ぼすことはないと思っているかのように、彼女は凍りつく。

「出た方がいい」と彼が言う。「モントリオールからかもしれない」

彼女は鞄の所まで行き、携帯を取り出す。彼女は発信者を確認し、声を上げる。「キャンダスよ」

ラッセルはひるむ。彼の指がタイムを要求し、電話に出る必要性を再計算する。

タッサが平板に言う。「きっと私、〝地獄でくたばれ〟って言われる」

彼は異議を唱えようとするが、口を開き損ねる。二人は座ったまま、波の音が静まるのを聞き届ける。

狭い部屋で長い間、彼は彼女と同様にダメージから回復できずにいる。その後、彼は沈黙の言葉を頼りに立ち直る。

「それ、借りてもいい？」と彼が尋ねる。彼女はうなずくが、電話を手渡す力はない。彼はやむなく立ち上がり、彼女の膝に置かれた携帯を手に取り、外に出る。

∞

彼は、二人で借りた棺の外の世界に圧倒される。夜は深く、活気がある。空気中には樹液の匂いが漂う――この世に最初の意識が現れる前、数百万年間、そうだったように。彼はモーテルのさざめきを離れるように人気（ひとけ）のない道路を歩き、草に覆われた斜面を横切り、かつて牧草地だったかもしれない場所に出る。そこから、木立のある坂を、柵に沿って上る。

至る所で、名付けきれない生命が鳴いている。

彼は、偽の勇気を本物だと思い込めるまで歩き続けてから、携帯を開き、光るボタンを見、キャンダスの着信番号を呼び出す。小さな緑色の受話器形アイコン――それはまさにこの種の装置によって、最近、駆逐された種類の電話機のシルエットだ――を押すまで、何も起こらない。そのキーを押した途端、彼の希望と恐怖の全てが静止衛星軌道に飛び上がり、再び地上に下りる。ここから西に二、三百マイル、そして一生涯を隔てた地点へ。

以前の彼が知っていた女性が電話を取り、言う。「もしもし？」 彼女の声が土嚢の上から覗く。

「キャンダス」

「ラッセル」と言う彼女の言葉は、真ん中で二つに割れる。

「聞いてくれ」と彼が出し抜けに言う。「今僕がやってるのは、君が思っているようなことじゃない」

「ラッセル」。彼女は泣いているわけではない。しかし、声が彼女の喉にうまく引っ掛からない。「私がどう思おうと関係ない」。彼女は早口で、彼がさらにぶざまな言い訳を挟む余地はない。「今どこ？　何をしてるの？」

彼はたじろぐが、正直に言う。二人の間には信頼が存在するか、さもなければ、何もないかだ。

「なるほど」と彼女が言う。「オーケー。きっと一緒だと思ってた。ニュースはあなたたち二人のことで持ちきりよ。あなたの教えた学生たちは、あなたが彼女を誘拐したと言ってる。警察は事情聴取のために彼女を捜してる。あなたは今、最も有名な誘拐事件の容疑者。チャールズ・リンドバーグの愛児を誘拐した犯人以来の有名人よ」

彼は巨大な針葉樹の骨格を見上げる。しばらくの間、このまま返事をしないでおこうかと思う。

「彼女から電話があった」と彼は言う。「僕に助けを求めてきたんだ」。彼は大衆の非難を理解することさえできない。ただ、恋人に自分の言い分を説明したいだけだ。「今は、彼女を故郷まで送り届けようとしているところ」

「ラッセル」。その名前には、命令のように鋭い切れ味がある。「その程度のこと、私に分からないと思った？」

光が西の山の上で上下する。孤独な車がジュラ紀の生物のように道を走る。彼は柵に近寄り、暗闇でしゃがむ。

「私はそう言ってやったわ」とキャンダスが言う。「声明を出したの」

彼は話についていけない。「よく分からないけど……記者にそう言ったってこと？　じゃあ……じゃあ、君の仕事はどうなる？」

ようやく心理学者が笑う。「仕事？」

彼の喉を詰まらせているものにはきっと何か有用性があるに違いない。それが何か、彼には分からないけれども。彼は湿った地面に座り込む。彼には「ありがとう」としか言えない。

「どういたしまして」と彼女は言う。「こういうときのために失業保険があるんだから。それに、あなた方二人に劣らず、私も有名人になっちゃったし。一時間ごとにテレビに映ってる。あまり映りはよくないけど。ちょっと顔がむくんでてね」

「畜生(ファック)」と彼がささやく。それは、遺伝的にも、環境的にも彼にふさわしくない言葉だ。「世間のみんなは、他に何も考えることがないのかな」

「ラッセル、警察があなたを捜してる。いろんな人が警察に目撃情報を電話している。指名手配みたいに。『ヘッドライン・ニュース』では、〝幸福の追求〟なんて駄洒落を言ってた」

「明日には捕まる」と彼は言う。「僕らが国境に戻ったときに。データベースに僕らの名前が載ってるだろうから」。もしも彼が先ほどパスポートを差し出していれば、それは今日起きていたかもしれない。警察は、全ての話の裏が取れるまで、二人の身柄を押さえるだろう。タッサは地獄に引き戻され、故郷に帰れなくなる。

「彼女は今、かなりひどい状態にある」と彼が言う。「どうすればいいのか、僕には分からない」

「私がそっちへ行く。明日のこの時間にはそっちに行ける。何か力になれるかも」。二人が逮捕され、拘留された場合には。

ラッセルは回転する星空の下、木のそばで柵の柱にもたれる。これこそ、かつて暗闇の中で彼の相談に乗ってくれた女性だ。**目を閉じて、空中に文を書くの。左手を使って。一文だけ。簡単なものを。**二人は互いに沈黙する。彼の上空で星が回る。そして彼は、最も内側の円の中心を指差すイメージを思い描く。**君は既にここにいる。**

∞

彼が部屋に戻ると、テレビが大きな音を出している。落下傘部隊風の野球帽をかぶった男が、自分の代わりに銃弾を受けた犬の話をしている。タッサは自分のベッドで体を丸め、眠っている。彼はゆっくりと音量を下げてから、テレビを消す。自分のベッドで仰向けになり、手相を読むように天井のひびを眺める。彼女には明日、朝食のときに話そう――もしも捜索の手がそれまでにここに及ばなければ、だが。計画は少し変更だ。もう、モントリオールに電話をする必要はない、と彼は思う。そんなことをすれば、また新たな不安を生むだけだから。

彼は寝転がったまま横を向き、ベッドとベッドの隙間越しに、眠る彼女を見る。彼女の胸の動きはあまりにかすかなので、動いていると思わなければそう見えないほどだ。今の彼女も彼を驚かす――こんな磁気嵐のただ中で、どうしてこれほど安らかでいられるのか、と。その瞬間、それは、より大きな才能のように思える。天賦の才ではなく、自分で磨きあげた力。

今日の彼女は、彼がひと月に一度感じているものを感じていた。そして、明日はもっとひどい気分を味わうだろう。今や彼女は皆と同様、荒れ狂う挫折の中を生きなければならない。絶望――科学の母、芸術の父。仮説の廃棄主。集団から自身を排除することだけを願う存在。

しかし彼は今でも、もしもどちらかを選択できるのなら、彼女を救いたいと思う。彼は彼女の弱々しい肺のエンジンが大気の圧力に必死に抗するのを見る。ストーンが何を望むか、何を信じるかは重要ではない。不満の遺伝子が広まり、世界を染めている。生命の仕事はそれを妨げないようにすることだ。

彼は起き上がり、ポケットの中身を書き物机に出し、靴を脱ぎ、鞄から長めのTシャツを出し、バスルームに向かう。彼の洗面道具入れが、ジッパーの開いたまま、洗面台の脇に置かれている。彼は小さく固い塊を踏む。足の裏に錠剤が張り付いている。床に目をやると、他にも錠剤が三つ見える。カウンターの上に、蓋のない空瓶が置かれ、その脇にもう一錠。ロバートにもらった精神安定剤（アティバン）。ラッセルのドキシラミン。親知らずを抜いたときに手に入れ、いつか使う機会があるかと思って取っておいた、鎮痛剤（ダルボン）。彼の常備薬セットに収められた、全ての薬。

彼は慌てて部屋に戻り、彼女の眠るベッドの脇にしゃがむ。彼女の肩をつかみ、揺する。最初は素っ気なく、その後、本当に力を込めて。彼女は抵抗しないが、自分から動こうとはしない。彼は彼女に向かって大声を上げる。容易に怒りが込み上げる。彼女の顔は穏やかで、至福に輝いている。彼は彼女を起き上がらせ、肩を貸して歩かせようとする。彼女の体には全く力が入る様子がない。彼が彼女の肋骨に耳を当てると、左目が右胸に押し潰される。確かに心音が聞こえる。どれほどかすかであれ、音がするのは間違いない。湖の潮汐。深い井戸の底から聞こえる、波音の着信音。

彼は彼女の鼻の下に指を当てる。深宇宙の真空。

彼は立ち上がり、扉へ、電話へ、バスルームの蛇口へ、同時に向かう。彼の耳に〝彼女に吐かせろ〟という声が聞こえる。それをどういう具合にすればいいのか、彼には見当がつかない。彼は震え、朦朧（もうろう）とし、途方に暮れ、床に座り込む。そして、その壊滅の瞬間、ようやく芸術が彼に追いつき、彼は書く。

この物語は破棄できる。彼はベッドまで戻り、再び彼女の鼻の下に手を当てる。かすかだが、世界を揺らす台風。

彼はドレッサーの上に置かれた携帯電話まで道を切り開く。折り畳み携帯を開き、救急に電話をかける。女性が電話を受け、彼を落ち着かせて、詳細を聞き出そうとする。彼には細かいことが何も分からない。女性が現在地を尋ねると、彼は外に駆け出し、建物のひさしに書かれたモーテルの名前を読まなければならない。看護師の説明する手順に従って、ストーンは患者の気道を確保し、吐瀉物が気管に入っていないか確かめる。看護師は彼にいくつか簡単な指示を出すが、ストーンは電話を切った途端、どんな順序で何をすればよいのか分からなくなる。

彼は医療補助員（パラメディック）を待つことにする。できるだけ意識を取り戻させようと、タッサに濡れスポンジを当て、頬を叩く。一度、短い間、彼女の体に少しだけ力が入り、彼女をベッドに沿って何とか六歩歩かせるが、結局また、ベッドの上に体を投げ出す。彼は少しでも光の点滅らしきものが見えるのではないかと、二十回も部屋の扉まで行く。そこから見えるのは、楽しげに笑う二十代後半のカップルだけだ。二人は新婚夫婦のようにはつらつとし、駐車場に出て、互いの変顔（へんがお）を写真に撮っている。

彼は彼女の鞄をあさり、近親者の連絡先に関する情報を探す。番号、データ、意味を成す分子を。何らかの解毒剤。何かの行動を起こす手がかり。鞄には何も入っていない。ヒマワリの種の袋。鍵束。ハンディカム。かつて彼女が窓に押しつけるのを見たことのある、タマジグ語の詩集。そこには別の惑星の岩石線画がびっしりと刻まれている。彼が寂れた授業で使った教科書。ハーモンがここに存在する理由は何もない——彼女がそれを、別れの贈り物として彼に手渡そうとしていたのでなければ。

三万二千ドルの小切手はない。日記もない。手書きの文字は一つもない。

無限の待ち時間の中で、彼は全てを再生（リプレー）する。彼は一日中、彼女が溺れる姿を目の当たりにしていた。それなのに、電話をかけるため、何分間か分からないが、彼女に背を向けた。あらゆる毒をまき散らすケーブルテレビの置かれた悪臭漂う部屋に、彼女を置き去りにした。〝幸福の追求〟という二十四時間ヘッドラインの流れる空間に。彼女には、暗闇に対する抗体がない。抵抗力を鍛える機会もない。

彼はベッドに安穏と大の字になった彼女を見る——ほとんど正気の逃避行。彼は譲歩する。科学者の兵器庫にあるものなら何でも受け入れる覚悟だ。クローニング。遺伝子改変。何でもオーケー。これ以外のことなら。彼は信じていないものに祈り、彼女が既にシカゴの診療所を訪れ、卵子を摘出していますようにとこいねがう。

彼が彼女のためにできるのは、改訂することだけだ。そして彼には、世界中の選集を書き直す時間がある。彼が何度も立ち戻る場面の中で、全ての主要人物が彼女の病室に集う。伯母と伯父、弟、科学者、弁護士。集団が結論を出す。死後生殖。生体内で、再び実験全体を行う。

もしも彼女が生き延びたら僕は心を入れ替えます、と彼は神に誓う。

物音が空気を叩く。音は空気を切り、叩きながら、部屋の上に移動する。拍動する襲撃がストーンに迫り、ようやく彼が事態を理解する。救急隊が、道路でなく、空から来たのだ。

ヘリコプターが駐車場の隅に着地する頃には、場末のモーテルに宿泊する客全員が外に出、何事かと思いを巡らす。何やら後ろめたそうな、例の新婚カップル。しわくちゃのバスローブを羽織った老夫婦。母の制止を振り切って回転翼に駆け寄ろうとする四歳児。モーテルの支配人はくたびれた本に指を挟み、首に掛けた紐に眼鏡を吊し、古の預言が果たされる様子を眺める。

医療補助員(パラメディック)がヘリから降りてくる。ストーンが扉の外に出て、両手を振る。彼らは大股で、小さな障害物をかわすように彼の脇を通り過ぎる。それからは、全てが制服と革帯、金具と電子機器、ポンプとマスク、クリップボードと署名、そして、一瞬のしきたりだ。一人の生命を救うために投じられた、想像を絶する資本。

そして、二人の医療技師がタッサを移動用寝台に固定した瞬間、彼女の目が開く。世界は彼女に目の焦点を合わせるべき物を提供しない。彼女のまなざしは無作為に宙をさまよってから、ストーンを捕らえる。モーテルの扉から運び出される間も、視線はじっと彼を見ている。彼女の目が言う。**どうしてこんなことになってるの?** さらにこう言う。**私を許して。**さらにこう言う。**ストーン。石(ハジャリ)。一緒に来て。**

彼は野次馬と一緒に駐車場に立ち、ヘリコプターが飛び立つのを見る。金属製昆虫の影が小さくなり、やがて、縫い目のない夜闇を背景に、ただの点滅する光に変わる。それは、われわれの後を継ぐ恐ろしい種族のまばたきのようだ。

∞

人影が坂を下りてこちらに近づき、姿が徐々に大きくなる。しかし、しばらくの間、トニア・シフには何もはっきりとは分からないだろう。機嫌の良し悪しも、健康状態も、精神状態も判別不能。トニアは、人影がカフェに到着するまで、それがタッサディト・アムズワールだと確信することさえできない。

すっかり変わった。当然だ。変わらずにいられるわけがない。彼女は慎重に坂を下ってくる——しっかりした山地カビル人。彼女は首を伸ばして、周囲の商店、人込み、市場の様子をうかがう。今日という混沌の中でくつろぐ女性。シフはビデオの中で、彼女の様子をそう描写するだろう。

緑色の長いスカートにゆったりした黄色のブラウスという姿。髪はスカーフで覆っている。まるで五〇年代のファッション写真家が、幌を下ろしたシボレーから降り立ったかのようだ。テーブルまで歌が聞こえそうな距離に近づくと、彼女の顔がカモフラージュを破る。しかし、誰が見ているか分からないため、笑顔はすぐに消える。「ミス・シフ。トニア。またお会いできるなんて驚き。驚きです」

二人はまるで大昔からの知り合いのように抱き合う。まるで一時的にでも深い知り合いだったかのように。タッサが腰を下ろすとすぐにウェイターが近づいてくる。彼は最初、フランス語でしゃべりかけるが、彼女がアラビア語に代えさせる。二人がしゃべる。学期末試験がゲーム番組に進展し、さらにそれが生意気な受け答えに変わり、ウェイターがにやつきながら席を離れる。

何が起きているのか見当もつかないシフは、椅子に深く腰掛ける。「今のはいったい何？」

これほど楽しそうな当惑が他にあるだろうか？　「コーヒーを注文しようとしたんです。北西アフリカ（マグレブ）へようこそ」

シフは分かったような気がする。要件が些細であればあるほど、より長い話し合いが必要になるのだ、と。私は彼女にペースを落とさせ、果てしない交渉の市場（スーク）を経させ、裏口からビデオに参加させる。

　トニアがフランス語に切り替える。彼女がブリュッセルで子供の時期を過ごした設定にしたのはこの場面のためだ。彼女は国境の向こう側の状況を尋ねる。

　生命の息吹が、またしても起きていることを表現できるほど大きな言葉を探し、彼女の手を肩まで持ち上げる。**私たちの家**（シェ・ヌー）。「ここはアルジェリア。ついにどん底と思ったら、さらにその下を掘る。そんな国」

　しかし、ジャーナリストにはもっと詳細な答えが必要で、アルジェリア人はその要望に応える。彼女は今週の死亡者数と、襲撃の起きた地名を挙げ、今回の狂気がいつまで続くか、彼女なりの見積もりを語る。彼女は、自分の国が近いうちに今まで受け継いできたものと縁を切るという希望を持ってはいない。未来は治療薬を持っていない。

「少し息抜きできるのはうれしい」とタッサが言う。「この国は正気だから」。彼女は西を指差す。「あの山脈を走る架空の線がいつまで意味を持つと思います？」

　彼女はフランス語をしゃべるとき、別人になる。無遠慮で如才がない。今、恍惚感（エクスタシー）は感じられず、捕らえがたい浮揚性は抑えられている。その代わりにあるのは、せいぜい、安楽さと呼べる程度のものだ。しかしながら、彼女の中でまたいつか――この生涯の後半で、あるいは来世の前半で――以前のような横溢が顔を覗かせようと待ち構えているのを、シフは感じる。

　タッサはシフの旅について尋ねるが、返事はろくに聞いていない。彼女は埃っぽい通りの反対に目を向け、三本脚の椅子（スツール）に座った上半身裸の少年が黄色い鳥を二本の指で優しく捕まえ、鳥に語り掛けているのを見つめる。

「私の友達は元気ですか？」と彼女は尋ねる。その言葉は、口調があまりに穏やかなせいで、ほとんど質問に聞こえない。

シフは自分が返事できることに驚く。「元気だと思う」

「ストーン先生も？　キャンダスも？　二人は結婚しました？」

「きっと結婚すると思う」

「よかった」。タッサは一人うなずく。「絶対、結婚すべきよ。二人で一緒にジブリールを育てれば、きっとラッセルが癒やされる」

　シフは話し相手の視線をたどって、通りの反対を見る。太陽に照らされた歩道に置かれた、無人の椅子（スツール）。彼女は再びタッサの方を向いて、ここまで来た理由を説明する。

　彼女は計画中の番組について詳述しようとする。まるで資金提供を約束した人物の顔ぶれや確保した補助金がプロジェクトの血統を証明しているかのように、最初に資金源のことを話す。しかし彼女は、そうして必死に売り込み話をし、絵コンテ（ストーリーボード）を描きながら、またしても、輝かしい種子と野蛮な発芽との間にあるギャップに打ちのめされる。

　彼女はそのギャップに殺されるだろう。しかし、他に生きるべき場所はない。彼女は、その弱った生物が選りすぐりの言葉で生き返るのを願いつつ、もたもたした足取りで先へ進む。目標は単純だ。次に起こる出来事に関する番組。来るべき分子的統御の時代、「選ばれた子供」の時代……。

　シフがしゃべっていると、アルジェリア人が活気づく。その顔に遊びが戻る。芸術のみが発する種類の光。タッサが次々に質問を発する。どうやって撮影を進めるのか？　どのような機材を使うのか？　資料映像はどこで見つけたのか？　手描きの合成映像を使ってはどうか？

　シフは一瞬、恐れていたよりも売り込みは簡単そうだと思う。それから突然、タッサが何か未来の記憶に思い当たり、冷静になる。

「でも、どうしてそんな番組を作るの？」

　シフは赤面し、ウェイターの救いを求めてカフェを見回す。充分に備えをしてきた、ただ一つの質問。それなのに、いざとなると何も言えない。遅咲きの欲求をどう説明したらよいのか。「その問題は、撮影しながら考えていこうと思う」

タッサが再び笑う。明日の子供。「やっぱり。そりゃそうよね」。彼女は顔を上げて、山脈に目をやり、欲望に身を委ねる。「もちろん、その番組には私を使わなくちゃ。許可します。ついでに、私から祝福も。私の話のお望みの部分を使ってちょうだい」

シフは計算し尽くされた賭けに出る。負けてもほとんど失うものはない。彼女は椅子の下でショルダーバッグを探る。中に手を入れ、デジタルビデオカメラを取り出す。

アムズワールが破顔し、北アフリカの正午に匹敵する笑みを浮かべる。「あ、ミス・シフ。もう、ビデオ撮影は不可能ですよ」。気乗りしない様子というわけでは全くない。実際、顔は乗り気だ――もしもいまだにビデオが彼女を記録できるなら、だが。

シフはしばらく前からその答えを予想していたが、やはり気落ちする。ノンフィクション以外に打つ手がない。創作はなし。しかし、まだあきらめきれない彼女が言う。「いいものを見せてあげる」。彼女はカメラのモニターを開き、ビデオを数週間分巻き戻し、求めているショットを見つけ、タッサにカメラを渡す。

小さな画面上で、ライム色のベビー服を着た、茶色い肌の幼い少女が這い這いで素早く三歩進み、コーヒーテーブルの脚を伝って立ち上がる。幼子は重力に打ち勝った喜びに自慢げな笑みを浮かべる。うれしそうな声を上げ、テーブルの脚から手を放し、カーペットという新たなフロンティアへ踏み出す。足を二歩出したところで無に衝突し、見事なポーズのまま予期せぬ足止めに立ち尽くし、尻から地面にくずおれる。そして妨害に驚き、座ったまま泣きだしそうになる。かと思いきや、突然、抑えきれない笑い声を上げる。顔は部屋のあちこちを見渡し、既に、次なる未知の領域への、骨を揺さぶる冒険を計画し始めている。

タッサは食い入るように三インチ画面に顔を寄せ、そのショットを見つめる。「私の子？」と彼女が訊く。

シフはその問いについて考える。誰が誰の子か。しかし、その長い間が既に答えになっている。幼児はまたテーブルの脚に挑みかかる。世界で最も楽しい遊具。カメラが一瞬上に振り、うれしそうに笑う大人三人の反応を映像に収める。一つは見慣れた顔だ――いまだ見事に六十年の歳月を感じさせないドナテロ。タッサの眉間に理解のしわが寄る。彼女は実験を把握し、うなずく。

「他に子供は？　弟とか妹とか？」

「もうすぐ」

「この子の父親は？　それと……生みの母親は？」

「あなたの知らない人」

さまざまな感情がタッサの顔で競い合う。不安。至福。他の関連する変種。彼女はビデオカメラの電源を切り、下に置く。

「書き換えはしたのかしら？」

シフの中のジャーナリストが言いたがる。今回、書き換えがあったかどうかに意味があるだろうか、と。いずれ、どこかの国で、市場実験が行われるだろう。それは、どんな物語をもってしても変えられない物語だ。シフは何も言わない。故意に。

「その子は幸せ？」

やっと簡単な問いだ。シフは苦しい笑みを浮かべる。「ええ」。初めて二本足で歩いた幼児なら誰でも幸せだ。

では、その幸福はいつまで続くか？　その問題も、個人的な資金提供を受けた研究の一部だ。

シフがカメラに手を伸ばすと、タッサがもう一度、それを手に取る。「もう一度、見ていい？

もしも次に急ぎの用事がないなら」。彼女は再び覗き見る。揺りかごを抜け出した生命は今後、偶然みたいに粗野なものに束縛されることはない。

タッサはビデオを何度も巻き戻し、何らかの解決(ディヌーマン)を探る。証拠を目にした彼女は今、何を感じているのか? 私にはまだ見えない。私はさらに注視する。そのためにこそ、今晩、ここに来たのだ。私は見る。そして、神より出しゃばった判断を下さないようにする。

私には、彼女がしばらくビデオカメラをいじった後、テーブル越しに映画監督にそれを返すのが見える。坂に近い市場の方から、驚異的な力のこもった歌を歌う物売りの声が聞こえる。別のもっと若い声が、一段階高い声で、それをまねる。歌は、何か傷みやすい物を売る口上だ。今日中に賞味期限の切れるヨーグルトか果物かパンか。競い合うテノールがクレシェンドし、音階を上げる。カフェにいる十人余りの客は禁欲的な笑みを分かち合う。タッサはスカーフから出た髪を戻し、首を横に振る。

「番組を作って。皆に全てを伝えて。私の遺伝子には、この場所で通用するような治癒の力はなかったと」

二人は座ったまま、長い間、沈黙する。しかし、記者はもう一つの賄賂を持参している。「ねえ。私、いいものを持ってきたの」。彼女は再びバッグの中を探り、二冊の小さな本を出す。彼女はそれを亡霊に手渡す——生と生者からの最後の誘惑として。

タッサはそれを受け取る。その顔はある晩、海ほど大きな内陸湖の畔にある町の疲れた教室で私が初めて会った少女と同じ、明るい表情に花開く。彼女はタマジグ語で書かれた詩の本を受け取り、懐かしそうにそれを開く。その唇は驚きの展開に引き締まる。「すごい。ありがとう。これはもらっておきます」

彼女はその開いたページ越しに、もう一冊に目をやる。「いいえ。そっちは違う」。それは彼女が知っている本だ。『生き生きした文章を書くために』。彼女は触るのを恐れている様子で左手を伸ばし、適当にページをめくる。余白にたくさんの書き込みがある。熱心なメモと注釈は空から撃ち落とされた飛行機のブラックボックスのように見える。

彼女が顔を上げると、その目は輝いている。まだ万事大丈夫かもしれない。最後の言葉がイエスである可能性は残されている――間に、この越えがたい亀裂があっても。

「そっちは私のじゃない」と彼女は言う。「それはラッセルに渡して。彼には必要だろうから」

私に必要なのはそれだけではない。私に必要なものは無限にある。しかし、私は与えられたものを受け取り、そこから出発するだろう。

彼女はテーブルの上で反対側まで本を滑らせる。しかし、シフがそれを手にした途端、中身が消える。二人ともおそらく、ひるむことはない。次にテーブルの上から消えるのはカメラだ。そして詩集。残るのは、半分に減った二杯のハーブティーと調味料ラックとメニュー。

二人が見ている前でメニューのフランス語が消える。続いてアラビア語が白くなる。そしてまた、カフェを取り巻く空気から音が消え、近くの通りから聞こえる唯一の言語は文字が誕生するずっと以前からこの辺りに存在していた言葉だけだ。

それから、メニューとハーブティーと調味料が消える。そして映画監督の鞄。そして映画監督自身がノンフィクションの世界に追放され、ドキュメンタリーの中に消える。

そしてまた、幸福の娘と向き合う格好で、私が現れる。物語以外の場所では二度と起こり得ない状況だ。私たち二人は座ったまま、ゆっくりした午後の変化を見る。その下に新しいものは何一つない太陽。彼女は――私が考え出した友人は――私が思い描いたままの姿で、まだ生きている。もっと幸福な結末を求める集団的欲求に潰されることなく。書くことは常に書き直すことだ。

ここの空気には新しい香りがある――あるいは私が忘れてしまった古い香りが。その匂いを求めて私はここまで、たった一人で旅をしてきた。そしてようやく私はたどり着いた。物語が許す結末は、それがどんなものであれ引き受ける覚悟だ。柄（がら）にもないことをする以外、彼女のために何ができるだろう。ある科学者によれば、幸福は美徳の報酬ではない。幸福が美徳なのだ。

テーブルの向こうから彼女が私を見つめる。彼女は最初から、結末がこうなることを知っていた。私が彼女の後を追い、次なるこの新しい場所に行くことを。彼女はほほ笑み、首を横に振る――まるで、運命は重要な問題に影響を及ぼさないと再び主張するかのように。実際、影響は皆無だ。もしも私が彼女の言葉を忘れなければ。私たちが今まで何であったかは問題ではない。私たちが今後何になるかは理解を超えている。では、私たちと共に終わるのはどんな種類の物語だろうか。

結論を出すのは死んだ後だ。私に選択肢はない。喜びが私からあふれ出す。「気分は？」と私は訊く。「調子はどう？」と。彼女はあらゆる寛大（ジェネラス）な答えを返す。そして少しの間、このささやかな共有された喜びがまた事実へと消え去る前に、私たちは座り、アトラス山脈が暗くなるのを見る。

訳者あとがき

　本書は Richard Powers, *Generosity: An Enhancement* (Farrar, Straus and Giroux, 2009) の全訳である。

　作者リチャード・パワーズについては、既に多くの作品が日本語に訳されているので、改めてここで紹介する必要はないかもしれない。しかし本作は、ＳＦ長編に与えられるアーサー・Ｃ・クラーク賞（二〇一一年度）の最終候補作となったという事実からもうかがえるように、これまでのパワーズ作品よりさらにＳＦ的な色合いが濃く、彼の作品を初めて手に取った読者もいらっしゃる可能性があるので、基本的なことだけでもここでおさらいしておく価値があるだろう。

　一九五七年にアメリカで生まれ、イリノイ大学で物理学を専攻した後に文学修士号を取ったパワーズは、大きな反響を呼んだデビュー作『舞踏会へ向かう三人の農夫』（一九八五年）以来、これまでに十作の長編を発表し、全米図書賞を受賞した『エコー・メイカー』（二〇〇六年）を筆頭に、いずれも高く評価されている。一作ごとに新たな試みがなされているが、どの作品にも共通するのは、理系と文系にまたがる該博な知識と、それを単なる衒学に陥らせることなく、しばしばリリカルで、常に精緻に組み立てられたセンテンスと、テーマにふさわしい構成とで物語る筆力だ。

そんな作家の最新長編が本書『幸福の遺伝子』である。本作のメインプロットは分かりやすい。幸福の遺伝子を持つとされる女性をめぐって大学の教室から全米のマスコミに至るさまざまな場所と規模で起こる波乱を描きつつ、それと同時に、彼女に創作的ノンフィクションを教える人物が、閉塞した私生活と作家としてのスランプの出口を探求するというのが主な筋立てになる。そこに絡んでくるのが、かつての恋人によく似た女性カウンセラー、人気科学番組の司会者、遺伝子研究の先端にいる研究者らだ。

この小説にはメタフィクション的な構成が見られ、冒頭近くと結末部を中心に何度も、小説を書いている「私」という語り手が登場する（パワーズの作品にはしばしば同様の仕掛けが使われてきた）。その正体が何者かを推理するのは難しくないが、それを明らかにするのはいわゆるネタバレに当たるだろうから、ここでは触れないことにしよう。ただし、一読すれば明らかなように、「創作」に関わっているのは語り手ばかりではない。主な登場人物たちが皆、何らかの意味で「物語を書く」ことに携わっている。日常の出来事を日記に綴ることから始まり、体験の言語化としてのカウンセリング、テレビ番組の制作、DNA配列の読み書きに至るまで、世界の諸側面をさまざまな立場から物語として理解し、操作する私たちのありようを描き出している点が、作者の問題意識を浮き彫りにしているように思える。

この小説は、パワーズの作品としてはやや短めで、プロットが明確なためにとても読みやすい。「パワーズ入門に最適の一冊」と評した書評もある。難しめの内容なら、あとがきで解題めいたことをするのが訳者の務めだろうが、今回、それは不要だろう。テーマは遺伝子改変とそれが人の幸福に及ぼす影響とタイムリーでもあり、パワーズらしい詩的描写が随所に光る。所々にちりばめられている創作や幸福や遺伝子情報の知的所有権に関する議論も興味深い。現代を舞台とした小説内部では、ＳＮＳやネット検索、ブログやユーチューブ、テレビのトークショーなどが背景に登場し、事態の展開にリアリティーを与えている。「書くこと」の背後にある欲望、幸福という問題、スペクタクル的な現代社会とネット文化、科学的な知の追究、ビジネスとしての科学技術研究などの複雑な絡み合いの中で（しかし、分量としては比較的コンパクトなこの物語の中で）、パワーズが持ち前の筆力を発揮し、エンターテイニングな味付けまで施している本書が、多くの読者に読まれることを期待したい。

本書の出版に当たっては、企画と編集の段階で、担当の北本壮さんと佐々木一彦さんにお世話になりました。どうもありがとうございました。訳者の日常をいつも支えてくれるＦさん、Ｉさん、Ｓ君にも感謝しています。どうもありがとう。そして、既に十一冊目の長編『オルフェオ』（これまたパワーズらしく、音楽と遺伝子とセキュリティー国家をテーマにした作品）を書き終えたと言われている著者のリチャード・パワーズ氏にはますますのご健筆を祈りたい。

二〇一三年二月

木原善彦

Generosity: An Enhancement

Richard Powers

幸福の遺伝子

著 者
リチャード・パワーズ
訳 者
木原　善彦
発 行
2013年4月25日

発行者　佐藤隆信
発行所　株式会社新潮社
〒162-8711　東京都新宿区矢来町71
電話 編集部 03-3266-5411
読者係 03-3266-5111
http://www.shinchosha.co.jp

印刷所
錦明印刷株式会社
製本所
大口製本印刷株式会社

乱丁・落丁本は、ご面倒ですが小社読者係宛お送り下さい。
送料小社負担にてお取替えいたします。
価格はカバーに表示してあります。

ISBN 978-4-10-505874-6 C0097